여성동학다큐소설
서울 경기편

겨울이 깊을수록 봄빛은 찬란하다

성동학다큐소설
울 경기편

겨울이 깊을수록 봄빛은 찬란하다

임최소현 지음

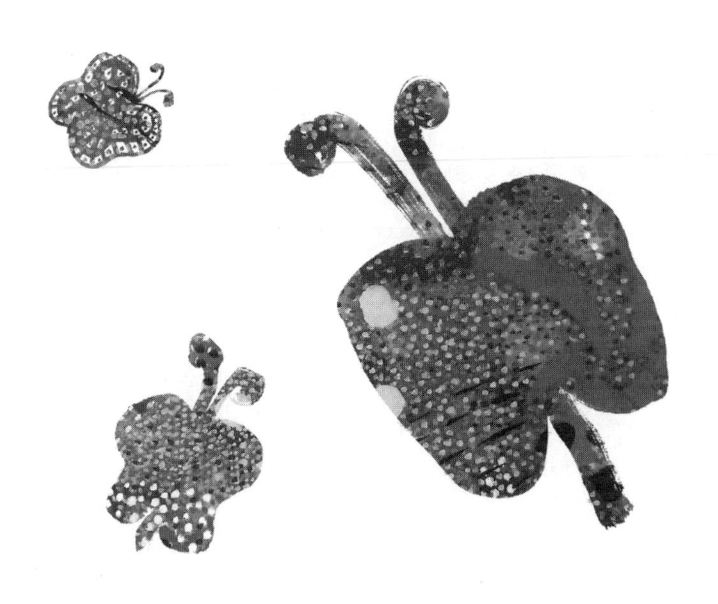

도서출판 모시는사람들

일러두기

1. 우리나라에서 1895년까지 음력을 사용했기 때문에 이때까지는 모두 음력으로 표기했습니다. 1896년 이후 양력으로 표기합니다. 이 시기 음력으로 표기한 것은 따로 '음력'이라 표시하였습니다.
2. '천주'의 우리말은 모두 '하늘님'으로 통일합니다.
3. 수운, 해월에 대한 호칭 표기는 동학 때(1905)까지 각각 대선생, 선생으로 표기하고, 천도교 성립(음 1905.12) 이후는 대신사, 신사로 표기하고, 손병희에 대해서도 성사로 표기합니다.
4. 손병희, 주옥경 일대기 부분은 『의암손병희선생전기』(의암손병희선생기념사업회, 1967), 『수의당 주옥경』(김응조, 천도교여성회본부, 2005)를 주로 참조하였으며, 순이 이야기는 『역사를 만드는 이야기』(한국정신대문제대책협의회 부설 전쟁과 여성인권센터 연구팀, 여성과 인권, 2004)를 참조하였습니다.
5. 주요 인물들은 거의 실제 인물들이나 구로다, 옥화, 순이는 가상 인물입니다.
   손병희: 천도교 3대 교주. 동학을 천도교로 개칭하고 근대적 종교로 만듦. 3·1운동 주도.
   주옥경: 손병희 셋째 부인. 평양 기생 출신으로 천도교종법사에 오른 입지전적인 여성.
   해월: 천도교 2대 교주. 손병희가 줄곧 모시고 다니며 스승으로 받듦.
   송병준: 대표적인 친일파. 온갖 악행을 저지르며 일제에 기생하여 축재함.
   이용구: 동학농민혁명에 참가한 접주 출신으로 손병희 명으로 진보회 결성. 그러나 송병준 꾐에 넘어가 손병희를 배신하고 친일 단체 일진회에 가담.
   이종일: 보성사 사장, 독립선언서 인쇄 담당. 독립신문 제작 배포. 민족대표 33인.
   구로다: 가상 인물. 일본 낭인 출신으로 조선 개항 이후 줄곧 조선에서 밀정 노릇을 함.
   옥화: 가상 인물. 평양기생 출신으로 주옥경 선배. 송병준 소유 청화정에서 일함.
   순이: 가상 인물. 구로다와 옥화 사이에서 난 딸. 납치되어 내몽골에 위안부로 끌려감.
6. 이 소설은 역사에 바탕을 두고 있으나 많은 부분에서 작가의 상상력이 동원된 픽션입니다.
7. 이 소설의 특성상 그 출처를 일일이 밝히지 않고 인용한 부분도 있습니다. 너그럽게 양해하여 주시기를 바랍니다.

길을 가는데, 노랑나비 한 마리가 품으로 날아든다. 마음대로 꽃을 찾아가라고 손으로 쫓았는데 나비는 계속 나를 따라온다. 나비와 더불어 길을 가다가 노란 제비꽃 한 무더기를 발견한다. 제비꽃을 자세히 보니 꽃잎 위에 검정 태극무늬 모양이 선명하게 박혀 있다. 산들바람이 불어온다. 흔들리는 노란 꽃잎들과 나비의 노란 날갯짓이 어느덧 하나가 된다.

흰 무명저고리와 바지를 입은 웬 삐에로 같은, 혹은 탈춤판의 난봉꾼과도 같은 작자가 나에게 다가와서 팔에다가 더러운 헝겊 쪼가리 같은, 무언가를 척 붙여 놓고 낄낄거리며 도망간다. 나는 위험한 독 또는 아주 더러운 게 내 몸에 붙은 것 같아 소스라쳐 놀라 깬다.

동학소설을 쓰기 전 인상 깊은 꿈들을 꾸었다. 그 당시 마침 나는 〈꿈 분석〉 강좌를 듣고 있던 터라, 꾸었던 꿈의 내용들을 적어 분석하고 있었다. 나에게 꿈은 정직한 하늘의 소리이다. 다만 내가 그것을 모두 제대로 파악해 내고 해석하지 못할 뿐, 분명 꿈은 내 안의 하늘의 소리를 전달하고 있다.

꿈은, 창작의 열정이 춤추던 때로 돌아가라고 나에게 암시하고 있다. 그리고 흰 무명저고리와 바지를 입은 삐에로, 혹은 난봉꾼은 동학군을 가리킨다. 꿈 속에 나타난 동학군은 남루하고 고달팠던 그 시절에 주목하라고 나의 주의를 환기시키고 사라졌다. '나비' 의 꿈은 이제 나의 소설 속에서 중요하고 자유로운 상징들로 날아다니게 될 것이다.

이 소설에서 해월 선생의 '이천식천(以天食天)'은 중요한 주제이다. '하늘로써 하늘을 먹는다.' 수백 번쯤 곱씹어 본 말이다. 앞으로도 계속 그럴 것 같다. 그리고 곱씹을 때마다 눈시울이 뜨거워진다. 가슴까지 먹먹해진다. 그 귀한 하늘을 내가 먹었다는 생각에 그렇다. 또 하늘이 자신의 귀한 몸을 아무렇지도 않게 나에게 바친다고 생각하니 그렇다. 밥 한 알 한 알이 모두 천사이고, 그분들이 우리를 위해 기꺼이 몸을 바치는 것처럼 느껴진다. 그 천사는 우리 몸에 들어와 천상의 빛을 밝히니 우리 몸과 마음이 천국처럼 환하게 밝아진다.

'이천식천'의 의미를 깨닫고 매일 매번 밥 먹기 전, 감동의 마음으로 기도를 한다. '밥 한 알'의 소중함을 놓치지 않으려고 애를 쓴다. 그래서 일부러 텔레비전도 끄고 식탁에 앉아 매순간 집중하려고 노력한다. 밥 먹기 전 기도는 예전엔 이랬다; "이 음식이 여기에 올라오기까지 수고하신 모든 분들께 감사합니다. 감사히 잘 먹겠습니다." 지금은 조금 바뀌었다; "이 음식이 여기에 올라오기까지 수고하신 모든 존재들과 저에게 몸 주신 하늘님들께 감사합니다. 감사히 잘 먹겠습니다." 그리고 생각한다. '나는 다른 하늘님들을 위해 언제 어떻게 몸을 내줄 것인가?'

1894년 음력 11월 8일부터 11일까지 우금티 일대에서 전국 각지에서 몰려든 동학군과, 일본군의 엄호를 받는 감영군과 경군 사이에서 치열한 공방전이 벌어진다. 음력 11월, 칼바람 속에서 추위와 굶주림, 신식 무기들을 두려워하지 않고 맨몸으로 달려든 전투였다. 변변한 옷, 신발, 무기도 없이 오직 나라를 바로 세우고, 청정한 개벽세상을 만들고자 하는 염원에서 죽음을 두려워하지 않고….

그때 손병희는 북접통령으로 동학군들을 이끌고 우금티에서 전투를 벌이다 패해 가까스로 생명만을 부지하여 도피해야 했다. 그 후 그는 노쇠한 스승 해월을 찾아가서 들쳐 업거나, 가마를 메고 엄동설한의 칠흑 같은 밤을 헤치며 도피 생활을 해야 했다. 언제 어디서 관군과 맞닥뜨릴지 모르는 불안한 나날이 이어졌다.

하지만 그 엄혹한 세월을 견뎌 내고 손병희는 부활한다. 쫓기는 비적 떼의 수장에서, 300만 교도를 헤아리는 근대 종교 천도교를 이끄는 교주로. 또한 조선 땅에서 개벽을 실현시키고자 하는 동학의 꿈을 좇아 일본 식민지가 된 조선에서 '3 · 1독립만세운동'을 조직하고 실현시키는 위대한 독립운동 지도자로.

겨울 언 땅 깊숙한 곳에서 잠들어 있던 애벌레가 깨어나, 화려한 날갯짓을 하며 봄을 노래하는 나비가 되듯, 민중의 역사는 부활할 것이다. 이 차갑고 어두운 죽음의 땅에서 '개벽'의 꿈을 찬란하게 꽃피우려는 나비들의 거대한 날갯짓을 기대해 본다.

2015년 서울, 화창한 가을볕에 물들며 임최소현

차례

겨울이 깊을수록 봄빛은 찬란하다

1장/ 무릎에 닿는 봄추위가 뼛속까지 시리다

날은 화창하고 맑았다. 하지만 입춘을 조금 넘긴 날의 아침 공기는 아직 차갑고 매서웠다. 우마차 여러 대가 동시에 지날 수 있을 만큼 넓은 육조 거리에 우뚝 선 광화문은 마치 칼을 찬 장수처럼 고압적이고 위풍당당하다. 어설픈 잡인들은 결코 이 문을 통과할 수 없다고 말하는 것 같다.

그 날 선 공기를 가로지르며, 흰 두루마기를 갖춰 입고 말총갓을 눌러쓴 헌헌장부 아홉 사람이 힘차게 걸어 들어왔다. 그들은 임금이 계시는 경복궁의 정문인 광화문 앞쪽을 향해 긴장된 발걸음을 옮겼다. 맨 앞에 선 선비의 손에는 붉은 보자기로 싼, 상소문을 올린 상이 들려 있다.

광화문 뒤로는 늠름하게 높이 솟은 인왕산이 한눈에 들어왔다. 사헌부 정문 앞과 그 맞은편에는 큰 돌로 만든 해태 한 쌍이 서 있다. 눈알이 튀어나온 이 돌사자들은 높은 대 위에 서서 사람들을 쏘아보며 당장이라도 불호령을 내릴 기세다.

그들의 우두머리 박광호는 요동치는 가슴을 쓸어내리며 침착하게 붉은 보자기에 싸인 상소장을 앞에 모셔 놓고, 격식을 갖춰 임금께 배례를 올렸다. 함께한 어덟 명의 선비들도 박광호를 따라 절하였다. 다음에 자리를 펴고 엎드려 동학이 창도된 내력과 그 본지, 큰 스승 최제우의 억울한 죽음 등을 통곡하며 아뢰었다. 또한 동학 도인들에 대한 금압을 거두어들일 것을 간절히 청하며 떨리는 음성으로 상소문을 읽어 내려갔다.

"각 도에서 모인 신 박광호 등은 진실로 두렵고 두렵게도 머리 숙여 삼가 목욕재계하고 백번 절하면서 정의롭고 공덕이 밝으신 주상전하께 글을 올립니다.

근자에 이르러 실천 행도하는 진짜 선비는 얼마 되지 않고, 서로 얽히어 헛된 문장이나 드러내려고 한갓 겉치레만 숭상하면서 경전에서 표절하여 천박하게 이름이나 얻고자 하는 선비가 십에 팔 구나 됩니다. 말로는 선비가 되겠다고 하나 덕성을 기르고 도를 따져 학하는 것을 멸시하니 울분이 사무쳐 통곡할 뿐입니다.

다행히도 천운이 닿아 지난 경신년(1860) 4월에 하늘이 도우시고 조상이 도와 경상도 경주 땅에서 최제우가 비로소 천명을 받아 사람을 가르쳐 포덕하게 되니, 최제우는 바로 병자년 공신 정무공 진립의 7대손입니다. 도를 펴고 가르침을 행한 지 불과 3년에 원통하게도 사학(邪學)이란 이름으로 그릇된 비방을 뒤집어쓰게 되어 갑자년 3월 10일에 마침내 경상 감영에서 형을 받게 되었습니다. 당시 광경을 상상하면 천지가 참담하고 일월이 빛을 잃은 것 같습니다.

최제우는 말씀하시기를, 인의예지는 선성(先聖)이 가르친 바이지만 수심정기(守心正氣)는 내가 다시 정했다 했으며, 또한 공자님의 도를 깨닫고 보니 한 이치로 정해졌으며, 나의 도와 비교해 보면 크게는 같고 조금은 다르다고 했습니다. 조금은 다르다 함은 별다른 것이 아니라 천지를 경건히 받들어 일할 때마다 반드시 마음으로 고(告)하고 천지 섬기기를 부모 섬기듯이 하라는 것입니다. 어찌 도리에 비추어 모자람이 있다 하겠습니까.

이러한 도리는 선성들이 밝히지 못한 것으로서 최제우가 창시한 종지(宗旨)인 것입니다. 하늘님 섬기기를 마치 부모님 섬기듯이 하라는 것으로서 어찌 도리에 어긋나겠습니까. 또한 불도와 선도 중에서 자비와 수련을 합친 이치만을 함께 취한 것이므로 공부자에 모자람이 없이 광명정대한 대도의 이치에 부족함이 없다고 말할 수 있습니다. 동학이란 학의 이름은, 하늘님으로부터 나오고 동에서 창도되었기 때문에 동학이라 한 것입니다. 이런즉 서학으로 돌려서도 안 될 것이며, 또한 동학을 이단 아류로 대하여 지목해서도 안 될 것입니다. 그러나 감영과 고을에서는 체포하고 가두고 형벌하고 귀양 보내니 어찌 원통하지 않겠습니까.

대저 이 도는 마음을 화평하게 하는 것을 근본으로 하므로 마음이 화(和)하면 기운이 화하고 기운이 화하면 형체가 화하고 형체가 화하면 바르게 되고 사람의 근본 도리가 확립되는 것입니다. 이와 같이 최제우는 선성들이 밝히지 못했던 대도를 창시하여 어리석은 사람들로 하여금 천리의 근본을 다하게 하였습니다. 이렇게 이 도는 참으로 무극대도입니다.

전하께 엎드려 빌건대 스승님의 억울하고 원통함을 신원해 주시고 감영이나 고을에서 벌 받고 귀양 가 있는 생령들을 살려 주십시오."[1]

마침 서울에는 세자 탄신을 경축하는 과거를 보러 수많은 유생들이 속속 몰려들고 있었다. 또 한편으로는 입궐하기 위해 가마를 타고 오는 관료들, 시골에선 좀처럼 보기 힘든 양복 차림으로 궐내에 들어가던 서양인, 게다짝을 끄는 일본인은 물론이고 육의전에 물건을 대러 온 상인에 인근의 꼬맹이들까지 각양각색의 사람들이 바쁘게 지났다. 엎드려 읍소하다 고개를 든 동학도들의 펼쳐진 광경에 눈이 휘둥그레졌다. 상소하는 이들 동학도들에 눈이 휘둥그레졌다.

때는 계사년(1893) 음력 2월 11일. 아직 바람이 매서울 때다. 그러나 그렇게 엎드려 궐의 반응을 기다리는 그들에게, 하급관리가 몇몇이 와서 휘 둘러보고 들어가기만 할 뿐, 좀처럼 웬일이냐고 물어 오는 일도 없었다. 아침부터 흙바닥에 꿇어앉은 무릎과 손바닥으로 한기가 올라와 온몸으로 퍼져 나갔다.

그 아홉 명 중 한 사람 손병희는 오른손엔 염주를 들고 땅을 짚은 채 다른 사람들과 소리를 맞추어 나직이 주문을 외웠다. '지기금지 원위대강 시천주 조화정 영세불망 만사지(至氣今至 願爲大降 侍天主 造化

定 永世不忘 萬事知).'

주문을 외는 동안 어느덧 몸의 360여 혈이 열리고 백회에서 회음까지 척추를 타고 하늘 기운이 들어옴을 느꼈다. 회음에서 명문, 대추, 백회로, 다시 상단전과 중단전, 하단전으로 이어져 임독맥에 묵직한 기운이 뻗어 나갔으며, 기경팔맥으로, 온몸 전체로 따듯하고 광대하고 심오한 기운이 돌았다. 뼛속까지 침습해 오던 한기가 점차 사라지고 빳빳하게 마비되어 있던 근육들이 풀려 나갔다.

들릴 듯 말 듯 주문을 외우는 그 소리의 진동이 몸속으로 퍼지면서 우레처럼 큰 진동으로 화하였다. 그 소리에 놀라 달아나듯 온몸의 탁한 기운은 빠져나가고, 맑고 단아한 기운이 몸 안으로 들어오면서, 잠들었던 하늘이 깨어나 어루만지기라도 하듯 온몸이 따뜻하고 중후해졌다. 얼었던 몸이 풀리면서 졸음이 쏟아졌다. 애써 쫓아도 밀려드는 졸음을 물리치고자 의침법(意針法)으로 정수리 백회혈 둘레에 생각을 집중해서 침 10개를 꽂았다. 정신이 번쩍 들었다. 다시 염주를 돌리며 계속 주문을 외웠다. 한 식경을 집중해서 주문을 외웠을까….

그는 비몽사몽 아득해짐을 느꼈다.

저 멀리 지붕은 둥근 덮개로 덮여 있고 붉은 벽돌로 벽을 쌓은 커다란 집이 나타났다. 희미하게 보이던 건물이 점차 또렷해지더니 높은 벽면에 길게 붙인 흰 종이가 보였다. 첫 새벽 아직 동트기도 전인데 한 선비가 방문(榜文)을 붙이고 있었다.

그때 어디선가 신식 총을 든 일본 병사들이 나타났다. 화가 난 듯 일본말로 날카롭게 외치면서 방문을 붙이던 선비를 쫓기 시작했다. 상투를 튼 조선 사내가 시뻘겋게 달아오른 얼굴로 거친 숨을 내쉬며, 어느 기와집 담을 겨우 넘어 들어갔다. 그런데 그 기와집 마당 한 귀퉁이에 있던 검은 개가 사납게 짖으며 사내를 향해 달려왔다.

손병희는 양미간 상단전에 기운을 집중해서 개에게 말했다.

"검둥아, 그분은 지금 의로운 일을 하는 중이다. 서로 돕고 공경해야 된다."

몹시 짖던 검은 개는 그 소리를 알아들은 듯이 꼬리를 내리고 슬며시 대청마루 밑으로 사라졌다. 일본군의 발소리가 멀어지자 사내는 다시 담을 넘었다.

조는 듯했던 손병희가 퍼뜩 눈을 떴다. 박광호를 비롯하여, 김연국, 박석규, 임규호, 김낙봉, 권병덕, 박원칠, 김석도 등이 정좌한 모습이 보였다.

'꿈이었나? 참으로 기이한 일이다.' 꿈이라고 하기에는 너무나 생생한 장면이었다. 코끝을 스치는 차가운 바람과 바닥의 한기가 온몸으로 파고들었다. 다시 몸과 맘을 바로 하며 주문을 외기 시작했다.

'지기금지 원위대강 시천주 조화정 영세불망 만사지. 하늘의 지극한 기운이 지금 이곳에 크게 강림하시어 하늘님을 내 안으로 모십니다. 그리하여 모든 조화가 정해지니 만사를 아는 지혜를 영원토록 깨

닫습니다.'

지극한 기운은 하늘님의 기운이고, 하늘님의 기운을 정성스레 내 안에 모신다면 모든 일이 바르게 정해져 흘러갈 것이다. 그는 의미 하나하나를 되새기며 정성껏 주문을 외웠다.

여기 정좌한 채 정성을 모으는 장부들은, 동학을 창도한 수운 최제우 대선생을 참형에 처한 죄를 신원하여 달라고 상소하는 중이었다. 이것은 동학을 자유로이 공부하고 포덕하기 위해 꼭 필요한 일이었다. 조선 조정에서는 동학을 서학보다 더한 사학(邪學)으로, 동학도들을 반상의 윤리를 무너뜨리는 무뢰배로 취급하였다. 무엇보다 이러한 조정의 방침을 빙자하여 지방관들이 동학도들을 마구 잡아들여 가산을 몰수하거나, 모진 매질을 하고는 속전(贖錢)을 받고 풀어 주는 식의 탄압을 그치지 않았다.

하여 지난해부터 공주와 삼례에서 집회를 열어 동학에 대한 금압을 풀어 달라 하였으나, 지방관들은 형식적인 조치만 취할 뿐 조정의 방침을 핑계 대며 적극적으로 나서지 않았다. 한참 고심 끝에 해월 선생은 직접 임금께 상주(上奏)키로 결정하였다.

지금 바로 눈앞의 왕궁을 바라보면서 아홉 명의 동학도들이 수운 큰 스승님의 억울한 죽음을 신원하고, 동학도들을 탄압하는 행위를 멈춰 달라고 읍소하고 있다. 큰 스승님이 처형당한 대구장대에서 여기까지 다다르는 데 30년이 걸렸다. 자칫 대역 죄인으로 모두 끌려가 참형당할 수도 있는 길이었다. 그런데도 그들은 의연했다. 30년 전

대구장대에서 '나는 천명을 순히 받아들이겠노라.'며 의연하게 순도한 최제우와 마찬가지로 천도를 믿는 그들은 두려울 것이 없으므로 한 치의 흔들림 없이 자리를 지켰다.

이윽고 해가 떨어지고 저녁 5시경이 되자 다시 상소문이 든 상자를 붉은 보자기에 싸고 조용히 숙소로 물러났다. 그러기를 사흘. 그들은 하루 종일 엎드려 스승의 억울함을 풀어 주고 감영에 갇히거나 귀양 간 동학도들을 석방해 줄 것을 묵묵히 호소하였다.

한편 구경꾼에 섞여 여러 명의 동학도들이 만일의 사태에 대비하고 있었다. 또 4대문 앞 동대문밖 낙산과 이문동, 도소가 설치된 남산 자락 등지에도 동학도들은 수백 명씩 장꾼 차림이나 과거 보러 온 선비 행색으로 모여서 소식을 기다렸다.

그동안 묵묵부답이던 조정에서는 사흘째 되는 날 비로소 사알*을 보내 임금의 뜻을 전하였다.

"너희들은 집으로 돌아가 그 업에 임하라. 그러면 소원에 따라 베풀어 주리라."

동학도들의 구구절절 간곡한 사연들에 비해 임금의 답은 매우 간결했다. 그리고 모호했다.

대표들은 물러나 남산골 최창한의 집에서 다음 일을 논의하였다.

"최제우 대선생님의 억울한 죽음이 밝혀질 때까지, 우리 동학 도인

* 司謁: 조선 시대, 액정서에 속하여 임금의 명령을 전달하는 일을 맡아보았던 정육품 잡직.

들을 더 이상 탄압하지 않는다고 할 때까지 죽기를 각오하고 계속 광화문 앞에 앉아 있읍시다!"

손천민이 먼저 말문을 열었다. 누구도 선뜻 대꾸하는 이가 없었다. 손천민 옆에 앉아 한동안 뜸을 들이던 김낙봉이 무겁게 말을 받았다.

"임금님이 물러나 기다리라고 말씀하신 이상, 일단은 해산하고 기다리는 것이 좋을 것 같습니다."

"우리 동학 도인들이 탐관오리들한테 온갖 수탈과 괴롭힘을 당하고 다 죽어 가는 판국인데 언제까지 또 기다려야 한단 말입니까?"

임규호가 답답한 심경을 호소하였다. 그러나 대체로 의견은 한 번 더 기다려 보자는 쪽이었다. 손병희는 모처럼의 기회를 얻은 이상 한양에 들어와 있는 도인들을 일거에 동원하여 위력을 과시하는 시위를 벌이자는 방안도 생각해 보았으나, 자칫 일망타진의 화를 입을 수도 있음을 우려하지 않을 수 없었다.

그러는 사이 오락가락하던 좌중의 분위기는 점차 가닥을 잡아 갔다. 최악의 경우 막무가내로 잡혀 들어가 고초를 겪을 것까지 각오하였던 사람들이었다. 임금님이 증표 없는 약조나마 내려 주었으니, 일단은 기다려 보자는 쪽이 우세하였다. 청원에 있는 봉소 도소쪽 지도부와의 의논을 위해서라도 시간이 필요하다는 의견이 많았다. 손병희의 결론도 그와 같았다.

그때 문 밖에서 김 도인이 급히 기척을 냈다. 한양 성내에 사는 그는 궐내에 줄을 대어 조정의 돌아가는 판세를 알아내고 보고하는 역할을 하고 있었다.

"이거 큰일 났습니다."

방 안의 사람들이 일제히 김 도인을 주시하였다. 김 도인은 튀어나온 입술을 삐쭉거리며 말을 이었다.

"사태가 영 급하게 돌아갑니다. 일본, 서양국 공사관에 '왜놈들, 양놈들 물러가라!'는 방문들이 나붙고, 오늘은 서학 교회당 곳곳에 비슷한 내용의 방문들이 나붙었답니다. 사람들은 이게 모두 동학도들의 짓이라고 수군대구요. 더구나 조정에서는 동학도들이 과거 시험 부정에 불만을 품고 있는 선비들을 부추겨 변란을 일으키려 한다는 소문이 파다합니다. 그런데 그 불똥이 우리에게로 튀어 동학도들부터 대대적으로 체포할 거라고 합니다."[2]

대표들의 낯빛이 바뀌었다. 손병희는 낮에 비몽사몽간에 눈앞에 나타났던 장면이 이렇게 펼쳐지는 게 더욱 놀라웠다. 누군가 괘서를 붙인 후에 쫓기고 있었는데, 손병희의 도력으로 무사히 빠져나갔음을 직감하였다. 다행이라고 생각하는 것도 잠시, 그는 이번 상소문의 대표로 이름을 올린 박광호 등 다른 대표들을 독려하여 서둘러 짐을 싸서 서울을 빠져나가야 했다.

조정에서는 이제까지 혹세무민하는 서학의 요설(妖說)에 싸잡힌 무지몽매한 집단이며 유리걸식하는 비적 떼라고만 치부하던 동학도들이 엄정한 위세를 떨치고 정연한 이치를 펴는 것에 내심 놀랐다. 그들은 질서 정연하였고, 나라의 문제점을 정확하게 비판하고 걱정하는데다가, 최근에 걷잡을 수 없이 밀어닥치는 외세에 대해서도 날카롭게 비판하고 있었다. 그러나 조정은 그들의 비판에는 관심이 없었고 오로지 그들이 집권층을 위협할 수도 있을 만큼 조직력과 논리를 갖추고 있음에 주목하고 경악하였다. 전국 각처의 유생들은 반상의 차별을 없애고 먹고 입는 것을 스스럼없이 나누는 그들의 풍속의 괴이함을 들어 각지에서 날로 늘어 가는 동학 세력을 하루 속히 척결해야 된다고 입을 모았다.

성균관 유생 이건중이 무뢰배 동학을 토척할 것을 상소하였고, 사간원 대사간 윤길영이 소두 박광호와 그 무리를 잡아들여 엄히 다스려 죄상을 밝히고 난도의 싹을 끊어야 한다고 상소하였다. 임금은 동학도들을 잡아들여 심히 문초하라고 엄명을 내렸다. 다행히 동학 도인 대표들이 한양을 빠져나간 이후의 일이었다.

서울 광화문 복합 상소의 성패는 모호했다. 이번에야말로 임금의 윤허가 있기를 기대한 축은 실패로 보았고, 어차피 하루 이틀 사이에 해결될 일이 아니라고 본 축은 얻은 것이 많다고 보았다. 얻은 것은 눈에 보이지 않았으나, 잃은 것은 즉각적이었다. 많은 도인들이 고향집으로 내려갔으나, 이내 발길을 돌려야 했다. 체포령이 내려져 관에서 이들을 잡으려고 혈안이 되었기 때문이다. 그들은 집에도 가지 못하고 자의 반 타의 반으로 대도소*가 설치된 보은 장내리로 모여들었다.

---

* 당시 동학의 중앙본부라고 할 대도소(大都所)가 충북 보은 장내리에 설치되어 육임 등의 조직을 갖추고

건달에서 도인으로 거듭나기까지

손병희는 일행들과 헤어져 청원의 집으로 향했다. 그는 먼저 어머니를 찾아뵙고 절을 올렸다. 어머니는 그의 문후를 받고 나서 근심이 가득한 목소리로 말했다.

"이렇게 무탈한 것을 보니 다행이네만, 조정에서 체포령이 내렸다는데…."

문간 밖에선 손병희의 부인 곽씨가 안타까움과 그리움, 설움에 겨운 눈물범벅으로 있다가 밥상을 보았다는 기척을 했다.

손병희는 마루로 나가 밥 먹기 전 극진히 식고(食告: 밥 먹기 전 기도)를 올리고 곽 씨에게도 인사를 했다.

"부인, 잘 먹겠습니다."

곽씨 부인은 화들짝 놀랐다. 이제는 익숙해질 법도 한 일이건만, 오랜만이라 그런지 마치 정담(情談)을 들은 양 얼굴이 화끈 달아올랐다. 밥을 차려 내놓는 일은 응당 아낙의 소임이련만, 동학에 입도한 이후로 남편은 항상 밥상 앞에서 묵상을 하고, 또 부인에게도 고맙다는 인사를 했다.

'동학을 하면 사람이 저렇게 달라지나?' 어머니 최 씨에게도 달라

전국 각지의 도소와 접주들을 지휘하였다. 해월 최시형은 보은과 가까운 청산에 머물며 전국의 두목들을 불러 도를 강의하고, 대도소에도 가끔씩 왕래하였다.

진 아들의 모습은 경이로웠다.

'가슴에 울분을 쌓아 두고 한량패들과 어울리기를 몇 해던가?'

어머니로서도 헤아릴 수 없을 만큼 자기 아들이 마음에 품은 뜻이 크다는 걸 알기에, 신분의 제약 때문에 그 뜻을 펼치지 못해 고통스러워하고, 위악을 떨며 온 고을을 횡행할 때도 최 씨는 걱정보다 안타까움에 가슴이 미어졌었다. 당사자는 최 씨 앞에서 어떤 괴로움도 내비치지 않았지만, 담을 넘어오는 소식으로 아들의 어두운 마음은 짐작하고도 남음이 있었다. 그러던 손병희가 어느 날 동학에 입도하였다 하더니, 그날로 사람이 달라졌다. 최 씨는 손병희의 태몽을 떠올렸다.

중추절 저녁 한복 차림의 최 씨는 동네 부인들과 함께 달마중을 하러 망월산에 올랐다. 온 고을의 부인들이란 부인들은 다 모여 산을 올랐다. 그런데 달이 떠오를 자리에서, 붉고 커다란 불덩이 같은 해가 덩실 떠올랐다. 사람들이 혼비백산해서 다 도망가기 시작했다. 그런데 그 순간 누가 최 씨의 발을 잡아끄는 것처럼 발이 저절로 움직이더니 앞으로 자꾸 걸음이 떼어졌다. 붉은 해를 향해 두 팔을 크게 벌리자 해는 최 씨를 향해 쏟아지듯 달려들었다. 최 씨는 엉겁결에 치마폭을 벌려 그 해를 받아냈다.

그길로 태기가 있더니, 이듬해 5월 손병희가 태어났다. 상에 귀태가 흐르면서도 기골이 번듯한 것이 천생 대장부감이었다. 모두들 태몽이 신통하다고 입을 모았다.

"자네가 서자만 아니었어도 장원급제는 따 논 당상인 것을…. 이게 다 어미의 업보로세…."

최씨 부인은 속에 있는 말을 내뱉었다. 손병희가 늘 입막음을 하는 그 말이건만, 오늘따라 저도 모르게 중얼거리고 만 것이다.

그 말을 들었는지 아닌지 묵묵히 식사를 마친 손병희가 상을 물리고 다시 어머니 앞으로 나와 앉았다.

"어머니, 동학에서는 반상적서의 구별도 하지 않고, 남녀의 층하도 두지 않습니다. 모두가 평등하고 존귀한 사람뿐입니다. 그러니까 어머니 그런 말씀 하지 마세요. 어머니 잘못은 없습니다. 오히려 이 세상에 저를 태어나게 해 주셨으니 은혜롭고 감사할 따름입니다."

손병희는 어머니의 손을 꼭 잡고, 주름진 두 볼에 흐르는 눈물을 살며시 닦아 드렸다. 주름진 어머니의 입가에 비로소 희미한 미소가 번졌다.

문밖에서 모자의 대화를 듣고 있던 곽 씨도 하염없는 눈물을 닦아 내며 아버지로부터 들은 이야기를 떠올렸다. 손병희가 자기 남편으로 낙점된 그날의 이야기다. 연전에 아버지는 중매쟁이의 말을 설듣고, 빼어난 소년 손병희를 찾아갔더란다.

열다섯 살 소년 손병희는 기골이 장대해서 청년 장수 태가 났고, 무엇보다 눈빛이 영롱했다. 두말없이 사윗감으로 삼기로 하고 몇 마디 더 주고받던 중에 그가 서자라는 말을 듣고는, '아이쿠!' 하는 중에 소리도 못 내고 자리를 박차고 일어섰다. 그 순간 양반을 희롱한 죄로 관아에 고변이라도 할 작정이었으나 사람들 입살에 오르는 건 오히려 자신이 될 것이 분명하여, 헛기침만 남기고 집을 나섰다.

마을을 빠져나오려는데 손병희는 불쑥 길목을 막고 나섰다.

"저에게 무엇이 부족한 것입니까?"

놀란 결에 뒷걸음질을 치려다 외면하고 서서 헛기침을 연신 내뱉었다.

"자네가 사윗감으로 부족하다는 것이 아니네. 다만…."

"다만 무엇입니까? 제가 서자이기 때문에 혼인이 꺼려진다는 것 아닙니까?"

"자네에겐 미안하게 됐네."

"그럼 죄송하지만 어르신은 이대로 못가십니다. 단지 서출이란 이유로 혼인을 반대하시는 거라면, 죽으면 죽었지, 어른을 못 보내드립니다. 그 우러러 받드는 공자님도 서자 출신인데, 그럼 어르신은 공자도 부정하고 외면하시겠습니까?"

말을 마친 손병희는 혼인을 성사시키기까지 절대 이대로는 못 가신다며 좁은 길목 바닥에 벌렁 누워버렸다.

아버지는 곧 말문이 막혔다고 했다. 그길로 다시 손병희의 손에 이끌려 집으로 되돌아간 아버지는 장래의 사윗감과 사돈어른 앞에서 혼인을 약조하고, 취하도록 술을 마셨다. 손병희는 취해 쓰러진 장래 장인어른을 들쳐 업고 시오리 길을 걸어 곽 씨 집으로 갔다. 이런 연유로, 손병희는 억지 장가를 든 도둑 신랑이라고 두고두고 입살에 올랐다.

그날 밤 한방에 든 손병희를 마주하여 곽 씨는 또다시 눈물을 흘렸다.

"저희 친정에서도 말이 많았음을 아시는지요? 그래서 저희 집에 아직도 섭섭한 마음이 남은 건 아닌지요?"

손병희는 아내를 다독거리며 말했다.

"부족한 나와 혼인을 해 주어서 얼마나 기쁜지 모르오. 처갓집 울타리 기둥에 열 번이라도 절을 할 판국에 무슨 다른 심사가 있겠소. 그런 쓸데없는 생각일랑 털어 버리시오."

곽 씨는 비로소 마음이 놓인 듯, 남편의 너른 품을 세차게 파고들었다.

하지만 아내가 잠든 후에도 손병희는 쉬이 잠을 이루지 못하였다. 나라를 구하고 세상을 구하는 대의의 길에 나서는 것으로 자신이 겪은 설움 따위쯤은 떨쳐 낼 수 있었지만, 막상 고향 집에서 바라보이는 세상은 아직도 컴컴한 한밤중이었다.

어머니 최 씨는 청주목 아전 출신 손의조의 첩실이었고, 따라서 손병희는 서출이었다. 그는 철이 들면서 아버지를 아버지라 부르지 못하고, 형님을 형님으로 부르지 못하며 벼슬길에 나갈 수도 없다는 걸 알게 되었다. 문중 제사에서 자신은 온전히 절도 할 수 없었다. 더욱이 아전은 중인 계급으로 성인이 되어 벼슬길에 나선대도 서울에서 내려온 벼슬아치들의 손발이 되어 갖은 치다꺼리를 해야 하는 처지이다. 그러나 그보다 더 못할 짓은, 백성의 고혈을 빼먹자고 덤비는 관리들의 앞잡이가 되어 고향 백성들의 원성을 살 일을 도맡아 해야 하는 것이었다. 철이 들고 사리가 분명해질수록 손병희 가슴의 울분은 더 쌓여 갔다.

장가를 든 이듬해 가을엔 이런 일도 있었다. 그해 9월 손씨 문중의 모든 남자들이 망월산 자락 선산 문중 묘역에 모였다. 손병희 역시 뿌듯한 마음으로 일가친척들 틈에 끼여 항렬에 따라 한 사람씩 조상 묘 앞에 나가 술을 따르고 절하는 모습을 지켜보았다. 드디어 그의 차례가 되어 분묘 앞에 나아갔다. 그때 자기 연배의 문중 어른 한 분이 달려들어 그를 밀쳐 냈다.

"어디 서출 주제에 감히 조상 묘에 절을 한단 말인가? 썩 물러나지 못할까?"

여러 사람들 앞에서 망신을 당한 손병희는 머리끝까지 피가 솟구치는 느낌이었다. 수치심과 분노로 얼굴이 시뻘겋게 달아올랐다. 씩씩거리며 집으로 돌아온 손병희는 갓과 두루마기를 벗어 마당에 내팽개쳤다. 그러고는 곳간에서 곡괭이를 찾아 들고 다시 문중 산으로 올라갔다. 그는 아직도 묘소를 옮겨 가며 제사를 지내는 친척들을 아랑곳하지 않고 이미 성묘가 끝나 한갓진 산소 하나를 골라 한쪽 모퉁이를 곡괭이로 내리쳤다. 사람들이 놀라서 손병희에게 달려들었다.

"아니 이게 무슨 짓이냐?"

그러나 손병희는 아랑곳하지 않고 곡괭이질을 하면서 어깻죽지로 달려드는 사람들을 밀쳐 냈다. 그러자 대여섯 명이 한꺼번에 우르르 비탈진 묘소 주변으로 나뒹굴고 말았다. 곁에 있던 다른 사람들은 다가설 엄두를 내지 못했다. 그때 손병희의 울분에 찬 고함이 터져 나왔다.

"서자는 사람도 아닙니까? 저는 손씨 피를 이어받은 사람이 아니랍니까? 해서 저는 조상님 뼈 하나라도 파내서 따로 산소를 모시고 성묘를 하려고 합니다."

한바탕 소동을 치르고 나서야 손병희는 말석이나마 성묘 행렬에 참여할 수 있게 되었다.

열일곱 살 되던 어느 봄날 괴산 삼거리 한 주막집에서 벌어진 사건도 손병희의 이름을 드날리게 했다. 백주 대로에서 수신사가 역졸의 상투를 풀어 자신이 타고 가는 말 꼬리에 묶어 질질 끌고 가다가 삼거리 주막에 당도했다.

역졸은 피투성이 만신창이가 되어 차마 눈뜨고 보기 어려운 지경이었다. 너무 피를 많이 흘려 그대로 두면 죽음에 이를 수밖에 없는 상황이었다. 그러나 주변에 몰려든 사람들은 그저 구경만 할 뿐이었다. 마침 이를 본 손병희는 주막집 벽에 걸려 있던 낫을 들고 가 말꼬리를 잘라 역졸을 풀어 주었다. 수신사의 마부가 달려와 그를 막아서자 손병희는 격한 목소리로 말했다.

"사람이 사람을 어찌 이리 함부로 대하느냐? 너의 주인은 어디 있느냐? 이리 나와 보라고 하라."

이때 수신사가 주막 방 안에 있다가 웬 소란인가 하고 문밖으로 나왔다.

"네놈이냐? 사람을 이 지경으로 만들어 놓고 방 안에서 주안상을 받은 놈이 정녕 네놈이렷다? 양반이면 개돼지보다 못한 일을 저질러도 상관없다는 말이냐?"

손병희는 노한 목소리로 수신사를 꾸짖고 그를 향해 달려들었다. 수신사는 난데없는 일격에 벌렁 바닥에 쓰러졌고, 가지고 있던 유서통(諭書筒: 임금의 명령서가 들어 있는 통)이 땅에 떨어졌다. 손병희는 그 유서통을 집어 연못 한가운데로 던져 버리고 수신사 쪽으로 돌아섰다. 수신사는 자칫하면 목숨도 잃겠다 싶어 꼬리 잘린 말을 타고 줄행랑을 쳐 버렸다.

그제야 손병희는 피투성이 역졸에게 이렇게 된 연유를 물었다. 역졸은 떠듬떠듬 자초지종을 이야기했다.

"단지 상놈으로 태어난 게 죄구만요. 이번 행차에 여비를 보태라고 하는데 돈이 없어서 보탤 수가 없었죠. 매번 이 핑계 저 핑계로 돈을 뜯어 가니 밑천이 바닥난 지 오래이구만요. 그랬더니 거동이 느리고 상전을 우습게 본다며 저를 이렇게 말 꼬리에 매달았습니다."

그의 말을 듣고 나니 기가 차다 못해 걷잡을 수 없는 분노가 치밀었다. 양반과 상놈, 적자와 서자, 남자와 여자, 늙은이와 젊은이라는 신분과 계급 차별이 거대한 형틀로 자리 잡고 끊임없이 더 약한 자에게로 모든 죄가 전가되는 사회, 힘없는 백성들의 주리를 틀어 고혈을 빨아 지탱되는 사회가 바로 조선 말기의 모습이었다. 차별과 불의의 구조로 이룩된 이 사회에서 손병희가 할 수 있는 일은 아무것도 없었다. 무력감 속에서 시대의 아픔을 잊을 수 있는 건 오직 술과 노름의 시간 속에서일 뿐.

그러던 어느 날이었다. 그날도 건달들과 어울려 술에 얼근하게 취해서 집에 돌아와 보니 손병희보다 일곱 살 많은 조카 손천민이 찾아왔다.

"아저씨, 요즘 어떻게 지내세요?"

"뭐, 별일 있겠소? 입에 풀칠이나 하고 살면 잘사는 게지."

손병희의 말씨는 늘 그렇듯 퉁명스러웠다.

"아저씨, 마음의 근심과 풀리지 않는 의문들과 고통들을 일시에 해소하는 명약 처방이 있는데, 한번 들어보시겠습니까?"

"……."

손병희는 아무 대꾸도 하지 않았다.

"동학이라고 들어 보셨는지요?"

"아니, 그거는 나라에서 금하고 있는 거 아니오? 조카님이 동학당이라도 된단 말이오?"

"네. 제가 바로 그 동학 도인입니다. 동학을 믿으면, 삼재팔난(三災八亂)을 막을 수 있고, 세상의 온갖 질병과 화를 막아 낼 수 있습니다."

손병희는 얼굴을 찡그리며 손을 휘이 내저었다.

"아, 나는 삼재팔난이 어서 와서 이 세상을 싹 뒤엎었으면 하고 바라는 사람이오. 손 하나 까딱 않고 백성들이 땀 흘려 기른 곡식 알갱이 하나까지 모조리 걷어 가는 양반 도적놈들 모두 잡아가면 속 시원하겠소. 또 남의 땅에 들어와서 마음대로 대포 팡팡 쏘고서도 적반하장으로 설치고, 힘없는 부녀자들 겁탈에, 가난한 백성들 속고쟁이까지 훑어가려는 왜놈, 양놈, 청놈 들 모두 한 놈도 남기지 않고 싹 쓸어갔으면 좋겠소. 세상 돌아가는 꼴이 영 말이 안 되니 홀딱 뒤집어져야 된단 말이오. 조카님이나 동학 실컷 좋아하시어 삼재팔난에서 벗어나시오."

제 분에 못 이겨 악다구니에 가까운 말들을 내뱉는 손병희를 손천민은 빙그레 웃으며 쳐다보았다. 그러곤 더 이상 말을 잇지 않고 다른 날 다시 찾아뵙겠다, 하고는 선선히 물러났다. 좀 더 닦달하며 어깃장을 부리려던 손병희는 닭 쫓던 개 지붕 쳐다보는 모양 맥 빠지게 되었다.

그 며칠 후, 손병희는 이웃 마을 친구 서우순 집에 들렀다.

"이리 오너라."

문을 열어 준 것은 여종 말순이었다. 그런데 말순의 행동거지가 영 달라져 있었다. 땟국물 질질 흐르고 다 떨어진 치마저고리 대신 말쑥한 여염집 처자 행색을 하고 있고, 어눌하던 말씨에도 어딘가 모르게 당당하고 품위가 생겨 있었다.

"말순아, 이리 와 아버지 친구에게 인사 여쭙거라."

말순이 손병희에게 큰절을 올렸다. 그러자 서우순은 어리둥절해하는 손병희에게 이렇게 말했다.

"올 정월부터 말순이는 종이 아니라 내 양딸이네. 똑같은 인간으로 태어나 죄 없이 양반 상놈, 적자 서자, 늙은이 젊은이, 남자 여자 차별하고 억압하는, 말도 안 되는 이런 짓거리들은 반드시 없어져야 하네. 이 세상 누구나 타고날 때부터 존귀한 존재이니까!. 사람뿐만 아닐세. 이 세상 만물 하나하나 의미 없고 소중하지 않은 것은 없네. 쌀 한 톨, 풀 한 포기, 이슬 하나 우리에겐 없어선 안 될 존재들 아닌가? 우리는 돌멩이 하나도 모두 하늘님으로 공경해야 하네."

손병희의 가슴에 서우순 말 한마디 한마디가 천둥처럼 울려 퍼졌다. 머리는 벼락을 맞은 듯 정신이 번쩍 들었다.

"아니, 자네 어찌 이리 변할 수가 있나? 언제부터 그런 천지개벽할 생각을 갖게 됐나?"

서우순은 만면에 너그러운 웃음을 지으며, 말순이에게 물러가라고 하였다.

"나는 동학에 입도했네. 동학의 가르침을 처음 펴신 분은 경상도 지역의 내로라하는 유학자의 아드님인데 그분은 동학을 가르치면서 데리고 있던 두 여종 중 한 사람은 며느리로 삼고, 한 사람은 수양딸로 삼으셨네. 사람에게 귀천은 없고 남녀노소 누구나 평등하다고 말씀하시던 것을 몸소 실천한 것이지. 그리고 지금은 그 수제자이신 해월 최시형 스승님이 동학을 이끄시고 있다네. 수운 대스승님은 우리 모두 안에 하늘님을 모시고 있다고 하는 시천주(侍天主)의 가르침을 주셨고, 그분을 이어받은 해월 스승님은 누구나 하늘님처럼 대접하라는 사인여천(事人如天)을 강조하고 계시네."

손병희는 처음에는 무심히 듣고 있다가 가슴에 천둥 치는 것과 같은 울림을 받았다. '사람의 귀천은 없고 남녀노소 누구나 평등하다.'는 말이 봉사 눈 뜬 것 모양으로 경이롭게 다가왔다.

"동학은 삼재팔난이나 면하자는 거라고 들었네만…."

"삼재팔난뿐이겠나. 요즘 우리나라엔 도가 땅바닥에 떨어져 임금이 임금 노릇을 못하고 신하가 신하 노릇을 못하고 어버이가 어버이 노릇을 못하고 자식이 자식 노릇 못한 지가 참으로 오래됐네. 우리 동학에서 첫째가 사람 섬기기를 하늘과 같이 하고 하늘 모시기를 부모와 같이 하는 것이네. 이처럼 정성으로 모든 사람을 평등하게 대접해야 비로소 태평성세가 온다고 말씀하셨네. 다시 말하면, 포덕천하(布德天下)를 이룬 뒤 광제창생(廣濟創生), 보국안민(輔國安民)하여 백성이 스스로 주인 되는 지상천국을 열어 보자는 것이네."

"……! 거 참, 듣기만 해도 속이 다 시원하네. 지난번 천민이 조카님이, 동학은 삼재팔난을 면하기 위해 만들어졌다 하길래 싫은 소리를 잔뜩 해서 쫓아 버렸는데, 조카님은 어디서 어떻게 동학을 듣고 다니길래 이런 좋은 말은 아는 체도 하지 않았을까?"

"손천민 대접주님이 자네 속을 떠본 모양일세그려."

"손천민 대접주?"

"이 근방에서는 손천민 접주만한 분이 안 계실걸…."

"아무튼 내 당장이라도 동학에 들겠네. 어쩌면 되는가?"

역시 화통한 손병희였다.

손병희는 서우순이 이르는 말대로 그날부터 어육주초(魚肉酒草)를 끊었다. 다가올 입도식을 위해 사흘간 목욕재계를 하고 예물로 비단 한 필을 마련하였다.

1882년 10월 5일 손천민, 최종묵, 최동석, 김상일 등이 서우순 집에 모여 손병희의 입도식을 지켜보고 축하하였다. 전도인은 김상일로 정하고 서우순이 입도식을 이끌었다.

그 후 손병희는 건달들과의 교제를 끊고 술과 도박을 일체 멀리하고 집에 칩거한 채 경전을 읽고 주문을 정성껏 외우며 정진하였다. 인물이 인물이었던지라 손병희의 동학 입도 소식은 청주 일대에 삽시간에 큰 화젯거리로 떠올랐다. 처음에는 얼마나 가랴 하는 뒷말이 무성하더니, 시간이 지날수록 손병희의 근기를 칭송하는 목소리가 높아지고 덩달아 동학의 성가도 드높아졌다.

그렇게 몇 달이 지나자, 주변 사람들이 손병희에게 해월 선생님을 만나 뵈올 것을 권하였다. 그러나 손병희는 고개를 저었다.

"아직 저는 부족한 게 많습니다. 제 도 닦기에 급급한지라, 선생님을 뵈올 겨를이 지금은 없습니다."

그렇게 꼬박 수련에 전념한 손병희는 입도한 지 만 2년이 지나서야 교주 해월 선생을 만나게 되었다. 당시 해월 선생은 각처를 순행하며 교도들을 지도하는 한편, 장맛비에 냇물 불어나듯 늘어나는 도인들을 체계적으로 관리하고 가르치는 제도를 만드는 중이었다. 한편으로는 충남 천안군 목천 김은경 집에 판각소를 차리고 수운 스승님이 남기신 경선을 인쇄 간행하여 보급하는 일에도 힘쓰고 있었다. 손병희는 손천민 등과 더불어 해월 최시형 선생을 처음으로 뵙고 큰절을 올리며 제자의 예를 갖추었다.

해월 선생은 깡마른 체격에 흰 무명옷을 입은 보통 중늙은이처럼 보였다. 하지만 눈빛이 맑고 형형하게 빛나서, 한눈에 도인의 풍모를 느낄 수 있었다. 듣던 대로 방 한쪽 귀퉁이에는 언제든 일할 수 있는 모습으로 노끈 더미와 재료가 쌓여 있었다.

그때 마침 손병희는 격식을 갖추느라 평소 입지 않던 비단옷까지 입고 한껏 성장을 하였다. 외양과 체면을 중시하는 그의 성격이 아직 남아 있었기 때문이기도 하고, 스승을 뵙는 자리이니 예를 갖춘 것이기도 했다. 명주 바지저고리에 명주 중의를 입고, 통영 새 갓을머리에 썼는데 호박풍잠*에 은동곳**을 꽂아 한껏 멋을 냈다.

그 모습을 보고, 해월을 모시고 있던 도인들이 눈이 휘둥그레지며

* 風簪: 조선 시대 머리에 쓴 갓모자가 바람에 넘어가지 못하게 하기 위해 망건의 당 앞에 달아 꾸미던 물건. 쇠뿔, 대모, 금패, 호박(琥珀) 따위로 만들었다.

** 동곳: 상투를 튼 후에 상투가 풀어지지 않게 꽂는 물건. 길이 약 4센티미터 정도로, 금, 은, 호박, 비취 따위로 만들었다.

이내 혀를 찼다. 검소와 근면을 강조하는 해월의 가르침과는 한참 거리가 먼 차림이었기 때문이다.

낡은 무명옷 차림으로 새로운 제자들을 맞이한 해월은, 그 모습을 보고 빙그레 웃었다. 그리고 부드러운 음성으로 말문을 열었다.

"도(道)는 사치한 데 있는 게 아니니 항상 몸가짐을 검소하게 꾸미시게나. 그대는 이미 무극대도의 길로 들어섰으니 눈앞의 허영과 사치 대신에 정성을 다해 도통할 일에 집중하시구려."

손병희는 당황하여 무릎을 꿇고 정중하고 간절하게 청하였다.

"어떻게 하면 도를 통하겠습니까?"

"……."

해월이 아무 말도 하지 않자 손병희는 머리를 땅에 찧으며 눈물을 쏟았다. 그리고 애끓는 목소리로 호소하였다.

"하늘에서 이 세상으로 저를 보낸 뜻이 있을 것인데, 세상은 아무 이유 없이 저를 핍박하고, 타고난 신분에 따라 이리저리 맘대로 옭아매려는 것을 용납할 수 없어서 제멋대로 살아온 무지한 인생입니다. 그런데 이 도를 접하고 공부하면부터 한 줄기 광명을 본 듯하여, 죽기로 매달려 왔습니다. 이제 마음으로 헤아려 보는 이치로는 보국안민하고 포덕광제하는 뜻을 알 것도 같으나, 더 이상의 진전이 없습니다. 무도하고 불의한 자들이 뭇 사람 위에 올라타고 앉아, 쉼 없이 일하며 하루하루를 살아가는 백성들의 고혈을 짜는 것을 당연한 법도로 여기는 이 세상이 언제쯤 물러가겠습니까? 새로운 세상은 언제쯤 오겠습니까? 오직 주문을 외는 것으로 심신을 단련하며 하염없이 기다려야 하는지, 아니면 스스로의 껍질을 깨고 나와 먼저 새 세상을 향하여 달려가는 길은 없는지 진실로 알고 싶습니다. 제 안에 들어앉아 있는, 이 바윗덩어리 같이 단단한 아집과 무지를 깨뜨리고 반드시 도를 얻고 싶습니다. 그리하여 저를 깨치고, 나아가 저처럼 아집과 무지에 사로잡혀 있는 사람들에게 도를 전하여 어리석음을 깨뜨리고, 마침내 이 낡아 빠진 세상을 새 세상으로 바꾸고 싶습니다. 부디 저를 이끌어 주십시오."

폭풍우처럼 몰아치는 손병희의 질문 아닌 질문, 하소연 아닌 하소연을 듣는 내내 해월은 지그시 눈을 감고 있었다. 격식 있는 차림새에다 몸집만으로도 군계일학인 거구의 손병희가 마치 배고픈 어린애처럼 간절하게 매달리며 도를 청하고 있었다.

해월은 한여름의 폭풍우 같이 거친 손병희의 언변 깊숙이 도사린, 한없는 여림과 질박한 근기를 보았다. 눈에 보이는 저 화려한 치장조차도 그 진심을 가리진 못하였다. 해월에게는 그것이 보였다.

"우리 도에 많은 사람들이 들어오고 있지만 도의 참경지에 이르도록 정진하는 사람은 드무네. 자네가 열심히 수련하고 하늘님의 마음을 회복한다면 새로운 세계로 가는 길이 자네로 말미암아 열릴 것이네. 부디 열심히 공부해서 동학의 큰 도를 몸으로 깨치고 세상에 나가 널리 전하시게. 무릇 사람이 곧 하늘이고 하늘이 곧 사람이니 사람 밖에 하늘이 따로 없고, 이 세상에 하늘 아닌 사람이 없는 법일세.

도를 통하는 길이 멀고 높고 신이한 데에 있는 것이 아니라는 말일세. 이 말을 생각으로 헤아리기는 쉬우나 몸으로 깨치는 것은 어려운 일이니, 오래 수련하고 탐구하여 터득하는 일을 주로 하시게나. 그대 안에 이미 신령이 있고, 정성으로 시종하면 밖으로 기운 화함이 있으리니 그때라야 비로소 마음에 거리낌이 없게 되고 우주 삼라만상의 이치도 깨닫게 될 걸세."

손병희는 해월 선생의 말씀을 가슴에 아로새겼다. 해월 선생의 말 한마디 한마디가 깊은 울림으로 다가왔다.

"선생님 말씀 깊이 명심하겠습니다. 더욱 열심히 정진하겠습니다."

해월은 다시 온화한 미소를 지었다.

"도(道)는 언(言)과 행(行)이 한결같아야 하네. 행으로서 말하고, 말로서 행에 이르되, 그 행이 새로운 습(習)이 되어야 하네. 그대의 뼛속 깊이 박힌 구습을 타파하자면 3년 동안 매일 짚신을 두 켤레씩 삼고, 경건하고 겸손한 마음으로 한시도 쉬지 않고 주문을 외워 보시게나. 도는 말로 하는 게 아니네. 도통의 길은 그대에게 있으니, 얼마나 쉬지 않고 정성 어린 실천을 하느냐에 달려 있네."

'도(道)는 말로 하는 게 아니다.'

마지막 한마디 말이 손병희의 가슴을 파고들었다. 마치 2년 전 자기가 한 말을 다 알고 있는 듯한 말씀이었다.

집으로 돌아오는 길은 날아갈 듯하였다. 3년이라 하였다. 어찌 길다 하라. 가야 할 길이 정해진 손병희의 마음은 동학의 진수를 처음 전해 듣던 그날보다 훨씬 더 밝고 넓게 열리는 듯하였다. 마음 한구석의 초조함도 씻은 듯이 사라지고 없었다.

해월을 만나고 온 손병희는 이튿날부터 닭이 울기 전에 맑은 샘물을 길어와 청수를 모시는 것으로 일과를 시작했다. 그 이후 식사와 짚신 삼는 시간을 제외하면 하루 종일 주문 공부로 일관했다. 무서운 기세였다.

아침 식사를 마치고, 그리고 저녁 식사를 하기 전에 한 켤레 씩, 매일 짚신 두 켤레를 삼았다. 먼저 마디가 세지 않은 짚을 골라 물을 뿜어 촉촉이 젖어 들게 한다. 그 짚으로 새끼를 꼰 다음, 새끼 두 줄씩 양발 엄지에 걸고 신발 바닥을 촘촘히 만든다. 그리고 양쪽으로 총을 만들고 뒤로는 새끼 두 줄을 뽑아 올린 후 가는 새끼로 총을 엮어 올리면 짚신은 완성이다.

장날이면 모두 열 켤레의 짚신을 들고 나가, 묵묵히 장 바닥에 앉아서 짚신을 팔았다. 야무진 이음새와 튼실함 때문에 짚신은 내놓기 무섭게 금방 팔렸다. 그러는 사이에 손병희는 거의 말이 없었다. 그저 사는 사람이 주는 대로 물건이든 엽전이든 받아 쥐고, 집으로 돌아와 아내에게 내밀 뿐이었다. 이를 본 많은 사람들이 과묵하게 변모한 손병희에 감탄해 마지않았다. 말이 사라진 대신 범접치 못할 위엄마저 느껴지는 그였다.

어느 날인가 눈이 하얗게 쌓인 새벽, 살얼음 섞인 샘물을 길어 집으로 오면서 하얀 옷을 입은 소나무 숲을 보았다. 소나무들이 흰옷 입고 어깨춤을 추는 사람들로 보였다. 그는 새삼스레 소나무 숲을 쳐다보며 발길을 재촉했다. 그의 발자국 소리에 놀란 꿩 한 마리가 푸드득 날아갔다. 손병희는 그 자리에 서서 꿩이 날아간 자리를 하염없이 바라보았다. 아니 새의 궤적 너머 하늘, 하늘 아래 소나무, 내가 걸어온 발자국…. 푸른 하늘과 푸른 소나무와 하얀 눈 사이의 경계가 허물어졌다. 그 허물어짐 속으로 손병희는 자기 자신의 육신마저 가뭇하게 지워져 아득해짐을 느꼈다. 순간 오직 하늘님만으로 가득 차오른 것을 온몸으로 느꼈다. 내 안의 하늘님, 그리고 밖의 하늘님 모두가 하나가 되는 경험! 진정한 도를 향한 하나의 고비를 넘는 순간이었다.

짚신만 만들던 손병희는 어느 날부터 멍석도 만들고, 가마니도 만들고, 지붕의 영새끼며, 지게의 동바, 쇠고삐까지 만들어 냈다. 짚으로 만들 수 있는 것은 무궁무진했다. 그 속에도 도는 있었다. 벼는 낟알인 쌀을 사람에게 식량으로 주고, 볏짚마저도 이처럼 큰 소용이 되는구나. 어디 볏짚뿐이랴. 온갖 풀들이 그러하고, 가축은 가축대로 사람과 더불어 농사를 짓고, 뒷날에는 고기와 뼈와 가죽까지 모두 사람에게 내어 준다. 세상 모든 것들이 자신을 아낌없이 내주고 떠나는 것이라면, 최고의 영성을 가졌다는 인간인 나는 이 세상에 무엇을 줄 것인가.

'지기금지 원위대강 시천주 조화정 영세불망 만사지(至氣今至 願爲大降 侍天主 造化定 永世不忘 萬事知)'

주문 스물한 자를 외우는 동안 헤아릴 수 없이 많은 생각들이 영겁처럼 길게 오갔다. 드디어는 생각 없는 자리가 몇 시간이고 이어지기도 했으며, 번개처럼 스치는 이치와 깨달음이 꼬리를 물고 무궁으로 깊어졌다.

그는 수운 대선생의 『동경대전』과 『용담유사』도 어렵게 구해 되풀이 읽고 또 읽었다. 그리하여 날이 가고 해가 바뀌어 3년여의 세월이 흘렀다.

이제 3년 전의 손병희는 없었다. 말수가 적어지고, 외양에서 위엄과 기품이 눈부시게 빛났다. 무엇보다 눈빛이 달라졌다. 새벽 샘물처럼 맑고 깊어졌다. 입가에는 옅은 미소가 감돌았고, 어머니와 부인이 불편할 새라 집 안 궂은일, 힘든 일을 모두 챙겼다. 충청도에서도 이름난 한량이자, 난봉꾼, 말술에다가 사나운 싸움패였던 그가 이전과는 판이하게 다른 인간으로 거듭났다.

그즈음의 어느 날 손병희는 다시 해월 선생 앞으로 나아갔다. 해월은 그를 바라보며 환하게 웃음 지었다. 손병희는 아무 말도 없이 큰절을 올렸다. 해월이 그만큼의 깊이로 마주 절하여 답하였다.

해월이 다가와 손병희의 손을 잡았다. 두 배는 족히 됨직한 손병희의 손이 지푸라기처럼 앙상하게 마른, 가벼운 스승의 손안에 안겨 들었다. 더 이상 말은 필요 없었다. 손병희의 두 눈에서 뜨거운 눈물이 흘러내렸다.

그날부터 손병희는 해월 선생을 수행하기 시작했다. 해월 선생을 따라 전국 각지를 돌며 선생이 하는 일을 묵묵히 거들었다. 해월이 가는 곳은 어느 고을 할 것 없이 가가호호 주문 외는 소리가 끊이지 않았다. 동학 도인들도 자신감이 넘쳤다. 관의 탄압은 날로 가중되었으나, 더 이상 동학 도인임을 숨기고 사람 눈을 피해 다니는 것에 머무르지 않고 서로 발 벗고 나서 구명하며 세를 넓히기를 주저하지 않았다. 그들은 당당하게 무극대도의 정론을 펼치고 싶어 했다.

한편, 도인들의 숫자가 늘어나자 그 기회를 헤집고, 동학 금압을 빙자하여 도인들의 재산을 착취하고, 위해를 끼치는 사례도 급증하였다. 그러나 당하기만 하고 숨거나 도망치던 예전의 도인들이 아니었다. 시나브로 도인들의 중론이 수운 대스승의 억울한 죽음을 밝히고, 동학과 도인들에 대한 탄압의 중지를 공론화하자는 데로 모아지고 있었다. '신원운동.' 성리학의 유생만 양반이 아니라 동학을 하는 도인들도 반상의 구별을 넘어선 참된 선비임을 밝히고 주장하는 길을 새로이 여는 중이었다. 움츠렸던 시절에는 감히 생각지 못한 신원운동이라는 새로운 길이 열리자 마음과 기운이 급속히 모아졌다. 되도록 많은 도인들을 동원하여 각 도의 감사에게 당당하게 그들의 뜻을 전달하기로 했다.

1892년 10월 손천민의 집에 도소가 마련되었다. 해월 선생의 소집 통문이 각 접에 전달되자 공주에는 수천의 동학 도인들이 모여들었다. 서병학, 김연국 등이 주도하여 마련된 의송 단자가 감영에 전달되었다.

"방금 서양 오랑캐의 학(學)이 우리나라에 들어와 뒤섞여 있고 왜놈 우두머리의 독이 외진에 도사리고 있으니 이것이 바로 우리들이 절치부심하는 일이다. 심지어 왜놈 상인들은 각 항구를 두루 통하여 싸게 사서 비싸게 팔아 얻는 이익을 저들이 마음대로 조종하니 돈과 곡식이 마르니 백성들이 지탱하고 보전하기 어렵다. 심복 같은 땅과 인후 같은 장소의 관세 및 시장세와 산림과 천택의 이익마저 오로지 바깥 오랑캐에게로 돌아가니, 이것이 또한 우리들이 손을 어루만지며 눈물을 흘리는 바이다."

수운 대스승의 신원을 호소하고, 동학의 탄압을 금해 달라는 호소도 들어 있었으나, 그에 머물지 않고 탐관오리의 일탈과 외세의 횡행을 규탄하며, 의로운 뜻을 모아 나라의 기틀을 바로 세워 가자는 요구까지 갖춘 당당한 글이었다.

처음에는 꿈쩍도 않던 조병직 감사는 수천의 의연한 도인들이 일사불란하게 요구하기를 계속하므로 마지못하여 각 군에 감결을 하달했다. 감결의 내용은 동학 도인들을 무고히 해하지 말라는 것이었으나, 각처에서 핍박을 받고 해를 입는 도인들의 사정은 달라지지 않았다. 그리하여 11월, 잠시 물러났던 도인들이 다시 삼례에 모여 전라 감사에게 동학에 대한 금압을 풀어 달라고 재차 요구했다. 이때 모인 도인의 수는 1만을 넘어섰다.

전국 각지에서 모여든 도인들은 말도 다르고 얼굴도 낯설었으나 누구 하나 서먹한 이가 없었다. 모두 형제요, 부모 같았다. 처음 보는 이들이 얼싸안고 눈물 바람하기 일쑤요, 집안 안부 묻기를 스스럼없이 하였다. 여기저기서 사돈이 맺어졌고, 중신애비 중매쟁이가 숱하게 생겨났다.

"아무 말씀도 마시오. 나는 이제 죽어도 여한이 없소! 모두들 고맙고, 또 고맙소! 하늘님, 스승님 고맙습니다. 고맙습니다."

한목소리로 외치는 감사의 소리가 물결 넘치듯 무리 속으로 퍼져나갔다.

그동안 쫓겨 다니며 음지에서 숨죽여 살아왔던 도인들은 평생 보지 못하던 동무의 무리에 스스로 놀라고, 마음을 모아 하나 된 하늘님의 세상에서 도를 깨치는 기적들을 목도했다. 이곳에서는 반상의 구별도, 남녀노소의 차별도 없이 모두 모심받는 평등한 존재들이다. 여기저기서 신분이나 나이를 따지지 않고 맞절하며, 상대를 '접장님'이라 존칭하는 소리가 들려 왔다. 그들은 난생처음 접하는 동학 세상의 감동과 경이로움을 만끽하였다.

그러나 동학 밖 세상의 현실은 엄연하여서, 전라 감사의 감결 내용도 충청감사의 것을 넘어서지는 못하였다. 두 감사 모두 '동학은 나라에서 금하는 바'이므로 그것을 근본적으로 풀어 내는 일은 자기의 권한을 넘어선다는 것이다. 결국 한양으로 나아가 임금님께 도인들의 뜻을 전해야 한다는 데로 의견이 모아졌다. 그리하여 1893년 2월,

광화문 앞에서 임금님께 엎드려 교조신원의 품의를 전달하게 되었는데, 손병희는 아홉 명 대표의 한 사람으로 참가하게 된 것이다.

그는 밤새 여러 생각들로 뒤척이다가 잠시 눈을 붙이고 새벽녘에 일어나 기도를 마친 후 서둘러 짐 보따리를 쌌다. 관졸들의 눈을 피하려면 날이 밝기 전에 서둘러 나서야 하기 때문이다. 부인 곽씨와 어머니가 정성스레 챙겨 준 옷 보따리와 미숫가루, 떡, 주먹밥 등을 짊어지고 길을 나섰다. 눈물을 흘리며 배웅하는 가족들을 뒤로하고 나서는 길이었지만 오히려 홀가분하고 희망찬 기분이 들었다. 그를 기다리고 있는 해월 선생과 동학 접장들의 믿음직한 얼굴들이 떠올랐기 때문이다.

'동학, 개벽!'

생각만 해도 가슴 설레고 벅찬 말들이다. 아무 희망 없이 술과 원망으로 하루하루를 보내던 그에게 이 세상 존재의 이유를 환하게 알려 주었다.

광화문 복합 상소 이후 동학의 주요 일꾼들이 충청도 청산현에 다시 모여들었다. 그들은 수운 대선생의 순도 향례를 마친 뒤 동학 도인들의 단결된 힘을 응집하여 신원운동을 다시 한 번 벌여 나갈 것을 결의했다. 해월 선생은 통유문을 보내 최대한 많은 동학 도인들이 보은 장내리에 집결하도록 하였다.

손병희도 장내리 도소에 들어와 해월 선생을 뵈었다. 그리고 광화문 복합 상소 때 일들을 낱낱이 고했다. 덧붙여 자신이 광화문 복합 상소 중에 경험했던 신비한 체험에 대해서도 여쭈었다.

"제가 체험했던 것이 꿈인지 생시인지 알 수가 없습니다. 제가 귀신이라도 되었던 것일까요? 외국 공사관이나 교회당에 진짜 괘서가 걸렸던 게 사실이라면 제가 경험했던 일도 사실이라 할 수밖에 없지 않을까요?"

해월 선생은 잔잔한 미소를 지으며 손병희의 이야기를 끝까지 경청하였다. 그러고 나서 이윽고 입을 열었다.

"모든 것이 하늘님 기운의 조화이네. 내 몸에 탁기가 쌓이면 지혜의 눈을 가리게 되고, 내 기운을 맑고 밝은 경지에 들게 하면 하늘님의 신령한 기운으로 시공을 초월하여 보이는 것과 들리는 것을 자유자재로 할 수 있네. 그것을 곧 수심정기(守心正氣)의 지극한 경지라 하지. 무릇 우리 도를 닦는 이라면 수심정기의 경지를 체험하고 행할 수 있어야 하네. 수심정기의 지극한 경지에서 신력이나 무불통지의 신묘한 현상이 나타나는 것은 이상한 일이 아니지. 그것은 모두 하늘님의 능력이요, 하늘님이 하시는 일이니…."

"그렇다면 제가 신통력을 길러도 좋다는 말씀이십니까?"

손병희가 기쁨에 차서 되물었다. 해월 선생은 금세 정색하고, 보기 드물게 매서운 눈빛으로 손병희를 쳐다보았다.

"옛 성인들은 신통력을 경계했다네. 신통력을 자랑하지 않는 것은 물론, 입 밖에 내지도 않았을뿐더러, 혹시나 신통력 생긴 걸 누가 알까 봐 매우 경계했다네."

손병희는 잠자코 고개를 주억거렸다.

"신통력은 수련과 공부의 초기에 일어나는 일이니, 그것에 빠져 의존하게 된다면 높고 깊은 단계로 나아가지 못하는 것은 물론, 필연코 재앙이 따르게 마련일세. 원래 인간은 조금만 능력이 생기면 자만의 늪에서 헤어나지 못하는 법. 일시적으로 얻은 능력으로 자신이 전지전능한 존재가 된 것처럼 착각하기 쉽다네. 자네도 직접 보고 겪지 않았나. 함께 수도하는 몇몇 도인들이 자기로부터 나오는 신통력이 마치 도의 최고 경지인 양 생각하고 주장을 앞세우다가 마침내 교문을 따로 세워 나가는 것을…. 그들의 말로가 어떠하던가? 아직 그 끝에 당도하지 못하여 지금도 그것이 최고인 양 좇아가는 이들은 금방 절벽 앞에 선 스스로를 발견하고 절망할 걸세. 그걸 인정하지 못하는 자는 그때부터 거짓으로 기적을 만들어 내는 단계로 나아갈 테지…. 도를 이루려는 자는 신통과 이적을 멀리해야 한다는 것은 천고의 진리일세. 일찍이 수운 대스승님이 공부하던 당시에도 밤마다 선녀가 환한 빛에 싸여 하늘에서 내려오고, 하늘나라 소리인 듯한 아름다운 음악이 용담 골짜기를 가득 채우기도 했네. 그러나 수운 대스승님께서는 그 자리에 있던 우리들에게, 조금이라도 그것들에 주의를 빼앗기지 않도록 수심정기하라고 준엄히 말씀하셨네."

해월 선생은 신통력에 주의를 빼앗기고 자만하면 마귀와 같은 삶속으로 떨어지니 거듭 '수심정기'에만 힘쓸 것을 강조해 말씀하셨다. 손병희는 해월 선생의 말씀을 가슴에 새겼다. 그는 매일 아침 청수를 모시고 수련하며 수심정기의 지극한 경지에 도달하기 위해 노력했다. 몸을 바르고 청결하게 하고, 매 순간 겸손한 태도로 마음을 맑고 밝게 유지하도록 애썼다. 그리고 진심으로 정성을 다해 해월 선생을 보필하였다.

도인들, 보은 장내리와 금구 원평에 몰려들다

보은 장내리에는 수만 명의 도인들이 모여 서양 세력과 일본 세력을 배척한다는 '척왜양창의(斥倭洋倡義)'의 기치를 내걸었다. 또 조정을 향해 네 가지의 요구 조건을 내걸었다. 첫째, 교조 수운 최제우 큰스승의 억울함을 풀어 달라는 것, 둘째, 동학 도인에 대한 탄압을 중지하라는 것, 셋째, 외국의 세력은 물러가라는 것, 넷째, 외국 상품을 배격하고 목면을 입으며 국산품을 애용하자는 것 등이었다.

보은 장내리는 나날이 몰려드는 도인들로 그야말로 장맛비에 골짜기 물이 불어나듯, 대한 칠 년 마른 들판에 들불이 옮겨 붙듯 하였다. 엄정한 질서와 규율로 많은 사람들이 먹고 자는 문제를 해결해 나갔으나, 장내리 일대 민가와 초옥이 감당할 수 있는 수준에는 한계가 있었다. 긴급히 각 접에 통문을 하달하여 아직 출발하지 않은 접은 각 지역에 그대로 머물게 하고, 오는 도중에 있는 무리들은 가급적 돌아가 다음 연락을 기다리도록 했다. 그러나 관에 쫓겨 떠돌던 도인들은 그러한 지시에도 불구하고 고향으로 돌아갈 수는 없었다. 그래서 그들은 장내리에 가지 못하고 금구 원평에 몰려들었다. 이미 그곳에는 전라도 지역 도인 중심으로 수만 명의 도인이 모여 보은으로 향하려다 대도소의 통문을 받고 머물고 있었다. 그곳의 열기는 보은을 뛰어넘어 금방이라도 폭발할 듯 격앙되고 있었다. 보은과 금구 사이에는 공사 간의 파발이 끊임없이 오가며 사태의 추이를 주시하고 있었다.

1893년 3월, 아직은 쌀쌀했지만 바람은 한결 보드라웠다. 사람들의 마음도 민들레 꽃씨처럼 한껏 부풀어 보은 장내리와 금구 원평 들판은 하나의 축제의 장이 되어 갔다. 각 접별로 패를 지어 포 이름을 적은 깃발을 들고 수많은 사람들이 모여들었다. 또한 이 기회에 동학의 진면목을 확인하고 동학에 가담하고자 하는 이들도 너나없이 함께 어울렸다. 재기가 있으나 뜻을 펴지 못해 우울하게 지내던 이들, 탐관오리들이 횡행하는 것을 분통히 여겨 목숨을 던져서라도 의를 세우려 하는 이들, 오랑캐들이 우리의 이익을 통째로 빼앗는 것을 통절히 여겨 오던 이들, 부패한 오리에게 침탈되고 학대받았으나 어디에도 호소할 바가 없는 이들, 무력으로 협박받고 억눌림을 당하여도 스스로 지킬 힘이 없는 이들, 양반의 매에 죽기로 예정되어 있던 이들, 영읍의 속리로서 직언하다 쫓겨난 이들, 유무상자*의 동학 풍속

* 有無相資: 있는 자와 없는 자가 서로 가진 것을 나누어 돕는다는 동학의 호혜적 전통.

에 감읍한 이들, 입도한 그날부터 반상의 구별 없이 맞절하는 풍속에 감읍한 이들…. 사연도 생각하는 양도 다 달랐으나, 한결같은 것은 동학이 그리는 세상에 희망을 걸고 기쁨에 넘치는 그것이었다.

선무사 어윤중은 수차례의 담판을 하며 동학을 이끄는 이들과 평범한 도인 무리들을 세세히 살펴 몇 차례의 장계를 올렸다. 어윤중의 최종 결론은 이것이었다.

"비록 무기를 지니지 않은 듯하지만, 성에 깃발을 꽂고 망을 보고 살피는 것은 자못 전쟁하는 진영의 기상이 있습니다. 부서가 서로 이미 정해져 행동거지에 어긋남이 없습니다. 글을 하는 사람이 오면 글로써 접대하고, 무술을 하는 사람이 오면 무술로써 접대하여 스스로 판단하는 방법이 있으니, 함부로 무력을 사용해서는 아니 됩니다. 저들은 말하기를 '저희들의 이 집회는 조그마한 무기도 가지지 않았으니, 이는 바로 민회(民會)입니다. 일찍이 여러 나라에도 민회가 있다고 들었고, 조정의 정령(政令)이 백성과 나라에 불편한 것이 있으면 모여서 의논하여 결정하는 것이 근래의 일입니다. 그런데 어찌 저희들을 도적의 무리[匪類]라고 지적합니까?' 하고 하소연합니다."

어윤중은 끝내 쓰지를 않았지만, 행간의 뜻은 간절하였다. '동학의 무리들이 자유로이 모여 공부하게 하고, 그들의 뜻을 펴게 하소서.'

그러나 조정의 대답은 무미건조했다. '무지하고 어리석은 백성들을 깨우쳐 각자 집으로 돌아가 생업에 종사케 하라. 이 명령을 듣지 않으면 반역의 죄로써 처리하겠다는 것을 엄히 공포하라.'

마침내 해월은 도인들에게 해산을 명하였다. 그러면서 깊이 절망했다. '이제 이 보은에 모인 사람들이 썰물처럼 물러 나갈 것이다. 그리고 머지않아 감당할 수 없는 크기의 거대한 밀물이 닥쳐올 것이다.'

막아야 하지만 막을 도리가 없었다. 이제 남은 것은 어디서 첫 번째 파도가 시작될 것인가일 뿐. 어쩌면 그것도 이미 충분히 예견된 건지도 모른다. 고부 접주 전봉준은 끊임없이 자신의 계획을 전해 오고 있었다.

1894년 1월 10일, 마침내 큰 물결 하나가 밀어닥쳤다. 고부에서 백성들이 들고 일어난 것이다. 고부 군수 조병갑의, 너무 많아 기록조차 할 수 없는 온갖 치부와 수탈 행위들, 전운사 조필영의 세미의 이중 징수, 부당한 운송 비용 부과를 바로잡고자 일어섰다 하였다.

그들은 파죽지세로 올라가 전주성을 거쳐 서울로 올라간다는 목표를 제시했다. 고부성 점령은 고부의 동학 도인들과 농민들만으로도 충분한 일이었다. 전봉준 등은 고부성을 격파하고 군수 조병갑을 효수할 것, 군기창과 화약고를 점령할 것, 군수에게 아첨하고 인민을 침탈한 이속을 징계할 것, 전주 감영을 함락하고 서울로 향할 것 등을 결의하였다.

고부에서의 봉기는 절반의 성공이었다. 고부 지역 동학도와 농민들의 결합은 순조로웠다. 잠재된 농민들의 역량도 충분히 확인할 수 있었다. 그러나 순박한 고부 농민들은 군령을 넘어서는 것을 주저했다. 게다가 도망간 조병갑의 후임으로 박원명 신임 군수가 부임하여 "지금부터는 여러분과 지방의 시정을 의논하려 하니 민군 중에서 이부(吏部) 이하 중요한 자를 선발하라."는 방을 내붙이고 해산을 종용하자 농민들은 현저히 동요하기 시작했다. 일단은 해산하지 않을 수 없었다.

그러나 뒤이어 사태의 수습을 위해 들어온 안핵사 이용태가 꺼진 불씨에 불을 지폈다. 그는 800여 명의 군졸을 거느리고 이미 소요가 잠잠해진 고부의 마을마다, 농가마다 다니며 들쑤셨다. 동학도와 봉기 농민들을 찾아 두들겨 패는 것은 물론이요, 부녀자들을 겁탈하고 재산을 약탈하였다. 민심은 사납게 들끓었다.

전봉준은 오래전부터 구상한 대로 동학군을 이끌고 무장의 손화중에게 가서 단호하게 말했다.

"이제 때가 되었습니다."

손화중은 말없이 고개를 끄덕였다. 손화중은 전봉준의 든든한 후원자이자, 호남 일대 동학 조직의 핵심 매듭이었다. 10년도 전에 입도한 손화중은 전봉준보다 나이는 어렸으나 동학 교단 내에서 그가 직접 관할하는 조직도 방대할뿐더러, 인근의 대접주와 긴밀한 협조 관계를 유지하고 있었다. 손화중은 관내에는 물론이고 호남 일대 전체 동학의 조직에 기포의 뜻을 전하고 호응할 것을 요청했다. 이미 언질을 하여 둔 터라 모이는 날짜와 장소를 통지하는 것이 주요한 내용이었다. 정해진 사람들이 사방으로 통문을 품고 떠나갔다.

3월 20일 무장 당산마을에는 4,000여 명의 동학군들이 모여들었다. 고부 봉기는 거의 전봉준 단독의 일이었으나, 무장에 모인 사람들은 각 포별로 제법 정연한 대열을 이루고 모인 동학도 중심의 농민군이었다. 동학군은 기포*의 뜻을 밝힌 포고문을 공포하고 즉각 고부와 홍덕을 점령하였다. 그리고 3월 25일 백산으로 집결하였다.

뒤늦게 합류한 각 포의 동학도들이 속속 모여들자, 손화중 김개남 김덕명 등의 대접주들은 전봉준을 대장으로 추대하고, 총관령에 손화중과 김개남, 총참모에 김덕명 오시영, 영솔장에 최경선, 그리고 비서로 송희옥과 정백현으로 핵심 지도부를 구성하고, 각 포별로 지휘자를 임명하였다. 8,000여 명의 동학농민군이 집결한 백산은 쩌렁쩌렁한 함성으로 일시에 거대한 사람의 산으로 변하였다. 식량을 조달하고 군기를 제작하였으며, 군령을 공포하고, 모든 농민군들이 기포의 뜻을 간결하게 알 수 있도록 행동 강령을 간략히 제시하여 암송하게 하였다.

전격적인 동학농민군의 기포에 놀란 전라 감사 김문현은 영병 700명을 주축으로 보부상대 1천여 명으로 토벌군을 편성하여 동학군을 추격하기 시작했다. 전봉준은 이들에게 놀라 쫓기는 척하며 황토현 일대로 유인, 한밤중의 기습전으로 토벌군을 어지없이 격파해 버렸

* 기포(起包): 조선 말, 동학농민혁명 때 농민 등이 동학의 포(包) 조직을 중심으로 봉기하던 일.

다. 4월 6일 밤에 시작된 황토현에서의 싸움은 다음 날 날이 밝으며 끝이 났다. 관군과 향병의 시체가 산을 이룬 황토현은 또다시 농민군들의 거대한 함성으로 뒤덮였다.

동학군은 전라도 남부 일대를 휩쓸며 고을마다 점령, 군기고를 열어 무기를 보강하는 한편, 군량 이외의 곡식은 풀어 농민들을 구휼하였다. 또한 뒤늦게 합류한 동학의 포들도 독려하여 동학군 편제를 강화하고, 흩어지고 모이기를 거듭하며 4월 20일 장성 황룡천 부근으로 집결했다. 22일에는 서울에서 급파된 홍계훈 휘하의 경병 선발대를 상대로 일전을 벌였다. 지방군과 향병 중심의 군대가 아닌 정예병의 우세한 무기와 싸움 실력에도 불구하고, 이번에는 이방언 대접주가 준비한 장태*가 위력을 발휘하여 경병마저 격파해 버렸다. 전봉준은 마침내 북상을 명령하였고, 전주까지 이르는 길에는 환영 나온 농민군 인파뿐, 그들의 앞길을 막는 관군은 아무도 없었다. 4월 27일 마침내 전주성을 점령하였다.

* 대나무로 만든 큰 통의 바구니. 장흥 접주 이방언이 고안한 것으로, 안에다가 솜, 짚단 등을 채워 넣고 낫과 칼을 꽂아, 겉으로 튀어나온 날붙이에 적이 부딪치면 상처를 입게 만든 것이다.

일본군의 경복궁 점령에 남북접이 봉기하다

전봉준이 무장에서 봉기하였을 때 해월 선생은 충청도 청산 문암리(문바윗골)에 있었다. 전봉준의 봉기 소식을 듣고 충청도 서부와 경상도, 경기도와 강원도 각지에서 연일 어찌할 것인지를 묻는 연통을 해월 선생에게 보내왔다. 한편에서는 많은 동학 도인들이 전면적인 봉기를 우려하였고, 다른 한편에서는 이 기회에 전국적으로 동학 조직이 한꺼번에 움직여야 한다는 요구가 빗발쳤다.

해월 선생은 전봉준에게 연락을 취하여 신중히 처신할 것을 요구는 한편, 사태의 흐름과 관의 동태와 추이를 살피면서 전 동학 도인들에게 조직의 상황을 점검하고 준비 태세를 갖추도록 지시하였다.

동학군이 전주성에 입성한 지 얼마 되지 않아, 서울에서 한 노인이 말을 타고 해월 선생을 찾아왔다. 누구 하나 경계심을 자아낼 여지없이 인자한 인상의 김 노인은, 해월 선생과 밤을 새다시피 이야기를 나누고 이튿날 새벽에 다시 서울로 돌아갔다.

김 노인은 왕비의 외척 민씨가의 집안에서 청지기로 잔뼈가 굵은 사람이었다. 그는 딸 하나만 두고 아들이 없었다. 그래서 사촌 동생으로부터 맞아들인 양자가 마침 동학도였다. 뒤늦게 얻은 아들의 영향으로 그 역시 동학에 입도하였다. 그는 천성적으로 입이 무거웠고, 맡은 일에 충직했기 때문에 민씨 집안의 신뢰를 얻었다. 또한 그의 외동딸이 궁궐을 드나들며 민비와 민씨 집안의 연락을 담당하였다.

그 덕분에 김 노인은 한양 정치가 어떻게 흘러가는지 소상하게 정보를 얻을 수 있었다.

밤을 지새운 탓에 초췌해진 해월 선생은 웬일인지 굳은 표정으로 아침밥도 잘 들지 못했다. 해월 선생 곁을 지키던 손병희는 무슨 일인지 묻고 싶은 것을 간신히 참고 말씀을 기다렸다. 드디어 해월 선생이 입을 열었다.

"올 것이 왔구나."

"무슨 일인지요?"

"조정에서 청국 군대에 원조를 요청했다는군. 이제 관군만으로는 감당할 수 없음을 자인한 셈이지."

"결국 그렇게 되고 마는군요."

"청나라 군대도 문제지만, 더 큰 문제는 왜나라일세. 왜나라는 근래 우리 조정에 막대한 영향력을 미치고 있지 않는가? 사사건건 우리나라 일에 간섭하고 자기네 세력을 확장시키려고 눈에 불을 켜고 있지. 마치 먹잇감을 눈앞에 둔 이리 떼 같이 말야."

해월 선생의 우려는 곧 현실로 나타났다. 일본은 때를 놓치지 않고, 자국 공사관과 거류민을 보호한다는 명목 아래 청국군보다도 더 빨리 인천으로 상륙하여 서울에 진을 쳤다. 해월 선생은 이 급박한 사실을 전봉준에게도 알렸다.

전봉준은 긴박하게 돌아가는 정세에 대한 정보를 듣고 빠른 결정을 내렸다. '보국안민', '척양척왜'의 기치를 들고 일어난 동학군들이 아닌가. 더 이상 외국 군대들이 우리나라의 자주와 독립권을 훼손하게 할 수는 없었다. 마침 전주성 안팎에서 대치하며 서로 큰 피해를 입히는 공방전을 벌이던 정부군과의 싸움을 멈추고 전라 감사 김학진을 상대로 화약을 추진하였다. 김학진 역시 조정에서 청군을 불러들이기로 한 조치에 몹시 못마땅해하고 있었다. 전봉준의 사려 깊은 제안을 접한 김학진은 감격하였다.

"공의 우국충정을 내 반드시 기억할 것이오."

한양의 조정에 전달할 사항들을 정리하고, 김학진과 몇 차례 문안 조율을 하여 최종 요구 조건을 전달하였다. 하지만 초토사 홍계훈이 화약의 조건은 물론, 그 자체에 대해 격렬히 반대하며 동학도들의 토멸을 주장하였다. 김학진은 청군과 일본군의 동향을 말하며 결국 홍계훈 설득에 성공하였다. 한편 그는, 동학군의 요구 조건을 조정에 품하여 승인을 얻겠다고 동학군측에 약조하였다. 이에 전봉준은 일단 전주성을 관군에게 넘겨주고 해산하여, 각기 고향으로 돌아가 생업에 종사하겠다는 안을 제시하였다. 대신 관군은 해산하는 농민군을 추격하여 체포하지 않을 것과 이후 동학도와 관이 협의할 기관으로 집강소(執綱所)를 설치하여 동학도와 농민군들이 행정에 참여하도록 할 것을 요구하였다. 김학진은 자신이 관할하는 전라도 지역에 대해서는 이를 직접 약조하고, 다른 지역에 대해서는 역시 조정에 품하겠다는 말로 대신하였다.

전주성에서 철수한 동학군은 그러나 곧바로 흩어지지 않고 각기 핵심 근거지로 돌아가 가능한 한 군세를 유지하면서 집강소를 설치하고 민관 협치의 행정을 시행해 나갔다.

전봉준은 전주 감영 내에 집강소를 설치하고, 각지를 순행하며 집강소 활동이 원활하게 진행되는지 확인하였다. 동학군들은 엄격한 규율과 함께 차별 없는 자치 활동으로 백성들의 전폭적인 지지를 얻어 냈다. 농민들을 위하고 탐관오리들을 제거하는 개혁으로 더욱 큰 지지를 얻게 된 것은 물론이다. 따라서 동학군을 지지하는 세력들이 삼남을 중심으로 계속 확대되어 나갔다.

그러나 농민들의 평화와 기쁨은 오래가지 못했다. 6월 하순 무렵, 김 노인은 사색이 되어 해월 선생을 재차 방문하였다. 해월 선생은 이번엔 곁에 있던 사람들을 물리치지 않았다. 김 노인은 거의 울먹이듯 말을 쏟아 냈다.

"왜군 부대가 새벽에 궁궐의 수비병을 제압하고 경복궁을 무단히 점거하여 전하를 감금하였습니다.[3] 그리고 대원군을 납치하다시피 입궐하게 하여 자기들에게 동조하는 인사들로 내각을 조직하게 하고, 아산에 와 있는 청병을 소탕하기 위해 출병했습니다. 청일전쟁이 일어났습니다. 게다가 청국에게는 선전포고도 하지 않고 아산현 앞바다에서 청국의 함선에 공격을 가하여 수천 명의 청국군을 수장시켰다는 소식도 있습니다."

해월 선생은 충격을 받은 듯 깊이 숨을 들이마시더니 참았던 숨을 토해 내며 중얼거렸다.

"우리 땅에서 기어이…. 피 터지고 죽어나는 것은 우리 땅, 우리 백성들뿐이겠구나."

선생이 예상한 대로 우리나라 땅에서 전쟁을 일으킨 일본은 아산, 성환에서 싸움을 시작하여, 평양 전투에서 청군 본대를 대파한 후, 본격적인 내정간섭을 시작하였다.

남의 나라 군대가 일으킨 청일전쟁에서 죽어나가는 것은 우리 조선 백성들뿐이었다. 경복궁을 점령하고 임금을 볼모로 잡은 일본군은 이 땅에서 전쟁을 벌이는 것도 모자라 모든 식량과 전쟁 물자들을 조선 백성들로부터 탈취해 갔다. 조선 백성들은 탐관오리들의 수탈과 함께 이제는 외세의 침략과 수탈에까지 신음해야 했다.

그러나 그것은 서막에 불과했다. 서쪽 바다를 장악하고, 청군 군대를 국경 밖으로 밀어내고 만주 지역까지 점령해 들어간 일본군은 본토에서 후비보병으로 특별 부대를 편성하여 전라도 일대를 장악하다시피 한 동학군의 토벌 계획을 실행에 옮기기 시작했다. 추가 병력이 인천에 상륙하여 남하를 시작했고, 부산포에도 곧 일본군이 상륙한다는 소식이었다.

곧 이 소식이 해월 선생 쪽에 전해졌고, 해월 선생과 모여든 제자들은 근심 어린 표정으로 앞으로의 대책을 논의하였다.

"지난봄의 거사에 잠잠했던 경상도 쪽에서도 도인들이 하루가 다르게 늘어나더니, 경복궁 점령 소식에 분개한 경상도 지역 도인들을 중심으로 대규모 기포가 일어나 유림들과 크게 부딪치고 있습니다.

호서와 호남 지역에서도 동학도와 유림이나 민보군 사이에 사소한 시비가 크고 작은 싸움으로 번지고 있습니다. 일본군이 관군을 앞세워 동학을 진압한다고 공언하고 있다는 소식을 듣고 흩어졌던 동학도인들이 속속 다시 모여 대오를 정비하고 있습니다."

"근래 대체로는 동학도가 정부와 화해하여 평화를 찾아가고 있는데도 일본군이 저리 나오는 것은 이 기회에 우리 동학의 기세를 꺾어놓고 조선을 집어삼키겠다는 뜻이 아니겠습니까?"

"지난봄 거사가 소기의 성과를 거둘 수 있었던 것은 관군이 우리 동학도의 세력을 얕보았기 때문이고, 언제나 수적으로 우세한 농민군들이 속전속결로 호남 지역을 석권하였기 때문입니다. 이제 전국 각지에서 정예 관군이 사방에서 압박하여 들어오고, 게다가 신식 무기로 무장한 일본군이 실질적인 지휘를 한다면, 여기에 맞서 싸우는 것은 섶을 지고 불 속으로 뛰어드는 것과 같습니다."

그때 계속 최시형 선생 곁을 지켜 온 손병희가 말했다.

"그 말씀도 이해가 갑니다만, 더 이상 동학 도인들이 물러날 데가 없습니다. 일본 군대가 말 머리를 남쪽으로 돌렸다면 쉬이 물러가겠습니까? 결국에는 우리 도인들을 일일이 찾아내 도륙하려 들 것입니다. 우리는 가만히 있어도 죽게 되어 있습니다. 그럴 바에야 호남 동학군과 함께 모든 지역의 동학군들이 호응하여 죽음을 각오하고 싸워 저들을 몰아내야 합니다. 우리 도인은 죽어도 같이 죽고, 살아도 같이 살아야 합니다."

그의 말을 듣고 해월 선생은 고개를 끄덕였다.

"호랑이가 우리를 물어 죽이고자 내려오고 있습니다. 저들은 이미 미친 짐승입니다. 말로서 교화하고 귀환하기를 바라기는 이미 늦었지요. 가만히 앉아서 죽기를 기다리는 것은 정도가 아닙니다. 참나무 몽둥이라도 들고 나가서 모두 함께 싸우기로 합시다."[4]

해월이 낮은 음성으로 결연하게 말을 쏟아 내자, 좌중이 일시에 숙연해졌다. 해월은 손병희에게 통령기를 주어 호서와 경상, 강원, 경기 일대의 동학군 전체를 통치할 권한을 부여하고, 모든 도인들은 총기포하여 보국안민의 대열에 동참하라는 통유문을 각 접에 하달하였다. 소식을 듣기 위해 각처에서 보은으로 몰려들었던 도인들이 전국으로 흩어져 갔다. 그들의 봇짐 속에는 접주와 육임 임명장이 수북이 들어 있었다.

손병희는 5개의 큰 포를 중심으로 하여 북접군을 편제하고, 오색 깃발로 구분하였다. 푸른 깃발은 선봉 부대인 정병수 포이고, 검은 깃발은 좌익 이용구 포, 흰 깃발은 우익 이종훈 포였다. 또 전규석 포는 붉은 깃발로 후군을 맡았고, 통령 손병희는 중군을 거느리고 황색 깃발아래 포진하였다.

손병희 휘하에 편제된 동학군만 10만 명 가까이 되었다. 손병희는 각 요충지마다 동학군을 주둔하게 하는 한편, 전봉준 군과 합류하기 위하여 정예부대를 편제하여 청산으로 집결케 하였다. 청산을 출발하여 전봉준을 만나기로 한 논산으로 향하는 길은 오색 깃발이 나부끼며 끝을 모르는 동학군의 대오가 길을 가득 메웠다. 탐관오리들의 부패에다 일본군들과 관군들의 횡포에 신음하고 반발하던 농민들 다수가 늠름한 대오에 속속 합류하였다.

청산을 출발한 손병희 부대는 영동 심천과 진산을 거쳐 음력 10월 16일 논산에 당도하였다. 전봉준 역시 직속부대 4천 명을 이끌고 10월 14일 전라도 삼례에서 출발하여 여산 강경을 거쳐 은진 논산으로 북상해서 논산에 당도하였다. 전봉준은 손병희가 이끄는 대군을 보고 감격하였다. 군세도 군세려니와 해월 스승님이 드디어 전면에 나섰다는 것이 더 감개무량한 일이었다.

손병희는 남접의 장군 전봉준과 첫 대면을 하는 순간 '늑대의 상이로다.'라고 혼잣말을 하였다. 불의와 불평등을 한시도 참지 못하며 그래서 절대 권위에 길들여지지 않고 투쟁하는 인간, 전봉준에게서 영원한 자유를 꿈꾸며 결코 길들일 수 없는 야성을 느꼈다. 반면 전봉준은 손병희에게서 카리스마 넘치는 호랑이 상을 느꼈다. 충의에 몸을 던지는 인간, 굳센 의지와 용맹으로 휘하의 사람들을 서늘하게 만드는 위용을 가진 인간….

남접과 북접을 각각 대표하는 장수가 한자리에서 만나 서로를 탐색하는 듯 묘한 긴장이 흘렀다. 그러나 그것도 잠시, 그들은 모두 하늘님을 마음으로 모시는 동도이며 '보국안민', '척양척왜'의 깃발을 높이 들고 비장한 각오로 나선 장수들이 아니던가. 서로의 거친 손을 따뜻하게 마주 잡았다.

"저보다 6살 많으시니 당연히 제 형님이지요?"

손병희가 전봉준을 향해 말했다.

"해월 선생께서 통령기를 하사하시고 통령에 임명하셨으니 제가 손 장군을 상석에 모셔야 하지 않겠습니까?"

전봉준이 손사래를 치며 겸양하여 말했다.

"천운이 이에 이르러 우리가 한자리에서 좋은 마음으로 만나게 되었습니다. 우리는 모두 하늘님을 모셨으니 신분과 나이로 서열을 정하는 것은 도리가 아닐 테지요. 하지만, 만군을 거느리고 적들을 맞서야 하는 자리에는 단연 지략과 경험이 출중한 전 접주께서 서셔야 할 터이지요. 진영을 벗어난 자리에서도 의당 손위인 전 접주를 제가 형님으로 모셔야지요. 그러니 이 이야기는 더 말할 필요가 없습니다."

손병희의 말에 전봉준이 할 말을 잃고 잠시 뜸을 들이자 둘러선 각처의 대접주들도 모두 그것이 적절하다고 거들고 나섰다. 결국 6살 많은 전봉준을 형으로, 손병희를 아우로 하여 호형호제하고, 오랜만에 쌀알이 섞인 주먹밥과 시래기 반찬을 서로 권하며 보은 집회 이후 처음 만나 정담을 나누었다. 전봉준 군의 동학도들은 전라도를 휩쓸던 무용담을 전하느라 분주하였고, 호서 중심의 북접군들은 그들의 전투 경험담을 들으며 전의를 다져 나갔다.

기쁨을 나눈 것도 잠시, 접주들은 막사에 모여 일본군과 관군들에 맞서 어떻게 싸움을 전개해 나갈지 밤새 머리를 맞대고 숙의에 숙의를 거듭하였다. 1차 목표를 공주성 점령으로 잡는 데는 이견이 없었다. 공주만 점령한다면, 서울까지 가는 길에 거칠 것이 없었다.

동학군은 20일부터 노성 일대와 경천 일대로 진출한 다음 공주를 목표로 나아갔다. 공주는 서울로 가는 길목이라는 지리적 중요도가 있으며, 지형적으로도 산이 성처럼 사방을 둘러싸고 있고, 북서쪽으로는 금강이 감싸고 있어 방어에도 유리하였다.

이미 관군과 일본군이 공주성으로 집결하고 있다는 소식이 들려왔다. 안타깝게도 관-일본 연합 부대를 분산시키고자 포진시켰던 목천 세성산의 동학군들이 궤멸되고, 내포 지역에서 승승장구하던 박인호, 이창구의 대군이 홍주성 전투에서 패하여 흩어지는 중이라는 첩보가 속속 들어왔다. 시간을 끌수록 불리해지는 건 동학군이었다.

동학군의 공주 공격은 음력 10월 23일부터 시작되었다.[5] 1차 공격은 효포와 이인 쪽에서 공주로 진격하는 것이었다. 전봉준이 이끄는 동학군은 효포 방면, 손병희가 이끄는 동학군은 이인 방면을 각각 담당하였다. 각 진마다 오색 깃발이 나부꼈으며, 사기충천한 동학군들로 온 산과 골짝을 뒤덮었다. 동학군들의 기세는 하늘을 찌를 듯 높았다. 그들이 숲에 숨어 있다가 일제히 일어서면, 그들이 가진 죽창들로 죽산(竹山)을 만들었다.

이인 부근에서 관군을 패퇴시킨 동학군들의 사기가 다시 한 번 치솟았지만, 공주성으로 향하는 마지막 길목, 우금티 고개 능선을 사이에 두고 전투가 시작되자 전세는 금방 판가름 났다. 우금티 정상에서 일본군들은 회선포라는 신식 무기를 설치하고 올라오는 동학군들을 향해 사정없이 쏘아 댔다. 동학군들은 죽음을 두려워하지 않고 거침없이 올라왔으나, 일본군의 신식 소총을 당해 낼 수 없었다. 진격하던 수백 명의 동학군들이 순식간에 모두 쓰러졌다. 용맹을 자랑하는 전봉준 휘하의 정예병도 그동안 듣도 보도 못한 일본군의 신식 무기 앞에 놀랄 겨를도 없이 추풍낙엽으로 쓰러져 갔다. 2파, 3파로 밀고 가는 족족 결과는 마찬가지였다.

후퇴와 전진을 거듭하며, 약한 틈을 노려 사방에서 길을 뚫어 보려 했으나 일본군은 치밀한 대응으로 발 빠르게 동학군의 틈입을 차단하였다. 몇 십 명의 일본군이 뒤를 받치고 그들과 같은 무기로 무장한 관군 수백 명이 진을 친 능선을 수천, 수만 명의 동학군이 달려들어도 도무지 뚫어 낼 수가 없었다. 그럼에도 불구하고 동학군들은 죽음이 두렵지 않는지 깃발을 높이 들고, 북을 치며 계속 올라왔다.

이때 동학군들에 맞서 싸우던 관-일본군 연합 부대를 살펴보면, 스즈키 소위가 이끄는 약 100명의 정예군에 이규태가 이끄는 영병 2,500명, 모리오 대위가 이끌고 지원차 합류한 100여 명이 전부였다. 그들 중에 조선말과 지리에 능통한 구로다가 끼어 있었다. 그는 스즈키를 도와 이곳에 왔고, 전투에도 참여하게 되었다. 처음 계곡을 메운 죽창들과 꽹과리 소리에 그를 비롯, 일본군들은 긴장하였다. 하지만 막상 전투가 시작되자 동학도들은 풀보다도 더 가볍게 꺾어졌다. 전쟁에 이력이 난 구로다는 곧 그들이 전투 경험이 있거나 훈련된 자들이 아니라, 농사나 짓던 양민들이라는 것을 알았다.

하염없이 계속되는 총질에 구로다의 손과 팔이 마비될 정도였다. 계곡에 첩첩 쌓인 시체들을 보니 저절로 인상이 찌푸려졌다. 그런데 또 다시 함성을 지르며 수많은 사람들이 계곡으로 올라오는 것이 아닌가. 그는 고개를 갸우뚱하다가 나직이 중얼거렸다.

"아니 이들은 죽음이 두렵지 않단 말인가? 도대체 무슨 용기로, 무슨 의리로 겁 없이 총칼에 뛰어드는가? 저 끝없이 올라오는 깃발, 북소리와 함성들…. 아, 저들은 죽음을 초월하였구나!"

밥이 하늘이다

전투가 계속되면서 계곡마다 시체가 쌓였고, 동학군의 주력부대는 궤멸되다시피 했다. 전봉준이 직접 지휘하는 경험 많은 농민군들이 무너졌고, 손병희가 이끄는 동학군의 대부대가 농민군으로 위장한 관군의 유인 전술에 넘어가 많은 사상자를 냈다. 이로써 마지막 희망의 끈마저 사라지고 말았다.

전봉준과 손병희는 결국 공주 공략을 뒤로 미루고 후퇴하여 전열을 재정비하기로 하였다. 그러나 노성에서 다시 청주까지 올라온 김개남 대접주가 크게 패하여 남쪽으로 후퇴하였다는 소식을 듣고는 그길로 다시 논산까지 후퇴하여 황화대에 진을 벌였다.

한번 승세를 탄 관-일본군의 추격은 집요하였고, 전략 전술에 능한 일본군의 공격력은 막강하였다. 동학군들은 여산과 삼례를 거쳐 전주까지 한달음에 후퇴하였다. 겨우 숨을 돌리며 인근의 동학군들을 재소집한 다음 다시 원평까지 후퇴하여 일전을 준비하였다. 그러나 기필코 전세를 뒤집고자 총력을 기울인 원평 구미란 전투에서 전봉준과 손병희는 하루 밤낮에 걸친 용전에도 불구하고 저들의 우세한 화력을 감당해 내지 못하였다.

태인까지 다시 쫓겨 간 전봉준은 전투를 치르는 한편으로 손병희와 함께 좀 더 근본적인 대책을 논의하였다. 일단은 동학군을 흩어지게 하여 저들의 예봉을 피하자는 것이었다. 태인은 일거에 동학군들의 울음바다로 변하였다. 열에 아홉의 사상자를 내면서도 울지 않던 그들이었지만, 전봉준의 해산 명령이 떨어지자 참았던 설움과 울분이 한꺼번에 터져 나왔다.

전봉준과 손병희는 일일이 그들을 다독여 후일을 도모하자며 등을 떠밀어 보냈다. 전봉준 휘하에 있던 동학군들이 모두 떠난 후 전봉준은 최측근 몇 명만을 데리고 손병희와 작별하였다.

대부분 전라도가 고향인 전봉준 부대와는 달리 손병희 휘하의 동학군은 충청과 경기 지역 출신이 대부분이었다. 손병희는 적의 추격을 피하며 함께 북상하는 길을 택하였다. 일단 순창까지 남하했던 손병희는 임실 새목터에서 기다리던 해월 선생을 만나 장수와 황간 등지에서 달려드는 민보군을 격파하면서 서서히 북상하였다. 옥천을 거쳐 다시 영동에서 추격해 온 관군을 격파하고 거쳐 12월 12일에는 대도소가 있던 청산에 들어왔다.

청산에서 사모님이자 누이동생인 손소사와 해월의 가족들을 수소문하였으나 종적을 알 수 없었다. 대신 손병희의 부인과 가족들이 인근에 숨어 있다는 소식을 전하는 이가 있었다. 그러나 스승님 가족의 안부를 알 수 없는 처지에 식구들을 돌아볼 여유는 없었다.

그는 선달 매서운 추위만큼이나 몹시 아린 가슴을 안고 청산을 떠나 보은 장내리로 향했다. 그러나 장내리는 이미 폐허나 다름없었다. 지난해 집회 때 마련하였던 초막은 모두 불타 버리고, 인근 마을의 인심도 이미 나빠질 대로 나빠져 있었다. 여전히 수천에 이르는 대부대가 머물 곳이 필요했다. 보은 출신의 동학군들의 의견을 들어 인근 북실마을에 들어가기로 하였다.

북실은 보은에서 속리산 쪽을 향하다가 삼년산성을 지나자마자 왼쪽으로 깊숙이 들어가며 좌우로 높은 산에 둘러싸인 마을이다. 골짜기마다 고만고만한 12개의 자연 마을이 들어앉아 있어 겉에서 보이는 것보다는 많은 사람들이 살고 있었다. 이 12개 마을을 둘러싼 골짜기 모양이 종(鐘)처럼 생겼다하여 북실(鐘谷) 마을로 불리게 되었다.

음력 12월의 날씨는 무척 음산했다. 가을걷이가 끝난 논과 밭, 잎을 떨구고 앙상한 벌거숭이로 남아 있는 산과 들에 목화솜 같은 하얀 눈이 펑펑 쏟아졌다. 바람은 칼날처럼 살이 에이도록 차가운데 겨울 솜옷을 차려입은 동학군들은 거의 없었다.

마을에는 비어 있는 집이 많았다. 동학군들이 마을로 오는 것을 알고 피난을 떠난 사람들이 적지 않았던 것이다. 그러나 부상이 심각한 이들만이 겨우 민가와 빈집에 의탁할 수 있을 뿐, 대부분의 동학군들은 구릉과 구릉 사이 바람이나마 피할 수 있는 한데에 웅거하여 화톳불에 몸을 녹이며 밤을 지샐 수밖에 없었다.

손병희는 해월 스승님을 북실의 한 농가에 모셔 쉬게 하고, 인근 야산에 흩어져 삼삼오오 밤을 준비하는 동학군들을 순시하였다. 그들이 위안 삼는 것은 오직 생사의 고비를 함께 넘긴 동도들의 체온과 주문뿐이었다. 주문 소리가 총알을 막아 내지 못한다는 걸 수없이 목격하였지만, 그래도 의지할 것은 주문뿐이었다. 이미 죽음을 초월한 그들은 그 칼바람 속에서도 웃음을 잃지 않았다. 죽창과 죽창을 부딪쳐 만든 풍물 가락에 노래를 불렀고, 피딱지로 얼룩진 옷자락을 펄럭이며 한바탕 춤과 노래로 흥을 돋우었다.

인근 마을에서 조달해 온 곡식과 나물들로 밥 준비가 시작되었다. 소가죽을 넓게 펴서 거기에 대충 좁쌀과 물을 넣어 관솔가지에 불을 붙이면 아주 많은 양의 밥을 지을 수가 있었다. 물론 쌀알은 찾아볼 수 없고 조 보리 수수 등 잡곡에 무청까지 집어넣은 밥이었지만, 여럿이서 따듯한 밥을 먹는 자리마다 웃음꽃이 피었다. 그러다가 또 어느 곳에선가 눈물 바람이 일면 또 그렇게 눈물이 물결쳤다. 졸지에 눈앞에서 스러져 간 수많은 도인들의 얼굴이 떠오른 것이리라.

손병희는 일본군과 관군이 신식 무기로 무자비한 살상을 하며 육박해 오는 와중에도, 해월 스승님을 모시고 용케 길을 뚫어 갔다. 그리고 이렇게 수많은 도인들이 단란하게 따뜻한 밥을 먹으며, 함께 울고 웃을 수 있다는 사실이 경이로웠다. '밥 한 그릇.' 해월 스승님은 밥 한 그릇을 살피라 하셨다. 그 안에 모든 이치가 담겨 있다 하셨다. 오늘처럼 그 말씀이 뼈에 사무친 적이 있었던가.

'밥 한 그릇이 하늘이다.' 밥 한 그릇으로 수백 수천의 목숨을 다 헤아릴 수 있으며 하늘님의 이치를 깨달을 수 있음이 온몸으로 체감되어 왔다. 곡식 한 톨이 만들어지기까지 해와 달, 비와 바람, 곤충과 온갖 살아 있는 것들의 정기, 그리고 사람의 피와 땀과 정성이 녹아 있지 않으면 어찌 우리 입 안에 저 밥 한 알이 들어올 수 있을까. 우리는 저 밥 한 그릇을 먹고 비로소 온전한 하늘님이 된다.

'하늘을 먹고 하늘이 된다!'

손병희는 눈시울이 뜨거워졌다.

'저 하늘 속에 앞서간 동도들의 성령들도 함께 계시리라.'

뜨거운 눈물이 쉴 새 없이 흘러 밥 위로 떨어졌다.

누가 볼 새라 얼른 눈물을 닦아 내고 다시 좌우를 둘러보았다. 오색 깃발 아래에서 중늙은이가 열 살도 채 되지 않은 계집아이에게 밥을 먹이고 있었다. 보은을 지나올 때 동학 도인 여럿이 가족을 데리고 동학군을 따라나섰다. 관군이 도인들은 물론이고 남녀노소 구분 없이 모조리 도륙한다는 소문이 떠돌고 있었다.

"어서, 한 입만 더 먹어. 별아, 어서!"

그런데 계집애는 입을 앙 다물고 머리를 도리질 친다.

"이제 곧 관군이 들이닥칠지도 몰라. 이 밥만 먹고 대추골 작은아저씨 집으로 가야 한다."

"싫어. 아버지도 같이 가요. 아버지 두고는 안 가요."

"여기 있다간 언제 죽을지 몰라, 이것아. 아버지가 주는 것, 이거 한 숟가락만 먹고 어서 가자. 내 같이 가마. 얼른."

그제야 계집아이는 겨우 밥을 받아먹었다. 야물딱지게 오물오물 맛있게 먹는 걸 보니 배가 어지간히 고팠었나 보다. 중늙은이 도인 역시 배가 고플 테지만 그 계집아이를 챙기느라 먹을 염을 내지 못하고 있었다.

손병희가 다가가 아는 체를 했다.

"어이, 문 접장님, 이 아이는 누구입니까?"

중늙은이는 허둥지둥한 모습으로 황망히 답하였다.

"아, 제가 늘그막에 거둔 딸입니다. 어미는 이 애 낳다가 죽었구요. 이번 난리에 일가친척도 다 뿔뿔이 흩어지고 아주 먼 친척 되는 아랫마을 대추골 아저씨 집에 가 있으라는데 이렇게 말을 안 듣네요."

손병희는 계집애를 향해 말했다.

"여기는 너무도 위험한 곳이야. 언제 왜놈들이 쳐들어올지 몰라. 여기 있다간 큰일 난다. 아버지 말씀대로 내일은 이곳을 떠나거라."

계집애는 겁먹은 듯, 아비 품을 파고들더니 고개를 묻었다. 이 난리 통에 어린 계집애를 보니 손병희는 더욱 가슴이 뭉클해졌다. 집을 떠난 지 얼마나 됐는지조차 아련하다. 이 애보다 어릴 때 두고 왔는데 지금 식구들은 잘 있는 것인지…. 그는 저도 모르게 바지 주머니 안으로 손이 갔다. 그는 주머니 안에서 잘 싸 놓은 무명천을 꺼냈다. 무명천 안에서 노랑나비 문양이 새겨진 비단 노리개를 꺼냈다.

"이거 내 딸의 노리개인데 집을 떠날 때 그 애가 내 바지 주머니에 넣어 준 선물이오. 먼 길 떠나는 아비에게 이 노리개가 부적이라도 되는지, 주고 싶었던 게지요. 그런데 이렇게 예쁜 애기를 보니 이 노리개 임자는 따로 있었다는 생각이 드네. 자, 아가야! 이게 네 맘에 들까 모르겠네."

계집애는 까만 눈을 반짝거리며 그 노리개를 힐끔 쳐다본다. 빨간 비단 천에 새겨진 노랑나비에 마음이 끌리는 게 분명한 눈치다.

"네 이름이 뭐니?"

"별이."

"별이야, 이 노리개 너 줄까?"

별이는 아비 품에서 고개를 끄덕거린다. 그리고 이내 손병희의 손에서 노랑나비 문양 노리개를 낚아채듯 가져가서 들여다보며 싱글벙글한다.

그날 밤 손병희는 설핏 잠이 들어 나비의 꿈을 꾸었다.

기분 좋은 봄날 그는 어느 풀숲을 걸어가고 있다. 저만치 노랑나비가 나풀거리며 날아간다. 얇은 날개를 가볍게 펄럭이며 날아가는 모습에 가슴이 아련해지며 나비를 따라간다. 나비는 이윽고 빨강, 파랑, 보라, 주황, 분홍 온갖 색색의 꽃들이 피어 있는 화원으로 날아간다. 아름다운 빛깔과 은은한 꽃향기 속을 헤집고 하염없이 날아가던 나비는 보랏빛 제비꽃이 무더기로 피어 있는 곳에 내려앉는다. 나비와 꽃은 하나가 된다. 자세히 제비꽃을 들여다보니 꽃잎 가장자리에는 태극 모양의 검정 무늬가 보였다. 궁궁 을을 태극의 형상을 하고 있으니 영락없는 영부의 모습이구나….

"쾅!"

천지를 진동하는 대포 소리에 손병희는 화들짝 놀라 잠에서 깼다.

음력 12월 18일 새벽이었다.

"기습이다!"

일순간 북실 일대가 아수라장이 됐다. 일본군의 급작스런 기습을 받은 동학군들은 일시에 화급히 화승총 부대를 전면에 내세워 응전하면서 골짜기 안쪽으로 밀리기 시작했다. 그러나 골짜기 뒤쪽에는 관군이 이미 에워싸고 있었다.

"당황하지 마라. 물리칠 수 있다."

어떤 경우에도 그에게 가장 중요한 것은 해월 선생의 안위였다. 그러나 이렇게 야습을 당하는 것은 처음이라, 지금으로서는 일본군과 관군을 격퇴하는 데 전력을 다하는 것이 최우선일 수밖에 없었다.

급작스런 공격에 흩어졌던 동학군들은 구릉 곳곳에 의지하여 방어진을 구축하였다. 여기저기서 북을 치고 소리를 질러 일본군들을 시선을 분산시키는 것이 유일한 작전이었다. 한겨울 눈보라가 휘몰아치는 산중에서 맨발 홑겹 옷의 사내들이 우레와 같은 꽹과리 소리 북소리 울리며, 산이 떠나갈 듯한 함성과 함께 일본군을 겁박하였다. 동에서 번쩍 서에서 번쩍 나타나며 오색 깃발을 휘날리니 일본군도 함부로 다가오진 못하였다. 하지만 사방에서 에워싸고 조여 오는 관군과 골짜기 입구를 지키고 선 일본군 때문에 시간이 갈수록 동학군의 처지는 옹색해졌다. 그나마 사위를 구분할 수 없는 깜깜한 밤이라는 것이 동학군에게는 다행이었다.

제법 대치하여 공방을 벌이는 듯하던 전장은 첫새벽 어스름 속으로 여명이 밝아올 때쯤 순식간에 판가름이 났다. 시야를 어느 정도 확보한 일본군은 일거에 전진하며 압박을 가했다. 동학군으로서는 엄두도 내지 못할 거리에서 날아오는 총알에 사람들이 속절없이 쓰러지기 시작했다. 순식간에 동학군의 전열은 흩어졌다. 사방에서 팔과 다리 한 짝이 날아가고 살점과 피가 튀어 오르는 생지옥이 펼쳐졌다. 힘찬 북소리와 계곡에 울려 퍼지던 함성은 사라지고 온통 신음과 통곡의 울부짖음만이 가득 찼다.

"뒷산을 뚫어라."

드디어 후퇴 명령이 떨어졌다. 그마저도 순순한 활로가 아니라 관군 진영의 빈틈을 째고 나가는 길이었다. 낮은 산 쪽은 겹겹이 진을 친지라 비교적 관군의 숫자가 뜸한 지형을 뚫기 위해 안간힘을 썼다.

그 사이, 김연국이 해월 선생을 업고 산을 탔다. 함께 밀리며 무리를 지은 동학군들은 총에 맞아 쓰러지고, 추위와 허기에 나동그라졌다. 손병희는 손에 잡히는 대로 쓰러진 자들을 낚아채 일으켜 세웠다. 그러고는 자신도 힘이 달려 겨우 몸을 가누며 꿈결인 듯 생시인 듯 바라보았다. 산과 들에 빼곡히 쌓인 시체들. 하얀 눈 덮인 계곡을 피로 붉게 물들이다 못해 피의 강을 이룬 것을. 산 밑 온 마을에 불길이 치솟고 있었다. 일본군과 관군이 마을마다 불을 질렀던 것이다.

금세 일본군의 총알이 귓전을 스치고 지나갔다. 그는 뼛속 깊이에서 울리는 비명을 베어 물며 울음을 참았다. 엎어지고 넘어지며 간신히 산등성이를 넘어설 즈음 계집아이를 안은 채 쓰러진 시체를 발견했다. 어째 눈에 익었다. 그 계집아이는 문 접장의 딸이었다. 아이의 손에 노랑나비 문양 노리개가 꼭 쥐어져 있었다. 그는 털썩 주저앉았다. '아아!' 신음이 절로 나왔다. 문 접장을 쏜 총알이 안고 있던 아이마저 뚫고 지나간 듯 주변은 두 사람이 흘린 피가 섞여 흘러 흙 속으로 스며들고 있었다. 손병희는 황망한 중에 꼭 부둥켜안은 자세나마 편안하게 두 사람의 시체를 나무둥치 아래 눕혔다. 그리고 다시 적군을 피해 달렸다. 부상을 당하거나 기력을 다한 동학군들은 도망치기를 포기한 채, 관군의 발목을 잡으며 맨목숨, 맨몸을 던져 시간을 벌어 주었다.

한편으로 겨우 추격을 따돌리는 사이 해월 선생의 종적도 놓쳐 버리고, 손병희는 산속을 헤매며 흩어진 동학군들을 이삭 줍듯 모아들였다. 그는 쉬지 않고 북상을 계속한 뒤, 다시 밤을 맞고서야 심산유곡에 몸을 뉘었다. 몸은 천근만근이었으나 잠을 이루지 못했다. 꿈인지 생시인지 분간 못할 경계에서 한참 몸을 뒤척였다.

산기슭, 계곡마다 수많은 시체들이 넘쳤다. 게다가 시체들은 하나같이 온전치 못했다. 그는 몸서리를 쳤다. 처절함과 원통함에 저절로 뜨거운 눈물이 솟구쳤다. 그러다 시체들 틈에서 언뜻 어린 계집아이의 시체를 보았다. 더욱 눈물이 복받쳤다. 그는 넋이 나가도록 어깨를 들썩이며 온몸으로 울었다.

한참을 그렇게 통곡하고 있는데 어느 순간 계집애가 살아 움직이는 것처럼 보였다. 맞다. 그 계집아이의 이름이 생각났다. 별이. 그녀는 명절날처럼 예쁜 노랑 바탕 색동저고리에 빨간 치마를 입고 그에게 웃음 지었다. 별이의 작은 몸이 둥실 떠오르더니만 그를 향해 어여쁜 미소를 지으며 작은 손을 흔들었다. 하늘 멀리 날아가며 별이는 어느새 노랑나비로 변했다. 나비는 북쪽 어딘가로 한없이 날아갔다. 그녀가 사라지고 난 하늘에는 북극성만 또렷하게 빛났다.

2장/ 네가 올 줄 나는 알았느니라

북실 계곡은 온통 얼어붙은 피와 살로 뒤덮였다. 손병희가 이끄는 북접 동학군의 생존자들 역시 가슴마다 피멍과 얼음덩이였다. 그들은 무거운 걸음을 이끌고 충주 외서촌으로 집결하였다. 하지만 외서촌 도장리에서 관군과 맞닥뜨렸다. 휘날리는 눈보라처럼 그나마 남아 있던 동학군들도 사방으로 흩어졌다.

그렇게 힘겹고 혼란스런 퇴각 와중에 손병희는 그때까지 모시고 있던 해월 선생을 놓쳐 버렸다. 그는 언제 튀어나올지 모를 관군들이나 일본군들의 신식총보다 해월 선생의 행방이 묘연한 것에 더 아찔하고 두려운 기분이 들었다. 그제야 그에게 해월 선생의 존재가 어느 만큼의 자리를 차지하고 있는지 알 수 있을 것 같았다. 그에게 해월 선생은 어둠을 밝히는 등불이요, 목마름 끝에 찾아진 생명수 같은 존재였다. 사방이 적인데 선생님이 제발 무사하시기만을 간절하게 기도하였다.

이윽고 밤이 되자 손병희는 한층 초조한 마음으로 홍병기 등 일행과 근처 야산들을 뒤지기 시작하였다. 동학군들은 산야 곳곳에 흩어져 있다가 손병희와 합류했다. 그러나 칠흑 같이 어둡고 추운 겨울밤이라 추격도 잦아들 것이라 생각한 것은 오산이었다. 수십 명은 넘어 보이는 한 무리가 웅성거리는 소리에 동학군인가 했는데 관군이었다. 그들은 그물을 치고 기다렸던 듯 손병희 일행을 에워쌌다. 또다시 결사적인 육박전을 벌이며 활로를 뚫어 나갔다. 어둠 속이라 누가 누군지 모를 아수라장의 싸움판이었다.

사지를 겨우 벗어나고 보니 그의 곁에는 아무도 없었다. 손병희는 야산 바위틈에 자리를 잡고 숨을 골랐다. 다행히 뒤쫓는 소리는 들리지 않았다. '선생님은 어디에 계시는가?' 그는 눈을 감고 주문을 암송하며 깊은 명상 속으로 빠져들었다.

이윽고 상단전에서 환한 빛이 나더니, 그 빛 속에서 멀리 큰 갈참나무 밑에 앉아 계신 선생의 모습을 보았다. 그는 명상을 멈추고, 몸과 마음이 이끄는 대로 선생을 찾아 숲 속을 헤매었다. 한참을 헤매다 숲이 눈에 익다 싶더니, 빛 속에서 보았던 갈참나무 앞에 이르렀다. 아름드리 갈참나무 아래 해월 선생이 앉아 있었다. 손병희가 근심과 반가움이 섞인 표정으로 다가서자 선생은 반쯤 감았던 눈을 번쩍 떴다.

"왔구나. 네가 이리로 올 줄 나는 알았느니라."

해월 선생이 빙그레 웃었다.

이심전심 손병희도 환하게 웃었다. 그러나 뒤이어 한꺼번에 터져 나오는 반가움 반 설움 반 울음에 손병희는 무너져 내렸다. 해월이 따스하게 손병희의 들썩이는 등을 쓰다듬었다.

이윽고 정신을 차린 손병희가 해월 선생을 살펴보니 발목을 다쳐서 거동이 불편하였다. 그는 해월 선생을 업고 계곡을 빠져나왔다. 손병희는 밤새 산길을 걸어 외서촌 이용구의 집에 이르렀다. 간신히 숨을 돌리고 식은 밥으로 요기를 하는데 이용구의 아내가 달려 들어왔다. 관군이 몰려온다는 것이었다.

손병희는 다시 해월을 들쳐 업고 뒷문을 박차고 산속으로 내달렸다. 손병희의 걸음은 마이산에 이르러서야 겨우 멈추어 섰다. 마이산 중턱에서 뜬눈으로 밤을 지샌 손병희는 이목정 손병흠의 집으로 향했다. 손병흠은 병석에 누워 있다가 일어나 그들을 맞이하였다. 얼마 지나지 않아 도중에 흩어졌던 손천민, 김연국, 홍병기, 임학선 등이 속속 손병흠의 집에 도착하였다.

하지만 손병흠 집도 안전하게 머물 수 있는 곳이 아니었다. 그들은 손병흠의 주선으로 가마까지 마련하였다. 양반 주인을 모시고 원행을 가는 일행으로 행장을 꾸며 강원도 방면을 목표로 길을 나섰다. 가는 길목마다 경비가 삼엄하고 동학군 색출에 혈안이 되어 있었다. 한번 발을 들인 이상 주저하거나 당황하는 빛을 낼 수 없었다. 오히려 당당하게 양반 행세를 하며 아찔한 고비를 넘겼다.

손병희 일행은 강원도 인제 최영서의 집에 이르러 겨우 관의 추적으로부터 완전히 벗어날 수 있었다. 해월 선생을 최영서 집에 머물게 하고 손병희와 일행들은 수시로 집 밖을 나다니며 싸움의 추이를 살피는 사이 한 달이 훌쩍 지나갔다.

참담한 긴장의 나날 속에서 그렇잖아도 노령으로 쇠잔해진 해월선생의 몸은 더욱 야위고 병색이 짙어 갔다. 해월 선생은 너덜해진 몸을 스스로 다스리며 묵언 수련에 들어갔다. 손병희는 물론, 어떤 제자들의 물음에도 일절 응대가 없이 새벽녘부터 밤중까지 오직 수련에 전념하였다.

스승님의 건강을 살피면서 제자들은 좀 더 장기적인 피신을 위한 대책을 강구하였다. 또한 풍비박산이 난 교단의 조직을 복원하는 작업도 착수해야 했다. 손병희는 관군과 일본군의 관심이 한양 이남에 집중된 것을 알고 동생 병흠과 함께 동북 지방을 목표로 길을 떠났다.

원망의 하늘에서 자비의 하늘님을 보다

김연국을 위시한 나머지 도인들은 해월 선생을 중심으로 인근 도인 집에 깃들어 연명하였다. 그들은 한편으로는 관군의 동향을 엿보고, 한편으로는 해월 선생을 보필하며 알음알음으로 도인들과의 연락망을 하나하나 회복해 나갔다.

손병희와 병흠은 동해안을 따라 원산으로 향하는 길에 이종훈 대접주를 만났다. 셋은 의기투합해서 장사를 시작했다. 손병희의 안경을 팔아 담뱃대를 사서 마을을 돌아다니며 팔기로 했다. 그들은 평안도 강계, 순창, 위원, 자성 등 압록강 일대를 돌아 함경도 국경 지대까지 갔다. 그들은 제법 많은 담뱃대를 팔아 이문을 남겼다. 하지만 더 큰 소득이 있었으니, 불모지에 가깝던 그 지역 곳곳에 동학의 씨를 뿌린 점이다.

또한 그들과 마찬가지로 관-일본군의 추포를 벗어난 동학 도인들이 가는 곳마다 등짐장수로 떠돌고 있었다. 손병희 일행은 그들을 만나 다시 점과 점, 선과 선으로 이어지는 포접 조직의 체계로 엮어 나갔다. 그리고 6개월 만에 제법 큰 돈을 손에 쥐고 해월 선생에게 돌아왔다.

해월 선생이 평온한 얼굴로 손병희 일행을 맞았다. 헤어질 때 보았던, 어두운 표정은 가시고 다시금 인자한 스승님의 모습을 회복하여 있었다. 하지만 그를 바라보는 눈빛이 왠지 슬퍼 보였다. 손병희는 가슴이 철렁했다.

'웬일인가? 왜 이렇게 가슴이 뛰는가?'

황망한 중에 그간의 일정을 일일이 고하였다. 그동안 겪은 일들을 다 듣고 나서도 해월의 얼굴에 표정이 없었다.

"고생하였네. 그 정도면 우리 대여섯 명, 한 해쯤 밥값은 할 수 있을 터. 이보시게, 병희."

"……."

손병희는 어느새 공대로 바뀌어 있는 해월 선생의 어투에 정신이 팔려 대답을 놓치고 말았다.

"잃어버린 것은 없는가?"

해월 선생이 손병희의 눈을 똑바로 쳐다보았다.

"……."

"돈과 재물을 쌓으면 쌓을수록 마음은 그만큼 탁해지고, 하늘의 높은 도는 멀어지는 법일세."

그제야 손병희는 왜 스승님의 얼굴을 보는 순간 가슴이 철렁했었는지 알 수 있었다. 날로 늘어 가는 이문에 마음이 우쭐하였던 것도 사실이다. 부지불식간에 장사에 정신이 팔리고, 회생의 방도를 찾았던 속마음이 적나라해졌다. 그러나 마음 한구석에 박힌 여전히 미심쩍은 가시가 완전히 빠져나오질 않았다.

"……."

"크나큰 환난을 겪은 우리가 꿈에도 잊지 말아야 할 것은 도의 근본일세. 우리 도의 활로는 돈과 권세에 있는 것이 아니라 오직 마음을 바르게 하는 데 있음이야. 오직 도만 그러하겠는가? 이 세상의 참된 길도 모두 그러한 법일세. 지금은 우리 도가 서양의 앞선 병기에 좌절을 겪고, 이루 헤아릴 수 없는 목숨들을 상하고 말았지만, 이 날선 병기들을 이기는 것은 오직 마음을 바르게 하는 도라는 것을 잊어서는 안 되네."

"그래, 무엇을 얻고 무엇을 잃었는가?"

"동북 지역을 순행하며 세상 형편에 대한 새로운 식견을 얻었습니다."

손병희가 속마음을 털어놓았다.

해월이 손병희를 쳐다보았다.

"도를 펴고자 하여도 힘이 있어야 한다는 것입니다."

손병희는 지난 갑오년 스러져 간 헤아릴 수 없이 많은 동학 도인들의 허망한 죽음과 참혹한 주검을 떠올렸다.

"무엇이 힘인가?"

"개벽세상을 꿈꾸던 수많은 우리 도인들이 목숨을 잃고, 강토를 피로 물들였습니다. 같이 목숨을 걸고 싸우던 도인들이 허망하게 스러지고, 얼마 남지 않은 사람들조차 관군에 쫓겨 굶주리고 병마에 시달리는 형편입니다."

손병희는 마음으로 해월 선생에게 항변하고 있었다. 아니, 그 자신에게 항변하고 있었다. 어떻게 해야 그들의 한을 풀어 줄 것인지를 묻고 있었다. 어느새 그의 눈에서는 굵은 눈물방울이 툭툭 떨어졌다.

해월 선생은 눈을 감고 한동안 아무 말도 하지 않았다. 이윽고 그는 천천히 입술을 떼었다.

"갑오 일로 말하자면 사람의 잘못으로 그리된 것이 아니다. 그것은 천명(天命)으로 된 일이다. 지금 모두가 사람을 원망하고 하늘을 원망하나 이후로 모두 갑오년의 일을 칭송하는 날이 올 것이다."[6]

'갑오 일은 천명이었다고? 이제 하늘이 나에게로 다시 돌아오신다고? 지금 이 순간 이렇게 내 가슴 안에서 세상이 무너지고 있는데, 눈

만 감으면 두 동강 난 시체들이며, 얼어붙은 도인들의 처참한 얼굴들이 떠오르는데….'

손병희는 원망이 가득한 얼굴로 해월 선생을 바라보았다. 무언가 할 말이 많은데, 입술만 달싹여질 뿐, 말로써 표현할 수가 없었다. 가슴만 터질 것처럼 아팠다. 가슴의 화는 얼굴을 붉게 물들이고, 머리끝까지 가서 마침내는 머리가 깨지는 것 같았다. 해월 선생이 그런 그를 지그시 바라보며 말했다.

"지금 너에게 필요한 것은 수심정기니라."

손병희는 그길로 숙소에 들어 수련에 들어갔다. 어느새 날이 밝아왔는데도, 그는 돌부처처럼 앉아 움직이지 않았다. 어찌 보면 조용히 묵언 수행을 하는 것도 같았는데, 미동도 하지 않고 곡기도 끊은 채 사흘 낮과 밤을 그렇게 보냈다. 다시 사흘 낮과 밤을 보내고 어느덧 아흐렛날을 맞는 날, 드나드는 사람들이 저러다 큰일 나겠다고 걱정들이었지만, 해월은 가만 놔두라고 이를 뿐이었다.

손병희는 겉으로 보기에 앉아서 잠든 것처럼 평온해 보였으나, 그의 내면에서는 어쩌면 우금티 전투보다 더 심한 전쟁이 일어나고 있었다.

그는 꿈결인 듯 아닌 듯 눈부신 황금으로 만든 기와집을 보았다. 대문의 황금 고리를 열고 들어가니 선녀인 듯 순백의 얼굴에 비단옷을 입은 여인들이 그를 안채로 안내했다. 사방에 그윽한 매화 향이 가득했다. 그녀가 문을 연 안방에는 황금 보료가 깔려 있었다. 그가 황금 보료에 앉자, 여인들이 좌우에 시립하여 은은히 부채질을 하였다. 짙은 매화 향 때문에 그는 점점 정신이 몽롱해졌다. 가물가물 흐려지는 정신을 붙들기 위해 우금티에서의 마지막 전투 장면을 떠올렸다. 그랬더니 그윽했던 향내가 피비린내로 바뀌었다. 훅 끼치는 피비린내에 그는 온몸을 떨었다. 땅에 묻혀 있던 핏덩어리 시체들이 그에게 달려드는 환상, 일본군들이 알아들을 수 없는 욕설을 내뱉으며 총을 쏘는 환상이 겹쳐 보였다. 감당할 수 없는 분노와 고통, 두려움이 전신을 덮쳐 왔다. 그의 몸은 서서히 식어서 차디차게 굳어 갔다. 어쩌면 이대로 죽을지도 모르겠다는 생각이 들었다. 이미 여러 번 죽을 고비를 겪었던 탓일까, 삶에 연연하지는 않았다. 그는 모든 것을 하늘에 맡기기로 했다. 자기 생명줄마저 턱 내려놓는 기분이었다. 모든 것을 내려놓으니 기운은 없어도 정신은 점점 맑고 또렷하였다. 이상하게도 우주의 맑은 기운이 그의 세 단전으로 쉼 없이 흘러들어 왔다.

사흘 낮과 밤이 세 번 지나고 새벽 여명이 밝아 오는 무렵 해월 선생이 손병희에게로 왔다. 해월 선생은 그의 등 위에 두 손을 얹고 한 식경 남짓 기운을 보냈다. 손병희는 말할 수 없이 따스하고 뭉클뭉클한 기운이 척추를 타고 들어와 가슴으로, 온몸으로 퍼져 나감을 느꼈다. 그는 엄마 품에 안긴 갓난아기와 같이 순수한 안도감과 행복감을 느꼈다. 무한한 사랑과 보살핌의 손길이었고, 관세음보살의 대자대비한 손길이었고 하늘님의 가없는 축복이었다.

손병희는 자신도 모르게 눈물을 흘렸다. 분노와 원망의 눈물과는 전혀 차원이 달랐다. 지난날 모든 슬픔과 분노, 아픔과 고통, 업식(業識)을 다 씻어 내는 치유의 눈물이었다. 그러다가 해월 선생의 부드러운 음성을 들었다.

"그만 눈을 뜨고 나를 쳐다보거라."

눈을 뜨니 해월 선생이 그 앞에 정좌하고 있었다.

"내 눈을 똑바로 바라보거라."

그는 해월 선생의 두 눈을 응시하였다. 해월 선생의 눈동자에 손병희의 눈동자가 담겨 있었다. 그 순간 말할 수 없는 오묘한 기운이 쏟아져 들어왔다. 상단전이 몹시 떨리면서 가을 하늘처럼 맑고 상쾌한 기운이 머리에서 발끝까지 퍼져 나갔다.

이윽고 해월 선생이 부드러운 미소를 지으며 손병희의 두 손을 잡았다.

"사사로운 욕심을 끊고 사사로운 물건을 버리고 사사로운 영화를 잊은 뒤에라야, 기운이 모이고 신(神)이 모이어 환하게 깨달음이 있으리니, 길을 가면 발끝이 평탄한 곳을 가리키고, 집에 있으면 신이 조용한 데 엉기고, 자리에 앉으면 숨결이 고르고 편안하며, 누우면 신이 그윽한 곳에 들어, 하루 종일 어리석은 듯하며 기운이 평정하고 심신이 청명하니라."[7]

해월 선생은 나직하게 말씀하셨는데, 말씀 한마디 한마디가 손병희의 가슴에 천둥처럼 울려 아로새겨졌다. 손병희는 벼락을 맞고 새

인간으로 다시 태어난 것 같았다. 아니 그게 아니라 전혀 다른 세상에 와 있는 것 같은 느낌이었다. 눈을 뜨니 아흐레 전의 같은 방이요, 같은 선생님이고, 자신인데 모든 것이 바뀌어 있었다.

아흐레 전 그는 온갖 번뇌와 고통과 슬픔, 분노로 타들어 갔었다. 그런데 지금은 모든 번뇌와 슬픔, 고통, 분노들이 사라졌다. 더 나아가 더 이상 이 세상에 물을 의문이 없어졌다. 고요와 평화, 한없는 사랑의 기운만이 넘쳐흘렀다. 그 전은 지옥과 같은 세상이었는데, 지금 눈을 떠 보니 천상 세계에 와 있는 것이다.

손병희는 평온한 미소를 지으며 해월 선생을 바라보았다. 해월 선생도 가만히 미소를 지었다. 한참 동안 그렇게 고요한 미소와 정적 속에 있다가 해월 선생이 말하였다.

"갑오의 일은 모두 나로부터 비롯된 것이니, 그 모든 결과는 내게 돌려야 할 것이네. 지난날의 모든 과보(果報)는 나에게 돌리고 그대는 앞만 보고 나아가야 한다는 말일세."

"……."

"수십만의 도제(徒弟)들이 속절없이 죽음을 맞이하고, 전봉준을 비롯한 큰 접주들도 비명에 갔으나, 그들 또한 내 안에서 출세하여 영원히 이 세상에 살아갈 것이니, 나를 보게."

"……."

손병희는 한동안 말없이 스승님의 얼굴을 주시하였다. 이윽고 그 눈 속에 무궁한 번뇌와 고통의 그림자들이 비치는 듯하였다. 그리고 순식간에 다시 그 눈동자 속에 자신의 눈이 비치었다. 평안하고 한없이 청정하였다.

이윽고 손병희는 자리에서 천천히 일어나 스승에게 큰절을 올렸다. 그를 거듭나게 한 큰 스승께 올리는 감사의 절이었다. 9배를 올리고 다시 절을 하려고 하니 해월 선생이 만류하였다.

이어 해월 선생은 손병희를 원주의 임학선에게 보내 수련장을 갖추고 여러 사람이 거할 수 있을 만한 집을 알아보도록 하였다. 손병희는 수레너미에 거처를 마련하고 돌아왔다.

해월 선생은 손병희를 앞세우고 수레너미로 이사했다. 손병희는 김연국, 손천민, 임학선 등과 함께 한편으로는 수련에 힘쓰며 다른 한편으로 교단을 수습해 나갔다.

수련에 임한 지 한 달 만에 하늘로부터 강시(降詩)를 받았다. 해월 선생이 매우 만족하신 것은 물론이다. 마침 그날은 보름이었다. 크고 밝은 달빛 아래 해월 선생이 말했다.

"그대의 도력이 과연 눈부시게 성장하였네."

"……."

"스승님께서 도를 위하여 명을 바치면서, 나에게 고비원주(高飛遠走)하라는 말씀을 남기셨네. 그 말씀대로 높이 날아 멀리 도망 다니며 스승님의 뜻을 세상 사람들에게 전하였네. 그렇게 더욱 높고 넓게 도를 편 지 30여 년의 세월이 흘렀네. 갑오년의 일로 헤아릴 수 없이 많은 목숨들이 스러졌으나 살아남은 모든 사람들이 개벽세상을 노래하게 될 그날까지 신명을 바치는 것이 그 목숨들을 영원히 살려 모시는 길이라 믿네. 앞으로 자네는 더욱 정진하기를 게을리하지 말게.”

해월 선생은 참으로 오랜만에 흐뭇한 미소를 지었다.

을미년을 보내고 병신년(1896)을 앞둔 세모 무렵에는 난리의 여진도 사그라지며 수레너미로 찾아오는 교인들의 발길이 잦아졌다. 강원도와 충청도는 물론 교단 조직이 초토화된 전라도에서도 알음알음으로 도인들이 찾아오기 시작했다.

새해를 맞이하여 인사하는 도인들의 발걸음이 더욱 잦아진 어느 날 해월 선생은 ‘스승님께서 가르쳐 주시고 도통을 물려주신 은혜를 입었으니, 이 마음을 굳게 지켜 도를 물려주리라(荷蒙薫陶傳鉢恩 守心薫陶傳鉢恩).’는 시를 지어 여러 제자들에게 보이었다. 머지않아 도통을 물려주려는 뜻이었으나, 그때만 해도 제자들은 모두 선생의 가르침을 열심히 배우라는 뜻으로만 알았다.

교단은 나날이 안정되어 갔으나 마음을 놓으신 때문인지, 해월 선생의 기력은 날이 갈수록 쇠잔해졌다.

해월, 손병희에게 도통을 전수하고 순도하다

1896년 2월에, 해월 선생은 손병희에게 의암(義菴)이라는 도호(道號)를 지어 주고, 이어 손천민에게는 송암(松菴), 김연국에게는 구암(龜菴)

이라는 도호를 주었다.

이 무렵 전란 중에 흩어진 해월 선생의 가족들을 충주 외서촌 마르택이라는 곳에 모시게 되었다. 해월 선생은 노구를 이끌고 외서촌으로 향했다. 손씨 사모님을 비롯한 가족들 속에서 해월 선생의 몸과 마음은 한결 편안해졌다.

2월 어느 날 해월은 의암과 구암, 송암 세 제자들에게 '3인이 의논하여 교단의 일을 도맡아 처리하라.'는 명교를 내렸다. 새롭게 늘어가는 교인들과 교단의 일들을 처리하기에는 기력이 쇠하기도 하였지만, 도의 장래를 생각하여 도통 전수를 실행에 옮기기 시작한 것이다.

해월 선생은 가족과 잠시 동거하기는 하였으나 때마침 벌어진 의병전쟁으로 다시 전국이 소요해지는 와중을 피하여 1개월 남짓한 기간 동안 이 고을 저 고을로 옮겨 다니며 안착할 곳을 물색하였다. 음성읍 동음리, 청주 산막, 상주 높은터(高岱) 등을 전전하던 중 정미년(1897)에는 경기도 음죽군(이천군) 앵산동에 자리를 잡았다. 앵산동에서 해월 선생은 수운 스승님의 득도 기념일(4월 5일)을 맞이하였다. 이날 해월 선생은 제수 차리기를 나를 향하여 하라는 향아설위(向我設位)의 제법에 관하여 설법을 하고 시행토록 하였다. 이는 하늘님이 지금 살아 있는 우리들 몸에 있고, 스승님의 성령이 출세하여 지금 여기에 있는 제자들과 함께하므로 나를 향하여 제상을 차리는 것이 옳다는 뜻이었다.

이어 하순에는 심신회수(心信回水)라는 네 글자를 써서 각 포의 접주들에게 반포하였다. 다시금 수운 대선생의 명교에 따라 마음을 굳건히 하여 도학에 힘쓰라는 뜻과 더불어 수운 선생과 같은 길을 걸어가게 될 당신의 운명을 암시하는 글이었다. 그러나 이 또한 천어(天語)였으므로 누구도 그 뜻을 미리 알거나 천명을 회피할 수 있는 것은 아니었다.

한편 4월을 전후하여 서택순이 붙잡혀 공주옥에 갇히고, 편의장 신택우가 한양에서 붙잡혀 모진 고문을 당하는 등 관군의 지목은 여전하였으나, 해월 선생을 찾아오는 발길은 삼남 지방은 물론 황해도와 평안도 지역에서도 나날이 늘어만 갔다. 이때부터 해월은 접주 도첩 발행 시의 명의를 그동안 북접법헌(北接法軒)이라 하던 것에서 용담연원(龍潭淵源)으로 바꾸었다.

그러나 여름을 지나면서 해월 선생의 건강은 눈에 띄게 나빠졌다. 고령이 되면서 평생 동안 쌓여 온 노독이 병환으로 드러난 것이었다. 손병희는 일찍이 눈여겨보아 온 여주 전거론으로 해월 선생의 처소를 옮겼다. 그곳은 임순호 접주가 살고 있어 안전할 뿐 아니라, 주변이 조용하여 해월 선생에게 맞춤한 곳이었다.

1897년도 다 저물어 가는 12월 24일, 해월 선생은 손병희와 여러 제자들을 불러 앉혔다.

"일전에 교단의 모든 일을 자네와 구암, 송암 세 사람에게 당부하였네. 그러나 막중한 교단의 일이고 보면, 세 사람 중에 주장자가 없을 수 없네. 하여 오늘부터 의암 그대로 하여금 '북접대도주'로서 그 역할을 맡도록 할 것이네. 그러나 세 사람이 합심하면 천하의 어떤 일이라도 당하지 못할 것이 없으니, 내 이 말을 부디 명심하게."

손병희로서는 뜻밖의 말씀이었으나 쇠약해진 스승의 명교를 거역할 수 없었다. 구암과 송암이 한자리에 있지 못한 것이 안타까웠다.

무술년(1898)에 접어들면서 해월 선생은 아예 자리를 보전하고 누워 버렸다. 몇 개월째 계속되는 설사병은 여간한 약에도 차도가 없었다. 해월 선생의 기력은 나날이 쇠약해졌다. 게다가 1월 하순에는 급작스럽게 도인 권성좌를 앞세우고 관군이 닥쳤다. 이천에서 붙잡힌 권성좌가 매에 못 이겨 해월 선생의 거처를 실토하고 만 것이다. 마침 해월 선생을 옆에서 보살피던 의암이 권성좌에게 눈을 부라리며 큰소리로 호통을 쳤다.

"네놈이 어느 안전이라고 요양 중인 양반을 능멸하느냐?"

"아뇨. 그런 게 아니라, 하도 매를 맞아서 기억이 오락가락하고 제 정신을 찾기 어려워서…."

이렇게 벌벌 떨며 횡설수설하던 권성좌는 관군을 이끌고 이리저리 돌아다니다가 다시 김낙철을 지목하였다. 김낙철은 의연하게 자신을 해월이라며 앞으로 나섰다. 그는 즉시 포박당해 한양으로 압송되었다.

그 틈에 손병희는 때마침 함께 있던 구암 등과 함께 해월 선생을 가마에 태우고 몸을 피했다. 이 집에서 하루, 저 집에서 이틀씩 달포

가까이를 전전하였다. 해월 선생을 가마에 메고 거의 매일이다시피 수십 리 산길을 다니는 동안 손병희의 어깨에는 딱지가 앉을 새도 없이 피가 맺혔다 흐르기를 되풀이하고 굳은살이 잡혀 갔다. 하지만 그보다 걱정인 것은, 해월 선생의 심신이 지칠 대로 지쳐 더 이상 움직이는 게 무리라는 것이었다. 일행은 1월 하순이 되어서야 원주 호저면 송골 원진여의 집에 안착하였다.

이해 4월 5일 원주 송골에서 수운 큰 스승님의 창도 기념을 앞두고 향례를 지내기 위하여 각처에서 도인들이 찾아와 모처럼 사가가 북적였다. 그런데 웬일인지 해월 선생은 도인들에게 "이번 향례는 각기 돌아가서 지내라."고 하시며 도인들을 모두 돌려보냈다. 마지막까지 선생을 모시고 있던 손병희는 차마 발이 떨어지지 않아 떠나지 못하고 선생 곁을 맴돌았다. 해월 선생이 머뭇거리는 손병희에게 떠날 것을 재촉했다.

그 무렵 손병희를 비롯한 제자들도 해월 선생이 머무는 송골을 중심으로 사방 10여 리 상거에 각기 처소를 마련하고 수도하며 지냈다. 이는 한편으로는 외지인의 발길이 해월 선생에게로 향하는 것을 방지하고, 먼 곳에서 찾아오는 도인들을 미리 대좌하고 통제하면서 해월 선생의 안전을 도모하기 위한 것이다.

"걱정 말고 떠나게. 내 마음이 곧 자네 마음일세. 비록 몸은 떨어져 있어도 그대는 언제나 나와 함께 있네. 스승님의 심령이 우리와 함께하고 하늘님이 우리 안에 있는 것을 잊지 말게."

손병희가 마지막으로 떠나고 해월 선생은 툇마루에 홀로 앉아 두루미 한 마리가 하늘 저 멀리 날아가는 것을 한참 동안 지켜보았다. 해월은 문득 "두루미야! 너 먼저 가 있거라. 나도 곧 따라가마." 하고 나지막하게 중얼거렸다. 해월 선생은 자신의 앞날을 내다보고 있었다.

다음 날 미련을 버리지 못한 임순호가 다시 해월 선생에게 들렀으나 엄중히 질책하여 돌려보낸 지 한 식경도 되지 않아, 임순호를 포박한 채 관군들이 들이닥쳤다. 멀리 보은에서부터 해월 선생의 종적을 좇아온 관군이 도중에서 임순호를 체포하여 들이닥친 것이었다.

해월 선생은 송골에서 문막 나루까지 와서 배편으로 여주에 당도하여 하루를 지내고, 이튿날 새벽에 다시 여주를 출발하여 뱃길을 따라 한양으로 이송되었다.

손병희는 날벼락 같은 소식을 접하자마자 주변의 도인들을 불러 모아 대책을 숙의하였다. 우선 해월 선생의 가족들을 더욱 외진 곳으로 피신시키고, 박인호 등을 충청도로 보내 옥사에 소용될 비용을 조달케 하였다. 그리고 곧장 해월 선생을 뒤쫓아 한양으로 들어왔다.

해월 선생은 광화문 앞 경무청에 10여 일을 갇혀 있다가 서소문 감옥으로 이감되었다. 오랜 도피 생활의 고초와 노령으로 거동이 몹시 불편한 상태임에도 해월 선생은 칼을 쓴 채 종로 네거리에 있는 법원을 오가며 10여 차례 재판을 받았다. 손병희는 서울 형편에 밝은 이종훈을 앞세워 해월 선생과 연락이 닿도록 주선하였다. 수십 년을 뒤

쫓던 '동학 괴수' 해월을 둘러싼 관의 호위는 엄중하기 이를 데 없었으나 마침내 끈이 닿아 해월 선생의 서신을 받아 내기에 이르렀다.

"나는 아무 걱정 말고 오직 수도하기에 힘쓰라."

해월 선생이 전해 온 서신을 받아 든 손병희와 제자들은 순간 터져 나오는 울음을 참지 못하고 오열했다.[8]

재판을 받는 동안 해월 선생은 이미 사경을 넘나들고 있었다. 임금이 관심을 갖는 대역 죄인이 병사하는 것을, 나라의 수치라 여긴 조선의 위정자들은 서둘러 5월 마지막 날 사형을 언도하였다. 그 이튿날인 1898년 6월 1일 국왕의 허락이 떨어지자, 바로 다음 날인 2일 한성부 육군법원 처형장에서 교수형이 집행되었다.

해월 선생은 마지막으로 할 말을 묻는 집행관에게 '나 죽은 후 10년 내에 장안에 주문 소리가 진동하리라.'는 말을 남기고 순순히 처형장에 나아갔다.

해월 선생의 시신은 효수된 그대로 장대 끝에 매달려 사흘간이나 효시되었다. 사흘째 되는 날 관졸들이 시신을 시구문(동소문) 밖 공동묘지에 평장하고는 '동학 괴수'라는 푯말 하나만 덩그러니 꽂아 두었다. 장대같이 비가 쏟아지던 그날 밤 이종훈은 인부를 사서 공동묘지로 몰래 들어가 선생의 시신을 수습하였다. 그리고 근처에서 기다리던 손병희, 김연국, 손천민, 박인호 등과 함께 그날 밤으로 송파 이상하 도인의 집 뒷산에 암장하였다.

선생이 순도하자 도인들은 한동안 망연자실하였다. 수많은 동학농민군들이 치열한 전투 현장에서, 일본군들의 살육 작전에 의해 비참하게 죽어 가는 모습들을 목격하면서도 후천개벽의 상징이자 희망인 해월 선생이 계시기에 희망을 잃지 않았었다. 그런데 해월 선생마저 순도의 길을 걷게 되자, 그들은 앞으로 어떤 희망으로 어떻게 살아가야 할지 엄두가 나지 않았다. 송암 손천민은 이렇게 구차하게 살 바에야, 차라리 모두 스승님을 따라 죽음을 택하자며 울분을 터뜨렸다. 구암 김연국도 분연히 그 말에 동조하고 나섰다.

그들이 함께한 방 안엔 한동안 비장한 침묵이 흘렀다. 손병희가 그 침묵을 깨며 말했다.

"우리 한 사람 한 사람이 모두 스승님의 성령을 모시고 있거늘, 자책하고 자포자기하는 것이야말로 스승님을 영원히 죽이는 일이오. 스승님께서 이 몸으로 하여금 북접대도주의 직임을 맡게 하신 뜻을 여러분들도 헤아려 주시오. 내가 불민한 몸으로 어찌 스승님의 자리를 대신할 수 있겠소. 그러나 나는 스승님께서 평생 온갖 고통과 핍박을 견디며, 고난의 구덩이에 빠진 사람들과 멸망으로 나아가는 세상을 건져 개벽을 이루고자 목숨까지 내놓으셨던 걸 생생하게 기억하고 있소. 나는 스승님의 깊고 숭고한 뜻을 이어받아야 할 책임을 절절히 느끼오.

눈보라치는 북실 싸움 끝에 우리와 떨어져 산속을 혼자 헤매던 스승님을 겨우 찾아낸 적이 있소. 그때 스승님은 눈 덮인 산속에서 고립되어 움직일 수조차 없는 몸이었지만 '네가 나를 구하러 올 줄 알았다.'고 하시며 웃으셨소. 스승님은 평생토록 죽음보다 더 험난한 골짜기를 헤매며 살아오셨지만 결코 희망을 잃지 않았던 분이오. 나는 살아야겠소. 꼭 살아서 스승님의 성령을 모시고 이 세상의 개벽을 위해서 혼신을 다할 것이오."

손병희는 낙담한 제자들을 위로하며 설법식을 거행하였다. 스승님의 육신의 생명은 끊어졌지만, 그 성령은 제자들의 마음속에서 영원히 살아 있을 것임을 재차 강조하였다. 그렇기에 각자 자기의 근거지로 돌아가 조직을 복원하고 도심을 회복하도록 독려하였다. 무엇보다 스승님의 순도 소식에 상심하여 도를 이탈하는 자가 생기지 않도록 신신당부하고 접주들이 솔선수범할 것을 당부하였다.

각지로 흩어졌던 도인들은 정기적으로 손병희를 찾아와 점차 안정을 찾아가고 있는 상황을 전하였다. 또 한편으로 살얼음판 같은 동학의 새로운 활로를 열어 줄 것을 그에게 기대하는 도인들의 여론을 전하였다.

그러는 사이에 조선의 정세는 급변하고 있었다. 동학군을 제압한 일본은 노골적으로 내정을 좌우하였고, 조선은 급속히 근대 국가의 길로 나아가고 있었다. 500년 동안 왕국이었던 조선은 1897년 10월에 대한제국으로 국호를 바꾸었고, 고종 임금은 황제로 등극하였다. 내로라하는 우국지사들은 저마다 신식의 사회단체를 만들어 정치적인 세력을 결집하고, 새로운 시대를 맞이하는 주역이 되기 위해 나섰다. 그런 가운데서 오직 동학만이 국가에서 엄금하는 바가 되어 서슬

펴런 지목이 끊이지 않았다.

손병희는 끊어진 연원의 연락망을 찾아 잇고, 도인들이 수도에 정진하여 상처 난 도심을 회복할 수 있도록 성심을 기울였다. 한동안 방임하였던 어육주초를 금하기로 하되, 당분간은 어육만을 금하며 심신을 맑게 하도록 하였다. 또한 주문수련과 기도는 식고(식사기도)를 위주로 하여 사람들의 이목을 끌지 않도록 주의하고, 집 안팎의 청결을 언제나 유념하여 악질(惡疾)에 대비하라는 등의 생활 규범도 다시 한 번 당부하였다.

도인들이 조금씩 안정을 되찾아가자 손병희는 한동안 칩거에 들어갔다. 그는 이 나라를 위해, 피 흘려 쓰러진 동학군들과 살아남은 도인들을 위해 자신이 무엇을 할 수 있는지 고민하였다. 그러다가 한번은 김연국과 손천민에게 넌지시 해외 유람의 뜻을 밝혔다.

"지금 우리가 직면한 과업은 유학이나 불도의 폐단을 넘어서는 새로운 도와 윤리를 펴는 것이오. 하지만 산더미만한 파도로 밀려오는 서양의 신문물과 무력에 맞서서 도를 지키고 새 세상을 열어 가기 위해서는 그들의 세상과 생각을 제대로 살피고 오는 것이 필요하다는 생각이오."

"……." 손천민은 묵묵히 듣고만 있었다.

"그러면 해외 유람이라도 가겠다는 말이오?" 김연국은 불편한 쉿소리로 되물었다.

미온적인 손천민과 달리 김연국은 극렬하게 반대하였다.

"스승님께서 이미 동(東)에서 나서 동에서 도를 이루셨는데, 이제 와서 서(西)를 배워서 무슨 이득이 되겠소? 왜놈들이 서양을 등에 업고 우리 땅에 들어와 강산을 침범하고 우리 도인들을 도륙한 것이 엊그제 일인데 뭐하러 서양으로 들어가 그들을 배우겠다는 말이오?"

손병희는 더 이상 할 말을 잃었다. 구암과 송암의 지지가 없이 외유(外遊)를 떠날 수는 없었다. 그 와중에도 관헌의 추적과 탄압은 집요하게 계속되었고, 자연스레 외유 이야기도 묻히었다.

세기가 바뀐 1900년에 들어선 후 동학의 도문도 크게 흔들림을 겪었다. 시시각각 죄어 오는 관의 지목이 맘에 걸린 송파의 이상하는 해월 스승님의 가묘를 하루속히 이장해 줄 것을 눈물로 호소하였다. 그해 5월, 손병희가 앞장서고 손천민, 박인호, 손병흠, 이종훈, 홍병기, 김영배, 이용구 등이 함께 나서서, 이태 전에 송파에 가매장하였던 해월 스승님의 유해를 수습하여 여주군 원적산으로 이장하였다. 실로 목숨을 건 위험한 일이었지만 무사히 유해를 안장할 수 있었다.

이보다 더 큰 문제는 그 무렵 3암(三菴)의 주축 가운데 한 사람인 김연국이 교단의 일에 참여하지 않는 것이었다. 의암은 해월 선생이 자신을 주장으로 삼은 일로 김연국의 마음이 상하였음을 짐작하였다. 여러 차례 사람을 보내 한편으로 설득하고 한편으로 틈을 내어 구암이 복귀하기를 기다렸다. 지성이면 감천이라고 구암은 실의에서 벗어나 기력을 회복하고 마음을 돌이켰다. 모처럼 화목을 되찾은 그길로 의암은 전국에 통문을 보내 각기 도통에 힘써 동학의 큰 지도자로 거듭나서 시대의 새 운수를 맞이할 것을 당부하였다.

그러나 그해 하순으로 접어들면서 조정의 지목이 조여 오기 시작하였다. 손천민, 서우순, 서인주 등 손병희가 믿고 의지하는 해월의 수제자들이 잇따라 체포되고, 손천민은 모진 고신 끝에 옥사하고 말았다. 지목은 삼남 일대만이 아니라 교세가 새롭게 퍼져 나가던 평안도 지방까지 확장되었다. 이때 평북 영변의 강성택 도인은 만나는 사람마다 동학의 주문을 전하던 중에 관에 붙잡혀 모진 고문을 당하였다. 형리들은 수운과 해월 선생을 욕보이고 동학을 다시 하지 않겠다고 말하면 방면하겠다며 희롱하였다. 하지만 강성택은 "하늘이 무너지지 않듯이 도는 멸하지 않을 것이요, 내 마음이 썩지 않으니 기상인들 썩으랴."라는 싯구로 의연한 기상을 보였다. 그리고 마침내 철옹성 밖의 미륵모루라는 곳에서 수많은 사람들이 보는 가운데 죽임을 당했다.

손병희는 손병흠, 이용구 등 몇 사람만을 데리고 심산유곡의 산사를 전전하였다. 관의 지목을 피하는 한편 수련에 전념키 위해서였다. 오랜 수련과 명상 끝에 손병희는 새로운 활로를 모색해야겠다는 결론에 이르렀다.

'한때 낡고 늙은 병자에 지나지 않던 조선의 조정마저도 서양의 문물과 제도를 받아들인다고 나서는 시대에 언제까지 관에 쫓기는 처지로 지내며 새 세상을 기약할 수 있을까?'

조선은 점점 더 많은 왜인들이 몰려와 활개 치는 세상이 되었고,

청국인, 러시아인은 물론이고 세계 각국의 외교관들이나 탐방객들까지 저마다 자국의 이익을 취하려 혈안이 되어 분주히 오갔다. 또한 한양 도성 안팎으로 날마다 서학의 교당이 높이 세워지고 그곳에 사람들을 불러 모았다. 시시각각 변화하는 조선 땅을 바라보며, 어지럽고 힘겨운 정세 속에서 동학이 꿈꿨던 개벽의 씨앗들을 뿌리기위해 안간힘을 쓰던 그는 마침내 중대한 결심을 하게 된다.

'나는 보았다. 일본군의 신식 소총 하나에 수백 명의 동학군들이 쓰러지는 걸 보았다. 그런데 지금은 어떠한가? 모든 백성들이 일본 상인이 가져온 물건들에 눈이 뒤집어져 사족을 못 쓰지 않는가? 겉 모습만을 보아서는 안 된다. 저 거대하게 밀려오는 새로운 문물의 실상을 직접 눈으로 보아야 한다. 그래서 알아야 한다. 우리가 뒤처져 있는 것은 배워야 한다.'

그는 이런 결심을 하고, 동생 병흠과 함께 동고동락하던 동학 접장 이용구에게 털어놓았다. 그들은 뜻밖에 대찬성이었다. 이용구가 말했다.

"해월 스승님도 머지않아 우리 도의 이름과 주의를 세계에 펴 날리고, 서울 장안에 크게 교당을 세우고, 주문 외우는 소리가 하늘에 사무치게 될 것이라 하였습니다.[9] 그때를 대비하여 선진 문물을 돌아보고, 실력을 양성하는 것이 좋을 듯합니다."

옆에서 묵묵히 듣고 있던 손병흠이 거들었다.

"지금 나라에서는 도인들에 대한 추포의 끈을 더욱 조여 오고 있습니다. 이제 곧 도통이 대도주님에 전수된 것이 알려질 것이고, 모든 창끝이 대도주님을 향할 것입니다. 그러니 잠시 조선 땅을 떠나 있는 것도 한 방편일 듯싶습니다. 여비는 제가 알아서 변통하겠습니다. 요사이 서북 지방에서 동학의 열기가 들불처럼 번지고 있습니다. 그곳의 도인들은 도의 면목이 세상에 밝게 드러나기만을 바라며 재물을 아끼지 않고 있습니다. 모쪼록 가셔서 우리 도가 새롭게 나아갈 길을 찾아서 돌아오십시오."

손병희는 두 사람의 이야기를 듣고 비로소 마음이 놓였다.

오사카 항, 화려한 불빛에 눈이 멀 지경

1901년 3월 손병희는 미국으로 가기 위해 아우 손병흠과 이용구와 함께 원산을 거쳐 부산에 도착하였다. 부산에서 미국으로 떠나는 배편을 알아보았으나, 미국으로 가는 배가 없었다. 그래서 일단 일본으로 건너가 그곳에서 미국으로 가는 길을 알아보기로 했다.

손병희 일행은 부산에서 일본 나가사키와 시모노세키 항을 거쳐 오사카에 당도했다. 늦은 밤이었다. 배 갑판 위에서 본 오사카 항은 검은 바다 위에 뜬 거대한 유등처럼 화려한 불빛이 가득하였다. 난생처음 보는 도깨비불의 향연이었다. 오색찬란한 불빛들을 넋을 놓고 바라보다가 어느덧 그 빛 속으로 빨려 드는 느낌이었다.

'정신 차리자. 이곳은 불구대천의 원수 일본 땅 아닌가. 정신 차리지 않으면 눈과, 머리, 가슴 모두 눈뜬장님처럼 될지 모른다.'

오사카에 머물며 미국에 가는 배편과 여비 등을 알아보니 실로 거금이 필요했다. 비용을 마련하러 손병흠과 이용구가 국내로 들어갔으나, 여비 마련이 쉽지가 않았다. 할 수 없이 손병희는 미국행을 포기하고 일본에 머물면서 선진 문물을 익히고 국제 정세를 살피기로 결정하였다.

당시 일본에는 권동진, 오세창, 조희연, 이진호, 조희문, 박영효 등의 국내 인사들이 조선의 여러 정변과 연루되어 망명하거나 그 밖의 다른 이유들로 조선을 떠나와 머물고 있었다. 손병희는 이들과 교류하면서 친분을 쌓아 갔다. 그중 권동진, 오세창은 개화파 지식인들로 을미사변에 관련되어 일본에 망명 중이었다. 그들은 손병희의 호방하고도 깊이 있는 인품에 감화를 받고 동학에 입도하였고, 그 뒤 평생을 천도교단의 중진으로서 활동하게 된다.

조희연, 이진호, 조희문, 박영효 또한 친일파 개화 지식인이자 거물 정객들로 일본에 머물며 국내 정치에 복귀할 날을 엿보고 있던 사람들이었다. 그중에는 갑오년 전쟁 당시 관군의 핵심 요직에 있던 조희연 같은 인물도 있었으나 손병희는 개의치 않았다. 당장의 원한을 넘어 새로운 장래를 도모하는 것이 급선무였기 때문이다.

손병희는 일본의 발전상에 놀라움을 금치 못했다. 거리는 깨끗하게 정돈되어 먼지 한 점 없이 반질반질하였는데, 오가는 사람들의 옷 차림이 알록달록한 색깔로 화려했다. 길가 상점마다 진기한 물건들이 즐비했고, 서점에는 일본어로 번역된 세계 각국의 사상과 철학, 기술 서적들이 서가에 가득했다. 그가 만난 일본 사람들은 학식이 풍부하고, 논리가 정연하며, 예의범절이 깍듯하였다. 일본의 문물을 접하면 접할수록 감탄이 저절로 나왔다.

'이래서 일본이 청나라를 이길 수 있었구나! 그런데 조선의 앞날은 어찌 될 것인가? 우리는 어디서부터 시작해야 하는가?'

손병희는 고심하였다. 조그마한 서점에 빼곡히 들어차 있는 책들을 조선어로 번역하는 일 하나만 생각해도 까마득해 보였다. 어쩌면 수십 년의 격차가 나 있는지도 모를 일이었다. 손병희가 깊은 고민 끝에 내린 결론은 단순 명쾌했다.

'뒤늦게 한탄만 하고 있으면 무엇이 달라지겠나. 어쩌면 늦었다고 생각하는 지금이 가장 빠른 때가 아닌가. 놀라운 발전을 이룬 일본의 문물을, 조선의 젊은이들이 되도록 많이 와서 보고 배우도록 해야 한다. 중요한 것은 교육이다. 그것은 가장 더딘 길이지만, 가장 근본적인 길이다. 수운 대스승님께서도 해월 스승님께서도 결국 후학들에게 천도의 이치를 가르쳐 깨우치고자 하신 것 아닌가. 이제 거기에 더하여 신식 학문을 배워야 한다는 사실이 늘어났을 뿐이다. 스승님들의 말씀을 신식 학문에 실어 세계에 널리 퍼지게 하는 것이야말로 지금의 우리가 해야 할 일이다. 그렇게 할 때만이 비로소 보국안민과 포덕천하가 이루어질 수 있다.'

1901년 10월 잠시 귀국한 손병희는 약해진 교세를 회복하고 넓히는 데 총력을 기울였다. 박인호, 김명배 등을 황해도와 부근 관서 지방에 파견해서 포덕하도록 독려했다. 다행히도 3개월 만에 수많은 도인들이 동학에 입도했다. 그런 다음 그는 일본에서의 각오를 실천하기 위해 도인들의 자제로 구성된 유학생들을 데리고 일본으로 돌아왔다. 1902년 3월의 일이다.

일본에 있는 동안 손병희는 이상헌으로 이름을 바꾸고 충청도 갑부 행세를 하며 지냈다. 벼락부자 행세를 하느라 곳곳에 돈을 뿌리고 다녔고, 당시 일본 사람도 구경하기 힘든 캐딜락 자동차도 구입했다. 이처럼 갑부 행세가 가능했던 것은 관서 지방에서 교세가 폭발적으로 늘어나 성금이 풍부해진 덕분이었다. 관서 지방은 국경 지대인 만큼 일찍부터 중국, 러시아와 교역이 활발했고 그 덕분에 신흥 부자들이 많았다. 또 자연스레 외부 세계와 접촉이 활발하여 새로운 세계를 열고 싶은 열망이 강하던 차에, 뒤늦게 전해진 동학에 입도하는 사람들이 많았다.

그러나 손병희는 단지 부자 행세에만 급급했던 것은 아니었다. 일본에 망명해 왔던 국내 인사들은 물론, 일본 지식층과도 교류하고, 신문, 잡지 등 매스컴에서 제공하는 국제 정세에도 귀 기울이며 긴박하게 돌아가는 국내외 동정을 살폈다. 그는 곧 러시아와 일본 사이에 전쟁이 터질 것이라고 예상하였다. 이미 청일전쟁을 겪으며 국제 정세가 어떻게 돌아가는지, 그리고 한반도를 사이에 둔 열강들의 전쟁이 조선의 백성들을 어떻게 사지로 몰아넣는지 뼈저리게 체험한 바 있다. 그는 조만간 일어날 전쟁에 대비하여 무엇을 할 것인가를 깊이 고민하였다.

'만약 러시아와 일본 사이에 전쟁이 일어난다면 일본이 이길 가능성이 높다. 일본은 계속 군비를 확장하는 중이고, 국민들이 일치단결하여 군인들의 사기도 높다. 그에 비해 러시아는 국민 간에 많은 갈등이 있고, 전열을 가다듬지 못하고 있다. 그렇다면 러시아와 일본이라는 강호들 틈에서 힘없는 우리가 살아날 방도는 무엇일까?'

급변하는 국제 정세를 예의 주시하던 손병희는 권동진, 오세창, 조희연 등이 모인 회합에서 자신의 생각을 말하였다.

"최근 국제 정세를 보아하니 곧 러시아와 일본 사이에 전쟁이 일어날 듯한데, 우리 조선 사람은 어찌해야 하는지 여러분은 그 점에 대해 어떤 생각들인지 알고 싶소이다."

"전쟁이 일어날 가능성이 매우 높은 것은 사실입니다. 일본이 계속 대륙 쪽으로 노골적인 야욕을 뻗치고 있으니까요. 만약 일본이 승리하면 만주와 조선은 일본 세력하에 들어갈 것이고, 러시아가 이긴다면 우리도 러시아 세력하에 들어가게 되겠죠." 권동진이 말했다.

"어찌 됐든 조선의 운명이 이들 강대국 손아귀에서 왔다 갔다 하는 형국인데 조정에서는 아무 대책이 없는 것 같소. 내 생각은 이렇소. 우리는 먼저, 일본과 러시아가 싸우면 어느 편이 이길 것인가 면밀히 분석하고, 둘째, 이길 수 있는 나라가 파악되었다면 그 편에 가담한 후 공동 출병을 해서 전승국의 지위를 얻어야 한다고 생각하오. 셋째, 전승국의 지위를 얻은 후에는 당당하게 우리의 권리를 주장할 수 있을 것이오."

"하지만 지금 조정은 친러파가 득세하고 있고, 임금님마저 러시아 영사관에 옮겨 지내시는 형편인데 누가 감히 일본 편을 들어 그런 계책을 실행하라고 건의할 수 있겠습니까?" 조희연이 말했다.

"그렇다면 어찌하면 좋겠소? 좋은 해결책이 없을까요?"

손병희의 음성에서 답답함과 간절함이 동시에 묻어났다.

"저와 친분이 닿는 일본 군사참모 중에 다무라(田村)라는 사람이 있습니다. 성격이 호탕하면서도 지략이 뛰어나 함께 큰일을 도모할 수 있을 것 같습니다. 제가 한번 그에게 이 일에 대해 운을 떼어 보겠습니다."

조희연이 말하였다. 조희연의 말에 모인 사람들이 고개를 갸우뚱하였다. 확신이 서지 않는 눈치들이었다. 그러자 손병희가 나섰다.

"이렇게 넋 놓고 급박하게 돌아가는 사태를 관망만 하기보다는 한번 뭐라도 시도해 보고 다시 의논해 봅시다."

조희연은 권동진과 함께 비밀리에 다무라와 접촉하여 일본의 승리에 협조하는 방안을 논의하였다. 또한 조정에서 득세하고 있는 친러파 제거, 그 이후의 전략에 대해서도 논의하였다.

손병희는 이 계획의 진행을 위해 일본 정부에 군자금 일만 원을 기부하였다. 하지만 이것은 의암이 한동안 친일파라는 오명을 뒤집어

쓰는 빌미가 되었다. 또한 이 일로 인해 손병희는 동경 우에노 공원을 산책하고 있던 중에 큰 봉변을 당하게 된다.

어느 날 저녁 수백 년 된 벚꽃나무 그늘 아래를 걷고 있던 손병희에게 한 청년이 칼을 빼 들고 달려들었다.

"매국노는 어서 나의 칼을 받아라! 오늘 내 천추의 한을 풀러 왔다."

목숨이 위태로운 급박한 상황에서 손병희는 침착하게 말했다.

"매국노를 죽인다니 참으로 반가운 말이오. 조선 사람으로서 매국노 한 명이라도 처치할 수 있다면 누구나 박수치고 환영할 일이오. 그런데 당신이 죽이려고 하는 사람이 과연 매국노인지 아닌지 이야기라도 한번 들어 봐야 하지 않겠소?"

"친일파 주제에 무슨 말이 그렇게 많으냐? 죽기 전에 할 말이 있으면 빨리 끝내라."

"러시아도 일본도 우리 조선을 잡아먹지 못해 안달이 난 강대국들이오. 청나라는 더 말할 것도 없고, 심지어 미국, 영국, 독일 등 틈만 나면 우리나라를 잡아먹으려 안달이 났소. 이 급박한 상황에서 우리는 강대국들의 틈바구니에서 어떻게 살아남고 또 문명한 국가를 이룰 수 있을지 연구하고 묘책을 세워야 하지 않겠소?"

"말이 많다. 어서 할 말을 끝내고 내 칼을 받으라."

"이이제이(以夷制夷)의 방책으로 먼저 러시아를 치고, 그다음 일본을 치자는 것이 내 계획이오."

"하, 죽기 직전까지 궤변이로구나. 그래서 일본 정부에 거액의 군자금을 기부하셨다, 그런 말이지!"

"당신도 알다시피 나는 갑오 동학 봉기의 주동자요. 일본놈들이 어떻게 수많은 나의 동지들을 죽였는지 빤히 아는 상황에서, 그 일본놈들의 뼈를 갈아 마셔도 분이 안 풀릴 마당에, 이 원수의 나라에 들어와 그들과 환담을 나누고 그들에게 아부하며 거액의 돈을 희사하는 내 심정은 오죽하겠소?"

자객 청년은 잠시 생각하는 표정으로 더 이상 대꾸를 하지 않았다. 손병희는 계속해서 자기 말을 이어 갔다.

"당신도 보아하니 여기 일본의 심장부에 유학 온 청년인 것 같소. 나 역시 울분을 묻어 두고 이곳에 건너와 일본의 실체를 바로 이해하고 더 나아가 적을 넘어서고자 고심하고 있소. 그뿐이오? 당신도 알다시피, 일본 뒤에는 더 큰 나라들이 동양 전체를 집어삼킬 기세로 몰려오고 있소. 이 상황에서 조선의 옛 선비들처럼 명분만을 끌어안고 공멸하는 것이 바른 길이겠소? 내 한 몸 언제든 죽는 것이 두렵지 않으나, 이 거대한 파도가 조선 땅과 백성들을 금방이라도 쓸어가 버릴 것을 생각하면 한스럽기만 하오. 나를 죽이고 그대가 그 일을 대신한다면, 나는 오히려 기쁘게 죽을 것이오. 어서 죽이시오."

손병희는 자신의 목을 길게 빼고 어서 죽이라는 시늉을 하였다. 이렇게 나오니 오히려 청년이 동요하는 빛이 역력했다. 그는 한참 주저하다가 칼을 거두었다. 그러곤 침울하게 이렇게 말했다.

"지금 조선이 처한 엄중한 현실에 대한 말들이 내 마음을 흔들었소. 두려움 없이 목을 내미는 당신의 말을 믿고 오늘은 나의 칼을 거두겠소. 그러나 당신이 친일 매국노라는 것이 확실해지면 그때는 반드시 당신 목을 베겠소. 그러니 조심하는 것이 좋을 것이오."

"젊은이, 십 년만 기다려 주시오. 어떻게든 조선 땅에 자주와 독립의 기반을 세워 놓겠소. 그런 다음, 내가 성공하든 못하든 그대는 나를 밟고 한 걸음 더 나아가 조선의 기둥이 되어 주시오."

"나 또한 당신이 지금 당신의 말을 꼭 이루기를 기원하겠소."

손병희는 청년에게 큰절을 하였다.

"그대의 큰 기백, 나라에 대한 충심을 내 결코 잊지 않겠소."

청년은 자신보다 훨씬 연배가 높은 사람이 자신의 목에 칼까지 겨눈 사람에게 큰절을 하고 자신을 칭찬하는 것에 놀랐다. 어쩌면 자신이 큰 실수를 저지를 뻔했는지도 모른다고 생각하며 그는 어둠 속으로 총총히 사라졌다.[10]

일본이 대아시아연방의 태양이 될, 그날을 위해

그즈음 민비 시해 사건에 연루되었던 일본 건달 구로다는 후쿠오카에서 스승 우찌다 료헤이(內田良平)의 거사를 돕고 있었다.

우찌다는 낭인 집단 천우협(天佑俠)을 이끌고 있었고, 구로다와 함께 갑오년에 동학군 진영에도 기웃거리던 인물이다. 그는 낭인들의 정신적 지도자였을 뿐만 아니라 몸소 행동하는 실천가이기도 했다. 구로다가 특히 감명 받은 것은 그의 대아시아관이었다.

"일본의 옛 이름 '아시하라'는 '아시아'에서 나온 것으로 보인다. 원래 일본 본토와 아시아 대륙은 하나로 연결되어 있었다. 사할린, 연해주에서 남쪽 대만, 남양에 이르기까지 모두 하나로 쉽게 교통할 수 있었다. 이 본래 아시아 강토를 일본 천황 아래 하나로 묶어서 아시아의 옛 영광을 되살려야 한다."[11]

우찌다는 구로다를 만나서 뜨겁게 포옹하며 힘주어 말했다.

"우리는 아마테라스 태양 여신의 후예들이고, 모든 아시아의 나라들이 일본이라는 태양 아래 모일 수 있도록 몸을 던져야 할 사명을 갖고 태어난 태양의 전사들이네."

우찌다의 말 한마디 한마디는 구로다를 비롯한 천우협 낭인들의 가슴을 뜨거운 투지로 불타게 하는 이상한 힘을 갖고 있었다. 이제까지 구로다는 떠돌이 무사였을 뿐 별 볼 일 없는 사내였다. 그런데 아무 생각 없는 백지와도 같은 건달 사내에게 우찌다는 일본의 정신과 혼을 심어 놓았다. 구로다는 멸사봉공의 정신으로 대일본제국의 신화 달성을 위해 희생하겠다는 의지로 불타올랐다.

구로다는 우찌다만 만나면 무릎을 꿇고 고개를 조아리며 명령 하달을 간청하였다. 그는 우찌다를 도와 천우협 출신 낭인들과 한반도, 만주, 시베리아 일대를 떠돌던 낭인들을 흑룡회라는 단체로 결속시켰다. 흑룡회란 명칭은 '일본이 흑룡강(아무르강) 일대의 주도권 쟁취를 하는 데 신명을 바친다.'는 일차 목표 때문이었다.

또한 우찌다는 흑룡회 회원들에게 이렇게 말했다.

"우리는 대일본제국이 아시아의 패권을 차지할 때까지 목숨을 바치는 전사들이다. 그렇다고 우리는 군인도 아니고 정치가도 아니다. 우리는 음지에서 일한다. 그러므로 수단과 방법을 가리지 않고 목표를 달성하는 데만 매진한다."

"제군들은 아시아 각지에 침투해서 현지 정보를 입수하고, 수단과 방법을 가리지 않고 우호 세력을 확보하여 대일본제국의 이념을 퍼뜨려야 한다. 그러기 위해 선전, 선동, 폭력 그 무엇이라도 동원하여 목표를 달성하라."

이때 구로다는 민비 시해 사건으로 당분간 조선 땅을 밟을 수 없는 상황이었다. 그렇다고 구로다가 일본에서 할 일이 전혀 없는 것은 아니었다. 오히려 그만이 처리해야 할 크고 작은 일들이 기다리고 있었다.

당시 일본에는 많은 조선인들이 머물고 있었다. 조선 땅에서 벌어지는 크고 작은 정변들 속에서 정쟁을 피해 일본에 망명한 정객들, 일본에서 개화 문물을 배워 보겠다고 온 지식인들과 유학생들, 그리고 가까운 이웃 일본에 선진 문물을 구경하러 온 사람들 등 조선인들의 숫자는 날이 다르게 늘어만 갔다. 그들에게 은밀하게 그리고 친밀하게 접근하여 친일 세력으로 만드는 일이 구로다의 임무로 떨어졌다. 구로다가 처리할 수 있는 용량을 초과하는 일은 윗선을 연결하면 그만이었다.

그는 먼저 조선에서부터 안면을 익혀 온 송병준과 이두황을 따로따로 만났다. 구로다는 요릿집에 미리 도착해 송병준을 기다리며 얼굴을 찡그렸다.

'송병준은 여우같은 작자이고, 이두황은 너구리같은 놈이다! 둘 다 냄새나는 짐승같은 놈들이지.'

송병준은 자신의 이익을 위해서라면 나라를 팔아먹는 것은 물론이고 그 어떤 일도 저지를 수 있는 작자였다. 그는 종자를 알 수 없는 미천한 출신이었고, 그러기에 더욱더 출세를 위해선 물불을 가리지 않는 사람이었다. 그런 그가 민비 가문과 끈이 닿은 건 어찌 보면 기이한 일이라고 할 수 있다. 그의 기민한 판단력과 물불을 안 가리는 행동력이, 느려 터지고 체면을 중시하는 민비 일가 양반들의 눈에 들었는지도 모른다. 아무튼 민씨네에 붙어 궂은일을 도맡아 하던 그가, 강화도조약 이후 일본인들이 마음대로 조선 땅을 드나들며 세력을 넓혀 가자 바로 일본 쪽으로 빌붙었다.

민씨네에게서 눈엣가시 같은 친일파 김옥균을 죽이라는 명령을 받고 일본에 들어온 송병준은 민씨네로부터 받은 엄청난 돈만 꿀꺽 삼키고 술집만 드나들었다. 그 후 그는 청일전쟁이 끝나고 들어선 김홍집 내각에 의해 체포령이 내리자 은밀히 가산을 정리하여 일본으로 건너왔다. 이번엔 아예 일본에 터를 잡고 '노다 헤이지로'라는 이름으로 개명하고 양잠업으로 생계를 꾸려 갔다.

구로다는 송병준을 만나자 찡그렸던 얼굴을 폈다. 속마음이야 어쨌든, 정중히 예의를 차려 인사를 나누고 안부를 물었다.

"아이고, 요즘 먹고살기 힘들어 죽을 지경입니다요. 갖고 왔던 돈도 다 쓰고, 누에를 길러 겨우 풀칠하고 있지 뭡니까? 아! 이런 요릿집에 와 본 지도 얼마만인가!"

송병준은 구로다를 보자마자 엄살이다.

'이놈한테는 돈이 최고 약이지.' 구로다는 다짜고짜 돈 봉투를 꺼내 상 위에 턱 올려놓았다.

"요즘 조선에서 일본에 들어온 유력 인사들이 많소. 권동진 오세창 같은 지식인, 손병희 이용구 같은 종교인, 박영효 조희연 같은 세도가들 모두 일본으로 꾸역꾸역 모여들고 있는 걸 잘 알 테지요? 이들과 교류하면서 일본에 우호적인 세력으로 만드시오. 이 일이 잘되면 훗날 일본이나 조선을 위해 큰 공을 세우게 될 것이오."

"아, 그 사람들이라면 다 제가 조선에 있을 때 잘 알던 사람들이죠. 걱정 마십시오. 그런데…."

여우같은 송병준이 봉투 안을 들여다보며 말꼬리를 흐렸다. 액수에 불만이 있다는 뜻이었다.

"일이 잘되어 일본과 끝까지 협력할 수 있는 사람들로 만들 수 있다면 당신에겐 어마어마한 대가가 주어질 것이오. 언제 내가 약속을 어긴 적이 있소?"

"그렇죠. 그거 참 좋은 생각입니다. 저 같은 사람이 조선에서 뜻을 펼칠 수 있어야 대일본제국으로서도 확실한 발판을 마련하는 셈이 될 것입니다. 정치와 외교로 풀어야 할 일이 있고, 저와 같은 사람들이 밑바닥에서 해야 할 일이 있는 법이죠. 사실 제가 오랫동안 구상하고 있는 일이 있습니다만…. 구로다상 윗분을 만나게 도와주십쇼. 저를 좀 더 크게 도와주신다면 대일본제국에게 큰 보탬이 될 수 있는 뎁쇼."

제구실할 곳을 찾지 못해 한동안 잠잠하던 송병준의 날카로운 촉수가 뻗치기 시작했다. 그는 직감적으로 자신에게 큰 기회가 다가오고 있음을 알아챘다.

구로다는 속으로 혀를 내둘렀다. 그는 구로다의 윗선과 직접 만나겠다고 나서고 있는 것이다. 할 수 없는 일이다. 잠시 주저하던 그는 이내 고개를 끄덕였다.

반면 이두황은 요릿집의 게이샤에 푹 빠져 구로다의 말에 뭐든지 오케이였다.

이두황은 동학난이 일어나자 관군의 선봉장으로서 동학군들을 죽이는 데 앞장섰다. 보은 장내에 모인 동학군들을 기습해 무참히 살육을 저지르는가 하면, 목천 세성산 전투에서 김개남이 이끄는 동학군들을 사살하였다. 그는 청일전쟁이 일어나자 통역관으로 일본군을 따라 평양까지 들어가서 안내하고 염탐해서 정보를 제공하는 역할을 하면서 일본군과 깊은 인연을 맺었다.

결정적으로는 민비 시해 사건 때 직접 일본군들을 안내하였다. 광화문에서 이두황을 보고 호통을 치던 홍계훈을 죽이고 경복궁 안 깊숙이 민비 처소까지 이두황이 안내역을 맡았다. 이렇게 민비 시해 사건에 깊숙이 가담한 그는 후환이 두려워 일본으로 도망 와 숨어 지내고 있었다.

사실 지금 구로다로서는 이두황이 큰 쓸모는 없었다. 그러나 훗날 일본이 조선을 식민지로 삼고자 할 때 필요한 존재로 관리해야 할 대상이었다. 무엇보다 민비 시해를 도운 일은 일본에 끼친 큰 공이라 할 수 있었다.

"여기 이 돈으로 용돈이나 하시오."

"고맙습니다, 나리. 그런데, 제가 문제가 좀 생겼습니다."

구로다가 들어 보니 이두황은 색을 밝히다가 몹쓸 병에 걸렸다는 것이다. 구로다는 이두황의 매독 치료비 명목으로 돈을 더 건네야 했다.

그에 비하면 송병준은 확실히 더 쓸모가 있었다. 그는 일본에 와 있던 유명 조선인들과 교류하면서 동양의 질서가 일본을 중심으로 재편되어야 한다는 의식을 확산시켜 갔다. 그의 넉살 좋은 언변에 대부분은 귀를 기울이며 맞장구를 쳤다.

"아, 일본은 얼마나 문명화되어 있습니까? 일본인들은 정직하고 깨끗하고 예의 바릅니다. 하늘 높이 솟은 저 멋진 건물들을 보십시오. 그뿐입니까? 저 건물 안에는 각 분야에서 자기 사명을 다하는 사람들로 가득합니다. 이곳 사람들은 모두 자신감과 희망에 넘칩니다. 전깃불, 온갖 탈 것들, 편리한 상품들, 밤을 낮 삼아 공부하는 사람들을 위하여 서점을 가득 채운 서양의 책들…. 서양의 어느 나라와 비교해도 뒤지지 않습니다. 이런 일본을 배우고, 섬기고, 따르는 것은 결코 부끄러운 일이 아닙니다."

사실, 이런 송병준의 견해는 새삼스러울 것도 없이 모든 애국계몽운동가들의 공통된 의견이었다. 과연 달콤하고 솔깃한 이야기였다. 다만 절치부심하며 자주적 개화와 부국강병을 꿈꾸는가, 아니면 아예 일본에 의지하고, 의존하고, 나아가 예속되는 일까지 마다하지 않는가 하는 궁극적인 큰 차이가 있을 뿐이었다. 그러나 송병준은 조선이 어떻게 되든 상관없었다. 오로지 그의 관심은 저 혼자 출세해서 떵떵거리고 살 수 있나 없나에만 초점이 맞춰졌다. 그의 궁극적인 목표는 조선의 문명개화가 아니라, 일신의 영달이었다. 내심 그는 이미 결론을 내리고 있었다. 물론 숨겨 둔 이 말을 내뱉기까지 몇 년 안 걸렸지만….

'우리는 일본을 도저히 따라갈 수 없습니다. 지금은 열강 제국들이 식민지 만들기에 열을 올리는 시대입니다. 양놈들이 우리를 지배하기보다 우리와 비슷한 점이 많은 대일본의 울타리 안에 들어가 그들의 보호를 받는 것이야말로 우리 조선이 받을 수 있는 가장 큰 축복입니다.'

수년 동안 일본에 체류하며 세계 정세를 조망하던 손병희는 조선을 근대적인 국가로 개혁하고 개화 노선을 걸어야 한다는 결론을 내렸다. 그것은 세계의 조류가 거세게 요동치는 가운데 낡은 배를 버리고, 아직 완성되지 않은 배로 옮겨 타는 위험한 일이었으나, 낡은 배는 곧 가라앉고 말 것이 분명하였다.

그러나 손병희의 구상은 계속해서 차질이 빚어지고 있었다. 우선 러일전쟁이 발발할 경우를 대비하여 일본과 연합국의 지위를 얻기 위해 제휴하기로 합의했던 일본군 참모총장 다무라가 1903년 갑자기 사망하고 말았다. 또한 권동진과 함께 이 일을 도모하던 손병희의 아우 병흠이 국내를 오가던 중에 일본행 여객선 위에서 뜻밖의 죽음을 맞이하면서 공들여 온 협상도 물거품이 되고 말았다.

망연자실한 사이 1904년 2월 러일전쟁이 발발하였다. 손병희는 긴급히 국내의 두령 40명을 일본으로 불러, 정치단체를 결성하고 러일전쟁 참전을 선언하라고 지시했다. 그러나 이 일을 위하여 국내에서 결성한 대동회는 동학당의 재건을 우려한 일본군의 개입으로 해산되고 말았다.

손병희는 다시 국내의 동학 세력을 중심으로 자체적인 개화운동을 전개하는 쪽으로 방향을 전환하였다. 오랫동안 해월 선생 밑에서 함께 공부하였고, 갑오년의 전쟁 때에도 자신의 측근이었던 박인호와 홍병기를 일본으로 불러 구상을 말하고, 대동회 후신으로 중립회를 조직하여 본격적인 개화운동을 전개할 것을 지시하였다. 그리고 자신을 수행해 온 이용구를 조선으로 보내 중립회 활동을 총지휘하도록 당부하였다.

이들은 중립회라는 단체를 조직하고, 언론 등에 기고하여 조선의 내정개혁론을 강조하면서 서서히 세를 불려 나가는 한편, 그해 9월 이후 명칭을 진보회[12]로 바꾸어 창립식을 가졌다. 진보회원들은 흰옷에 검은 염색을 하여 입고, 상투머리를 단발로 하면서 개화와 혁신을 부르짖는 운동을 전개하였다. 이와 함께 국정 개혁의 방향을 담은 진보회의 통고문이 각 지방에 배포되었다. 또한 진보회원들은 전략적으로 일본과 제휴하여 러일전쟁 참전의 지위를 획득하고자 군용철도인 경의선, 경원선 부설에 적극 발 벗고 나섰다.

그러자 각지의 지방관과 지역 주둔 관군들이 동학도들의 부활 아니냐며 진보회원들을 탄압하기 시작했다. 진보회원들이 타살되거나 체포되어 감금되는 사태가 속출했다. 게다가 이들이 일본을 도와 일하고 있다며, 곳곳에서 의병들로부터 공격을 당하는 사태까지 벌어졌다.

그 무렵 송병준은 러일전쟁에 참전하는 일본군을 따라 국내로 들어와 일본군의 후원하에 일진회라는 조직을 결성하고 노골적인 친일 행위를 전개하고 있었다. 그러나 그의 친일적인 언행에 동조하는 사람은 많지 않았다. 일진회는 조직을 전국화하려 애를 썼으나, 변변한 지부 하나 설치하지 못하고 있었다. 송병준은 일본에서부터 공들여 친분을 쌓아 온 이용구에게 접근했다. 시내 유명한 요릿집으로 이용구를 초빙하였다.

"존경해 마지않는 이용구 선생님을 모시게 되어 기쁘기 한량없습니다. 요즘 진보회 활동을 하시면서 여러 모로 곤욕을 치른다고 들었습니다."

이용구는 송병준이 귀인처럼 여겨졌다.

"아, 송병준 선생! 내가 그 일 때문에 죽을 지경이오. 곳곳에서 일본군은 물론이고 대한제국의 군인들과 의병들과도 마찰을 빚어 인명이 숱하게 살상되고 있소. 이러다가 내 목숨까지 날아갈까 걱정이오."

"아, 그렇습니까? 참으로 안타까운 일입니다. 일본 정부와 군부에서 이 선생의 충정을 몰라서 그런 일이 생겨난 것이지요. 낡은 정치를 개혁하고 신문물을 받아들여 단발하자는 것이 무에 나쁜가요? 게다가 일본과 협력하여 러시아를 물리치자고 나선 이 선생이 아닙니까?"

송병준이 '선생님' 호칭에서 '님'자를 슬쩍 뺀 것이 약간 거슬리기는 했지만 잠자코 되받아 말하였다.

"그러게 말입니다. 예전에 동학 도인들은 일본과 적대하여 싸웠지만, 지금은 협력하자고 제안하는 일에 왜 총칼을 들고 탄압하는 것인지 이해가 안 갑니다."

"그건 이 선생께서 아직 정치를 잘 몰라서 그런 듯합니다. 정치에는 세력과 정략이 필요합니다. 제가 대한 정부 조정과 일본 군부에 이야기를 해 볼까요? 쉽게 해결할 길이 있을 듯 합니다만…."

"그게 정말입니까?"

이용구는 반신반의하여 물었다.

"물론입니다. 저를 믿으셔도 됩니다. 그런데 더 확실하고 빠른 해결책이 있는데…."

송병준은 이용구를 가까이 불러 자신을 통하면 애초에 목표했던 대로 일본과 손을 잡게 되고, 진보회에 대한 탄압은 중지될 것이라는 귀띔을 했다. 말은 일진회를 동학 재기의 발판으로 삼으라는 제안이었지만, 결국 일진회와 합동하자는 것이었다.

"저는 일진회라는 조직을 이끌고 있습니다. 일본은 물론 대한제국의 전폭적인 지원과 지지를 받고 있지요. 우리 일진회 역시 낡은 제도를 혁신하고 선진 문물을 수용하여 이 나라 대한제국의 정치를 개혁하는 것을 목표로 하고 있습니다. 이렇게 목표가 똑같은데 굳이 두 개의 조직이 존재할 필요가 있을까요? 진보회가 우리 일진회와 통합한다면 일본의 협조 아래 안심하고 조직을 확장할 수 있는데 말이죠."

사실 이용구는 이미 오래전, 일본에 체류할 당시 일본 다루이 도키치의 〈대동합방론〉을 접하고 일본과 조선을 뗄 수 없는 한 몸의 관계로 인식하는 방향으로 넘어 가고 있었다. 다 기울어져 가던 기둥을 송병준이 슬쩍 건드려 준 셈이었다.

게다가 의암 손병희의 지시로 개화운동에 나섰다가 또 다시 갑오년과 같이 동학도가 몰살될 위기의식에 짓눌려 있던 이용구는 덥석 송병준의 손을 잡았다. 이렇게 해서 진보회는 일진회와 합동하면서 '합동일진회'라는 명칭으로 거듭나게 되었다. 일본은 즉각 조선 정부에 압력을 가하여 갇혀 있던 진보회원, 즉 동학도들을 석방하라고 요구했다. 김연국을 비롯하여 수많은 동학 교도들이 석방되었다. 일진회원이 된 동학도들은 한동안 이용구의 지시가 곧 손병희의 지시인 것으로 알고 일심으로 러일전쟁 수행에 협력하였다.

일진회는 낡은 정치를 새롭게 하고 도탄에 빠져 있는 백성을 구제하여 한 걸음이라도 개명의 영역으로 전진하여 나라의 면목을 새롭게 한다는 것을 대의명분으로 내세웠다. 지향만 놓고 보면 진보회와 다를 것이 없어 보였다. 거기까지는 손병희의 의중을 따르는 듯했다.

그러나 실제로는 이용구, 송병준의 협잡에 의해 명백하게 친일 노선으로 나아가고 있었다. 이용구와 송병준이 일본군 사령관 하세가와 요시미치(長谷川好道) 등에게 보낸 서한에서 일본이 "도탄에 빠진 조선 인민의 근심과 고통을 구제해 주고, 한일협약을 통해서 끊임없이 개선과 실행의 충고를 베풀어 주시니, 우리 인민이 비록 버러지에 가깝지만 국민의 의지를 대표하여 일진회를 결성하고 귀하의 나라를 향하여 감사의 뜻을 표시합니다."라고 했다.

일본에 머물면서 이용구와 송병준을 통해서 일진회의 소식을 접하고 있던 손병희로서는 기절초풍할 일이었으나 그때까지만 해도 손병희의 생각은 일본을 이용하여 조선이 승전국의 지위를 획득한 이후에 본격적인 자주 근대화 노선을 걷겠다는 것이었다.

한 번 빗나간 망아지가 더 날뛴다고나 할까. 1905년 11월 이용구는 송병준과 함께 '조선의 일본보호국화'를 촉구하는 '일진회선언서'를 발표하였다. 이는 나가도 한참을 나간 망발이었다. 사실 이것은 일진회 단독의 행동이 아니었다. 을사조약의 체결을 두고 국내에 반일 여론이 조성될 때, 일진회를 앞세워 여론을 조작하려는 일본이 배후에 도사리고 있었던 것이다.

이 소식에 놀란 손병희가 일본으로 이용구를 불러들였다. 자주 독립의 노선과는 정반대로 가는 것을 질타하며 즉각 노선을 수정하라고 지시했다. 그러나 이용구는 넉살 좋게도 "그런 선언서를 발표한 것은, 일본으로부터 보호를 받아 조선이 장차 완전 독립을 이루자고 하는 충정과 시의에서 나온 것입니다."라고 변명하며 자신의 고집을 굽히지 않았다.

손병희는 "보호를 받고자 하면 독립을 버려야 하고 독립을 하고자 하면 보호를 버려야 하는데, 어찌해서 보호라는 이름하에 독립을 얻을 수 있다는 궤변을 늘어놓느냐?"고 노여워했다.

그 후에도 손병희는 여러 차례에 걸쳐 이용구를 회유하였으나, 이미 이용구는 그의 지시를 받는 인물이 아니었다. 손병희로서는 믿는 도끼에 발등이 찍힌 셈이었다.

'아, 내 불찰이다. 사람도 잃고, 동학의 조직에도 큰 손상을 끼쳤구나!'

손병희는 동학이 친일 집단으로 손가락질 당하는 것에 경악하였다. 더 이상 방치하면 안 되겠다는 생각에 대책을 강구하였다. 그는 우선 그동안 '동학'이라 불리던 이름을 근대적 종교의 이름인 '천도교'로 바꾸기로 결정하였다. 1905년 12월 〈제국신문〉과 〈대한매일신보〉에 대대적인 광고를 게재하여 '천도교'를 알렸다. 이렇게 한 것은 관과 일반인들이 그 무렵 갖게 된 동학에 대한 부정적인 생각을 불식시키고, 근대적인 종교로서의 재탄생을 알리고자 함이었다. 마지막으로는 친일 세력이라는 오명에서 벗어나고자 하는 고육지책이었다.

그는 서둘러 1906년 1월 환국을 단행하였다. 더 이상 국내의 교단을 그냥 놔둘 수는 없다는 판단에서였다. 경성부로 돌아와 다시 한 번 이용구와 송병준을 불러 타일러 보았다. 하지만 한 번 돌아선 이들을 돌아오게 할 수는 없었다.

마침내 손병희는 1907년 9월 이용구 외 59인을 출교 처분하였다. 그리고 그는 천도교와 일진회를 확실하게 분리하였다. 이어 기관지인 〈만세보〉를 통해 천도교는 곧 일진회이고 친일파라고 하는 세간의 오해를 불식하기 위한 선전에 나섰다.

한번 일제가 던진 고기 맛을 본 이용구는 출교 처분을 기다렸다는 듯이 〈교우동지구락부〉를 만들더니만 급기야는 1907년 4월 5일 천도교에 대항하여 시천교를 창건해 교주로 나섰다. 그러고는 시천교 고문으로 평소 존경하던 일본 조동종의 승려 다케다 한시(武田範之)를 추대하였다.

3장/ 갑오년 나비 한 마리 숙천에 날아들다

갑오년(1894) 음력 12월 28일 평안남도 숙천 한 농가에서 어린 계집아이 울음소리가 터졌다. 오랜 산고 끝에 땀을 송골송골 쏟던 산모 김여경은 그토록 바라던 첫아이였지만 딸이라서 서운한 마음도 없지 않았다. 하지만 뽀얗고 하얀 피부에다 그린 듯한 눈썹이며 오물거리는 작은 입술이 너무 예뻐서 서운한 감정을 밀어내기에 충분했다.

그녀는 아기를 낳고 기쁨과 피로감에 지쳐 잠시 눈을 감았다. 그러자 아기의 태몽이 생생하게 떠올랐다.

그녀는 분홍 저고리에 파란 치마를 입고 어딘가로 나들이를 가고 있다. 때는 청명한 봄. 파릇파릇 잎들이 솟아나고 있는 숲 속을 향해…. '여기는 어디일까? 우리 집 앞산?' 하지만 앞산처럼 민둥산이 아니라 참나무, 이깔나무, 잣나무, 오리나무, 소나무 등이 빽빽하게 들어서 있고 온갖 나물들과 야생화들이 그득하다. 어디선가 그윽한 매화 향이 풍겨 오는 것 같아 그녀는 숨을 크게 들이마신다.

그 향을 따라가다 보니 물 흐르는 소리가 들리고, 어느새 그녀는 수정같이 맑은 물이 흐르는 계곡에 다다른다. 그녀는 저도 모르게 물에 손을 담그고 천천히 세수를 한다. 문득 물에 비친 자신의 모습이 너무 예뻐서 생경할 정도다. 마치 하늘에서 내려온 선녀 같다. 그렇다. 생전 처음 입어 본 비단 저고리와 치마 아닌가. 맑은 물에 비친 자신의 모습을 자세히 보니 어느 결에 비단 노리개까지 차고 있다. 처음 보는 노리개라서 놀라 자세히 들여다보니 노랑나비 문양이 수놓아져 있다. '어머! 예뻐라!' 신기해서 그 나비 문양을 쓰다듬었더니 진짜 살아서 나풀나풀 저 멀리 날아간다. 그녀 역시 치마저고리가 선녀의 날개옷으로 변했는지 훨훨 날아 나비를 따라간다. 드디어 노랑나비를 낚아챈다. 손안에서 아주 보드라운 아기 속살 같은 느낌이 간지럽다. 조심스레 손가락을 펴니 손안의 나비는 노랑나비 문양의 노리개로 변해 있다.

여경은 태몽을 생각하며 잠시 미소를 지었다. 아기가 그 비단 노리개처럼 정말 귀엽고 예뻤다. 아기는 생글생글 잘 웃었다. 얼굴을 들여다보면 그 어떤 사람도 미소를 짓지 않을 수 없게 만드는 마력을 지녔다. 그러다 보니 여경보다 남편 주병규가 더 애지중지하였다. 둘 사이의 금슬도 더불어 좋아졌다.

하지만 삼신할미가 시샘한 걸까. 아기는 갓 세 돌을 넘기면서 시름시름 자주 아팠다. 어떻게 얻은 자식이던가. 여경의 가슴은 덜컥 내려앉았다. 용하다는 점쟁이에게 무남독녀의 운명을 물었다. 앞을 보지 못하는 점쟁이는 마치 아기의 미래가 보인다는 듯이 확신에 찬 목소리로 말했다.

"춘설매화로다!"

"눈 내리는 봄날의 매화라니 그게 무슨 소리오? 귀해서 좋다는 것이오?"

"때는 이른 봄. 눈까지 내리니 춥고 고달프구나. 때 이르게 피어났지만 향기가 담 너머까지 진동하니 그 고고한 재주가 사방에 뻗칠 만하네. 그런데 아이쿠! 눈바람이 너무 세서 꽃이 떨어지기 일보 직전이구만!"

"귀신 씨나락 까먹는 소리 집어치우고 내 아기가 앞으로 어떻다는 말이오? 무병장수할 것 같소?"

"잘 들으슈! 이 애는 양귀비처럼 예쁘고 재주가 많지만 여덟 살에 비명횡사할 운명이오."

"뭐요? 무슨 날벼락 같은 소리오? 우리 애가 비명횡사한다니!"

여경과 남편은 애가 달아 바싹 다가앉으며 점쟁이를 붙들고 아기가 비명횡사할 액운을 막고 무병장수할 방법이 없는지 물었다.

"이 애기는 재주가 엄청나오. 끼가 보통이 아닌데 매화와 같은 의로운 지조까지 갖추었으니 장차 나라를 구할 만하오. 아, 여자로 태어난 게 아깝구려."

이렇게 말하고 점쟁이는 고개를 갸우뚱하며 한참 뭔가를 골똘히 생각하는 눈치였다. 그리고 말을 이었다.

"여덟 살이 되는 해에 이 애를 반드시 기생학교에 보내시오. 그렇지 않으면 이 아이는 단명하거나 아주 박복한 팔자가 될 것이오."

"아니 기생학교라니오? 여염집 외동딸을 기생학교에 보내라니 말이 되는 소리오?"

"이 아이가 보통 미모와 재주를 겸비한 게 아닌데, 그러다 보니 하늘이 시샘을 하는 게 아니겠소? 기생학교에 가서 보통 아낙네와 다른 팔자의 길을 걸어야만 그 액땜을 할 수 있는 거라오."

아기의 부모는 깊은 한숨을 쉬며 점쟁이 집을 나왔다. 혹 떼려다 혹 붙인 기분으로 가슴을 짓누르는 걱정을 떨칠 수가 없었다.

아기 이름은 옥경이었다. 옥경은 타고날 때부터 예뻤고 머리도 총명해서 한 살이 될까 말까 한 나이에 벌써 말을 똑 부러지게 하고 걸음도 잘 걸었다. 단지 건강이 안 좋아 앓기를 여러 번. 피부에 부스럼이 나서 곪아 터지는가 하면, 감기 끝에 기침이 심해져 숨이 끊어질 듯 색색거릴 때도 있었다. 그런가 하면 설사병으로 아무것도 못 먹고 끝내는 종잇장처럼 말라 산송장처럼 된 적도 있었다.

아버지 주병규는 옥경의 병치레에 좋다는 약을 아낌없이 썼다. 어미와 아비가 번갈아 가며 병간호로 밤을 꼬박 새운 것이 한두 번이 아니었다. 이런 지극정성으로 아기는 겨우겨우 생명을 유지하고 자라났지만 매번 드는 약값으로 그렇잖아도 없는 살림은 갈수록 줄어들었다. 설상가상으로 아비 주병규가 시름을 달래고자 한 잔 두 잔 먹게 된 술이 어느덧 말술로 늘어 갔다. 그러다 보니 눈덩이처럼 불어나는 것은 빚뿐이었다.

평양 기생 산월이 되다

옥경이 여덟 살이 되어 제법 음전한 계집의 모습을 갖추었을 때 점쟁이 말대로 평양 기생서재에 들어가게 되었다. 그녀를 위해서나 집안을 위해서나 길게 살아 뜻을 펴라며 내린 선택이었다. 옥경은 산월이라는 동기가 되었다. 그리고 평양의 이름난 기생들을 길러 내는 기생서재에서 시와 서화, 노래, 춤사위 등을 배우게 되었다.

많은 동기들이 기생서재에 들어온 자신의 처지를 한탄하며 집에 가고 싶다고 밤마다 울음을 터뜨리기도 했지만 산월은 오히려 마음이 편했다. 이곳에선 우선 밥을 굶지 않아 좋았다. 그리고 기생서재에서 시와 서화, 노래와 춤, 악기를 배우는 것도 좋았다. 물론 조금이라도 잘못할 때 어김없이 종아리를 내려치는 회초리가 무섭기는 했다. 더구나 이곳은 서열이 엄격해서 바로 위 언니들의 시집살이가 여간 아니었다.

같은 방에 의형제를 맺은 옥화 언니가 함께 숙식을 하고 있었는데 연회가 있어 불려 나갔다 온 날 밤에는 항상 "산월아!" 하고 소리를 쳐서 그녀를 깨웠다. 술이 만취되어 목이 마른지 자리끼가 없다고 한바탕 짜증을 부렸다. 산월은 잠이 덜 깬 상태로 그녀의 옷 벗는 것을 돕고, 수발을 들고 물을 떠 오고 하는 치다꺼리를 마친 뒤 다시 잠을 청해야 했다. 하지만 이 정도는 아무것도 아니었다. 옆방의 초희는 행동이 좀 굼뜬 편이어서 눈치껏 빨리빨리 언니의 수발을 들지 못한다고 노상 귀싸대기를 맞곤 했다.

산월이 만 아홉 살을 넘긴 어느 봄날이었다. 한 달 전부터 들썩거리던 기생서재. 이유는 새로 부임한 평양 감사가 대동강에서 여는 연회 때문이었다. 달이 뜨는 한밤중에 시작해서 다음 날 낮까지 이어지는 대단히 호화로운 잔치라고 했다. 아마도 평양에 사는 거의 모든 사람들이 모두 이 잔치에 몰려들 것이라고 했다. 동기들도 이번 행사에 참여해서 언니 기생들의 심부름을 하고 수발을 들어 공연에 차질이 없도록 하라고 단단히 주의를 들었다.

향연이 펼쳐질 평양성 앞 대동강은 어둠이 내려앉자 곳곳의 횃불들로 오히려 대낮보다 더 화려했다. 대동강에는 수십 척의 배가 도열되어 있었는데 정중앙에는 누각이 있는 커다란 배가 떠 있었다. 아마도 그날의 주인공 평양 감사가 타게 될 배이리라. 그를 호위하는 무사와 관리들, 특히 육방 관속들과 악사와 기생들, 이번 기회에 안면이라도 터 볼까 하는 수많은 평양 양반들을 태운 배가 너른 강을 꽉 채웠다.

그뿐이 아니었다. 강기슭에도 요지마다 횃불을 밝히고, 또 절벽이나 정자들에도 횃불을 든 병사들을 배치하여 대동강 일대가 별세상처럼 휘황찬란하였다. 2층 누각으로 된 대동문부터 높은 성벽 위에서 깃발이 펄럭이는 연광정, 성벽 끝부분의 부벽루에 이르기까지 건너편 강가와 성곽 위에 환한 불꽃들이 너울대고 있었다. 부벽루 대각선 위로 높이 솟은 언덕, 을밀대의 형상이 밤하늘을 배경으로 희미하였다.

산월은 한밤중이 되었는데도 한기를 느끼지 못했다. 오히려 긴장해서인지, 난생처음 보는 불야성의 구경거리 때문인지 볼이 빨갛게 상기될 정도였다. 강물은 너무도 잔잔해서 물 위에 있다는 느낌이 나지 않았다. 하지만 횃불에 너울거리며 반짝이는 물결과 가끔씩 느껴지는 배의 출렁임으로 물 위에 떠 있음을 실감하였다. 그리고 그런 묘한 부유감 때문에 이 세상에 있지 않고 꿈결에 떠도는 듯한 느낌을 받았다.

드디어 향연이 시작되었다.

풍악 소리가 요란해지자 춤을 추기 위해 기생들이 무대 위로 올라왔다. 배 중앙 누각 무대 위에 얼굴 뽀얗게 분을 뒤집어쓰고 입술은 새빨갛게 칠한 기생이 4명씩 2줄로 정렬하였다. 누런 저고리 남색 치마에 남색 쾌자를 걸치고 빨간색 허리띠를 매고 머리엔 공작 꼬리를 단 검정 전립을 썼다. 그리고 양손에 단검을 들고 우아하게 한 동작 한 동작을 이어 갔다. 사람들은 숨죽여 춤사위를 따라 시선을 옮기기 바빴다. 높은 피리 소리와 장구 장단에 맞춰 칼을 아슬아슬 바깥으로 돌리다가 땅을 콕콕 찍는 동작에 사람들은 자기도 모르게 탄식을 하였다.

검무 뒤에 부채춤이 이어졌다. 달밤에 하강한 팔선녀들이 동그랗게 서서 깃털을 나부끼며 아스라이 뱅뱅 돌아갈 때 어지럼증으로 쓰러질 것 같았다. 알록달록 부채가 펼쳐질 때마다 하늘의 모란꽃들이 지상에서 만개한 듯, 하늘의 도화들이 일제히 꽃을 피운 듯 아름다웠다.

그다음은 화관무. 오색 구슬 영롱한 족두리를 쓰고 용비녀에 고운 활옷을 차려입은 무희들이 기다란 색색의 한삼을 공중에 뿌리는 듯 춤을 춘다. 긴 한삼이 너울너울 허공을 맴돌 때 그곳에 모인 모든 사람들의 근심도 허공에서 사라진다. 춤이 끝나자 아쉬움과 허전함에 사람들 사이에 연신 술들이 오갔다. 하지만 그것도 잠시, 춘향무와 정자춤, 항장무, 승무, 입무 등 춤이 끝없이 이어졌다.

밤부터 새벽까지 이어지던 향연은 다음 날 부벽루에서 다시 열렸다. 이제는 평양 사람들 모두 이 잔치를 보러 나온 것 같았다. 코흘리개 어린아이, 할머니, 할아버지, 갓난애를 들쳐 업은 새댁까지 부벽루를 몇 겹으로 에워쌌다. 병졸들은 밀고 들어오려는 사람들을 막아내느라 진땀을 뺐다.

부벽루 구경을 아예 포기한 사람들도 있었다. 그들은 길바닥에 술판을 벌리고 멀리서 간간이 들리는 풍악 소리를 안주 삼아 대낮부터 얼굴이 불콰했다. 술기운 탓일까? 평소 양반들 앞에서 기침 소리 한 번 크게 내지 못하던 사내가 옆 사람을 보고 이렇게 수군거린다.

"이번 평안 감사는 또 얼마나 해 먹고 갈려고 저렇게 잔치를 크게 벌인다지?"

"저기 감사를 둘러싼 양반네들 보이나? 모두 감사에게 잘 보여 한 자리 얻으려는 사람들이네."

"여기 모인 사람들이 평안 감사 옆구리 찔러 준 돈만 가지고도 이런 잔치 몇 번 하고 남지."

"아무렴, 그렇고말고. 아마 돌아갈 여비는 벌써 챙겼을 거고, 상감님부터 당상관이며 한양에 있는 고관대작들께 진상할 금송아지 몇 개는 만들고도 남지."

"저 돈이 다 어디서 났겠나? 결국 우리들한테서 걷어 간 돈들 아니겠나? 이번에 새로 감사가 부임하자마자 인정미(아전의 수수료)가 곱으로 뛰었다네. 아마도 아전이 자리 보전 때문에 감사한테 주려고 인정미를 더 많이 거둔 게지."

"전세에 대동미, 삼수미, 결작…. 아이구, 세금이 하도 많아 이름도 다 못 외우겠네. 나날이 세만 늘어나니 우리 백성들은 어떻게 살라고 하는지 모르겠네."

"말해 뭐하겠나? 이놈의 더러운 세상! 술이나 퍼 마시고 이 괴로운 세상 싹 잊어버리자구. 자, 한 잔 들어! 안 마시고 뭐 하나?"

산월이 잠시 소피보러 부벽루에서 나오다 듣게 된 내용이다.

그녀는 지난밤 배 안에서 양반네들 쑤군거리는 소리 또한 들었다.

"이번 평안 감사는 얼마 주고 관직을 사 왔다고 하는가?"

"그걸 내가 어떻게 알겠나? 풍문으로는 지난 평안 감사는 70만 냥 주고 왔다고 하고 이번엔 아마 80만 냥이었다고 하는데, 너무 거액이라 믿어지지 않네. 뜬소문이겠지?"

"맞을걸, 아마…? 아무튼 평안 감사 3년 하면 벼슬 값이며, 여비며 다 떼어내도 평생 떵떵거리며 살 재산이 생긴다고 하지 않나!"

주산월이 어린 마음에도 양반네들이 너무하다는 생각이 들었다. 이렇게 밤낮으로 술과 여흥에 홍청망청 취하고 있는 사람들이 있는가 하면 부벽루 앞 조그만 섬 능라도에선 하루 종일 땅에 붙어 농사를 짓는 사람들이 있었다. 부벽루 풍악 소리에도 아랑곳하지 않고 고기 잡는 어선들도 눈에 들어왔다.

불현듯 산월은 끼니를 거르며 농사를 짓던 아비의 주름진 얼굴이 떠올랐다.

그러나 그것도 잠시. 산월은 대동강 푸른 물을 굽어보고 부벽루 높은 대 위에 서서 수심가 한 곡조 멋들어지게 불러 제끼는 옥화 언니를 보고는 이게 '꿈인가, 생시인가?' 하고 황홀경에 빠졌다. 명창으로 소문난 기생 옥화는 시조며, 가사, 잡가 등을 연이어 불렀다. 사람의 애간장을 쥐었다 흔드는 듯 구슬프고 구성진 가락이었다.

마지막으로 기생들 모두 모여 입무를 추면서 태평가를 부르는 것으로 기나긴 향연은 마무리되었다. '이려도 태평성대 저려도 성대로다. 요지일월(堯之日月)이요 순지건곤(舜之乾坤)이로다. 우리도 태평성대니 놀고 놀려 하노라.'

조용하고 차분한 성격의 산월이가 가장 좋아하는 시간은 서화 시간이었다. 춤과 노래보다는 하얀 화선지에 검은 먹물을 칠한 붓으로 가늘고 여리여리한 난을 치는 것이 특히 좋았다. 여인의 아름다운 몸처럼 부드러운 곡선이면서도 우아한 선이 꼭 맘에 든 것이다. 난을 치다 보면 없던 향기가 방 안에 넘쳐 나는 듯한 환상이 들곤 하였다. 조선의 여류 시인이었던 허난설헌이나 황진이의 시를 읽는 즐거움 또한 컸다. 사서삼경은 교양 삼아 읽었다.

노래의 기본도 익혔다. 우조 여섯 가지와 계면 여섯 가지를 부르고 또 불러서 목이 트여야 비로소 명창이 될 바탕이 서는 것이다. 가녀리고 청초한 가야금이며, 굵은 힘과 정조가 있는 거문고는 물론이고 장구와 북, 양금까지 익혔다.

이 무렵 기생은 격조와 지조가 생명인 예인이었다. 노래와 춤, 서화, 악기까지 모두 자유자재로 다룰 수 있어야 참다운 기생이 될 수 있다. 열다섯 살 무렵부터는 본격적으로 공식적인 자리에 설 수 있는데, 기예에 능하다고 해서 모두 일급 기생이 될 수 없다. 치마 끝을 밟지 않고 사뿐하고 맵시 있게 걷는 법부터 옷매무새 다듬는 법, 웃는 법, 술 권하는 법, 양반 서열에 따라 달리해야 할 말투며 자칫 난잡해지거나 싸움판이 될 수 있는 술자리를 품위 있게 조정하는 역할까지 감당할 수 있어야 한다.

이렇듯 산월이 열심히 기생 수업을 받던 어느 날이었다. 그녀가 평소 숭앙해 마지않는 옥화가 말했다.

"산월아, 이 언니는 평양을 떠날 생각이다. 우리 기생의 최고 영예는 임금님 앞에서 공연을 하고, 공연에 흡족하신 임금님의 하사품을 받고 금의환향하는 일이지."

"아, 임금님이 각 도의 명기들만 불러 솜씨를 보고 잔치를 베푼다는 진연 말씀이에요?"

"그래. 하지만 이제 조선의 명운이 다해서 장악원도 해체되고 언제 진연이 열릴지 모르게 되었구나. 근자에 내가 소문을 들으니 서울에 큰 요릿집이 많이 생겨서 그곳에서 기생들을 쓴다더구나. 나보고도 그리로 오라는 제의가 들어왔어. 내가 먼저 가 보고 괜찮으면 너를 곧 부를 테니 조금만 기다려라."

"언니 한양 가면 저 좀 꼭 불러 주세요. 약속이에요, 꼭!"

하지만 그렇게 해서 한양에 간 옥화 언니는 2년이 넘도록 소식이 없었다. 그러던 어느 날, 인편을 통해 옥화에게서 편지가 왔다.

'그동안 내가 소식을 못 전해서 미안해. 많이 궁금하고 애가 탔지? 한양 땅이 어찌나 넓고 큰지, 신기한 것들은 또 어찌나 많은지 내 일일이 설명할 길이 없구나. 한양에 온 지 얼마 안 됐을 때야. 노래나 춤을 꽤 한다는 유명한 기생들 몇몇을 따라서 어느 대감님 댁에 불려가게 됐어. 그런데 넓은 방에 안내되고 하인이 무슨 단추 같은 걸 누르더라고. 그때 '번쩍' 하고 도깨비불 같은 게 켜지더니 방 안이 대낮처럼 환해진 거야. 나는 너무 놀라서 뒤로 엉덩방아를 찧었지 뭐니! 그건 전깃불이란 거였어. 너도 보게 되면 되게 놀랄걸! 한양은 신기한 게 한두 가지가 아냐. 나는 여기 와서 한동안은 입이 다물어지지 않아서 아예 입 병신이 된 줄 알았다니까.

나는 요즘 청화정이란 왜식 요릿집에서 일해. 그동안 일본말 배우느라고 너에게 연락도 못했다. 이 요릿집에는 조정의 높으신 양반들하고 일본 사람들이 많이 드나들어서 일본말을 할 줄 알아야 돼. 이 요릿집 주인이 일본 기생인 게이샤 출신이기도 하고. 이제 나도 자리가 잡혀 가니 한 달쯤 뒤에 사람을 다시 보낼게. 넌 그때까지 평양 살림을 정리하고 서울로 올라와. 서울에 집을 마련하고 평양 기생들을 불러 모을 작정이거든. 그래서 서울 장안 신사들에게 평양 기생이 얼마나 예쁘고 수준이 높은지 그 진가를 한번 톡톡히 보여주자꾸나! 그럼 만날 때까지 몸 건강하거라.'

송병준과 청화정

1897년 고종은 국호를 대한제국으로 선포하고, 연호를 광무(光武)로 정하여 10월에 황제즉위식을 거행했다. 대한제국은 자주독립 국가임을 세계만방에 선언하였으나, 스스로의 국권을 수호할 힘이 없는 나라에겐 그것은 한낱 구호에 불과했다. 고종은 시시각각 죄어 오는 일본의 손아귀에서 벗어나려 애를 썼지만, 그럴수록 일본이 파 놓은 수렁으로 깊이 빠져들어 가기만 했다.

1904년 러일전쟁에서 승기를 잡은 일본은 강제로 한일의정서[13]에 조인하게 하는 한편, 이듬해엔 외교권을 박탈하는 을사조약을 억지로 체결하였다. 멸망해 가는 대한제국의 수도 서울은 날이 갈수록 일본인들로 넘쳐났다. 남산 아래, 임금이 사는 궁궐이 멀찍이 내려다보는 그 자리가 일본인들 주요 거주지가 되었다. 일본인들을 따라 저급한 환락을 파는 일본식 요정들도 하나둘씩 늘어났다. 서울의 3대 요정으로 화월, 국취루, 청화정이 있었다. 화월은 통감부 문관들이 많이 드나들었고, 국취루는 일본군 장교들과 관련 인사들이 많이 다녔으며 청화정은 친일 매국노로 소문난 송병준이 왜첩을 위해 차려 준 요정이라 일본인과 친일파 조선인들이 모두 단골이었다.

송병준은 어미가 기생 출신에 아비의 신분도 불분명한 집안에서 태어났으나, 세력가 및 일본인들에 빌붙어 승승장구하는 조선 제일의 친일파였다. 그는 출세와 돈이라면 나라는 물론이고, 은혜를 입은 사람들도 하루아침에 팔아먹고 배신하며, 거짓 신의를 남발하는 자였는데, 특히 술과 여자를 좋아하였다.

그는 청화정이 생겨나기 전 국취루의 게이샤인 오카츠(お勝)에 완전 빠져 버렸다. 오카츠의 낭창낭창한 몸매와 간드러진 목소리, 넘치는 애교에 뼈와 살이 다 흐물흐물해질 지경이었다. 그는 오카츠에게 자신의 여자가 되어 달라고 간청하였다. 오카츠는 간드러진 음성으로 이렇게 말했다.

"설마 저보고 조선 여자들처럼 첩이 되어 화초 같은 생활을 하라는 이야긴 아니시겠죠? 저는 이래도 대일본제국을 대표하는 게이샤입니다. 서울 제일 가는 요릿집이라도 하나 차려 주신다면 모를까?"

송병준은 술에 취해 호기를 부렸다.

"그래? 네가 원하는 것은 무엇이든 다 들어주마. 이렇게 아리따운 너를 위해서라면 이 조선 땅을 다 팔아서라도 네가 원하는 것을 너의 손에 쥐여 줄 수 있지. 요릿집이 아니라 서울 장안을 다 안겨 줄 수도 있다니까, 으흐흐흐!"

"아이, 나를 그런 욕심쟁이로 안 거예요? 난 요릿집 하나로 족하답니다. 당신과 평생 술잔을 기울이며 사랑을 속삭일 수 있는 그런 곳 하나면 좋아요."

"으이구! 예쁜 것! 조 작은 조가비 같은 입으로 내뱉는 말까지도 이쁘구나!"

송병준은 연신 술을 들이키며 흐뭇한 웃음을 흘렸다. 하지만 머릿속으로는 재빨리 주판알을 굴리고 있었다. 일본인들의 거주지가 되면서 땅값이 폭등한 이 남산골에 일본식 요정을 세우는 데 드는 돈은 만만치 않을 터였다. 하지만 저 아리따운 오카츠를 그 집에 들어앉히고, 일본 거물들과 조선 관리들을 드나들게 할 때 자신이 얻는 것은 그 비용을 채우고도 남을 것이라는 계산이 섰다.

마침 경부철도회사 중역이었던 오에(大江卓)가 본국으로 돌아가게 되었는데, 그가 머물렀던 저동의 한식 주택을 오카츠에게 물려주었다. 오카츠가 한때 오에의 애첩이었던 까닭이었다. 그 소식을 들은 송병준은 그길로 오카츠에게 달려가 그 가옥을 수리해서 요릿집을 차리게 하였다. 뜻밖에도 집값을 아끼게 되었으니 횡재한 기분까지 들었다.

청화정 문을 여는 날에는 일본 대륙 낭인들과 친일파 조선인들이 가득 모여들었다. 모인 사람들은 일본, 조선 가릴 것 없이 모두 이름난 주당들이라서 부어라 마셔라 순식간에 술이 동날 판이었다. 그러다가 그중 한 명이 혀 꼬부라진 목소리로 말했다.

"여기 요정 이름을 아직 안 정했다지? 이 어르신이 한 번 정해 볼까? 최종 이름을 지은 자에겐 평생 술을 무상으로 공급해 주는 걸 상금으로 걸면 어떨까?"

"그것 참 좋은 생각이야."

"그럼…. 이카호가 어떨까?"

"아, 모든 병을 낫게 한다는 그 유명한 온천? 그거 좋지. 한잔 술로 마음의 병을 모두 낫게 할 수 있다는 의미에서 이카호, 나는 찬성일세."

"난 반댈세. 너무 평범하지 않나? 그 이름은…."

"그럼, 달리 좋은 이름 있으면 어디 한번 말해 보시오?"

"음, 청화정(淸華亭)이란 이름 어떻소?"

"청화정?"

"하하, 사실 청화정이란 이름은, 그 옛날 당나라 현종이 양귀비를 위해 지은 궁의 이름 화청궁을 거꾸로 따서 지어 본 걸세."

이제까지 아무 말 없이 이야기를 듣고 있던 송병준이 무릎을 딱 치고 "옳거니!" 하며 끼어들었다.

"당 현종이 양귀비를 위해 화청궁을 지었듯이, 조선의 영웅 송병준은 오카츠를 위해 청화정을 지어 주었다. 그것 참 좋네! 당 현종이 삼천 후궁을 거느렸듯이, 나도 미녀 삼천 명을 거느린다면 얼마나 좋겠나!"

본래 색을 밝히는 송병준다운 대답이었다.

이렇게 해서 조선인이 세운 최초의 요정 '청화정'이 출현하게 되었다.[14]

밀정 송병준과 구로다

송병준과 오카츠를 연결시킨 배후에는 일본 낭인들이 있었다. 민비 시해 사건에 가담했던 천우협 계열의 낭인들과 청일전쟁 때 중국에서 밀정 노릇을 하던 흑룡회 계열의 낭인들이 오카츠를 송병준과 연결시켜 주고, 청화정을 그들의 놀이터로 삼았다.

이들 가운데 구로다가 있었다. 구로다가 송병준을 처음 만난 것은 1877년 부산으로 거슬러 올라간다.

그때 구로다는, 각종 신무기를 팔아 떼돈을 벌어 '죽음의 상인'으로 불리던 오오쿠라 기하치로(大倉喜八郎)[15] 밑에서 협객으로 일하고 있었다. 오오쿠라는 돈 냄새를 귀신같이 맡는 작자로, 1876년 강화도조약이 맺어지자 재빨리 조선 땅에 입성해서 부산에 상관을 차렸다.

당시 조선은 일본과 서양 세력들을 오랑캐라고 여기며 반감이 이만저만한 게 아니었다. 따라서 대리인으로 앞에 내세울 친일 성향의 조선인이 필요했는데, 그 사람이 송병준이었다. 송병준과 오오쿠라는 강화도조약 당시 조선 측과 일본 측 대표의 수행원으로 만났다. 둘은 만나자마자 서로 통하는 인간임을 재빨리 간파하였다.

구로다가 보기엔 송병준이 오오쿠라보다 더 간악해 보였다. 원래 주인보다 사냥개가 더 사나운 법인가! 조선인들을 상대로 송병준은 고리대금업을 하거나 물품을 판매해서 갖은 폭리를 취하고, 돈을 갚지 못하는 조선인들에겐 가차 없는 폭력과 재산 탈취를 일삼았다.

어느 날 송병준은 돈을 갚지 못하는 조선인을 사정없이 패다가 거의 죽음에 이르게 했다. 그것도 모자라 그의 집에 난입해서 돈이 될 만한 물건들을 모두 가져왔다. 마지막으로는 송병준에 매달려 손을 싹싹 빌던 여인네를 끌고 와 겁탈하고 노비로 삼았다.

구로다는 눈살을 찌푸리며 한마디 했다.

"생쥐도 궁지에 몰리면 고양이를 무는 법. 그건 너무 심한 거 아니오? 요즘 조선인들의 반일 감정이 심상치 않단 말이오!"

"걱정도 팔자요. 구로다상, 조선인은 패야지만 말을 듣는 족속이오. 패면 팰수록 부드러워지는 북어처럼, 패야지만 독기가 사라지고 고분고분해지는 게 조선 사람들이란 말이오."

송병준은, 마치 자신은 그런 조선인에 해당되지 않는 사람처럼 천

연덕스러웠다. 하지만 구로다의 예상이 적중하였다. 거만한 일본 상인들의 행패를 참다 못해 분노한 부산 사람들이 일본 상인들의 가게를 습격하여 마구 기물을 때려 부쉈다. 횡포가 심했던 송병준과 오오쿠라의 가게가 일 순위였던 것은 말할 나위 없었다.

구로다와 송병준이 다시 만난 것은 1882년 임오군란 때였다. 당시 조선은 일본이 무기를 제공하고 일본 교관이 훈련시키는 신식 군대 별기군을 새로 만들었다. 그리고 기존에 있던 구식 군대는 월급을 열세 달치나 밀린채 주지 않았다. 그러다가 결국에 월급으로 지급한 쌀이 절반은 돌과 모래였다. 격분한 구식 군인들은 관청을 습격하여 담당관인 민겸호를 살해하고, 별기군 교관 호리모토를 비롯한 여러 명의 일본인들도 처치하였다. 그들은 궁궐로 쳐들어가 민비를 쫓아내고 대원군을 옹립하는 한편, 일본공사관으로 몰려가 불을 지르고 일본인들은 보이는 대로 구타하였다.

구로다는 일본 공사였던 하나부사(花房義質)를 호위하고 공사관을 빠져나가 위험을 피했다. 그는 하나부사 일행을 호위하여 인천에 도착, 일본인 거류지에서 그들을 보호하며 머물렀다. 그러다가 그곳에서 우연히 일본행 배를 알아보는 송병준과 마주쳤다. 송병준은 구로다를 보자, 침울했던 얼굴에 생기가 돌며 말했다.

"구로다상, 여긴 웬일이십니까? 아하! 서울에서 군인들이 폭동을 일으킨 일로 여기 오신 거군요? 아이고, 우린 동병상련이구만요. 저 역시 마찬가지 신세랍니다. 그 구닥다리 거지같은 군인 놈들이 저희 집까지 습격해 오는 바람에 저는 담벼락을 넘어 몸만 겨우 빠져나왔죠. 그놈들 추격이 어찌나 지독하던지 시골 농가 뒤주 속에 꼭꼭 숨어 있다가, 더 이상 안 되겠기에 일본으로 피신하려고 여기 인천까지 도망 왔습니다. 구로다상, 저 좀 도와줍쇼."

"아니, 군인들이 왜 당신 집을 습격합니까?"

"제가 군인들에게 월급으로 주는 쌀을 운반하는 담당이었거든요."

"그게 무슨 상관입니까?"

"그러니까, 저도 좀 먹고살려고, 그 쌀 중에서 조금, 아주 조금을 빼돌렸죠. 오해 마십쇼. 아주 조금이니까. 여기 조선에서 살려면 그 정도는 누구나 하는 일인텝쇼."

구로다는 그제야 비로소 이해가 됐다. 그러니까 군인들에게 지급할 쌀을 운반하는 책임을 맡아, 그중의 일부를 빼돌리고 대신 돌과 모래를 섞은 것이다. 아마도 송병준 한 사람의 짓만은 아닐 것이다. 세미를 둘러싸고 조선의 관리들은 어떤 농간을 부리는지 그 수법의 교묘함에 혀를 내두를 뿐이다.

구로다는 송병준만 보면 얼굴이 찌푸려졌다. 돈과 권력 앞에선 어떤 비굴함이나 잔인함도 동시에 보일 수 있는 인간이란 생각에서였다. 하지만 대일본제국을 위해 일하는 자신의 입장에서 볼 때, 이런 인간이 절대적으로 필요하기도 했다. 송병준 같은 인간은 돈과 절대 권력 앞에서는 어떤 충성이라도 바칠 각오가 되어 있기 때문이다.

구로다는 송병준에게 일본으로 가는 영국 배편을 주선해 주었다.

송병준은 수십 번도 넘게 땅에 이마가 닿을 정도로 절을 하였다.

그후 구로다가 송병준을 다시 만난 것은 갑오년(1894) 여름, 2차 동학농민란과 청일전쟁이 일어나 평양에서 정보를 수집하던 때였다. 송병준 역시 민씨 척족들의 밀명을 받고 동학군의 동태를 살피러 강원도를 거쳐 평안남도 평양에 와 있었다. 구로다는 평안 감사가 연회를 베풀던 부벽루 아래 대동강 가에서 그를 딱 알아봤다. 그리고 쓴 웃음이 나왔다.

"아니, 구로다상 아닙니까?"

송병준도 구로다를 알아보고 먼저 말을 건넸다.

"송상? 오래간만이오. 살아 계셨구만…."

"네, 송병준입니다. 구로다상이 조선 민심을 살피고 계십니까?"

구로다는 송병준의 말에 바짝 긴장을 하였다. 절로 칼집에 손이 갔다.

"어허, 저와 구로다상은 친구 아닙니까? 걱정 마십시오. 저 역시 백성들의 동정을 살피고 있습니다. 구로다상, 혼자 그렇게 위험하게 다니지 말고 저랑 동행하면 좋지 않겠습니까? 아무래도 조선 땅의 지리는 제가 더 잘 알고, 조선말과 사정도 제가 더 잘 알지 않겠습니까? 지난번 부산에서 영국 상선에 태워 주신 은혜에 보답을 하고 싶습니다."

송병준은 능글능글 웃으며 구로다의 비위를 열심히 맞추었다. 구로다로서도 마다할 이유가 없는 제의였다. 아무리 조선인 행색을 하고 조선말을 쓴다 해도, 불안한 게 사실이었다. 조선인인 그와 동행

한다면 천군만마를 얻은 것과 진배없었다. 이리하여 송병준과 구로다는 다정하게 평안도, 함경도까지 올라가 동태를 살피고 정보들을 일본군에 전달하였다.

그러나 송병준은 이후 곧 일본으로 도망쳐야 할 위기에 다시 봉착했다. 청일전쟁이 일본의 승리로 끝나자 곧 송병준의 세상이 도래할 줄 알았는데, 김홍집 내각이 들어서자 민씨 세력으로 지목해 그에 대한 체포령을 내린 것이다. 그는 재빨리 가산을 정리하여 가족과 함께 일본 홋카이도로 건너갔다. 이때 또다시 구로다의 많은 도움을 받은 것은 말할 것도 없다.

그 후로도 그들의 인연은 끈질기게 이어졌다. 조선이 풍랑 속에 흔들릴 때마다 그들은 어김없이 등장해서 공동 목표를 향해 협력했다. 그 목표는 물론 일본의 조선 및 중국, 아시아 침략 및 정벌이었다.

구로다와 옥화의 인연

청일전쟁 이후 구로다는 거의 10년 가까이 일본에만 머물렀는데, 1904년 러일전쟁이 터지자 다시 조선 땅으로 가라는 명령을 받았다. 청일전쟁 때도 한반도는 전쟁의 한가운데 위치하여 전쟁 뒷바라지 때문에 고역을 겪은 것은 물론 직접적인 피해도 막심하였는데, 이번에도 역시 그러했다. 러일전쟁에서 대한제국의 도로와 백성들은 일본군의 병력과 물자 수송에 동원되는 한편 병참기지가 되었다. 군수 물자의 원활한 수송을 위해 경부선과 경의선 철도 건설 사업이 시작되었고, 이 건설 현장엔 값싼 조선인의 노동력이 필요했다.

구로다는 다시 조선으로 건너왔다. 조선과 만주에서 철도 건설 사업과 러일전쟁의 후방 지원을 할 때 조선 민심의 동정을 살피는 임무가 그에게 떨어졌다. 이번에도 확실한 친일파 송병준이 동행했다. 즉 그들의 임무는 조선의 백성들이 어떤 생각을 가지고 어떤 활동들을 하고 있는지 낱낱이 보고하는 것이었다. 조선인들의 동향을 면밀히 조사하고 보고하는 게 그들의 주요한 업무였지만 더 나아가 일본에 유리한 여론을 조성하고 친일파들을 더욱 많이 양산하는 것 또한 그들의 중요한 할 일이었다.

송병준이 그 점에서 큰 역할을 했다. 송병준은 대담하게도 한때 일본에 적대적이던 동학 세력을 포섭하여 일본의 대륙 진출을 위한 토대를 닦는 데 동원하였다. 당시 손병희는 최측근 이용구를 내세워 진보회를 결성하여 조선의 개화를 추진하고 있었다. 손병희는 러일전쟁에서 승전국의 지위를 얻을 목적으로 일본에 협력하는 것을 염두에 두었다. 송병준은 이용구에게 접근하여 일본과 연계하는 데 도움을 준다는 구실로 자신이 결성한 일진회와 동학의 진보회를 통합하자고 제의하여 성사시켰다. 그 결과 송병준은 하루아침에 수십만에 달하는 동학 세력과 끈을 잇게 되었다.

구로다의 가슴은 뛰었다. 무사란 원래 주인을 위해 목숨을 초개와 같이 버리는 자들이다. 그런데 일본이 통일되고 개화를 거쳐 유신을 한 이즈음은 하늘 같은 존재인 천황을 위해 목숨을 바치는 시대가 되었다. 무릇 사내라면 원대한 목표와 포부를 가져야 한다. 일본 전국이 통일된 후 무사들의 마음을 사로잡은 것은 '정한론'이었다. 그리하여 구로다 역시 대일본제국과 천황 폐하를 위해서라면 목숨까지 내놓을 각오였기에 온갖 위험한 작업들도 마다하지 않았고, 그 결과 가시적인 성과들을 쏟아 냈다. 그리고 마침내 만주 벌판까지 일본인 손에 넘어왔으니 얼마나 감격스런 일인가.

구로다가 조선에 들어온 것은 1877년. 막 20세를 바라보는 새파란 젊은이로 부푼 야망을 안고 조선 땅을 밟은 게 엊그제 같은데 벌써 50줄을 바라보고 있다니 믿어지지 않을 정도였다. 그동안 조선 땅도 많이 변했다. 양놈 왜놈 모두 도깨비 아수라라도 되는 듯 꺼리고 문을 꽁꽁 닫고 열릴 줄 몰랐던 조선 땅이, 대포 몇 방과 협박 몇 마디에 나라의 대문을 활짝 열어 주더니 이제는 조선인들이 나서서 일본인 행세를 하며 일한병합을 청원하고 찬양한다! 조선의 위정자들과 귀족 대신들은 자신들의 기득권 지키기에만 여념이 없었다. 일본이냐, 러시아냐, 청국이냐, 미국이냐, 어떻게든 강대국에 끈을 대어 훗날을 도모하려 들거나, 오히려 혼란한 틈을 이용해 개인 재산을 불리려는 생각에만 골몰하는 것 같았다.

그동안 변하지 않은 것은 조선의 민초들. 언제나 더럽고 냄새나며 다 떨어진 흰옷을 걸치고 십 리 길도 마다않고 걸어 다니던 조선인들. 구로다가 조금이라도 기분이 상한 듯 눈꼬리만 치켜떠도 벌벌 떨며 연신 머리를 조아리던 그들. 온갖 세금으로 양반들이 모두 수탈해 가서 남는 건 보리 몇 섬밖에 안 되는데도 그렇게 지극정성으로 논밭을 갈던 농민들. 어찌 보면 불가사의할 정도다.

그 순박한 농민들이 야수처럼 달려든 적이 있었다. 동학을 믿고 새 세상을 만들어 보겠다며 전국에서 봉기했던 그들 때문에 몇몇 양반네들, 위정자들, 그리고 구로다 같은 일인들의 가슴이 잠시 서늘한 적이 있었다. 그러나 그들, 땅만 팔 줄 알았던 순박한 농민들은 꽹과리 북만 요란하게 울리고 벼락같은 함성으로 덤비면 일본군들이 물러갈 줄 알았던, 정말 불가사의하게 천진난만한 농민들이었다. 그들, 도무지 무방비 상태로 달려들던 그들에게 신식 소총과 대포를 난사해서 계곡과 산천을 피로 물들였던 게 언제였던가.

좀체 마음이 흔들리지 않는 구로다인데 산과 들, 강에 첩첩 쌓인 시체들을 보며, 눈물과 함께 심한 구역질이 나왔다. 그때 그는 남모르게 나뭇등걸에 앉아 한참 동안 구역질을 하며 울었다. 그들도 자신과 똑같은 생명이요, 인간이란 게 끔찍스러웠다. 저 수많은 생명들을 자신이 죽였다고 생각하니 혐오감과 터져 나오는 구토를 참을 수가 없었다.

그랬던 조선의 농민들, 동학군들이 이제 러일전쟁을 위한 철도 건설에 자발적으로 나서고 있다. 조선인들 또한 수없이 죽어 나갔다. 무거운 통나무를 나르다가 혹은 돌무더기를 나르다가 깔려 죽기도

하고, 굶주림과 추위에 죽어 나가기도 했다. 그러면서도 한편으로는 의병들로부터 친일 부역자라는 명목으로 피살되었다. 그리고 만주에서도 중국인들과 러시아인들 손에 조선인들은 무참히 학살당했다. 일본의 부역자, 혹은 밀정이라는 누명을 뒤집어쓰고….

그러고 보면 송병준의 재주도 어지간하였다. 일본과 일본 군대를 철천지원수라고 여기고 있던 동학도들을 꾀어내어 일본에 협력하는 노동자로 만들어 버린 것은 그의 세 치 혀끝이었다.

이런저런 이유로 거듭된 전쟁의 틈바구니에 끼어 수많은 사람들이 죽어 나가는 것을 목도하면서 구로다는 언젠가부터 비위가 상했다. 그들은 군인들이 아니었다. 아무 무기도, 힘도 없는 순한 양민들이었다. 무지렁이 백성들일 뿐이었다.

그 사실을 잘 알기에 구로다는 수많은 살인과 죽음들을 목격하며 욕지기를 느꼈다. 그 욕지기를 잠시나마 멈추게 하는 것이 술이었다. 어느덧 그는 술을 입에 달고 살게 되었다. 러일전쟁이 끝나고 송병준이 일식 요정을 개업하자, 구로다는 청화정을 제집처럼 매일 드나들었다.

청화정엔 마담인 오카츠를 비롯한 일본 게이샤들이 제법 많이 있었다. 그러나 그는 일본 기생들에게는 별로 관심이 없었다. 어느 날 평양 기생이 청화정에 들어왔다. 그 기생을 처음 본 순간 구로다는 얼어붙는 듯했다. 그녀의 이름은 '옥화'라고 하였다.

구로다는 옥화에게 급속히 빠져들었다. 어느 날 술에 만취하여 옥화에게 '마사코'란 이름을 계속 불러 대다가 쓰러졌다. 다음 날 옥화는 구로다의 해장을 위해 일본 된장국인 미소시루와 간단한 조반을 정갈하게 준비해 그를 깨웠다. 그는 옥화가 끓인 미소시루를 무척이나 좋아하였다. 일본에서 맛보던 어머니의 된장국과 같다며 입이 함지박만 하게 벌어졌다. 미소시루를 그릇째 들고 마시는 구로다에게 옥화가 넌지시 물었다.

"그런데 마사코가 누구입니까? 어제 저보고 '마사코'라고 부르시던데…."

구로다는 옥화의 질문에 답을 하지 않고 얼굴을 찡그렸다.

"내가 많이 취했나 보구나. 헛소리를 다 한 걸 보니!"

구로다가 헛소리를 한 것은 아니었다. 마사코는 그의 첫사랑의 이름이었다.

구로다의 가슴 밑바닥에서 떠나지 않는 이름이었다. 마사코는 일본에서 모시던 상전의 딸이었다. 백옥같이 흰 피부에 복사꽃처럼 두 뺨이 발그레했고 목소리마저 가녀리고 청초했던 전형적인 일본 미녀였다. 구로다는 그녀에게 완전히 넋을 빼앗기고 말았다. 아직 순진하고 앳된 청년 무사답게 그는 그녀만 보면 얼굴이 빨개진 채 고개를 숙였다.

마사코도 순수하고 단정한 사내 구로다가 귀엽고 사랑스러웠다.

어느 날 그녀는 구로다를 뒷마당 벚꽃나무 아래로 불러냈다. 연분홍 꽃잎들이 분분히 떨어지는 밤에 봉황이 새겨진 금과 옥으로 된 머리핀을 그에게 내밀었다. 구로다는 쿵쾅거리는 가슴을 주체 못하며 기쁨에 넘쳐 떨리는 손으로 그 머리핀을 소중히 받았다. 그는 그녀의 머리핀을 수시로 꺼내 보며 흐뭇한 미소를 지었다.

하지만 그녀는 본디 변덕이 심한 소녀였다. 얼마 못 가 그를 향한 호기심과 열정이 싸늘하게 식어 버렸다. 그녀만 보면 항상 변함없이 얼굴이 빨개지는 그가 한심스럽기까지 하였다. 곧 그녀는 자신보다 지체 높은 귀족 청년들에게로 관심이 옮겨 갔다. 특히 용모가 준수한 한 황족 출신의 청년에게 연정을 품고 온통 마음을 빼앗겼다.

그러나 설렘도 잠시, 어느 날 그렇게 좋아하던 황족 청년이 다른 황족 출신의 여자와 혼인한다는 소식을 듣게 되었다. 그녀는 걷잡을 수 없는 낭패감과 실망으로 피가 거꾸로 솟는 듯했다. 갑자기 솟아오르는 질투심과 분노로 그녀는 어쩔 줄 몰랐다. 그 순간 구로다가 나타났다. 그는 변함없이 빨개진 얼굴로 눈도 마주치지 못하고 그녀 앞을 지나고 있었다. 그러다가 용기를 낸 듯 연모가 가득 담긴 눈초리로 그녀를 빤히 바라보았다. 그녀가 무슨 말이라도 한마디 건네 준다면 소원이 없겠다는 듯 갈망이 가득 담겨 있는 눈초리였다.

그녀는 그런 그를 보자 갑자기 분풀이 상대라도 만난 듯 심술궂은 마음이 들었다.

'새끼 무사인 주제에 제까짓 게 감히 나에게 연정을 품어?'

아직 어린데다가 응석받이로 커서 콧대만 높았던 그녀는, 지체 낮은 새끼 무사가 자신을 좋아하는 티를 내고 다닌다는 것에 갑작스레 몹시 기분이 상했다. 사실 황족 출신 청년의 결혼 소식을 듣고 비틀어진 마음의 복수심이 어이없게도 전혀 관계없는 그에게로 향한 것이었다. 그녀는 기막힌 꾀를 생각해 내고 비로소 기분이 좋아졌다.

며칠 후 마사코는 자신의 귀중한 보물 머리핀이 없어졌다고 울부짖고 소란을 떨었다. 얼마 후 동료 무사인 다나까가 구로다가 그것을 갖고 있는 걸 보았다고 일러바쳤다. 구로다는 아니라고 했지만 아무도 귀담아듣지 않았다. 그는 죽도록 얻어맞고 그 집에서 쫓겨났다.

그 후로 구로다는 더 이상 여자를 믿지 않게 되었다. 그리고 아예 일본을 떠나 조선 땅까지 흘러들어 오게 되었다. 그리고 우연히 조선 땅에서 마사코와 닮은 여인을 만났다. 그런데 그 여인은 얼굴과 목소리는 쌍둥이처럼 닮았는데 어쩐 일인지 마음과 품성은 정반대였다. 옥화는 정이 많고, 상대방의 마음을 깊이 들여다보며 상처까지 감싸 안을 줄 아는 여자였다.

그는 숱한 싸움을 겪었기에 온몸이 상처투성이였고, 특히 훈장처럼 뺨 언저리에 긴 흉터가 있었다. 조선 여자들은 그 험상궂은 얼굴과 흉터를 보고 거의 대부분 겁에 질려 마치 뱀을 보듯 슬슬 피하곤 했다. 그런데 옥화는 달랐다. 아무렇지도 않게 자신을 대하였다. 무엇보다 그녀가 만든 맛있는 미소시루 앞에서 그는 완전히 무장해제 될 수밖에 없었다. 따듯한 된장국을 마치 걸신들린 사람처럼 먹어 댔다. 그는 배고픈 작은 아이였다. 옥화 앞에서는.

4장/ 주산월, 명월관 기생이 되다

1912년 산월은 같이 기생 수업을 받았던 평양 기생 3명과 서울에 올라와 서도 기생들 서너 명과 함께 청진동에서 살면서 주연장에 불려 나갔다. 주로 요릿집 명월관에 나갔고, 돈 많은 집에서 부르는 잔치에도 불려 갔다.

그때 산월의 나이 열여덟. 여자로서, 기생으로서 복사꽃처럼 눈부시게 피어날 때이다. 하지만 기생 세계에서는 이미 웃어른 대접을 받는 나이이기도 하였다. 산월은 노래도 잘 부르고 춤도 잘 췄지만 특히 가야금이 남들보다 빼어났다. 그뿐만 아니라 시, 서화에 능하고 난, 묵화를 잘 그려서 문학적 기품까지 더하였다.

총명한 그녀는 술자리에 도착한 즉시 분위기를 파악하고 상황을 주도하였다. 술자리에서 누가 누구인지 어느 정도의 신분인지 일일이 기생에게 소개해 주진 않는다. 그렇지만 누가 연장자이고, 누가 술값을 낼 사람인지 정도는 눈치껏 파악해야 한다. 더군다나 명월관은 고관대작이 드나드는 곳. 최대한 빨리 왕족과 고관의 이름, 성품과 취향까지 기억하고 있어야만 했다. 하다못해 처음 문안 인사 여쭙는 것도 상대 지위에 따라 달리해야 하는 것이다.

예를 들어 의친왕을 뵐 때는 "문안 아룁니다."라고 해야 하고 '소인'이라 자신을 지칭해야 한다. 반면 다른 대감님들께는 "문안 어떠십니까?"라고 여쭙고 '저는' 하고 자신을 지칭하면 된다. 또 하사한 물품을 받을 때도 상대의 지위에 따라 "감사합니다."라고 하거나 "황공하옵니다."라고 달리 말해야 할 때가 있다. 이처럼 상대의 지위와 신분에 따라 다른 어법과 예법을 갖춰야 되고, 손님이 좋아하는 것과 싫어하는 것을 모두 꿰뚫고 있어야 진정한 기생이라고 할 수 있다.

명월관[16]의 주인은 안순환이었다. 그는 궁내부 소속 주임관과 임금을 위한 요리를 담당하는 전선사장으로 있으면서 어선과 향연을 주재하던 사람이다. 그는 창덕궁에서 순종을 모시다가 궁에서 나와, 황토마루 네거리*에 요릿집을 차리고 일반인들에게 궁중 요리를 선보였다. 특히 궁중 나인 출신이 직접 담근 명월관의 술은 없어서 못 팔 지경이었다.

명월관을 개업할 무렵에 관기 제도가 폐지됨에 따라 지방 관청과 궁중의 각종 기생들이 몸 붙일 곳을 찾아 서울로 모여들기 시작했다. 그 수많은 기생들 중에서도 어전에 나가 춤과 노래를 불렀던 궁중 기생들과 인물이나 성품, 재주가 뛰어난 명기들이 많이 모여들어 명월관은 금방 장안의 명소가 되었다. 조선의 궁중 요리를 맛보고 싶은

* 지금의 세종로 동아일보 자리.

일본인은 물론이고 장안의 명사와 갑부들이 모여드는 일류 사교장이기도 하였다. 시골 청년들이 논밭을 팔아서라도 명월관 기생 구경하는 게 소원이란 말이 심심찮게 들리는 가운데 실제 그런 일들이 비일비재하게 일어나서 사회문제가 되기도 했다.

원래 기생은 일패, 이패, 삼패로 나뉘었다. 일패는 노래와 춤, 서화에 능통한 예인들로 몸을 팔지 않고 지조를 중시했으며, 이패는 일패 중 혼인했다가 다시 기생이 되는 무리들이었으며, 삼패는 몸 파는 창기 무리들을 지칭했다. 엄격했던 이런 구분도 일제강점기에 들어오면서부터 경계가 많이 모호해졌다.

산월이가 명월관에 진출하던 무렵에는 아직 일패가 중심이 되는 예인 전통이 지켜져 오던 때였다. 이런 격조 있는 전통을 살아 있게 만든 데는 산월이의 힘이 컸다. 그녀는 명월관에 입성하여 명기로서 입지를 굳히자 즉시 평양서재 출신 기생들과 서도 기생들을 불러 모았다. 서울에 처음 올라온 그들에게 잠자리는 물론이고, 일자리를 주선해 주었으며, 아직 연마가 더 필요한 기생들에겐 소리 선생과 악기 선생을 붙여 평소 예인의 기량을 닦도록 하였다. 손님들에 대한 예의범절 교육은 기본 중의 기본이었다.

그러던 어느 날, 아침부터 누군가 급하게 문을 두드리며 소란을 피웠다. 문을 열어 보니 같은 평양 출신 기생 미향의 어미였다. 그동안 이 집에서 가장 어른 노릇하던 산월이 그녀와 독대하였다.

“내 그동안 미향이로부터 말씀 많이 듣고 산월 아씨에게 하소연 좀

하려고 이렇게 왔소."

"무슨 일로 그러시죠?"

"글쎄, 미향이가 말이오. 일주일 전부터 집에 들어오질 않는다오."

미향의 어미는 얼굴이 붉으락푸르락하다가 눈꼬리가 처지더니 단박에 눈물이 뚝뚝 떨어질 기세다.

"계월아, 여기 물 한 그릇 좀 내와라. 어머니! 물 한 잔 드시고 천천히 말씀하세요."

"미향이 그년을 생각하면 가슴이 터질 것 같아서…. 내가 제년을 어떻게 키웠는데, 아이고…. 이제 제법 기생 태가 나고 여기저기서 불러 대서 몸값 좀 올라가나 했더니, 그래 시답지 않은 애송이 학생하고 바람이 났지 뭐요? 너무 화가 나서 야단을 쳐도 듣지 않아, 울며 애원하는데도 미향이 그년이 전혀 꿈쩍도 안 해요. 그러더니만 아예 그놈이랑 어딘가로 도망을 갔지 뭐요."

"어머니, 너무 속상해 하지 마세요. 제가 잘 알아보겠습니다. 미향일 찾아서 집으로 보낼 테니까 걱정 마시고 집에 가 기다리세요."

그제야 미향 어미의 찌그러졌던 얼굴과 어깨가 펴졌다.

미향이는 인물도 빼어나고 소리와 가야금도 제법 해서 막 물이 오른 기생이었다. 그런데 요사이 충청도 어느 시골에서 서울로 유학 온 문학청년과 사랑에 빠졌다는 이야길 들었다. 그 청년은 고향에 본부인과 아이가 둘이나 딸려 있는데다가, 그의 부모는 조상 때부터 내려오는 논밭 다 팔아 가며 외아들을 겨우 공부시키고 있는 형편이었다.

말하자면 유부남에다 시골 출신의 가난한 고학생인 셈이다. 어쩌다 만석꾼 친구들과 어울려 요릿집을 드나들다 미향이를 만나 서로 정분이 난 것이다.

당시에 기생과 살려면 나름대로 까다로운 절차가 있었다. 어릴 때부터 노래와 춤, 문학, 예의범절에 관한 교육을 받고 사회에 나와 예기로서 활동하다가 때가 되어 좋은 남자의 간택을 받게 되면 먼저 부모의 동의가 필요했다. 사윗감이 기생 부모 맘에 들어 허락이 떨어져야 결혼이 성사되는 것이다. 더욱이 기생을 부인으로 맞아들이려면 많은 돈이 필요했다. 부모의 환심을 사기 위해 거금의 선물이 필요한 것은 물론이고, 새로 신혼 방을 꾸며야 하고, 그 기생이 몸단장을 위해 빚을 낸 것이 있으면 이자까지 쳐서 대신 갚아야 한다. 또한 데려갈 기생을 돌봐 준 하인이며 가까운 사람들에게 후한 선물을 돌려 체면을 세워야 함은 물론이다.

최고 우두머리 격인 산월이 미향을 찾아 불러내니 그녀는 꼼짝없이 동료 손에 끌려 산월 앞에 나타났다.

"미향아, 그 남자랑 살아 보니 깨가 쏟아지더냐?"

일주일 새 몰라보게 수척해진 미향이었다. 그동안 호의호식하다가 가난한 청년과 살려니 불편한 게 한두 가지가 아니었던 모양이다.

"네가 기생 노릇 계속하고 싶으면 여기 기생의 법도를 따라야 한다. 어찌 부모나 동료의 동의와 축복 없이 덜컥 어린 남자와 동거부터 하려 드느냐? 돈 떨어지고, 남자의 애정도 식으면 너는 무엇을 해서 먹고살려느냐? 그 남자야 자기 집으로 돌아가면 그만이지만 너는? 그때 가서 기생 노릇 다시 하겠다고 하면 내가 널 받아 줄 것으로 믿느냐?"

어느새 미향의 눈에는 눈물이 그렁그렁하다.

"네가 계속 나와 네 부모의 말을 어길 참이면, 기생의 수장으로서 나도 어쩔 수 없구나. 너를 다동 기생조합에서 빼 내칠 수밖에."

산월이 매섭게 몰아붙였다.

미향의 얼굴이 일그러지더니 눈물이 뚝뚝 떨어졌다. 한참을 흐느끼더니 후회하는 기색이 역력했다. 그녀는 산월의 치맛자락 아래 엎어져 애원했다.

"잘못했습니다, 형님. 제발 용서해 주세요. 형님 말씀대로 따르겠습니다."

시간이 한참 흐른 후 이윽고 산월이 말했다.

"그 남자와는 절교하고 집으로 들어가 부모님한테 가서 용서를 구하거라. 그리고 이후 네 하는 행동 봐서 일을 시키겠다."

산월이는 이렇듯 분명한 판단과 엄정한 태도로 서도 출신 기생들의 수장 노릇을 하였다. 하루가 다르게 변하는 낯선 땅 서울에서 서도 기생들이 이름값을 하고 인정을 받으려면 서로 뭉쳐서 나름의 질서를 유지할 필요가 있었다. 산월이가 앞장서서 그런 질서들을 세워 갔다.

궁중 요리와 품격 있는 기생들의 연희와 접대로 장안을 사로잡은 명월관이 이름을 날리자 장안 곳곳에 비슷한 요릿집이 우후죽순 생겨났다. 태천관, 영홍관, 혜천관, 세심관, 장춘관 등등에다 일본인들이 모여 사는 남산 밑에도 원래 있었던 청화정 외에 백수(白水), 화일(花日), 천대전(千代田) 등의 일본 요릿집이 줄줄이 들어섰다. 그러다 보니 이곳저곳에서 겹치기로 기생을 부르는 경우가 속출했다. 그런가 하면 고관대작들과 왕족의 환갑연과 같은 각종 잔치에도 기생들이 불려 다니다 보니 중복 요청도 많았다. 그래서 조합을 만들어 조합 소속 기생들의 출연 요청을 접수해서 그 기생들의 일정을 관리하였다. 그리고 출연료 역시 직접 출연자가 받아 오는 게 아니라 조합에서 나중에 따로 받아 오는 것으로 하였다.

당시 기생들은 기둥서방 밑에서 활동하는 경우와 기둥서방 없이 단독으로 활동하는 경우 두 가지가 있었다. 산월의 경우에는 기둥서방 없이 활동하는 경우라, 무부기(無夫妓)조합으로 호칭했다.

산월은 서울에서 다동 기생조합을 결성하고 제1대 향수(香首)가 되었다. 매월 초하루에는 다동 기생조합에 속한 기생들을 모두 불러 모아 그때그때 닥친 문제들을 허심탄회하게 토의한 뒤에 모두에게 가장 합당한 방향으로 결의하고 규칙을 정하였다. 회의에서 결정된 사항을 어긴 기생에겐 가차 없는 벌이 따랐다. 심한 경우 기생 자격이 박탈될 수도 있었다. 그녀는 사리 판단이 정확하고 결단력 있는 행동으로 위엄을 갖추면서도, 서울에 갓 올라온 동생들에겐 따듯한 배려와 아낌없는 지원으로 존경받는 수장이었다.

명월관에서 만난 사람들

명월관에는 의친왕 이강 공을 비롯해서 민병석, 윤태경, 박영효, 민영찬, 조남승, 구용산 등 고관대작들이 드나들었으며, 친일파 이완용, 이지용 등도 이 집을 애용하였다. 한마디로 명월관은 각양각색의 사람들이 모여들어 정보를 교환하고 친목을 다지는 고급 사교장 역할을 하였다.

이 명월관을 드나드는 높으신 양반들 중 특히 어려운 분이 의친왕 이강 공이었다. 그는 고종 황제의 셋째 아들로 귀인 장씨가 모친인데, 고종 다음 왕위를 이은 순종의 이복동생이다. 자식이 없던 순종인지라, 이후의 황태자 책봉 문제로 암투가 벌어지자 이강 공은 홀연 미국으로 유학을 떠났고, 이강 공보다 20세나 아래인 영친왕 이은이 황태자로 책봉되었다. 몇 년 후 일본을 거쳐 조선에 들어온 그는 명월관을 자주 드나들며 자신의 울분을 토하였다. 그는 체격도 좋고 말씨와 행동거지가 엄격하고 단호하였다. 그러나 술에 취하면 마음대로 일본인들을 욕해서 주변 사람들을 곤란하게 하는 경우가 한두 번이 아니었다. 그의 분노에 찬 눈빛과 추상같은 말투에 기생들은 그 앞에서 벌벌 떨었다.

그러던 어느 날 이강 공으로부터 중요한 어른을 대접해야 하니 귀빈실을 잡아 최고급 술상을 준비하라는 명령이 하달되었다. 해가 기울어지고 땅거미가 지는 초저녁 드디어 그 중요한 어른이 명월관 앞에 나타났다. 윤이 반짝반짝 나는 쌍두마차에서 정장을 하고 모자까지 쓴 마부의 부축을 받으며 검은 두루마기를 입은 초로의 신사가 내렸다. 멋진 카이젤 수염이 돋보이고 형형한 눈빛이 상대를 제압할 듯이 보여 한눈에도 보통 사람이 아니란 걸 알 수 있었다.

이강 공은 일본에서 이미 그분을 만났다고 하였다. 기생들을 비롯한 모든 사람들이 절절매는 이강 공이 어찌 된 영문인지 그분에게는 순한 양처럼 고분고분, 마치 아들이 아버님 대하듯 그분의 기색을 살피며 공손히 모시는 것이 예사롭지 않았다.

"의암 선생님 그동안 평안하셨습니까? 저는 그동안 평안치 못하였습니다. 이리와 늑대가 맘대로 날뛰는 이 강토에서 제가 어찌 두 다리 뻗고 마음 편히 지낼 수 있겠습니까?"

의암 손병희. 이 땅의 백성들이 가장 많이 믿는 천도교라는 새 종교의 교주이다. 나라를 잃고 지도자가 없는 조선에서 백성이 기댈 만한 지도자요, 그만한 카리스마와 지혜를 갖고 있는 분으로 이름나 있었다. 그런 분을 막상 만나고 보니, 그분의 호랑이 같은 기상에 눌려 평소 침착한 산월도 가슴의 박동이 빨라짐을 느꼈다.

이강 공은 가문의 큰형님을 뵙듯 의암 선생에게, 자신의 생각과 감정을 솔직하게 털어놓으며 이런저런 자문을 구하였다. 술잔이 거듭 오가면서 그는 긴장이 풀린 듯 얼굴을 일그러뜨리고, 노한 표정이 되었다, 슬픈 표정이 되었다, 하더니 급기야 손병희의 소맷자락을 부여잡고 울음을 터뜨리는 게 아닌가.

"아버지, 아버지…. 소자는 가슴이 찢어집니다!"

손병희는 자신을 '아버지'라 부르는 이강 공에 당황하지 않고 말없이 이강 공의 흔들리는 어깨를 쓰다듬을 뿐이었다.

갑자기 숙연해진 분위기를 돌릴 겸 산월이 감히 나섰다.

"제가 수심가 한 곡조 뽑아도 되겠습니까?"

〈수심가〉는 이강 공이 특히 좋아하는 곡으로, 그가 마음이 울적하면 꼭 청해 듣는 곡이기도 했다.

약사몽혼(若使夢魂)으로 행유적(行有跡)이면
-생각을 하니 님의 황용이 그리워 나 어이할까나
문전석로(門前石路)가 반성사(半成沙)로구나
-생각을 하니 세월 가는 것 등달어 나 어이할까나
인생일장 춘몽이요 세상공명은 꿈 밖이로구나
-생각을 하니 님의 생각이 간절하여 나 어이할까나
강산불변 재봉춘이요 님은 일거에 무소식이구나
-생각을 하니 님의 생각이 간절하여 나 어이할까나
일락서산 해 떨어지고 월출동령에 달 솟아온다
-언제나 좋은 바람이 불어 백년동락을 할까나
무정세월이 덧없이 가더니 원수백발이 날 침노하누나
-청춘홍안을 애연타 말고 마음대로만 노잔다

산월이 느리게 수심가를 부르니 애간장이 다 녹아내리는 듯, 그곳에 있던 사람들 모두가 조용히 눈물을 흘린다. 이어서 산월은 수심가와 한 쌍을 이루는 〈엮음 수심가〉를 부르기 시작한다. '엮음'이란 '촘촘하고 빠르게 엮어 나간다'란 뜻으로 점차 빠른 장단으로 감정을 고조시키는 매력을 지녔다. 어느새 산월의 흥겨운 가락에 맞춰 애조에 잠겼던 기분은 간 데 없고 유쾌한 분위기로 바뀌었다. 이제까지의 슬픔과 애상이 흥취로 바뀌는 묘한 순간이었다.

한바탕 울고 나니 후련한 느낌이랄까, 비 온 후 깨끗해진 산천초목을 바라보는 느낌이랄까. 산월의 〈수심가〉와 〈엮음 수심가〉가 끝나자 사람들은 마음의 슬픔을 다 씻어 내고 후련하고 시원한 표정이었다.

손병희가 놀라운 눈으로 산월을 쳐다보았다. 그녀의 복숭앗빛 얼굴을 새삼스레 물끄러미 쳐다보다가 그녀의 저고리 아래 노랑나비 문양 비단 노리개를 보았다. 그리고 속으로 흠칫 놀라 외쳤다.

'아! 저 나비 문양 노리개!'

산월은 손병희의 생각을 아는지 모르는지 다소곳하게 앉아 희미하게 미소 지었다.

"네 노리개가 참 예쁘구나!"

"제 어미가 말하기를, 제 태몽이 나비 문양 노리개였답니다. 그래서인지 저도 이 나비 문양 노리개를 좋아합니다. 저도 이 노리개의 나비처럼 세상을 자유롭게 훨훨 날아다니면 좋겠습니다."

산월이 말을 마치고 속내를 들킨 듯 얼굴을 붉혔다.

"그래? 네 태몽이라구?"

손병희는 놀랐으나 다시 아무렇지도 않은 듯 말을 이었다.

"너한테 참 잘 어울리는구나. 옛날 우리 딸도 나비 문양 노리개를 좋아했었지. 또 난리터에서 만난 어떤 계집아이도…."

그는 말끝을 흐렸다.

그 후로 손병희는 명월관에 들를 때면 으레 산월을 찾았다. 어느 날 손병희가 홀로 찾아와 술자리를 할 때 시중을 들던 산월이 물었다.

"선생님은 천도교의 제일 큰 어른이시라고 들었습니다. 소녀가 정말 궁금한 것들이 있는데 선생님께 감히 여쭈어 봐도 될까요?"

"그래. 오늘은 오랜만에 한가하구나. 묻고 싶은 것이 있으면 얼마든지 물어도 좋다."

"천도교는 천도를 믿는 종교입니까?"

"그렇다."

손병희는 당돌할 만큼 직설적인 질문에 빙그레 웃음을 지었다.

"천도란 무엇을 뜻합니까?"

"천도는 하늘의 이치이다."

"그러면 천도교는 하늘을 믿는 종교입니까? 서양에서 들어온 천주학도 하느님을 믿는다고 하는데 어떻게 다릅니까?"

"서양과 동양이 다르니 천도교는 우리 하늘을 믿는 종교이니라."

"좀 더 자세히 설명해 주십시오."

"서양의 천주학은 저 높은 하늘에 하느님이 있다고 하여 경배하지만 우리의 하늘님은 사람 안에 깃들어 있다."

"저같이 미천한 계집애도 제 안에 하늘님이 있습니까?"

"산월아!"

손병희는 산월의 눈을 깊이 들여다보며 낮지만 강한 어조로 말했다.

"너는 미천하지 않다. 너는 하늘님이다! 나도 하늘님이고 너도 하늘님이다. 그래서 우리는 모두 모심 받아야 할 하늘님인 것이다."

"네? 저도 하늘님이라고요?"

"그렇고말고! 우리는 모두 평등하게 하늘님을 모시고 있다. 그래서 남자와 여자, 노인과 어린이, 적자와 서자, 양반과 상민 모두 차별 없이 평등하다."

산월은 깊은 충격에 휩싸였다. 살아오면서 이제까지 남존여비, 장유유서, 반상과 적서의 차별이 잘못된 것이라고 생각해 본 적이 없었다. 기생으로서 당해야 하는 가지가지 설움 역시 당연한 것으로만 여겼다. 그런데 기생인 나 같은 사람까지 하늘님이라니!

"너 역시 내가 모셔야 할 하늘님이니, 그 증표로 글 하나를 너에게 써 주마."

손병희는 묵과 종이를 가져오게 해서 큰 글씨로 '인내천' 세 글자를 썼다.

"우리 교의 종지는 인내천(人乃天)이니라. '사람이 곧 하늘'이란 뜻이다. 이 글자를 잘 간직하고 수시로 꺼내서 그 뜻을 가슴에 되새겨라."

산월은 말할 수 없이 기뻤다. 마치 그 세 글자로 인하여 비로소 하늘님이 자신 안에 강림하신 것처럼 신명이 났다. 그래서 답례로 묵란 한 점을 그려 그에게 바쳤다. 그는 생각지 못한 산월의 빼어난 그림 솜씨에 감탄하였다.

"참으로 부드럽고 고우면서도 강인함이 느껴지는 난이로구나. 마치 산월이 너의 자태 같다!"

그는 그 자리에서 '취미(翠眉)'라는 예명을 산월에게 지어 주었다. '파릇한 버드나무 가지처럼 우아한 미인'이란 뜻이었다.

손병희는 참으로 위풍당당한 멋쟁이 신사였다. 그가 비단 두루마기에 신식 맥고모자를 쓰고 거울처럼 빛나는 가죽 구두를 신은 모습으로 마부의 부축을 받으며 칠흑의 쌍두마차에서 내릴 때면 왕이 행차하는 게 아닐까 하는 착각이 일 정도였다. 더욱이 그는 일본인을 만날 때면 언제나 제비처럼 잘 빠진 연미복을 착용하였다. 그를 보게 되면 누구나 감탄할 수밖에 없는 풍류남아였다.

또한 그가 주재해서 여는 천도교인들의 기념일 야유회 잔치는 장안을 울릴 만큼 대단하였다. 얼마 전 천도교의 창도주인 최제우 대신사가 2대 교주 해월 최시형 신사에게 도통을 전수한 것을 기념하는 지일기념일에 열린 잔치가 대표적이었다. 기념식을 마친 후 장안 한

복판 한강에 40여 척의 호화로운 유람선이 뜨고 장안의 유명한 기생들이 모두 참가하여 노래와 춤을 추고 신도들이 술과 음식을 즐겼으니 그 규모와 위용을 짐작할 만하다.

그가 사는 가회동 집은 90칸이 넘어서 수백 명이 생활할 수 있다는 이야기도 들었다. 우이동에도 몇 만 평이 넘는 별장이 있고, 얼마 전에는 철종의 부마 박영효로부터 동대문 근처 임야와 대저택을 구입했다는 이야기도 들렸다.

산월은 술자리에서 손병희를 욕하는 소리 또한 들었다.

"그 손병흰가 뭔가 천도교 교주 말이야. 요즘 쌍두마차를 타고 장안을 휘젓고 다니던데 그 사람 몇 년 전만 해도 비적의 무리로 꼽히던 동학하던 사람 아니었던가?"

"글쎄 말이네. 세월이 수상하다 보니 비적 출신이 활개 치는 세상이 되었구만!"

심지어 좀 깨어 있다는 진보적인 인사들도 한마디 거들었다.

"나라는 망했는데 무슨 돈이 어디서 쏟아져서 그렇게 호의호식하는지 모르겠네. 자고 나면 교회당 신축이요, 집은 대궐이요, 또 별장이 몇 개라니…."

산월은 혼란스러웠다. 자기가 직접 곁에서 보고 겪어 본 손병희의 모습과 남들이 말하는 그의 모습에는 커다란 괴리가 있었다.

요즘 들어 그는 조선의 인재들을 기르는 육영 사업에 돈을 아끼지 않는 듯이 보였다. 명월관에서 보성학원 직무대리를 하고 있던 윤익선에게 여러 번 돈을 건네는 것을 목격했던 것이다. 민족 인재 교육의 산실로 소문난 보성학원은 창립자 이용익이 죽고 아들 이종호마저 강제 합병 후에 블라디보스토크로 망명을 떠나가 버려 곧 문을 닫을 처지에 놓였다. 그런데 손병희가 아무 조건 없이 기부금을 희사한 것이다.

손병희는 윤익선에게 이렇게 말했다.

"나라 잃은 우리에게 희망은 인재 양성뿐이오. 내 힘껏 도울 테니 당신은 참다운 민족 교육에만 신경 써 주시오."

보성학교뿐만 아니라 여성 교육에도 관심을 기울여, 재정난에 허덕이다가 문 닫게 생긴 동덕여학교에 많은 돈을 쏟아부었다. 학구적인 성향에다 서울에서 유력 인사들과 교제하다 보니 자연 분별력이 높아진 산월로서는 맘껏 교육을 받을 수 있는 학생들이 부러운 동시에 손병희의 큰 안목과 과감한 결단력에 존경의 눈을 가지게 되었다.

가까이서 접해 본 손병희는, 술을 먹어도 취하지 않고, 각계각층 사람들의 이야기를 조용히 경청할 뿐 좀체 자신의 이야기를 꺼내지 않고 과묵하였다. 하지만 필요한 이야기를 하거나 행동을 취할 때는 직선적이리만치 과감하였다. 산월은 어느새 손병희의 일거수일투족에 관심을 갖게 되었다.

손병희가 한동안 명월관에 나타나지 않았다. 산월은 문득 손병희를 기다리는 자신의 모습을 발견했다. 이제나저제나 그의 모습이 나타날까, 애가 타기도 하고 별생각이 다 드는 것을 어찌하지 못했다.

'혹시 다른 요릿집으로 단골을 바꾸신 건 아닐까? 어쩌면 다른 기생에게 마음을 뺏긴 건지도 몰라.'

손병희는 근 두 달 만에 모습을 나타냈다. 산월은 반갑기도 하고 화가 나기도 하는 복잡한 심사를 어찌할 줄 몰랐다. 그러나 자신의 본마음을 그대로 드러낼 수는 없는 법. 조용한 시간에 손병희에게 물었다.

"선생님, 그동안 별고 없으셨는지요? 어쩐 일로 소인에게 이리 무심하셨습니까?"

손병희가 빙그레 미소를 지으며 산월을 빤히 쳐다보았다.

"산월아, 너 내가 보고 싶었던 게로구나."

산월은 자신의 속을 꼭 집어 말하는 손병희가 야속하기도 하고, 이렇게 처음으로 다정한 말을 건네는 그가 놀랍기도 했다. 그녀는 입술을 꼭꼭 깨물며 얼굴이 빨개져서 치맛단만 쳐다볼 뿐이었다.

"나는 수도자다. 명월관에서는 술도 먹고 웃고 떠드는 평범한 사내일지 모르나 나의 본분은 따로 있다. 내가 가장 힘쓰는 일은 수도하는 일이고, 우선해야 할 일도 수도 생활이다. 얼마 전에는 우이동 산속에 들어가 장차 인재가 될 청년들과 함께 49일 수련을 하였다. 내가 그동안 여기 못 왔던 것은 바로 그런 사정 때문이었구나."

"아, 그랬군요. 어쩐지 선생님은 여느 손님 분들과 다른 풍모를 가지고 계세요. 그러고 보니 선생님의 의연하고도 고고한 위엄이 부단한 수련에서 나온 것이었군요."

산월은 그동안 엉뚱한 생각만 해 왔던 자신이 부끄러워졌다.

손병희는 붉게 물든 그녀의 얼굴을 쳐다보며, 약간은 방자하기도 한 그녀의 솔직한 발언에 어이없어서 피식 웃고 말았다.

청화정에 모여든 사쿠라들

산월을 서울로 불러들인 옥화가 주로 나가던 청화정은 명월관과 분위기가 영 딴판이었다. 우선 청화정은 위치부터 달랐다. 청화정이 들어선 진고개는 남산 밑의 야트막한 언덕이다. 비만 오면 땅이 질어서 진고개란 명칭이 붙었다. 예전에는 아전들이 많이 살았는데 임오군란 후 남산 자락에 일본 공사관이 들어서고부터 일인들이 조선 사람들을 내쫓고 자신들의 집단 주거지로 만들었다. 어떤 식으로 일인 땅을 만들었는지는 참으로 기가 막힐 노릇이었다.

어느 날 청화정에, 한눈에 보기에도 꾀죄죄한 중늙은이 남산골 샌님이 나타났다. 그는 다짜고짜 청화정 단골손님인 하야시를 꼭 만나야 한다고 했다. 청화정 직원 몇이 거의 울상으로 매달리는 그의 손을 뿌리치고 닭 쫓듯 함부로 몰아내려는 걸 옥화가 말렸다. 그 늙은이가 돌아가신 시골집 아버지랑 닮은 인상이어서 어쩐지 너무 안쓰러웠다. 마침 이른 시간이라 손님도 없어서 따로 방으로 모셔와 사정 이야기를 들었다.

"내가 마누라도 잃고 늘그막에 겨우 아들 하나 있을 뿐이거든. 아, 그런데 그 애가 갑자기 염병이라도 걸렸는지 고열이 나고 토사곽란을 하고 다 죽게 생겼잖아. 그래 없는 돈 있는 돈 다 써서라도 아들은 살리고 봐야겠다 생각해서 하야시한테 돈을 꾸었지. 하나뿐인 집문서 맡기고."

"아, 그러셨군요. 그래 아드님은 괜찮으신가요?"

"다행히 아들은 목숨을 건지고 몸도 많이 좋아졌어. 그래 나는 이자도 꼭꼭 갚고, 얼른 돈을 갚아서 집문서를 찾으려 하지 않았겠나? 그런데 어찌 된 영문인지 이자 내려고 하야시를 찾으면 없다는 거야."

"하야시 잘 찾아보셨어요? 여기 청화정엔 자주 왔었는데…."

"꼭꼭 숨어서 찾을 수가 있나. 주변 일본 사람에 물어보니 일본에 도로 갔대나 어쨌다나. 그래서 난 만나면 언제든 돈을 갚으려 했지."

"그런데요?"

"그런데 돈을 갚기로 한 기한이 한 달이나 지나서 그 하야시란 놈이 떡 나타나더니 돈을 안 갚았으니 집을 내놓으라고 하는 거야."

"아니, 그런 말도 안 되는 일이 있어요? 어딘가 꼭꼭 숨어 있다가 별안간 나타나서 집을 내놓으라니요?"

"그놈이 긴 칼이랑 권총까지 찬 일본 경찰 놈들까지 끌고 와서 집안을 쑥대밭으로 만들었어. 우리 집 식구들은 벌거숭이로 아무것도 없이 길바닥으로 쫓겨났어. 하루아침에 대대로 살아온 집에서 쫓겨나 유리걸식하고 있으니 원통해서 피눈물이 마르질 않네."

말을 마치고 노인은 눈물을 쏟았다.

'세상에, 이런 날강도 같은 놈이 있나!' 옥화의 가슴이 다 벌렁벌렁 하였다. 노인이 눈물을 쏟으니 옥화도 눈물이 나왔다. 같은 조선 사람으로서 인지상정이던가. 나라를 잃으니 대대로 살아왔던 집까지 순식간에 날강도들에게 뺏기게 되는구나!

옥화가 평양에서 서울로 오게 된 것은 서울의 실력자이자 청화정의 주인인 송병준 덕분이었다. 옥화가 제법 평양에서 이름을 날리기 시작할 무렵, 다른 기생들과 함께 송병준에게 발탁되었다. 그는 일본인들의 소굴이자 온갖 최신식 문물들이 넘쳐나는 거리인 진고개에 요릿집을 여러 개 가지고 있었고, 기생들의 뒷배를 봐주면서 기생들 상대로 고리대금업까지 하고 있었다.

그런데 송병준은 알고 보니 장안에서 제일가는 친일파였다. 함경도 양반의 첩의 아들로 태어난 그는, 본 어머니의 구박을 피해 여덟 살 때 서울로 올라와 비상한 눈치 하나로 세도가 민영환 집에서 심부름을 하기에 이르렀다고 한다. 그러던 그가 조선이 기울고 일본의 세력이 커질 것 같으니까, 재빨리 일본에 빌붙어 온갖 협잡과 사기로 출세에 출세를 거듭하였다. 그는 손병희의 최측근인 이용구를 꾀어 동학 조직을 일진회로 개편하여 장악했다. 그리고 고종 황제 말기에 농상공부대신을 지내며 헤이그 밀사 파견 사건이 터지자 칼을 차고 들어가 고종에게, 일황 앞에 무릎 꿇고 사죄하든지 순종에게 순순히 왕 자리를 내놓든지 하라고 협박하는 데도 간여했다고 한다. 일본에 의한 조선 강제합병 직전에 그는 일진회 총재 명의로 이용구와 함께 일한병합을 간곡히 청하는 '합방선언서'를 정부에 제출해서 조선인들의 공적 제1호가 되었다.

그러다 보니 청화정은 당대의 일인 낭객들과 친일파들이 들끓는 곳이 되었고, 이곳에서 조선을 일본의 먹잇감으로 만드는 온갖 모략들이 난무하였다. 특히 1910년 조선 강제합병을 앞두고 이용구, 송병준, 우찌다, 다케다 등이 뻔질나게 모여서 일한병합에 따른 민심 동향에 관한 정보를 교환하고, 이를 호도하여 병합을 대세로 만들어 갈 계획을 짰다. 다케다 한시는 합방청원서의 초안을 작성하기도 했다.

우여곡절 끝에 강제합병이 이루어지고 나서, 일본인들과 친일파들의 거나한 축배의 잔치가 끝나고 몇 달 뒤, 청화정에 이용구와 다케다 한시의 발길이 끊겼다. 들리는 소문에 갑자기 중병이 들었다고 했다. 다케다 한시는 끝내 1911년 6월 후두암으로 사망하였다. 술자리에서 그 소식을 들은 옥화는 속으로 '조선인들의 저주를 받아 그렇게 된 모양'이라고 고소해했다.

이용구 역시 강제합병 후 시름시름 병을 앓았다. 그는 송병준과 달리 강제합병을 기뻐하지 않았다. 강제합병이 이루어지고 얼마 후 어느 날 그는 혼자 청화정에 와서 있는 술이란 술은 모두 먹어 치울 것처럼 미친 듯이 마셔 댔다. 이날따라 누가 쫓아오기라도 하는 것처럼 앞에 앉은 옥화더러 연거푸 술을 따르라고 재촉했다. 그리고 울분에 차서 말했다.

"난 속았어. 완전 속았어. 가쓰라는 나를 완전 바보 천치로 만들었어."

옥화는 본능적으로 주변을 살폈다. 다행히 이 방은 독방이고, 옆방엔 손님이 없어서 일인들이 이용구의 말을 듣지는 못할 것이라 판단되었다. 가쓰라는 가쓰라 타로(桂太郎), 일본 수상의 이름이었다. 이번 한일병합의 주역이기도 했다.

"왜 무슨 안 좋은 일이라도 있으십니까?"

옥화는 부드럽게 물었다.

이용구는 술에 취해 옥화의 말을 듣는 둥 마는 둥 하였다.

"가쓰라가 일한병합만 되면 우리 일진회원들의 만주 이주를 시켜주겠다고 약속했지. 심지어 내가 이주비로 3백만 엔을 요청하자 그 놈은 천만 엔도 줄 수 있다고 큰소리를 쳤지. 그런데 막상 일한병합이 되니까 뭐라고 하는지 알아? 한 푼도 줄 수 없다는 거야. 한 푼도!"

그는 울분에 차서 주먹으로 술상을 쾅 내려쳤다. 그리고 누가 듣든 말든 자기 말을 이어 갔다.

"내가 동학당 난리 때 함께 싸웠던 손병희는 물론이고, 수많은 동지들과 민족을 배신하고 송병준과 일진회를 했던 이유가 뭔지 알아?"

이용구는 얼굴을 일그러뜨리며 말을 이었다.

"동학당 난리 때 얼마나 많은 동학군들이 죽었는지 알아? 개천이고 산이고 시체들로 뒤덮였었지. 계곡과 개천이 붉은 피로 철철 넘쳐 나던 것이 아직도 생생해. 그래서 나는 결심했지. 꼭 이 생에서 개벽을 이루어 보자고! 나도 한번 정말 잘살아 보고 싶었어. 만주에서 개벽 세상을 열어 보고 싶었단 말이야. 개벽의 세상을!"

그는 토하듯이 그 말을 뱉어 내곤 황소처럼 꺼이꺼이 울었다. 그의 울음소리에 옥화의 가슴도 무너지는 듯했다. 이 순간 천도교와 민족을 배신하고 일제와 놀아났던 친일파 이용구의 모습은 사라졌다. 그냥 나약하고 어리석은 한 인간일 뿐이었다. 그렇게 옥화 앞에서 무너졌던 이용구는 1912년 5월 일본에서 사망하였다.

옥화는 청화정에서 우찌다와 구로다가 은밀히 나누는 대화에서 그 사실을 알게 되었다. 구로다는 우찌다가 먼저 자리를 뜬 후에도 혼자 술을 계속 마셨다. 뭔가 골똘하게 생각하는 눈치였다. 옥화는 그 역시 다케다와 이용구의 죽음에 충격을 받았는가 보다 생각했다.

구로다는 혼자 술을 마시며 상념에 젖는 듯했다.

"세상에서 가장 잔인한 인종이 아마 우리 일본인들일 것이다."

그는 나지막하게 중얼거렸다. 그는 함께 동학전쟁에 참가하여 동학군 살상에 앞장섰던 다케다 한시를 떠올렸다. 심지어 다케다는 을미년 경복궁의 사변 때도 구로다와 함께 행동대원으로 경복궁에 들어갔다. 그들은 야차처럼 궁궐을 휘젓고 다녔다. 저항하던 조선군들을 죽인 것은 물론이고, 힘없는 궁녀와 조선의 국모인 민비를 단칼에 베어 버렸다. 그때 그는 다케다의 시뻘겋게 충혈된 두 눈동자, 코와 입에서 씩씩거리며 뿜어져 나오던 괴상한 단내를 기억한다. 개미 새끼 한 마리도 죽이면 안 되는 불교승 다케다 한시는 겉으로만 승려일 뿐 살인귀처럼 보였다.

그러나 평화로울 때 다케다는 더없이 자비롭고 인자한 승려로 돌아왔다. 그는 특히 이용구의 정신적 지주가 되었다. 무슨 일만 생기면 이용구는 다케다를 찾았고, 그럴 때마다 다케다는 입가에 미소를 머금고 그를 맞았다. 그는 이용구의 화급한 질문에 느긋한 음성으로 해결책을 내놨고, 불안에 떠는 이용구에게 확신과 격려를 아끼지 않았다.

다케다는 속으로 아주 흡족하였다. 그는 우찌다와 함께 흑룡회 회원으로 조선 내 친일 세력을 만드는 데 혈안이 되어 있었고, 그때 그가 쳐 놓은 거미줄에 걸려든 먹잇감이 송병준과 이용구였다. 특히 이용구는 철저하게 다케다의 수하가 되어 국내 상황을 정탐해 보고하였다. 을사늑약, 정미7조약, 한일병합과 같은 중요 시기마다 미리 나서서 조선 정부와 일본 정부에 '조선인 행복을 위한 일본의 보호 및 합병' 탄원을 하고 국내 집회를 개최했다. 말하자면 이용구와 일진회는 대일본제국의 앞잡이이고 아울러 표면적으론 조선 내 자발적 일본 지지 세력이지만 안으론 일본의 각본대로 움직이는 꼭두각시들이었다.

"빠가야로 조센징, 빠가야로 이용구!"

구로다는 술잔을 들이키며 이용구 욕을 하였다.

일본에 의한 조선의 강제병합 이후 송병준은 자작의 지위를 받고

은사금으로 혼자 10만 원과 북해도 목장까지 받아먹은 데 비해 이용구는 일진회 해산 명령과 함께 일진회원들과 똑같이 나누라고 해산 비용 15만 원을 지급받았을 뿐이다. 일찍이 이용구는 강제병합이 성사되면 일진회원들과 만주로 이주하면서 소요 자금 3백만 원을 받기로 했는데 그 당시 수상이었던 가쓰라는 "3백만 원이 아니라 일천만 원도 줄 수 있다."고 호언장담했었다. 토사구팽 당한 이용구는 배신의 충격 속에서 몸져누웠고 일본 스마에서 끝내 숨을 거두었다. 그때 병석에서 만난 우찌다에게 눈물을 흘리며 그는 이렇게 말했다고 한다.

"우리는 참 바보짓을 했습니다. 혹시 처음부터 속았던 것은 아니었을까요?"

구로다를 만난 우찌다는 일본에서 만났던 이용구 이야기를 하며 이렇게 덧붙였다.

"조센징들은 모두 빠가야로지. 이용구는 죽음의 문턱에서 그걸 깨달았을 뿐이야."[17]

산월, 명월관 첩자가 되다

산월은 서울에서 제일가는 요릿집 명월관에서 내로라하는 기생으로 자리 잡기 시작했다. 그리하여 제일가는 명물 기생으로 산월이가 꼽힐 무렵, 옥화가 어떤 일본인을 데리고 그녀를 찾아왔다.

"산월아, 잘 지냈어?"

"아니, 옥화 언니! 이게 얼마만이에요?" 산월이 반갑게 옥화를 맞았다.

"우리 좀 격조했지? 서울 생활이 녹록치 않으니까 이렇게 만나기도 힘들구나."

"언니는 요즘도 청화정에서 일하세요?"

"요즘은 청화정 말고 혜천관에 자주 불려 간다. 너도 주인어른께 말해 놓을 테니 혜천관에도 출입하지 그러느냐?"

"저는 요즘 여기 명월관 손님들 맞이하기에도 바쁘네요. 다음에 기회가 되면 꼭 혜천관을 방문할게요. 그런데 저 손님은…?"

산월이 일본인을 곁눈질하며 물었다.

"아, 참! 내 정신 좀 보아. 오랜만에 동생을 보니 반가운 바람에 어른 대접을 소홀히 했네. 이분은 구로다 선생님이라고 일본 분인데도 조선엔 오래전부터 드나들고 계셔서 조선말도 아주 잘하시고, 조선의 고관대작들은 모두 이분 발밑에 계시지. 호호."

옥화는 뭐가 우스운지 키득거린다.

"그런데 구로다 선생님이 어디서 들으셨는지 나보고 산월이를 아냐고 물으시길래 냉큼 이리로 모시고 왔지. 산월아, 너 오늘 이 선생님을 잘 모셔야 한다."

옥화는 산월에게 눈을 찡긋하고는, 자신은 바쁘다며 총총걸음으로 명월관을 나섰다. 산월은 이 낯선 사내가 썩 내키지는 않았지만, 주안상을 차리게 하고 일본인과 독대하였다. 사내는 산월에게 양금과 가야금 연주를 시켰다. 일본인인데도 국악을 많이 알고 있는 듯했다. 그만큼 조선말과 문화에 익숙하다는 증거다.

양금과 가야금 연주가 몇 차례 끝나고 산월의 노래까지 듣고, 장구로 장단 맞춰 주던 고수를 물러가게 한 뒤, 산월에게 연거푸 술을 따르게 했다. 그리고 거슴츠레한 눈으로 그녀를 바라보며 나직한 목소리로 말했다.

"이곳에 자주 드나드는 손님들 중 손병희를 아느냐?"

산월은 갑작스런 '손병희'란 호명에 놀라서 떨리는 가슴을 쓸어내리며 짐짓 침착하게 안다고 대답했다.

"요즘 손병희가 여기 명월관에 자주 출입하고 특히 너를 총애한다는 소문을 들었다. 맞느냐?"

그는 아예 취조하듯이 물었다.

"의암 선생님이 여기에 자주 드나들기는 하시지만, 저를 총애하시는지는 알지 못합니다."

"네가 알든 모르든, 손병희가 요즘 너를 총애하긴 하나 보더라. 그러니 취미라는 예명까지 지어 준 게 아니더냐?"

그는 명월관에 자주 출입하는 몇몇 사람들만 알고 있는 사실을 말하며 뱀 같은 미소를 흘렸다. 순간 산월은 소름이 끼쳐서 자신도 모르게 진저리를 쳤다.

"산월이, 아니 취미야! 너의 탁월한 노랫소리와 악기 연주 솜씨며 예인으로서의 고고한 품격에 내 눈이 번쩍 뜨이는 것 같구나. 참으로 너는 여기 조선 구석에서 썩기에는 너무 아깝구나. 그래서 말인데, 내가 네 뒤를 확실히 돌봐 주고 싶구나. 네 미래를 내가 보장해 주겠다는 말이다. 네 생각은 어떠냐?"

"무슨 말씀이신지…?"

"아, 다른 조선인들처럼 내 첩이 되라는 이야기가 아니다. 다만 내가 부탁하는 것만 잘 들어준다면 내가 너를 일본에 데려가 머리끝에서 발끝까지 멋진 신여성으로 만들어 주겠다."

"무슨 부탁이신데요?"

산월은 그의 제안에 솔깃했지만, 어쩐지 그의 부탁이 두려우면서도 궁금했다.

"별것 아니다. 손병희가 명월관에 나타나거들랑 말이다. 그가 언제 누굴 만나고 무슨 말을 하는지 나에게 낱낱이 고하면 된다!"

그녀는 순간 울컥했다. '아니, 이놈이 나를 어떻게 보고 밀정 노릇을 하라는 건가?'

참으로 기막힌 일이었지만, 그녀는 침착하게 대답했다.

"예, 저에게 시간을 좀 주십시오. 제가 이래 뵈도 여덟 살 때부터 예악을 연마해 온 평양 기생이올시다. 저의 단골손님에게 누가 되는 행동을 그렇게 쉬이 결정할 수는 없습니다."

"좋다. 일주일 말미를 주지. 너에겐 더할 나위 없는 좋은 기회니까 잘 생각해서 결정해라."

구로다는 산월의 신중함이 오히려 맘에 들었다. 밀정의 첫째 조건은 신중함이라고 그는 생각했다.

구로다는 그로부터 일주일 뒤, 산월로부터 '그렇게 하겠다.'는 확답을 들었다. 그리고 그녀는 그에게 흥부네 제비처럼 착실한 정보를 물어다 주었다.

그녀의 정보에 의하면, 손병희는 최고급 양복에, 최신식 맥고모자와 구두에, 수입한 쌍두마차를 타고 시내를 휘젓고 다니는 갑부 신사였다. 조선 최초로 롤스로이스 자동차를 구입한 사람이기도 했다. 그가 뿌리고 다니는 돈은 조선의 어리석은 백성들이 바치는 희사금에서 나온 것일 터인데, 그는 화려한 치장과 주색잡기에 열중하는 듯했다. 명월관을 비롯, 봉천관, 영흥관, 세심관 등 장안의 유명한 요릿집을 안방 드나들 듯 하는가 하면, 기생들과의 연회나 연주에 숱한 돈을 뿌리고 다녔다. 그는 특히 조선 악기 연주 듣는 걸 좋아해서 웬만한 부자가 아니면 내놓을 수 없는 거금을 들여서라도 이름난 예기의 연주를 듣고자 했다. 그는, 한일병합에 찬동하고 일본의 작위를 받은 박영효, 조희연, 이완용 등과도 어울렸으며, 일본이 주는 거액의 연금으로 살아가는 왕가의 이강 공에게서 '아버지' 소리를 들을 정도로 친밀했다. 심지어 친일파로 넘어간 동학군이었던 이용구는 말할 것도 없고 친일파 중의 친일파 송병준과도 어울려 지냈다.

구로다는 속으로 쾌재를 불렀다. 그리고 조용히 비웃으며 속으로 생각했다.

'빠가야로 조선인들! 천도교? 그 사이비 종교에 빠진 어리석은 신도들이 바치는 돈으로 사이비 교주 손병희는 희희낙락 돈을 물 쓰듯 쓰고 다니는구나. 당분간 그에게 큰 신경 안 써도 될 것 같군!'

그는 산월에게 6개월만 더 착실한 밀정 노릇을 하면 꼭 일본 유학을 시켜주겠다고 거듭 약속을 했다. 기생들이 좋아하는 코티분과 최고급 양산은 그녀의 환심을 사기 위한 작은 선물이었다.

엄혹한 시절에도 아름다운 인연은 싹트고

산월이 구로다의 제의를 받은 지 며칠 후 손병희가 명월관을 찾았다. 그날 손병희는 교육계 사람들을 만나 후원금을 약속하고 대신 민족의 동량을 길러 내는 데 전력을 다해 달라고 신신당부하였다. 그때 손병희의 모습은 정말 민족의 안위만을 걱정하는 애국지사 그 자체였다. 산월은 그런 손병희에게서 큰 감명을 받았다.

모임이 끝나고 손병희와 조용히 단둘이 있게 되자, 그녀는 조금도 망설임 없이 구로다와 있었던 이야기를 낱낱이 고하였다. 손병희는 별 반응 없이 묵묵히 그녀의 이야기를 경청했다. 그녀는 다시 한 번 그가 보통 사람이 아니란 걸 깨달았다.

손병희는 엄청난 이야기를 쏟아 내느라 얼굴이 빨개진 그녀를 물끄러미 쳐다보다가 한참 후에 말을 꺼냈다.

"너는 나를 어떤 사람으로 보느냐?"

"선생님은 쌍두마차를 타고 다니며 조선의 거물들과 어울리는 갑부 신사이시며, 많은 천도교 신도들을 거느리신 교주님이십니다. 또한 우리나라의 장래를 걱정하시며 교육에 돈과 힘을 아끼지 않는 진정한 애국자이시기도 합니다."

"항간에 떠도는 소문들을 내가 모를 줄 아느냐? 내가 허랑방탕한 인물이며 주색잡기에 여념 없는 사이비 교주라는 말…."

그녀는 무슨 말을 해야 할지 몹시 당혹스러웠다.

"하지만 저는 잘 알고 있습니다. 선생님이 어떤 분이신지는 오랫동안 선생님을 모셔 온 제가 확실하게 안다고 생각합니다. 소문은 소문일 뿐, 선생님은 참으로 조선의 장래를 걱정하시고 인재를 육성하고자 하는 애국자이십니다."

손병희는 보일 듯 말 듯 미소를 지었다.

"그렇게 네가 나를 믿어 주어 고맙다. 천만 우군을 얻은 듯 힘이 솟는구나. 그런데 다른 사람들, 특히 일본놈들은 나를 그렇게 생각하게 해선 안 된다. 나, 손병희는 나라와 정치에는 관심 없고 오직 사치와 주색만 밝히는 인물로 인식시켜야 한다. 내 말 뜻을 알겠느냐?"

산월은 깊은 한숨을 쉬었다. 한편으로 안도가 되면서, 한편으로 마치 살얼음판을 걸어가듯 나라 잃은 백성으로 살아가야 하는 이 험난한 조선인들의 삶이 애처로웠다. 그날부터 그녀는 손병희의 부탁으로 이중 첩자 노릇을 하게 되었다.

구로다는 치밀했다. 산월이 쉬는 날을 정확하게 알고 숙소로 가마를 보내왔다. 산월은 어디로 가는지도 모르고 가마꾼이 이끄는 대로 외딴곳에 지어진 왜식 풍의 나무집으로 인도되었다. 다다미가 깔린 넓은 방에 혼자 앉아 구로다를 기다리는 짧은 시간이 그녀에게는 견딜 수 없이 긴 시간으로 느껴졌다. 가슴이 심하게 뛰고 이마에 진땀이 송골송골 맺히고 입 안은 타들어 갔다.

이윽고 기모노 차림의 구로다가 방으로 들어왔다. 그의 눈빛은 매의 눈처럼 날카로웠고 얇은 입술은 예민하고 신경질적으로 보였다. 한쪽 뺨에 길게 난 흉터는 그녀의 심장을 겨누는 일본도를 연상케 하였다.

하지만 그는 만나면 언제나 산월에게 차를 권하며 조용한 음성으로 안부를 먼저 물었다. 그러다가 대화가 깊어지면서 조용했던 그의 음성은 점점 금속성으로 가늘고 높아졌다. 종종 쉿소리도 났는데 그것은 그가 뭔가 탐탁지 않아 한다는 증표였다.

그에 비해 산월은 타들어 가는 속을 내색하지 않고 시종일관 차분하게 흔들림 없이 구로다의 말을 받아쳤다. 어려서부터의 오랜 기생 생활이 그녀로 하여금 속을 감추고 어떤 손님의 비위도 맞출 수 있게 하였다.

"의암 선생님은 손님을 접대하면서 돈을 아까워하지 않는 것 같아요. 그리고 손님의 층도 매우 다양합니다. 일본 고관부터 평범한 조선 사람들까지 다 만나고 다닙니다. 이번 주에는 조선 시대 고관들이랑 잔치를 벌였죠. 술도 말술이고 흥에 겨워 춤도 추고 가야금, 장구까지 치며 놀기를 좋아합니다. 손님들 중 의암 선생님이랑 동향인 분이 계셨는데 그분이 옆 사람에게 의암 선생님이 본시 충청도에서도 이름난 건달이었다고 수군거리는 소릴 들었습니다."

구로다에게 손병희의 동정을 낱낱이 이야기하면서, 손병희의 부정적인 면을 더 과장하여 보고하였다.

구로다는 그녀의 말을 들으면서 때때로 수첩에 메모도 하였다. 언제 어디서 어떤 사람들이 모여서 어떤 말이 오고갔는지 빠짐없이 기록했다. 산월이 말을 하다가 대충 넘어가려는 듯이 보이면 언제나 방바닥을 '딱' 치며 "대충 말하면 안 되지! 그 부분부터 다시 이야기해봐." 하고 자세히 말하도록 시켰다. 그러면 산월은 침착하게 다시 이야기를 소상하게 풀어갔다. 대체로 구로다는 그녀의 이야기에 귀 기울이고 그녀를 심하게 닦달하거나 의심하진 않았다.

하지만 밀정 노릇이 의미하는 것은 일본인의 개가 된다는 것! 그동안 절개와 지조를 지켜 오던 그녀로서는 참으로 힘겨운 일이기도 했다. 언제 그녀의 정체가 탄로날지 항시 불안하기도 했다. 그뿐만 아니라 그 일본놈의 밀정 노릇을 하는 대가로 일본 유학을 가고 싶지도 않았다. 시간이 지날수록 불안은 더해지고 애가 타들어 갔다.

그러던 어느 날이었다. 손병희는 여느 때처럼 산월을 찾았다. 그리고 가야금 연주를 청했다. 이윽고 그녀의 연주가 끝나자, 그는 가야금 하나를 더 가져오게 해서 자신도 연주를 시작했다. 산월이 느린 진양조에서 중모리 자진모리로 차츰 빠른 가락으로 변해 갈 때 의암 역시 뒤질세라 가락을 함께 맞추어 갔다. 그리고 어느새 이 흥겨운 가락 소리에 동했는지 장구와 피리, 대금 등이 합세해서 흥겨운 합주가 되었다.

연주가 휘모리장단에 이르러서 산월의 코끝에 땀이 송골송골 맺혔다. 그녀와 손병희, 또 다른 예인들이 모두 신명에 취해 각기 연주에 열중했다. 합주가 끝나자 모두들 음악이 주는 희열감에 취해 쉬이 입을 열지 못했다.

이윽고 예인들이 물러가고 산월과 손병희만 방에 남아, 침묵 속에 아직도 남아 있는 음악의 흥취를 즐겼다. 음악 속에서 그들은 현실의 모든 시름을 잊고 일심동체가 된 것 같은 느낌을 가졌다. 그 속에서는 신분의 차이도, 나이 차도, 학식의 차이도 의미가 없었다. 참으로 평등한 세상, 이 세상에는 없는 평등함과 혼연일체를 맛보게 하는 참다운 우주의 시간이 거기에 존재하고 있었다.

한참 후 드디어 그가 입을 열었다.

"산월아, 너는 참으로 하늘의 도를 알고 있구나."

"무슨 말씀이시옵니까? 미천한 제가 어찌 하늘의 도를 안다는 말씀입니까?"

"네가 곧 하늘이고, 네 마음이 곧 하늘의 마음이다. 너는 이미 하늘의 도를 구했느니라."

"예? 저는 무슨 말씀인지 모르겠습니다."

"네가 그동안 하였던 위험한 일들은 이신환성(以身換性), 즉 몸을 성령으로 바꾸는 거룩한 일이었다. 너는 이 비루하고 혼란한 시대에 몸을 던져 하늘의 도를 구한 것이다. 그러니까 너는 이미 하늘의 도를 이룬 사람이다."

그녀는 그의 말이 알 듯 말 듯 아리송하였지만, 진지하게 그의 말을 경청했다.

"너의 본 이름이 주옥경이라고 했지? 주옥경 님! 당신은 정말 나에게 없어서는 안 될 소중한 존재요!"

그는 어느새 주옥경의 손을 간절하게 꼭 잡았다.

"네? 무슨 말씀이신지…. 호칭을 낮추어 주십시오. 제가 도무지 이해가 안 되어 딴 세상에 온 듯합니다."

"앞으로 나는 그대를 옥경이라고 부를 것이오. 전처럼 기생 산월로 하대할 수는 없소."

"왜 그러십니까?"

"왜냐하면 그대는 나의 부인이 될 터이니까."

"첩이 되라는 말씀이십니까?"

"첩이 아니라 나의 셋째 부인이 되어 주오. 나의 두 부인은 이미 나이가 많아 뒷방에서 손주들 재롱만 쳐다보고 있을 뿐 나를 보좌하기에는 한계가 많소."

"절보고 아녀자로 살림하고 남편을 보살피는 일을 하라는 말씀이

신가요?"

"살림할 사람들은 많소. 그대는 줄곧 내 옆을 떠나지 말고 나의 반려자이자 수행 비서가 되어 주었으면 하오."

"제가 어찌 그런 중책을 맡을 수 있습니까?"

"그대가 이중 첩자라는 위험한 일을 썩 훌륭하게 완수하는 걸 보고 나는 이미 결심을 굳혔소. 그대는 나를 보좌해서 3백만 도인을 거느린 조선 제일의 종교인 천도교를 기반으로 이 나라의 주권을 되찾고, 이 땅에 새로운 문명국가를 세우는 큰일을 하게 될 것이오."

산월의 가슴이 크게 뛰었다. 이제까지 자신이 그렇게 큰일을 할 수 있는 사람이라고는 생각해 본 적이 없었다. 그런데 존경하는 대 스승이자, 일방적으로 사모해 왔던 그가 이런 제의를 해 올 거라고는 상상도 못했다. 가슴이 너무 크게 뛰어 아무 말도 할 수 없었다. 그녀는 고개를 숙이고 몸을 떨었다.

그런 그녀를 보고 그가 곁으로 성큼 다가와 그녀의 떨리는 어깨를 포근하게 감싸 안았다. 그녀는 그의 단단하고 믿음직한 품에 안겼다. 그녀는 태어나서 처음으로 누군가의 따듯한 품을 느꼈다. 엄마 품처럼 한없이 따스하고 믿음직스러웠다. 그리고 말할 수 없는 설렘이 함께하였다. 그녀는 작은 새처럼 그의 품에 안겨 소리 없이 뜨거운 눈물을 흘렸다. 그 역시 아무 말하지 않고 그녀를 한동안 품에 안았다. 그의 눈에도 오랜만에 뜨거운 눈물이 고였다.

5장/ 최동희의 분노

의암 손병희와 그가 거느리던 대식구들이 살던 가회동에도 봄이 왔다. 높은 담벼락 사이로 백매화, 홍매화의 작은 꽃봉오리들이 톡톡 터졌고, 은은한 향취로 고고함을 뽐내는 듯했다. 곧 있으면 살구꽃, 복숭아 꽃망울도 연분홍 자태를 활짝 드러낼 것이다.

여기 잿골에서도 유명한 부잣집 홍순찬 소유였던 의암 선생의 가회동 집은, 일본인한테 저당 잡혀 넘어간다는 소문을 듣고 매입한 것으로 대지 2천 평에 1백여 칸이 넘는 대저택이었다. 사랑채는 아래위 칸 대청 다 합쳐 백여 명이 앉을 수 있을 정도로 넓어서 종종 지방 두목들이 올라와 의암 선생의 설법을 경청할 수 있었다.

가회동 집에는 동학혁명 이후 뿔뿔이 흩어져 살던 식구들이 모두 모여 살았다. 손병희의 첫째 부인인 곽씨 부인을 비롯하여, 큰딸 관화네 식구, 손재기 식구, 재종손 손재용 식구, 봉도 김상규 가족과 관리인이 함께 살았다.

또한 옆집에는 대지 1천 평, 52칸 반의 저택에서 해월 선생의 유가족들이 살았다. 즉 해월 선생의 셋째 부인이자 손병희의 누이동생인 손씨 부인, 아들 최동희 가족, 최동호 가족, 해월 선생의 딸 최윤, 최윤이 낳은 아들 정순철, 해월 선생의 누이동생의 딸 내외 등이 살았다.

가회동 집은 전형적인 사대부의 전통 가옥으로 안채, 바깥채, 사랑채 등 여러 채의 건물들로 구성되어 있었다. 집 뒤쪽에는 소나무, 향나무, 매화나무, 살구나무, 복숭아나무 등 다양한 나무들이 심어져 있었고 그 사이로 맑은 시냇물이 흘렀다. 시냇물이 흐르는 위쪽으로는 아담하고 예쁜 정자가 있었다.

가회동 집을 나서서 위쪽으로 한참을 올라가 언덕 위에 올라서면 취운정이 나온다. 민비의 후광 아래 조선 말 권력을 휘둘렀던 민태호가 지은 정자로, 그 정자를 둘러싼 동산은 온갖 꽃과 나무들이 우거진 아름다운 곳이었다. 이곳에는 또한 활 쏘는 국궁장이 있어 손병희는 종종 이곳에서 활을 쏘며 호연지기를 길렀다.

1914년 4월 5일에는 전국 각 지방에서 5천여 명의 도인들이 몰려와 수운 최제우 대신사의 탄생일을 기념하는 천일기념식을 하였는데, 다음 날 이곳 취운정에서 원유회를 개최하고 대대적인 축제 행사가 열렸다. 유명 요릿집에서 50여 벌의 교자상이 운반되고 이름난 기생 40여 명이 춤과 노래를 선사하는 등 장안이 떠들썩했던 잔치였다.

1915년 손병희와 주옥경은 드디어 아름다운 인연을 맺었다. 그들은 뜨거운 진심과 눈물로 맺어진 인연이었지만, 그들을 보는 시각은 곱지만은 않았다. 손병희의 나이 많은 두 부인 입장에서 볼 때, 딸보다도 어린 주옥경이 셋째 부인으로 들어오는 것이 달가울 리 없었다.

더군다나 그녀는 기생 출신. 예의와 법도, 문예와 기예에 출중한 그녀이지만, 출신이 기생인 것은 어쩔 수 없었다.

더욱이 손병희의 조카이자, 해월 선생의 아들인 최동희는 처음 그 소식을 듣고 펄펄 뛰었다. 그도 그럴 만한 것이, 일본 유학 틈틈이 서울에 들렀을 때 그는 친구들과 곧잘 명월관을 찾았고, 학식과 품위를 갖춘 산월을 찾아 술을 마시곤 했다. 자신에게 술을 따르고 농을 하던 산월이 외숙모가 된다는 것이 말이나 되는 일인가? 그는 손병희가 사치와 주색에 빠져 있고, 최린을 비롯해 아부만 하는 측근들에 둘러싸여 그런 결정을 하였다고 분노하였다.

최동희는 해월 선생의 셋째 부인이자 손병희의 누이동생이 낳은 아들이다. 그 밑에는 남동생 동호가 있었다. 그는 어린 시절 아버지를 잃고 어머니와 함께 이리저리 피난살이를 하느라 숱한 고생을 했다. 그러다가 외숙부인 손병희의 배려로 일본으로 유학, 와세다대학 정경학부를 갓 졸업한 재원이었다. 그는 일본에서 진보적인 사상들을 접하였고, 폭넓은 인적 교류로 식견을 넓히며 세계 정세에 대한 해박한 지식을 얻었다. 그는 젊은이다운 패기와 열정, 그리고 낡은 세계를 혁신하고자 하는 과단성을 지닌 청년이었다.

그런데 최동희가 1914년 봄 청운의 뜻을 안고 귀국해 보니 손병희의 호사스런 생활에 대한 갖가지 소문이 장안에 가득 차서, 그를 몹시 당혹케 하였다. 19세기 서양 왕족들이나 타고 다니던 금빛 찬란한 쌍두마차에, 최근에는 고종 황제보다 더 좋은 외제 고급 승용차 롤스로이스를 구입해 타고 다니니 가히 조선 왕족이 무색한 호사였다. 거기에 더해 옛 고관대작들과 어울려 고급 요릿집을 제집 드나들 듯 하더니 이제는 명월관 기생을 부인으로 들이겠다고 한다. 더 이상 참을 수가 없어 그는 어느 달 밝은 날 손병희의 거처를 찾았다.

"숙부님, 동희가 문안 인사 여쭙습니다."

"그래. 동희구나. 어인 일이냐? 저녁은 먹었고?"

손병희가 인자한 미소와 함께 반갑게 그를 맞았다.

"숙부님께 드릴 말씀이 있습니다. 부디 노여워하지 마시고 넓은 아량으로 헤아려 주시면 감사하겠습니다."

"너와 나 사이에 무에 꺼릴 것이 있겠느냐? 어려워 말고 말해 보거라."

최동희는 그가 귀국해 들은, 손병희에 대한 안 좋은 소문들을 낱낱이 고하였다. 그리고 산월을 집으로 들이는 것에 대한 이야기 대목에 이르러서는, 흥분한 나머지 낯빛이 붉어지기까지 하였다.

"숙부님이 어떻게 그런 해괴한 결정을 하셨는지 저로선 도저히 이해가 가지 않습니다."

손병희는 묵묵부답인 채 한참 동안 그대로 앉아 있었다. 최동희는 거북스런 침묵의 시간이 너무나 길게 느껴져 질식할 것만 같았다.

손병희는 천천히 손을 들었다. 그리고 손끝을 바라보았다. 최동희 역시 손끝을 따라가 보지만 무슨 뜻인지 몰라 당황스러웠다.

"네? 무슨 뜻이온지?"

"내가 가리키는 것이 무엇이더냐?"

"그것은 옛 선사의 비유가 아닙니까? 손가락을 보지 말고 달을 보라는…."

"손가락은 무엇이고 달은 무엇이냐?"

"……."

"너와 나는 또 무엇이냐?"

"……."

"손가락과 달을 보는 너와 나는 성심본체, 즉 하늘님이다."

"성심본체란 무엇입니까?"

"본래의 나를 말한다."

"본래의 나를 깨닫기 위해 무엇을 하십니까?"

"이신환성(以身換性)[18]의 수행을 해야 한다."

"이신환성의 뜻이 무엇입니까?"

"몸으로써 성령으로 바꾸라는 말, 다시 말해 헛된 욕망과 한시적인 몸에서 벗어나 영원한 성령, 본래의 나를 깨치라는 말이다. 또한 몸을 성령으로 바꾸는 사람은 먼저 괴로움을 낙으로 알아야 한다."

"왜 난데없이 하늘님과 수행에 대해 말씀하십니까?"

"나도 너에게 옛 선사와 같이 말한다. 손가락을 보지 말고 달을 보라고! 네가 달이 무엇이냐고 물어서 그 이치를 이야기한 것이다."

최동희는 난해한 손병희의 법설에 고개를 갸우뚱하였다. 그리고 자신의 질문에 즉답을 피하는 그가 야속하기만 했다. 손병희는 그런 그를 아랑곳하지 않고 말을 이어 갔다.

"몸은 실천이다. 몸은 괴로움이다. 나는 이 괴로움의 세상에서 벗어나 하늘님의 영원한 성령에 다다르려는 사람이다. 나는 이런 나의 본분을 한시도 잊어 본 적이 없다."

"그런 분이 어째서 환락의 세계인 명월관에 자주 출입하시고 그것도 모자라 기생과 결혼을 하시려고 합니까?"

최동희는 기어코 묻고 싶은 질문을 토해 냈다.

"일거수일투족, 지금 나의 몸은 일본의 감시망에 묶여 있다. 그들은 나의 모든 것을 유리처럼 환하게 꿰뚫어보고 있다."

손병희는 그를 뚫어지게 쳐다보며 간절하게 말했다.

"동희야, 너만이라도 내 몸이 하는 행동들의 겉만 보지 말고 내 속의 변치 않는 본질, 성령을 볼 수 없겠니?"

최동희는 순간 숨이 막혔다. 그의 간절한 시선에 무너질 것 같은 긴장감을 느꼈다. 그 긴장어린 적막을 뚫고 손병희가 나직이 덧붙였다.

"또한 결혼만이 산월을 살릴 수 있는 유일한 방법이기도 하다. 그녀는 얼마나 영민하고 순수한 영혼을 가진 사람인지 모른다. 그런데 그녀를 그대로 그렇게 놔둔다면 그녀는 개 같은 일제와 사내들의 노리개에서 헤어나지 못할 것이다. 해월 선생이 건달패였던 나를 보석으로 만들었듯이 나도 그녀를 진정한 보석으로 만들고 싶구나. 그것이 그녀를 살리고, 나를 살리고, 그리고 이 세상 모두를 살리는 일이라고 나는 확신한다."

최동희는 말문이 막혔다. 의암 선생은 자신이 생각지 못한 다른 차원에서 모든 것을 바라보고 있음을 깨달았다.

"너와 나는 몸이 다르다. 그러니까 다른 괴로움을 겪어야만 할 것이다. 너는 나의 괴로움을 모른다. 하지만 하늘이 부여하신 성품은 같은 것이다. 그러니 너는 너만의 길을 가서 성령을 깨달아라. 나 역시 나만의 길을 걸어가는데, 다만 내가 하늘님의 도를 이루어 가고 있다는 믿음을 네가 가졌으면 한다. 나를 믿어라."

"……."

최동희는 혹 떼려다 혹 붙인 격으로 마음 하나 가득 더 많은 의문들을 가지고 손병희의 처소를 나왔다. 그는 봄밤의 써늘하면서도 아늑한 공기를 느끼며 한참 동안 정자 안에 앉아 상념에 잠겼다. 그는 손병희의 말을 다 이해하지 못했다. 다만 의암 선생은 자신이 알지 못하는 높은 도를 추구하고 계시다는 것, 그리고 보기와는 달리, 깊은 괴로움 속에 몸을 던지고 있다는 것을 어렴풋이 느낄 뿐이었다.

여인들의 반란

한편 이러한 식구들의 반대와 질시에 주옥경은 의외로 담담하였다. 그동안 기생으로 살면서 겪어 왔던 모진 세월의 풍상들이 그녀를 더욱 단단하게 만들었는지도 모른다. 그녀는 남들처럼 신혼의 단꿈을 꾸지 않았다. 한 사람의 아내로서보다는, 수백만 교도들의 정신적 지주이자 애국 정치가인 한 거인의 수행 비서로서의 삶을 택했다. 그녀는 처한 상황과 사물을 직시했으며 정확한 판단 아래 묵묵히 자기 할 일을 해 나가는 사람이었다. 그런 면에서 손병희는 제대로 사람을 고른 것이다. 그녀가 의암 선생을 밤낮으로 모시며 파악한 그의 일상은, 의외로 소박하고 정결하며 엄격했다. 바쁜 일상 속에서도 틈나는 대로 주문을 외우거나 수도를 계속하는 것이 철칙이었다.

손병희는 새벽 4시에 기상하여 30분간 묵상을 한 후, 30분간 가볍게 실내 운동을 한다. 5시에 아침 기도식을 거행하는데, 하루 일과에서 가장 경건하고 의미 있는 일이다. 청수를 모시고 마음 깊은 속에서 105회 주문을 외운다. 6시부터 한 시간 동안 휴식을 취하거나 축음기로 음악을 감상한다. 그리고 7시 30분에 아침 식사를 한 후, 8시 30분부터는 손님을 만나거나 강론을 한다. 낮 동안에 천도교회 관련 업무를 보고 손님을 맞이하여 이야기하거나 일 처리를 하고, 오후 7시에 저녁 식사를 한다. 식사 후에도 찾아오는 도인들에게 설교를 하거나, 손님들과 환담을 나눈다. 그런 후 저녁 취침 시간은 밤 10시경.

밥은 잡곡을 섞어 조금만 먹었으며 반찬이 여러 개 올라오는 것을 금했다. 일정한 시간에 일정한 분량의 식사를 하는 것을 중시하였다.

손병희가 때때로 즐기는 것은 활쏘기와 국악을 즐기는 풍류였다. 예인들의 연주를 듣는 것도 좋아했고, 흥이 나면 본인이 직접 가야금과 양금 따위를 연주하기도 했는데 실력이 보통 아니었다.

주옥경이 집에 들어온 지 몇 달이 지나자, 처음 그녀를 꺼리던 손위 부인들이나 다른 어른들에게서도 점차 신임을 받게 되었다. 워낙 단정하고 예의를 지키는데다가 빈틈없는 일 처리와 어른을 공경하는 태도가 그들의 경계심을 누그러뜨리게 하였다. 오히려 그네들이 하지 못하는 일들을 척척 해내면서도 자랑하거나 내색하지 않고 궂은 일도 마다하지 않는 그녀에게 마음의 문을 조금씩 열게 된 것이다.

하지만 그 결정적 계기는 부인들의 나들이 반란 사건이었다. 그때 주옥경은 청진동에 신혼살림을 차렸고, 둘째 홍씨 부인은 익선동에, 첫째 곽씨 부인은 가회동에 살 때였다. 주옥경은 곽씨 부인의 생일을 맞아 가회동에 직접 가서 손수 생일상을 차렸다. 미역국에, 도미찜, 신선로, 갖은 전과 나물 등 왕후의 밥상 못지않은 진수성찬을 정성껏 마련하였다. 그중에서도 최고의 별미는 평양에서도 유명한 어복쟁반이었다. 평양의 부잣집에서나 맛을 볼 수 있던 어복쟁반은 커다란 놋쟁반에 가슴살이나 우설을 얇게 썰어 만든 쇠고기 편육을 돌려 얹고, 갖은 버섯과 야채와 함께 맑은 고기 국물에 끓여 먹는 전골 요리이다. 야채를 곁들인 편육을 초장에 찍어 먹다가 거의 다 먹을 무렵엔 그 국물에 삶은 메밀국수를 말아 먹으면 개운한 맛이 일품인 최고의 평양 요리이다. 식구들은 둘러앉아 어복쟁반의 맛을 보고 감탄해 마지않았다. 처음 맛보는 별미 음식이 부인들의 얼어붙었던 마음을 다소나마 누그러뜨리고 온화하게 만들었다. 또 음식을 준비하는 주옥경의 정성을 직접 보았기 때문에 더욱 그러하였다.

음식상을 물리고 부인들은 한가로이 앉아 처음으로 긴장을 풀고 허물없이 이야기들을 주거니 받거니 했다. 주옥경의 어머니뻘도 더 되는 연배의 곽씨 부인이 먼저 말을 꺼냈다.

"일본에 조선을 뺏긴 뒤로 남산골은 일본인들 천지가 되었다지? 거기는 이곳 북촌과 달리 불야성을 이룬다던데? 멀리 보기에도 그곳은 밤중에도 훤한 등불이 꺼질 줄을 모르는 것 같기는 하더만…."

"예. 그 옛날 좁은 진흙길은 드넓은 신작로로 변했고, 그 넓은 대로를 자동차들이 씽씽 달린답니다. 남산골로 들어가는 본정통 거리에는 양쪽으로 상가들이 쭉 들어섰는데 온갖 물건들이 산더미처럼 쌓여 있구요 세계 각지에서 들어온 진기한 물건들이 넘쳐난답니다."

주옥경이 얌전하게 대답했다.

"한번 구경이나 해 보고 싶군그래. 이제까지 양가의 법도는 아녀자들이 거리에 돌아다니는 걸 허락하지 않아서 말이야. 나야말로 이제까지 대낮에 서울 거리를 돌아다닌 적이 없다네."

"그럼, 제가 언제 형님들을 모시고 나들이를 한번 가겠습니다. 새로 은행들이 즐비하게 들어선 황금정(을지로)에서부터 남촌 진고개 거리 구경을 한번 하시지요."

"그런데 선생님이 허락하실까?" 홍씨 부인이 걱정스레 물었다.

"제가 한번 간청해 보겠습니다."

주옥경의 시원시원한 대답에 두 부인들은 입이 귀에 걸릴 지경이었다.

손병희는 처음엔 신통한 답이 없다가 계속되는 주옥경의 간청에 마지못해 허락하였다.

"저기 이번 나들이에 자동차도 한번 타 볼 수 있게 해 주시면 안 될까요?"

주옥경은 어린아이 떼쓰듯 절하면 바로 울음이라도 터뜨릴 듯한 얼굴로 손병희를 쳐다보았다. 손병희는 그런 주옥경을 못 말린다는 듯이 그렇게 하도록 조처해 놓겠다고 대답하였다.

다음 날 오후 나들이 준비를 마친 세 부인들이 서로 얼굴을 쳐다보며 소녀들처럼 천진난만하게 웃었다. 곽씨 부인과 홍씨 부인은 긴 장옷을 뒤집어써서 얼굴을 가리고 있었고, 주옥경은 어깨 끈을 단 짧은 깡동치마에 허리까지 내려오는 흰 저고리를 입고 구두를 신으니 꼭 여학교 학생처럼 보였다. 누가 봐도 어머니와 아이가 소풍 가는 풍경이었다.

"형님들, 요즘 장옷은 안 입어요. 길가에서 순사가 장옷 벗으라고 난리 쳐요."

주옥경이 웃으며 말했다.

"그럼, 그때 얼른 벗지, 뭐."

아무래도 오랫동안 몸에 배어 있는 습관을 벗기가 어려운 듯 곽씨 부인이 말했다.

서울은 하루가 다르게 변화하고 있었다. 몇 년 전까지만 해도 남대문 쪽에 성벽이 죽 둘러서 있고 좁은 문을 많은 사람들이 드나들었다. 새벽 3시 무렵 북 치는 소리, 파루 소리와 함께 성문이 열렸고, 밤 10시경 종치는 소리, 인경 소리와 함께 성문은 닫히고 통행금지가 되었다. 그런데 지금 성벽은 허물어졌고, 문루 옆 언덕배기에 펼쳐져 있던 배추밭도 다 파헤쳐져 사라지고 없었다.

대신에 남대문통 거리는 붉은 벽돌로 까마득한 높이로 쌓아 올린 양식 건물이 들어선 도시 경관으로 변모했다. 남대문 이정목 대로에 자리 잡은 붉은 벽돌로 지은 한호농공은행, 그리고 조선은행, 대동은행, 제일은행 등 은행 건물들이 즐비하게 들어서 있었다. 넓은 대로변 위로 전차가 쏜살같이 지나가고 있는 것이 보였다. 인력거꾼, 지게꾼들이 바삐 오가는 그곳을 지나 진고개 쪽으로 접어들어 본정(本町), 혼마치에 들어서면 일본인이 주인인 호화 상점들이 줄지어 나타난다. 귀금속, 화장품, 옷감, 식료품, 잡화류, 문구, 서적 등등 최신 유행의 물건들을 파는 상점들이 즐비했다.

주옥경은 두 부인에게 최고급 박하분과 양산을 사 주었다. 양산은 이제 장옷 대신 사용하라는 의미에서였다. 서울에 살면서도 변화하는 서울 중심 상가를 가 보지 못했던 두 부인은 처음 보는 구경에 다리 아픈 줄도 몰랐다. 그리고 이제 주옥경을 밉고 또 미운 새파랗게 젊은 첩이 아니라, 그저 어린 막냇동생, 혹은 며느리나 딸처럼 여기게 되었다.

그날 이후 세 부인은 서로 호형호제하며, 대소사를 의논하고, 교회와 대가족 사이에서 일어나는 일들을 처리해 나갔다. 주옥경은 젊고 영리해서 많은 일들을 힘들지 않게 처리해 나갔고, 두 여인들도 그런 주옥경을 인정하지 않을 수 없었다. 그럼에도 주옥경은 겸손하게, 보이지 않는 곳에서 묵묵히 자기 일을 해 나가서 자연 어른들의 귀여움을 독차지하였다.

주옥경은 이제 비로소 자신에 꼭 맞는 옷을 입은 사람처럼 안도감과 아늑함을 느꼈다. 가회동의 대식구들은 명월관에서 만났던 사람들과는 전혀 다른 종류의 사람들임에도 불구하고, 한번 친해지자 오래전부터 알아 오던 사람들처럼 정이 가고 편안했다.

한편 명월관에서와 달리 가회동에서 밤낮으로 모시는 의암 선생은 자신의 지아비라기보다는 인생의 스승이자 영혼의 길잡이로서 더욱 우러러보였다. 그분의 말 한 마디 한 마디, 행동 하나 하나가 자신이 감히 넘보지 못할 산이었고 귀감이었다. 그녀는 지아비가 그토록 자신이 존경할 수 있는 사람이라 좋았다.

'그 어느 세상 여자가 지아비를 이 세상에서 가장 존경하는 사람으로 구할 수 있으랴!'

그녀는 이렇게 혼잣말을 하며 행복을 맛보았다.

이렇게 주옥경이 손병희와 맺어진 1915년, 그리고 1916년은 두 사람 사이에서 가장 행복한 나날로 기억되었다. 또한 천도교인들 역시 가장 뿌듯하고 즐거웠던 세월이었다.

상춘원의 봄날

상춘원[19]은 1만 평이 넘는 넓은 면적의 별장으로, 원래 낙산 남쪽 자락 만만평에 있는 박영효 소유였던 것을 거금 5만 원에 매입하였다. 그 후 여러 채의 한옥과 양옥을 수리하고, 서북쪽 언덕 위에 만화정(萬化亭)이란 정자를 짓고 정원을 새로이 꾸며 상춘원(常春園)이라 명명하고 1915년 11월 낙성식을 거행하였다.

상춘원은 북쪽이 바위산으로 가로막혀 있고, 둘레는 모두 붉은 벽돌담으로 되어 있었고, 중앙에도 담장이 있어 동서로 양분되었다. 정문은 철대문이었고 양쪽에 작은 문이 나 있었는데, 이 문을 열고 안으로 들어가면 오른쪽에 차고가 있는 한식 기와집이 있었다. 다시 50미터쯤 가면 꽃나무가 우거진 연못이 있고, 연못 뒤에는 잔디밭이 있다. 잔디밭 오른쪽에는 정자가 있고, 오른쪽 길을 따라 계속 올라가면 의암 선생이 기거하던 2층으로 된 양식 건물이 있었다. 이 양식 건물에서 상춘원 중앙 큰 기와집까지 약 40미터 길이의 회랑으로 연결되어 있어 비가 와도 젖지 않고 왕래할 수 있었다. 이 기와집에는 여러 개의 방과 주방이 있었는데, 뒤쪽 담장 밑에는 여름에도 아주 시원한 약수터가 있었다. 후문 못미처 왼쪽에는 육각형 모양의 만화정이라는 정자가 자리하였다.

중앙 담장의 중문을 열고 서쪽 광장으로 들어서면 상춘원 정문 앞 잔디밭보다 훨씬 큰 잔디밭이 나오는데, 여기서 각종 기념일에 대규모 야유회가 열렸다. 잔디밭 주변에는 소나무, 밤나무, 가래나무, 오리나무, 벚나무, 살구나무, 자두나무 등과 장미, 개나리, 철쭉, 진달래, 목련과 같은 꽃나무들과 사과, 배, 감나무 등의 과실수들이 골고루 심어져 있어 철철이 아름다운 꽃들이 다투어 피었다.

또한 닭, 오리, 거위, 칠면조 등을 키웠고, 온갖 야채도 재배해서 상춘원에서는 별도로 음식 재료를 사오는 일이 드문 편이었다.

1916년 4월 5일 수운 최제우 선생이 득도하여 동학을 창도한 천일(天日) 기념일이 되자 지방 각지에서 교인 5천여 명이 올라왔다. 송현동 천도교 중앙총부에서 기념식을 거행했고 이튿날에는 상춘원에서 아침부터 저녁까지 대원유회가 열렸다. 종로길에서 동대문 밖 상춘원에 이르는 큰길에는 상춘원에 오려는 인파들과 마차에 인력거까지 북새통을 이루었고, 겨우 도착한 상춘원 정문에는 솟을대문 위로 궁을기 두 개가 교차하여 높이 휘날리며 이들을 반겼다.

힘들게 찾아온 상춘원 정문을 들어서면 출장 요릿집에서 차린 교자상들의 진수성찬이 배고픈 이들의 식욕을 자극하였다. 이날을 위해 명월관, 장춘관, 혜천관 등 유명 요릿집들은 모두 출장하여 간이 음식점을 차리고 각종 요리들을 선보였다. 또한 다동조합과 광교조합에서 나온 기생들과 광교 취대에서 나온 악인들이 잔디밭 옆에 천막을 치고 간이 휴게소를 만들었고, 중앙에는 높은 가설무대를 만들어 그 위에서 공연을 하였다.

'작년 초까지만 해도 저 기생들 무리에 섞여 있었을 텐데….' 주옥경은 새삼 달라진 자신의 처지를 돌아보게 되었다. 이제는 그 기생들은 물론이요, 음식이며 이 수많은 도인들을 돌보아야 할 여주인 격이 된 것이 아닌가. 자신도 모르게 그녀는 흥겨운 피리와 장구, 북소리와 함께 화관을 쓴 기생들이 색동 한삼을 늘어뜨리고 배열해 서 있다가 느릿하게 팔을 뻗치고 발을 살짝 드는 우아한 춤사위에 빠져들었다. 그들은 궁중에서나 볼 수 있었던 '포구락', '가인전목단', '춘앵전'과 같은 궁중무들을 차례로 선보였다.

'포구락'은 무희들이 두 줄로 서서 춤을 추다가 포구 틀 동그란 원 안으로 색실이 달린 작은 공을 던져 넣는 춤이다. 춤을 추며 그 원 안으로 공을 넣으면 상을 받지만, 넣지 못하면 검은 먹 점이 얼굴에 찍히게 된다. 보기에는 공을 넣는 것이 쉬워 보이지만, 막상 춤을 추며 공을 넣는 것은 어려워서 그날도 분칠한 하얀 볼에 검은 점이 칠해진 기생들 모습을 보며 주옥경 역시 미소를 지었다.

'가인전목단'은 가운데 커다란 모란꽃들이 든 화병을 넣고 무희들이 편을 짜 꽃을 희롱하는 춤이다. 도중에 흥이 무르익어 아름다운 무희들이 화병에서 얼굴만 한 꽃 한 송이씩을 빼 들고 춤사위를 선보일 때면 꽃과 무희가 어우러져 '이곳이 선계가 아닐까?' 하는 착각마저 일으킬 정도였다.

'춘앵전'은 혼자 추는 독무로, 노란 앵삼을 입고 화관족두리를 쓰고 색동 한삼을 우아하게 내저으며 추는 춤이다. 이번에는 처음 보는, 버들가지처럼 여리고 청초한 기생 한 명이 봄날의 꾀꼬리와 같은 자태를 뽐내며 춤을 추었다.

'저 아이, 곧 장안에 소문나겠네.' 주옥경은 아직 솜털이 그대로인 작고 귀여운 어린 기생이 곧 장안의 화제가 될 것을 생각하며 흐뭇하게 '춘앵전'을 지켜보았다.

흥겹고 아름다운 가무가 끝이 나자, 이번에는 잔디밭 가운데 높은 줄이 세워지고, 요란한 피리, 꽹과리, 북소리에 맞춰 줄을 타는 남사당패 무대가 이어졌다. 허공에 매달려 가는 사람마냥 높은 줄 위를 한 발 한 발 옮길 때마다, 보는 이들은 가슴이 조마조마해서 저도 모르게 찬탄 섞인 한숨이 흘러나왔다.

상춘원에서 열리는 원유회는 전체 천도교인의 잔치이면서 또한 장안의 축제이기도 했다. 상춘원에 입장하지 못한 일반인들은 북쪽 바위산 기슭에 빽빽이 모여 이 난생처음 보는 잔치를 구경했다.

손병희도 이날은 하루 종일 피곤한 기색도 없이 수많은 도인들을 만나느라 바빴다. 각 지방에서 올라온 도인들은 성사님의 얼굴 한 번 보고, 악수 한 번 청하고 싶어 손병희의 주변을 에워쌌다. 손병희 역시 그 마음을 잘 알기에 일일이 그들의 요청에 응하고, 주변에 사람들이 없으면 직접 도인들이 모여 앉은 천막들을 방문해서 인사하고 환담을 나누었다.

"내 일생 이렇게 좋은 구경을 한 건 처음이네."

"구경뿐인가? 성사(손병희)님 얼굴 처음 뵙고 좋은 말씀까지 들었으니 이제 죽어도 여한이 없네그려."

상춘원에 모인 수많은 도인들은 뿌듯한 행복감에 만족해했다. 이 얼마 만에 맛보는 환희던가. 수운 최제우 선생이 동학을 창도한 후 줄곧 탄압과 멸시 속에서 살아왔던 세월이다. 얼마나 오랜 세월 굶주리고 헐벗은 채 산속을 헤매었던가. 얼마나 많은 도인들이 비 오듯 쏟아지는 총탄에 희생되었던가. 그동안의 고통과 한들이 다 씻겨 내려가는 듯 즐거운 축제의 한마당이었다.

도인들뿐만 아니라 원유회를 관람하는 일반 백성들까지도 속이 후련해지는 흥겨운 축제였다. 천도교는 동학에서 나왔고, 동학은 서학과 달리 우리의 것, 우리의 흥, 우리 한민족의 얼과 정신을 담은 민족종교였다. 나라 잃고 갈 길 잃은 양 떼처럼 된 백성들에게 천도교는 민족의 길잡이로, 영혼의 샘물로 다가왔다. 자연스레 천도교에 들어오는 도인 수가 나날이 늘어 갔다. 동학혁명 때 많은 희생자를 낳은 전라도 지방을 비롯한 남쪽 지방의 도인 수가 감소한 반면, 진보적인 색채가 강했던 관서 지방에서 도인 수가 급격하게 늘어났다.

6장/ 조선인에겐 버팀목, 일본에겐 눈엣가시

1910년 8월 대한제국은 역사의 뒤안길로 사라지고 일본 제국주의의 무서운 총칼이 지배하는 세상이 되었다. 모든 집회, 출판, 언론의 자유는 사라졌고, 정치 활동이 금지되었으며, 단체들은 해산되었다. 심지어 친일 단체인 일진회마저 해산되었다.

나라 잃은 조선에서 그나마 명맥을 유지하고 있는 것은 종교 단체뿐이었다. 그런 이유 때문인지 손병희가 이끄는 천도교는 날로 교세가 신장되어 갔다. 반면에 일본 낭인 출신 다케다 한시가 고문으로 있는 이용구의 시천교는 교세가 계속 위축되어 갔다. 동학 때부터 척양척왜와 보국안민을 내세운 천도교의 교세가 나날이 증대하는 것이 일제의 눈으로 볼 때 예사롭지 않은 상황이었다. 반일 감정을 강압적으로 눌러 앉혀서, 시나브로 엷어지고 흩어지고 마침내 소멸토록 하는 것이 그들의 전략이었다.

그런데 천도교단으로 모여드는 사람들의 면면이나 민중들의 바람으로 볼 때, 천도교가 자주 독립의 중심 기둥이 되어 가는 분위기였다. 세월이 갈수록 그것은 기정사실화 되어서, 민족정신을 하루빨리 잠재워야 하는 일본 당국으로서는 여간한 골칫거리가 아니었다.

당국으로부터 관련 정보의 수집을 지시받은 일본인 형사 야마모토는 '전 조선인이 천도교를 믿고 똘똘 뭉쳐 반란을 일으키는 것 아닐까?' 하는 불안감마저 들었다. 아니나 다를까. 1910년 8월 15일 창간한 〈천도교회월보〉 주간 이교홍이 일본의 조선 강제합병에 반대하는 서한을 각국 영사관에 보냈다. 야마모토는 당장 천도교회월보 발행인 이완규를 비롯하여 주간 이교홍과 이종린, 오상준 등의 주요 간부들을 북부경찰서(현 종로경찰서)로 잡아들여 취조하였다.

한 명 한 명 취조실로 불러들여 심문하고, 바로 옆방에서는 시간 맞춰 다른 죄수들에게 태형을 집행하게 했다. 취조하는 간간이 옆방에서 비명 소리가 들렸다. 소름 끼치는 매질 소리, 연이어 터져 나오는 울음과 비명 소리, 날카롭게 다그치는 고함 소리….

취조실에 처음 불려 나온 이교홍은 벽을 타고 들리는 옆방의 비명 소리에 다리가 후들거리고 심장이 마구 뛰는 것을 참을 수가 없었다. '아, 여기가 바로 생지옥이구나!'란 생각이 절로 들었다.

"병합이 부당하다고 서한을 보낸 것이 이교홍, 당신인가?"

"그렇다."

"너는 천도교 기관지의 일개 주간일 뿐이다. 그런 서한을 보내려면 너희 교주인 손병희의 승인이 필요했을 텐데…. 순순히 자백하고 고통을 면하는 게 어떤가?"

이교홍은 순간 정신이 번쩍 들었다.

'그렇구나. 이들이 노리는 것은 의암 성사구나!'

"아니다. 이것은 순수하게 나 개인의 의견일 뿐이다. 의암 성사하고는 아무 관련이 없다."

야마모토는 며칠 동안 계속 똑같은 질문을 하고 위협하여 이들의 배후가 손병희라는 것을 설토하게 만들려고 했으나, 이들은 완강히 자신들이 단독으로 준비하고 실행한 일임을 주장하였다.

이 소식이 전해질 무렵 손병희는 발목에 난 종기 때문에 의원에 입원 중이었다. 야마모토는 손병희를 소환하여 대질심문을 하려 했으나, 입원 중인 그를 증거 없이 소환할 수는 없었다. 또 이교홍의 완강한 주장에 밀려 잡은 사람들 모두 풀어 주었다. 그러나 이 일로 발행인 이완규와 주간 이교홍 등이 교체되어야 했고, 이후로 〈천도교회월보〉는 어떤 정치적 불온한 내용도 게재해선 안 되고 오로지 종교인의 교양과 계몽에 관한 기사들만 실을 것을 강요당했다.

일제의 사찰은 날이 갈수록 교묘해졌다. 교회 조직이며, 운영 상황, 재정 상태, 교인 수와 동태, 간부들의 신상, 교주 손병희에 대해 묻고 또 물어 낱낱이 조사하였다. 그 이듬해 1911년 4월, 이번엔 제2헌병 분대 무라다 중위가 손병희를 호출하였다. 손병희는 칠흑의 쌍두마차를 타고 연미복에 타이까지 맨 귀족의 모습으로 나타났다.

"이것 보시오. 손선생! 지금이 어느 때인 줄 알고 왕이나 귀족 행세를 하시오? 저 쌍두마차는 다 뭐요?"

"그게 그렇게 못마땅하시오? 내 돈으로 내가 산 마차인데 왜 그러시오?"

"그 돈이 다 어디서 난 돈이오? 성미네 뭐네 하면서 가난한 도인들에게 억지로 뜯어낸 돈 아니오? 그 돈으로 그런 호사를 하는 모양인데 당장 성미제*를 폐지하시오."

"아무리 없는 살림도 반드시 쌀은 있어야 살아갈 수 있는 법. 하물며 여러 사람이 모인 교회도 살림을 해야 하는데 쌀과 돈이 필요하지 않겠소?"

"일반인들에게 의무적으로 세금을 걷을 수 있는 것은 오직 총독부만이 할 수 있는 일이오. 일개 유사종교 집단이 그런 일을 한다는 건 용납할 수 없다는 것이 당국의 방침이오. 그러니 이 자리에서 우리의 요구대로 성미제를 폐지한다는 약속을 하시오."

일제 총독부 당국은 천도교의 돈줄을 막으면 조직은 와해될 수밖에 없다고 보고, 이러한 방침을 정하여 무라다로 하여금 강압적으로 손병희의 사인을 받아 내려 한 것이다. 그런데 웬일인지 천도교의 목줄을 죄려는 일인 줄 알면서도 손병희는 순순히 사인을 하였다.

게다가 일제 당국이나 무라다의 기대와는 달리 천도교에서는 별다른 동요가 일어나지 않았다. 천도교중앙총부에서는 성미 납부를 더 이상 받지 않는다고 공포했을 뿐만 아니라, 그동안 받아들인 성미도 교인들에게 돌려주었다는 영수증을 경찰 당국에 제출하기까지 하

---

* 誠米制: 성금 대신 매 끼니때마다 쌀 한 홉씩 덜어 교회에 바치게 한 제도.

였다. 그러나 사실은 전국 각지의 교인들이 성미를 돌려받았다는 영수증을 가짜로 써서 올려 보냈으며, 중앙총부는 모인 자금을 각 학교 지원과 인재양성에 투입하였다.

그 결실로 천도교단은 더욱더 무서운 기세로 교인 수가 늘어나 1910년대 중반에 이르자 약 300만 교인을 자랑하게 되었다.

그들의 강요대로 성미제는 폐지됐다. 그러나 도인들 누구나 일정량을 내게 하는 성미법은 중지하였지만 자발적인 성금과 헌납마저 강제로 금지할 명분은 없었다. 교인들은 일제의 간교한 술수를 잘 알고 있었기에 어느 때보다 더 자발적으로 성금을 기부하였다. 몇 년 후엔 무기명 성미제가 도입되었다.

그해 12월, 데라우치(寺內正毅) 총독이 남산 총독부 청사로 손병희를 초대했다.[20] 말은 초대이지만 소환이나 다름없었다. 그날은 몹시도 추운 날이었다. 데라우치 총독은 난로의 불을 쬐며 손병희가 들어오는 것을 지켜보다가 시비조로 말했다.

"손 선생, 조선은 동방예의지국이라고 하더니 잘못된 말 같소. 초대받아 실내에 들어온 손님이 외투도 벗지 않고 들어오시니 말이오."

"우리 조선 풍속은 주인 하는 격식대로 따라 하는 것이 바른 예법이오. 초대한 주인이 외투를 입은 채 손님이 오는데도 불만 쬐고 있지 않소? 나로서는 주인장의 예법에 따를 수밖에…."

할 말이 없어진 데라우치는 멋쩍어 하며 슬그머니 화제를 돌렸다.

"하하하. 농담이오, 농담. 오늘 날씨가 퍽 춥군요. 오시는 길이 어떠했습니까?"

"예, 귀가 얼어붙을 만큼 퍽 춥소이다. 그런데 이렇게 추운 날씨에 나를 부른 용건이 뭐요?"

"아, 그냥 한번 선생을 만나 친해지고 싶어 초대하였습니다."

"아니 이 자리는 공공의 장소 아닙니까? 친해지기 위해 만날 수 있는 장소는 아니지요. 그리고 저는 개인의 자격으로 이곳에 온 게 아니라 300만 우리 도인들을 대표해서 이 자리에 왔습니다. 별다른 일도 없이 300만 도인 대표를 이리 오라 저리 가라 할 수 없는 일 아닐까요? 이게 예의는 아닐 듯싶습니다."

"손 선생, 잘 알겠소. 다음부터는 저의 관저로 모시지요. 오늘 오시라고 한 것은, 내가 천도교를 좀 연구하다 보니 의심스런 부분이 있어 그런 것이오."

"어떤 부분인지요?"

"그 갑오 동학란 말입니다. 내 생각으로는 종교 신자가 죽창을 들고 총을 쏘며 사람을 죽이고 하는 일이 마땅한 일인가 의문스러운데, 어떻게 생각하시오?"

결국 데라우치가 묻는 것은 동학혁명 때 척왜의 기치를 높이 들고 왜적들과 싸운 것을 지적하고, 동학의 정신을 계승한 천도교가 다시 그런 척왜의 깃발을 들 것인지가 궁금했던 것이다. 손병희는 눈 하나 깜짝 않고 힘주어 또박또박 대답했다.

"그건 각하가 잘못 생각하신 겁니다. 갑오년 일은 나라를 지키기 위해 우리 조선 백성들이 일어난 것이고, 지금이라도 그런 일을 해야 한다면 다시 또 해야지요. 또한 천도교는 창도 이래 갑오년의 일만 겪은 것이 아닙니다. 그것은 각하도 잘 알고 계시겠지요. 천도교는 본래 나라와 백성을 떠난 종교가 아니니까요."

데라우치는 깜짝 놀랐다. 손병희의 솔직함과 대담한 배짱에 오히려 기가 꺾이는 것 같았다. 알 듯 모를 듯 위험한 고비를 교묘하게 넘나드는 손병희의 말이 괘씸하기는 하였으나, 개인적인 일로 초대하였다고 공표한 마당에 더 이상 추궁하기도 어려웠다.

"분주하실 터이니 오늘은 그만 돌아가 보십시오."

"이왕 시간을 내 여길 왔으니 더 하실 말씀 있으면 하시죠?"

"오늘은 여기까지 합시다."

이런 일이 있은 후 총독부에서는 손병희를 직접 부르는 일이 없어졌고, 조사할 일이 있으면 천도교중앙총부에 사무적으로 문의하거나 조회하게 되었다. 하지만 손병희와 천도교에 대한 감시의 눈초리는 더욱 강화되었다. 일제는 손병희와 간부들, 천도교에 관한 모든 것들에 관해서 일거수일투족 감시의 눈초리를 거두지 않았다.

일제의 회초리도 겁나지 않는 사람들

나라를 빼앗기고 감시의 그물망 안에 갇히게 된 것은 일반 백성도 마찬가지였다. 그물망을 빠져나오는 백성들에게는 가차 없는 회초리가 바로 이어졌다. 얼마 전까지만 해도 우는 아이에게 "저기 호랑이 온다."라고 해서 겁주던 것을 이제는 "저기 순사 온다."고 하면 바로 울음을 그칠 정도로 공포가 사회 전반에 만연하였다. 아이들 뿐만 아니라 어른들도 순사만 보면 새파랗게 질려 도망가기 일쑤였다.

그렇게 백성들이 가장 무서워한 것은 식민 통치 세력의 상층부라기보다는 일선의 순사들이었다. 총독부는 강제합병이 체결된 그해 12월 범죄즉결령을 제정 공포하였다. 헌병 경찰에게 사법권의 특권을 주어 즉결처분권, 강제집행권 및 태형 제도를 실시하였다. 일제는 자기 나라에서도 이미 폐지한 태형을 조선인에게 적용한 것이다. 조선 시대조차 태형은 가벼운 죄를 범한 죄인에게 가하는 형벌로, 가시나무 몽둥이를 사용하되 옹이나 눈을 깎아 버리고 힘줄이나 아교 등을 붙이지 못하도록 하였다.

그런데 일본인들은 태형의 적용 범위를 넓히고 살점이 떨어져 나갈 정도로 가혹한 매질을 일삼았다. 길가 나뭇가지를 꺾었다고, 집 앞마당 청소를 게을리했다고, 허가 없이 개를 잡았다고, 웃통 벗고 일했다고, 심지어 덜 익은 감을 팔았다고 매질을 하였다.

매로 쓰는 대나무는 쉽게 부러진다 해서 소의 음경을 말려서 만든 매가 사용되었다. 이 매가 얼마나 독한지 한 번 맞으면 걸을 수 없게 되어 다른 사람 등에 업혀 나올 정도였다. 또한 많은 사람들이 가혹한 매질을 이기지 못해 태형 도중, 혹은 귀가 후 죽는 경우가 속출했다.

더 악질적인 경우는 소 음경으로 만든 매, 속칭 소좆 매 끝에 납을 달아 맨살 엉덩이를 때리는 것이었다. 납이 살 속에 파고들어가 살점이 떨어지고 피가 낭자해 불구가 되지 않으면 죽기 십상이었다. 하지만 일본인들은 대놓고 "조선인들은 맞아야 정신을 차린다."며 잔인한 매질을 계속하였다.

애초부터 조선인을 미개한 족속으로 취급하였을 뿐만 아니라 어떻게든 겁박하여 저항할 여지를 꺾어 놓고자 작정을 한 총독부 당국은, 일선 학교의 교사들까지 칼을 차고 강단에 서게 할 만큼 엄혹한 무단정치를 실시하였다. 총칼로 위협을 하고 매질이 일상화되면서 조선 백성들의 울분과 반감은 오히려 날로 심화되어 갔다.

어느 날 옥화가 남산골 집으로 가는 도중이었다. 어떤 노인이 일본 순사들의 채찍질에 피투성이가 되어 쓰러져 있었다. 사람들은 차마 노인에게 다가가지 못하고 둘러서서 웅성거렸다. 옥화가 사람들 틈을 헤집고 들어서서 보니 그 노인의 얼굴이 어딘가 낯이 익었다. 청화정에서 만났던 송 노인이었다.

"어르신, 정신 차리세요."

옥화가 그 노인을 흔들어 보았지만, 눈도 못 뜨고 신음 소리만 계속 냈다. 그냥 그렇게 두었다가는 죽을 것만 같아 그녀는, 주위 사람들에게 돈을 쥐여 주며 그 노인을 업게 하고, 자기 집으로 데려 갔다. 여러 날을 간호해서 겨우 노인은 몸을 추스리고 입을 열었다.

"내 집을 통째로 먹은 하야시한테 따지러 갔더니, 하야시 대신 순사가 나오지 뭐야. 그리고 내말은 듣지도 않고 무조건 때리기 시작하는 거야. 아이구, 무서운 세상!"

"아저씨, 이제 일본놈 세상 되어서 아저씨 집은 찾을 길이 없어요. 대들다가는 괜히 맞아 죽기 십상이에요. 이젠 다른 방법을 찾아야 해요. 당장 가실 데 없으면 저희 집에 계시면서 알아보셔도 돼요."

"아유, 생면부지 피 한 방울 섞이지 않은 나를, 갈 곳 없고 다 죽게 생긴 이 늙은이를 거두어 주어 이 은혜를 어떻게 갚을지 모르겠소."

송 노인은 진심으로 옥화에게 고마움을 표했다. 그리고 당분간 머문다는 것이 계속 옥화네와 살게 되었다. 송 노인은 기운을 차리자마자 옥화네 마당부터 쓸고, 물 길어 오기, 집안 청소까지 온갖 잔일을 도맡아 했다. 그러다 보니 옥화도 송 노인이 집에 함께 살면 좋겠다는 생각을 하였다. 그래서 그녀는 송 노인을 붙들었다.

"어디 가실 데 있는 게 아니라면 저와 함께 살아요. 저도 부모님이 안 계시고 남동생뿐인데 같이 오순도순 도와 살면 좋을 거 같아요."

그렇게 해서 송 노인은 옥화가 사는 집의 문간방에 얹혀살게 되었다. 그리고 이내 옥화의 신임을 얻어 옥화의 심부름이며 집안일도 보살펴 주게 되었다.

옥화는 타고난 미성에 춤도 잘 추고, 서도 기생으로서의 기품까지 갖추어 고급 기생으로 인기가 높았다. 그녀는 다른 기생들처럼 사치스럽고 호화스런 생활로 돈을 탕진하지 않고, 검소한 생활로 돈을 제법 모았다. 그리고 그 돈을 밑천 삼아 기생들을 상대로 화장품 장사를 하여 돈을 모으는 재주를 보였다. 아마도 청화정에서 송병준이 돈을 어떻게 모으는지 눈 여겨보아 왔던 탓이리라. 단지 송병준처럼 수단을 가리지 않는 잔인한 방법이 아니라 하루가 다르게 변화하는 조선의 실정을 십분 활용해서 돈 버는 요령을 빨리 익힌 것이다.

또한 청화정을 드나드는 인사들이 주고받는 고급 정보들을 새겨들어 놓았던 것도 유효했다. 가장 큰 도움을 주었던 사람은 다름 아닌 일본인 구로다였다. 그는 짐짓 겉으로는 무뚝뚝하였지만 옥화를 위해서 여러 가지 필요하다싶은 정보들을 일부러 알려 주기도 했다. 그녀가 기생들을 상대로 물건을 팔려고 하는 것을 알고, 고급 화장품을 수입해 파는 믿을 만한 일본 중개상도 소개해줬다.

그리하여 옥화는 얼마 되지 않아 꽤 많은 돈을 모으게 되었다. 그녀는 넓은 기와집을 마련하자마자 평양에 살고 있던 유일한 피붙이 남동생 내외를 서울로 불러들였다. 남동생 김진호는 평양에서부터 독실한 천도교인이었다. 한때 마음을 잡지 못하고 노름판을 전전하고 술이나 퍼먹던 사람이 천도교를 믿고부터는 언제 그랬냐는 듯 싹 달라졌다. 아내와 함께 매일 아침 청수를 떠 놓고 기도를 하는 것으로 일과를 시작하고, 입는 것, 말하는 것, 행동하는 것이 그 전과는 영 딴판이 되었다.

남동생 진호는 천도교인이라면 신앙심도 돈독해야 하지만, 품행과 생활이 바르게 돼야 한다고 생각했다. 올바른 천도교인이라면 누구나 부모에 효도하고, 형제간에 우애 있고, 부부간에 화순하며 친구

간에 신의가 있어야 한다고 입버릇처럼 말했다.

그는 서울에 오자마자 청년들이 하는 교리강습소에 나가기 시작했다. 이곳에서는 천도교리만 배우는 것이 아니라 신식 교육까지 시켰다. 이것은 천도교가 청년들을 대상으로 근대화, 문명화를 위한 계몽운동의 일환으로 교리강습소를 열었기 때문이다.

"누님, 중요한 것은 마음과 정성입니다. 어떤 환경에 처하더라도 마음을 굳게 지키고 다스리면 복이 오기 마련이랍니다. 그렇지 않고 내 마음을 속이면 곧 하늘을 속이는 것과 마찬가지입니다. 지극한 정성은 하늘을 감동시키고 언젠가 복이 넘치게 된답니다."

교리강습소를 다녀온 진호가 제법 도인과 같은 말을 해서 옥화는 돌아가신 아버지가 남동생을 통해 자신을 타이르는 것 같은 느낌마저 들었다.

올케도 공부에 열의가 있는 사람이어서 〈천도교회월보〉의 언문부를 꼬박꼬박 챙겨 보며 한 가지라도 더 배우려고 안간힘을 썼다. 언문부에서는 남녀가 평등하다는 것, 미신을 타파하고 무당이나 판수을 찾지 말라는 것, 우상이나 성황신을 섬기지 말라는 이야기를 매호 실었다. 그 밖에 교리 공부, 여성의 직업 등 다양한 내용이 실려 있어서 여성으로서의 교양과 상식을 넓혀 주었다. 또한 언문부에는 문맹을 탈피하기 위해 한글 공부를 강조하였고, 위생, 상식, 자연과학 등 다양한 지식을 전달하였다.

올케는 끼니때마다 성미를 챙겼고, 강제합병 이후 일제가 성미를 금지시키자, 그 성미만큼의 성금을 교회에 기부하였다. 그리고 매일같이 주문을 외우고 저녁마다 기도를 빠뜨리지 않았다. 그리하여 진호는 천도교 지도자로 뽑혀서 우이동으로 연성수련을 다녀왔다.

우이동 봉황각에서 열린 49일 연성수련회에 다녀온 그는 낯빛부터 바뀌었다. 피부는 빛이 났고, 이마와 눈빛이 눈부셔서 쳐다볼 수 없는 범상치 않은 기운마저 띠었다. 말과 행동이 의젓하면서도 힘이 생겼다. 진호는 옛날의 동생이 아니었다. 옥화는 저도 모르게 동생에게 반말이나 하대를 할 수가 없게 되었다. 신기한 일이 아닐 수 없었다. 또한 남동생은 손병희를 세상에 없는 지도자로 알고 따랐다. 일제 당국은 손병희를 최면술사, 과대망상에 빠진 정신병자, 사이비 교주라고 매도하고 천도교인을 사사건건 탄압했지만 옥화도 차츰 그 말을 믿지 않게 되었다. 그리고 산월에게 일본 밀정을 소개한 것을 후회하였다. 자신으로서는 일본 손님이 산월을 한번 만나게 해 달라는 간곡한 청을 거절할 수 없어서 그를 만나게 한 것이지만, 어쨌든 그를 소개시킨 일은 산월에게 못할 짓이었다.

다행히도 산월은 그에게 놀아나지 않고 오히려 거물 손병희와 혼인을 했다. 기생으로서는 최고의 영예가 아닐 수 없었다. 산월은 원래도 반듯한 아이였지만, 결혼 후에는 더욱 현숙한 부인으로 변모하였다는 이야길 들었다. 산월이도 산월이지만, 기생 출신 여자와 혼인하여 180도 변모시킨 손병희 역시 참으로 범상치 않은 사람이었다. 어쩌면 신이 내린 불세출의 인물이란 생각이 들었다.

봉황각에서 열린 49일 수련

강제합병 후 조선은 출판, 집회, 결사의 자유 같은 것들이 모두 제한되었다. 그나마 유일하게 조선인들이 모여 조선인들의 입장을 대변하는 것이 천도교였다. 그런 만큼 일제에게 천도교는 눈엣가시이고 주목 대상이어서, 손병희는 사치와 주색에 빠진 척, 때로는 당국에 거액의 기부금도 내면서 호의적인 척하며 감시와 탄압을 회피하였다. 표면적으론 그렇게 하면서 안으로는 교리 강습, 우이동 봉황각에서의 지도자 육성, 대대적인 교육 사업 등으로 내실을 기하였다.

손병희는 명목뿐인 대한제국의 목숨이 그 명목마저 사라지기 일보 직전이던 1910년 7월 2일 천도교인들에게 이렇게 말했다. "나는 절망하지 않습니다. 우리에게 능력이 있습니다. 이제 몇 해 지나지 않아 그 능력을 시험하게 될 것이니 보십시오. 그야말로 만고에 없는 일이 될 것입니다."

그는 '만고에 없는 일'을 위하여 1910년부터 조용히 준비에 착수했다. 손병희는 천도교가 하는 일, 자신의 일거수일투족을 감시하는 일본의 눈을 피해 우이동 산속 깊숙한 골짜기에 수도원을 지었다. 그나마 세상에는 여름을 나는 별장이라고 선전하였다. 그리고 수운 선생이 자주 언급하였던, 다가올 개벽을 날개에 지고 우주적인 비상을 하는 봉황의 이름을 따 봉황각이라 불렀다. 일본 당국의 탄압과 감시를 피해 민족의 자주와 독립, 신앙 교육을 하기에 안성맞춤의 장소였다.

손병희는 1912년 4월부터 연성수련회를 개최하였다. 처음에는 참가 인원이 21명이었으나, 다음에는 49명 단위로 늘려 수련하였고, 1913년 말부터 105명으로 증원하였다.

옥화의 동생 진호는 제7차 연성수련회에 참가하였다. 그가 입소한 날인 1914년 2월 5일은 산속이라 아직 살얼음이 어는 추운 날씨였다. 그래도 전국 각지에서 모인 천도교 청년들의 뜨거운 열기로 추위가 싹 가시는 기분이었다. 진호는 이른 아침부터 주문 수련에 들어갔는데, 방 안에 주문 소리가 가득 찰 때 어디선가 영롱한 기운이 내려와 방 안이 따스해지는 신비한 체험을 했다.

그래서 점심을 먹고 난 뒤 휴식 시간에 옆에 앉은 청년에게 말을 걸었다. 다부진 체격, 각이 진 얼굴에 까무잡잡한 피부와 두툼한 입술을 가져 매우 신중한 느낌을 주는 사내였다.

"저는 서울에서 온 김진호라고 합니다. 원래는 평양이 고향인데 지금은 서울 살고 있습니다."

"반갑습니다, 동덕님. 저는 수원 사는 김성렬이라고 합니다. 이렇게 여러 동덕님들과 함께 수련하니까 참 기운이 맑고 좋은 것 같습니다. 하하하."

그는 호탕하게 웃었다. 천성이 호방한 사람이었다. 목소리에 힘이 넘치고 거침이 없었다.

"그렇고말고요. 오전 주문 수련할 때 말입니다. 한참 주문을 외고 있는데 어쩐지 따스한 기운이 온몸에 퍼지는 것 같아 감았던 눈을 뜨고 살며시 주변을 살피니 방 안 가득 무지갯빛이 돌지 않겠습니까? 여간 신기하지가 않았습니다."

"그래요? 아마도 하늘님이 우리 수련장에 강림하셨나 봅니다. 저도 따스하고 포근한 기분을 느꼈습니다. 그렇지만 무지갯빛은 보지 못했는데 동덕님은 그런 것도 체험하셨군요. 축하합니다. 하하하."

김성렬은 누구나 기분 좋게 만드는 웃음을 활짝 터뜨렸다. 진호 역시 가슴이 열리고 흐뭇한 기분이었다. 그는 김성렬을 비롯한 많은 청년들에게서 진정으로 우러나는 우애와 민족을 위하는 충정을 느꼈다. 그동안 일제의 철권 통치하에 숨죽여 살던 그로서는 오랜만에 어깨를 펴고 느끼는 우애와 동포애, 호국지심이었다. 그리고 의암 성사의 법설을 통해서 한 인간으로서의 존엄성과 자부심에 뿌듯해졌다.

'나는 하늘님이다.' 그렇게 속으로 외치고 나서 옆에 앉은 김성렬을 보며 미소 지었다. '당신도 하늘님!' 이렇게 속으로 외쳤다.

의암 성사는 이번에도 이신환성(以身換性)을 강조하였다.

"이신환성, 즉 몸을 주체로 생각하며 살아가지 말고 성령을 주체로 생각하고 또 살아가라는 것이다. 성령은 보이지도 않고 만져지지도 않아 소홀히 생각하지만, 성령이야말로 불생불멸한 나의 주체이니 진실로 오는 화를 면하고자 하면 성령과 육신을 바꾸어 믿어야 한다. 성령과 육신을 바꾸어 믿으려면 육신 관념을 끊어야 한다. 지금 세상이 정의롭지 못하고 고통스러운 것은 바로 이 육신 관념에 얽매여 살고 싸우기 때문이다. 그런데 육신 관념을 끊으려면 더욱 어려움이 많을 것이니, 끊으려고만 생각지 말고 누가 능히 나로 하여금 말을 하고 생각을 하게 하고 움직이게 하는가 이것을 계속 공부하여 일거에 깨달아야 한다. 이렇게 적극적인 공부를 하다 보면 자연히 성령이 주체가 되고 육신이 객체가 되어 위로는 수운 대신사와 같은 대각을 할 것이요, 아래로는 가히 육신의 화를 면하게 될 것이다. 또한 하늘님의 감응을 받으면 만리만사가 무위이화로 되는 것이요, 하늘님의 감응을 받지 못하면 모든 일이 뜻대로 되지 않는 것이다. 지금 세상은 힘센 사람이 제일이지만, 개인과 개인 사이에 힘을 겨루는 완력 시대는 이미 지나갔고, 앞날의 세상은 도덕으로써 많은 사람을 감화시켜야 하는데, 그것이 포덕이다. 우리 교회에서 포덕을 많이 한 사람이 가장 힘 센 사람이니, 포덕은 하면 할수록 힘이 점점 커지는 것이다."[21]

어느덧 49일 수련도 끝이 났다. 계절도 어느새 완연한 봄으로 바뀌었다. 수도원 주변에 어린 쑥들이 지천이었다. 아침에 수련생들은 쑥 된장국을 먹었다.

'그 옛날 단군신화에서 곰이 쑥과 마늘만 먹고 수련을 해서 인간이 되었다지! 나 역시 49일 수련을 마치니 마치 새로 태어난 듯하구나.'

진호는 쑥 된장국을 맛있게 먹으며 이제 자신도 이 나라에 꼭 필요한 인물로 거듭났다는 생각을 했다. 그의 눈동자에서 맑고 순수한 빛이 났다. 진호처럼 봉황각에 모인 105인의 얼굴에서 모두 빛이 났다. 그들은 자신과 민족에 대한 사랑으로 가득 차 행복한 미소를 지었다. 진호 역시 그러했다. 그는 이번 수련에서 만나 단짝 친구가 된 김성렬과 꼭 다시 만날 것을 약속하며 작별을 아쉬워했다.

"서울 오시면 꼭 저희 집을 찾아 주셔야 합니다. 꼭, 꼭이에요?"

진호는 어린아이처럼 몇 번을 다짐하며 물었다.

"암요, 암요. 동덕님도 수원 저희 집에 한번 놀러 오세요. 여름에 저희 집이 참 시원합니다. 봄엔 나물이 천지구요. 꼭 놀러 오세요."

김성렬 역시 놀러 오라고 당부하였다.

겨울이 길수록 봄빛은 찬란하다: 의암 일기

1918년 11월 20일.

4년 동안 전개되었던 세계대전에서 독일 등의 동맹이 패전했다. 안타까운 결과이다. 일본 등의 연합국에 대항했던 독일이 이겼다면, 우리에게 독립의 기회가 주어졌을 것이 아닌가. 전쟁 막판에 미국이 참전한 것이 결정적 역할을 하였다. 미국은 이제 막강한 세계 강대국이 되었다. 영국의 식민지였던 나라가 어느새 세계를 호령하는 위치에 올라선 것이다. 놀랍다. 우리도 그렇게 될 날이 반드시 올 것이다. 그때가 다시 개벽의 운수일런가. 오늘 발행된 〈오사카매일신문〉에서 놀라운 기사를 보았다. 내년에 파리에서 평화회의가 개최되는데 미국의 윌슨 대통령이 세계대전 후 약소국들 스스로의 독립을 보장하는 민족자결주의 원칙을 다시 한 번 천명할 것이라 한다. 우리도 이제 움직여야 할 때다. 어떻게든 우리 민족대표가 참석해서 독립의 당위성을 세계만방에 알려야 할 것이다. 물론 일본이 가만있지 않겠지. 그렇다고 이 천우신조의 기회를 수수방관할 수는 없는 일이다. 마침 저녁에 오세창, 권동진이 집으로 찾아왔다. 그들도 그 기사를 이미 보았다 했다. '이 좋은 기회를 두고 가만있으면 안 된다.'고 이구동성이었다. 오세창은 국민대회를 소집해서 독립을 선언하고 운동을 벌여 나가자고 하였다. 그러나 일제가 가만있지 않을 테니 현실성이 문제이다. 최린은 독립청원서를 일본 정부, 의회, 정당, 세계열강들의 수뇌부에 보내자고 하였다. 어떻게 하는 것이 옳은가? 우선 기도회를 개최해야 한다. 그동안 지도자들을 모아 실시해 온 것을 이번에는, 전국의 수백만 교도들로 하여금 일시에 49일 기도를 실시케 하자. 이신환성의 기운이 크게 일어나리라. 사람들 마음이 바뀌어야 정확히 행동에 나설 수 있고, 진정한 개벽에 이를 수 있다.

1918년 11월 26일.

장덕수가 찾아왔다. 여운형, 신석우, 장덕수, 조동우 등이 상해에서 조직한 신한청년당에서 독립청원서를 파리강화회의와 미국 대통령에게 제출키로 하고 대표의 파견을 결정했다고 한다. 마침 미국 특사 크레인이 파리강화회의의 취지와 평화 원칙을 설명하러 상해에 와 있었는데, 여운형이 면담을 요청, 조선의 대표를 파견하여 조선의 사정을 밝히고 각국의 호응을 이끌겠다고 하니 그 역시 쾌히 승낙하였다고 한다. 상해 신한청년당에서는 파리강화회의에 대표로 김규식을 파견하고 장덕수를 나에게 보내 의견을 물은 것이다. 나는 물론 환영이다. 두 팔 벌려 찬동의 표시를 하자 장덕수 역시 크게 기뻐하며 고무되었다. 돌아가는 그에게 여비와 독립 자금으로 쓰라고 돈을 넉넉하게 주었다.

1919년 1월 5일.

며칠째 동대문 밖 상춘원에 머물렀다. 최린, 권동진, 오세창이 방문하였다. 그들은 천도교인들을 중심으로 대중 시위운동을 벌여야 한다고 말했다. 또 독립선언문도 공포해야 한다고 했다. 묵암 이종일도 그랬다. 그는 경술국치 이후 몇 번이나 나를 찾아와 거사를 해야 한다고 피를 토하듯 역설했다. 거사를 일으키기는 쉽다. 그러나 동학혁명 때 보았던 수많은 시체들이 이 한양성 안에 가득 차고 넘치지 말라는 법이 없다. 저 야차 같은 일본군들이 그때보다 수십 배나 많게 이 나라 곳곳에 포진하고 있다. 저들이 마음만 먹는다면 이 나라 백성들을 모두 죽이려 든다고 해도 우리는 그것을 막을 힘이 없다. 현실을 직시해야 한다. 오세창이 말했다. "지금 우리 면전에서 펼쳐진 이 시국은 매우 중대합니다. 이 천재일우의 호기를 무위무능하게 놓쳐 버릴 수는 없습니다." 최린과 권동진도 한마디씩 거들었다. 나라고 그것을 모르겠는가. "내 이미 마음에 정한 바가 있습니다. 그러니 여러분도 더욱 분발하여 앞으로 다가올 대사에 한 가지라도 그르

치는 일이 없도록 해 주시길 바랍니다." 내가 말을 마치자 모두 결연한 표정들이었다.

1919년 1월 13일.

문을 두드리는 삭풍에 놀라 잠이 깼다. 두터운 솜이불을 덮었건만 새벽 공기에 코끝이 시리다. 문득 오늘 또 얼마나 많은 동사자가 생길까 두렵다. 농촌에서 일본인들에게 땅을 빼앗기고 무작정 서울로 몰려든 사람들…. 내일은 교회 사람들과 청계천 변 토막집 주민들에게 이불과 풀죽을 나눠 주는 일을 의논해 봐야겠다.

가회동 집으로 최린, 오세창, 권동진이 찾아왔다. 지난번 했던 이야기의 연장선이다. 그동안 진척된 사안들을 하나하나 점검하였다. 한편으로 경운동에 대교당을 건축하는 것을 계기로 전국의 교인들이 대대적으로 성금을 모금하여 올려 보내고 있으며, 또한 유사시에 운동의 소식을 신문으로 찍어 전파할 인쇄소도 확보하였다. 전국의 각 교구에도 간이 인쇄기를 보급하였다. 이것들을 활용할 날이 올 것인가! 꼭 올 것이다. 세계의 기운이 그 방향으로 흘러가고 있지 않은가. 그러나…. 역시 문제는 일본의 무력이다. 저들은 여기까지 오는데 50년이 걸렸다. 아니 어쩌면 수백 년 동안 벼르고 별러서 대륙으로 나아가는 꿈을 이제 막 시작했다. 그들이 순순히 물러서지는 않을 터. 나는 최린과 오세창 권동진에게 앞으로 전개될 우리의 거사는 결코 무력에 의존해서는 안 될 것이며, 조선 내 모든 계층을 망라하여 결코 민족끼리 서로 맞서는 일이 없도록 해야 한다고 말했다.

특히 천도교는 물론이고 각 종교계나 유림, 나아가 사회운동 세력까지 망라하고, 또한 어떠한 계층에 있든지 간에 신분과 연령, 성별을 이유로 운동에 참여하는 길을 막지 말아야 한다고도 했다. 그 모든 것이 지난 갑오년과 또 10여 년 전 갑진년의 운동이 좌절되었던 까닭임을 말하며 재삼 당부하였다. 다행히 모두 내 뜻을 깊이 받아들여 주었다. 우선 각계 인사들과의 교류를 넓혀 가며 넌지시 독립운동의 뜻을 피력하고 동참할 의향을 타진해 나서기로 했다. 최린은 우선 송진우, 현상윤을 불러 의중을 탐색하겠다고 했다. 송진우는 중앙고보 교장으로 최린과는 막역한 사이이며, 현상윤은 보성고보의 제자이다.

1919년 1월 15일.

오세창과 권동진과 함께 교회 일과 앞으로의 독립운동에 관해 이런저런 이야기를 나누고 있을 때, 최린이 한 청년을 데리고 나타났다. 그는 와세다대학에 재학 중인 송계백이라고 했다. 그는 일본유학생회에서 독립선언 계획이 있음을 알리러 국내에 들어왔다고 한다. 독립선언은 2월 상순쯤 할 예정이라고 한다. 그는 쓰고 온 사각모의 안감을 뜯고 그 안에 꼬아서 접어 둔 명주 헝겊을 꺼내 보였다. 그것은 일본 동경 유학생들이 선포하려는 독립선언문이었다. 내가 일본유학을 주선한 바 있는 이광수가 초안을 잡은 것이다. 그렇잖아도 인재로 생각해 왔던 이광수의 명문장이 돋보이는 독립선언문을 보니 감개무량했다.

이 중요한 시기에 민족의 동량이 될 유망한 청년들이 우리들과 같은 뜻을 품고 실행에 옮기려고 했다니…. 더욱이 이광수라고 하면, 그동안 내가 벌여 왔던 인재 육성 사업의 수혜자 아닌가? 민족계몽교육운동의 결실을 보는 것 같아 매우 흡족하다. 나는 둘러앉은 사람들에게 말했다. "어린 사람들이 저렇게 민족을 위해 일한다고 분연히 일어섰는데, 우리들이 가만히 앉아 있을 수는 없지 않겠소? 그동안 계획하고 있던 일의 속도를 더한층 내도록 합시다." 나의 말에 앉아 있던 이들도 모두 고개를 끄덕이고 손뼉을 치며 크게 동조하였다.

1919년 1월 22일.

어제 고종 황제가 승하하셨다. 도대체 믿기지 않는 일이 벌어졌다. 궁내부에서 일하는 모 씨에게서 사건의 전말을 들었다.

일본은 파리강화회의에서 우리 민족의 독립선언서를 제출하는 것에 반대하여 '조선 민족은 일본의 어진 정치에 기쁜 마음으로 순종하고 독립을 원하지 않는다.'는 내용의 문서를 만들었다. 그리고 이어 이완용, 김윤식, 윤택영, 조중응, 송병준, 신흥우를 각 대표로 만들어 서명 날인하게 하고, 이것을 고종 황제께 들이밀며 승인을 억지로 강요하였는데 고종은 격노하고 이를 받아들이지 않았다. 이에 간악한 친일 매국노 윤덕영, 한상학은 고종의 식사를 받드는 두 명의 궁녀들을 매수하여 고종이 드는 식혜에 독약을 타서 마시게 하였다. 이것을 마신 고종은 뇌가 파열되고 몸 아홉 구멍에서 피가 용솟음치더니 비통하게 돌아가셨다는 것이다.

아, 너무나 끔찍한 일이다. 일찍이 수운 스승님께서 '개 같은 왜적놈'이라 하였던 것이 오늘의 일을 두고 하신 말씀인가? 지난 갑오년에도 차마 입에 담을 수 없는 간악한 처사로 인명을 살상하고 백성들을 공포에 몰아넣더니 저들은 대체 어떤 마음인가. 끓어오르는 분노를 겨우 가라앉히고, 마음을 잡았다. 그리고 곧바로 붓을 들어 고종 독살의 전모를 밝히고 전 국민 봉기를 촉구하는 격고문[22]을 써 내려갔다. 때를 보아 이 격고문을 서울 시내 곳곳에 뿌릴 것이다.

1919년 2월 3일.

민심이 아주 흉흉하다. 고종이 독살되었다는 소식은 이제 알 만한 사람은 다 안 것 같다. 모두들 분개하며 치를 떨고 있다. 이 열기를 분노로만 폭발시킬 것이 아니라 진정한 독립운동의 기운으로 승화시켜야 한다. 최린으로부터, 그동안 대한제국에서 고관을 지냈거나 귀족을 하였던 박영효, 한규설, 윤치호 등을 교섭해 봤으나, 대체로 이 사람들은 대의에는 찬성하지만, 함께 행동하는 것에는 모두 주저한다는 보고가 들어왔다. 아예 노골적으로 거부한 사람도 있다고 한다. 을사조약이 체결되어 나라의 외교권을 빼앗기는 수치를 당함에 충정공 민영환은 자살로써 절개를 지켰건만, 이제 그런 기개 있는 귀족은 조선에 없는 듯하다. 갑오 혁명때 백성 편에 서서 나라의 존엄을 지키며 외세를 몰아내고 국운을 혁신하는 데 나서는 관리가 적었듯이, 지체 높은 사람들 중에서 오히려 보국안민의 방책을 진정으로 염려하고 준비하는 사람들은 적다. 각처에서 교인들이 한시바삐 거사를 하자고 아우성이지만, 조금 때를 놓치더라도 천도교인들만의 운동이 되는 일은 막아야 한다. 이번 독립운동은 명실상부 전 조선 민족을 대표하는 것이어야 한다. 기독교 측 인사들과 좀 더 접촉해 볼 것을 지시해야겠다.

1919년 2월 21일.

저녁에 상춘원으로 최린이 찾아왔다. 최남선의 주선으로 정주 출신 목사이자 오산학교 교장인 이승훈을 만났다고 한다. 기독교계에 두루 영향을 미칠 수 있는 중진이다. 이야기를 들어 보니 동경 유학생들이 전격적으로 단행한 독립 선언에 고무되어 기독교인들 단독으로 독립운동을 벌이려 계획 중이며, 독립청원서를 일본 정부와 열강 정부에 제출하려는 중이라 한다. 청원이라니! 청원한다고 들어줄 일본이라 생각하면 진즉에 우리나라는 독립을 했을 것이다. 당당히 조선 독립 선언을 해야지 무슨 청원이란 말인가? 최린은 그들을 설득 중인데, 그들이, 대표들이 투옥되거나 잘못되었을 경우 그 가족들을 보호할 활동 비용과 운동 자금으로 3천 원을 요청했다고 전했다.

그래서 최린에게 힘주어 말했다. "3천 원이 아니라, 5천 원이라도 기독교 측에 전달하도록 하시오. 중요한 것은 우리 전 민족이 한마음으로 독립선언을 선포하고 독립을 위해 일사불란하게 움직이는 것이오." 최린은 5천 원을 전달하고 와서 보고하였다. 이승훈은 아주 만족하고, 최대한 우리 쪽에 협조하고 함께 행동할 것을 약속했다고 한다. 다행히 우리 도인이 3백만에 육박하고, 착실히 성금과 성미를 내준 덕에 독립 자금도 마련하게 되었다. 만주에서 사람이 와 독립자금이 필요하다고 해서 따로 6만 원이나 되는 돈을 김상규를 통해 보냈다.

이제 따로 모아 놓았던 독립 자금도 바닥을 보이고 있다. 천도교인들이 '보국안민'의 정신으로 냈던 돈이니 모두 나라를 위해 쓰는 것이 맞는 일이리라. 갑자기 해월 선생의 다 떨어진 보따리가 생각이 난다. 일본군과 관군에 쫓기면서 며칠을 굶다가 겨우 주먹밥을 얻어서 먼저 선생님께 드렸던 일도 기억난다. 왜 이렇게 까마득한 옛날 일인 것처럼 느껴지는가? 그동안 너무 호의호식한 탓인가? 민족의 독립이라는 거사를 앞두고 마음을 더욱 강고히 다잡아야 한다. 우리 도인들도 마찬가지이다. 더욱 열심히 수련하고 기도해야 할 것이다. 나는 도인들에게 끊임없이 '이신환성'을 강조하였다. 내 몸과 마음을 성령으로 바꾸지 않는 한 타락의 유혹은 끝이 없는 것이다. 항상 성령, 하늘마음에 닿아 있도록 노력할 것이다.

1919년 2월 23일.

어제 49일 기도회가 끝이 났다. 지방에서 수고한 교회 간부들과 중앙총부 간부들을 개별적으로 만나고 있다. 만나는 간부들에게 이번 독립운동에 대해 귀띔하였다. 그랬더니 "우리나라가 이제 독립하게 되나요?" 하고 반문하는 사람이 있었다. 그래서 나는 "우리가 만세를 부른다고 당장 독립되는 것은 아닐 것이오. 그러나 우리 겨레의 가슴에 독립 정신을 일깨우고 장차 조선 독립의 디딤돌을 세울 수는 있을 것이오. 그러니 각자 자기 자리로 돌아가 할 수 있는 한 최대한 조선 독립 만세운동을 위해 성심을 다해 주시오."라고 당부하였다. 내 말을 들은 도인들이 모두 눈을 빛내며 결의를 다지는 것이 진심으로 느껴졌다. 돌아가는 사람들 하나하나와 힘차게 굳은 악수를 하였다.

최근 들어 집 주변을 도는 일경들의 감시가 심해졌다. '독립'이란 말 한마디 할 때마다 잠시 머뭇거리게 된다. 그래도 주옥경이 눈에 띄지 않게 집 안팎을 살피며 일본인 형사와 순사보들의 동정을 살펴 주어서 다행이다. 그녀는 항상 내 곁 가까이에서 머물며 내가 무엇을 원하는지, 필요한지 먼저 알고 준비해서 가져온다. 그녀의 사람 보는 눈, 일머리는 항상 정확하다. 아마도 정보력에 관한 한 그녀도 일제의 감시망 못지않으리라. 모임이 시작되기 전부터 모임이 진행되는 동안, 그리고 모임이 끝나고 도인들이 모두 흩어져 흔적이 남지 않을 때까지 그녀는 신경을 곤두세우고 집 주변을 살핀다. 오늘도 나를 만났던 도인들이 다 돌아가고 한참이 지나도록 그녀가 보이지 않아, 행랑아범에게 물어봤더니 문밖에 나갔다고 한다. 아직 추위가 가시지 않고 매서운 바람이 몰아치는 날, 그녀는 도대체 이 한밤중까지 문밖에서 서성거렸다는 말인가?

1919년 2월 24일.

오늘에야 비로소 기독교가 우리와 함께 독립운동을 하기로 최종 합의하였다. 어제 이승훈, 함태영이 최린 집에서 모여 기독교 측이 무조건 합류할 것을 약속하였다고 한다. 기독교는 우리와 달리 여러 교파로 갈라져 있어서 의견 통일이 쉽지 않다. 그런데 기독교의 양대 산맥인 감리교와 장로교가 일원화 계획에 합의를 이루었다 한다. 또한 기독교계 학생운동을 추진하던 연희전문 학생 김원벽이 독자 운동 계획을 취소하고 이번 거사에 합류하겠다고 YMCA 총무 박희도에게 말했다고 한다.

우리 운동이 절반은 성공한 셈이다. 제각기 움직이던 이들이 이처럼 하나로 뭉치고 나면 사람들의 생각은 천지개벽이 될 것이다. 비록 당장은 그것을 느끼지 못하더라도, 우리는 더 이상 지난 500년간 단지 임금의 신민(臣民)으로 살아온 백성이 아니라 당당히 새로운 독립 국가의 주인으로서 자기 목소리를 낼 수 있게 될 것이다.

불교 측에서도 신흥사 주지 한용운과 합천 해인사 주지 백용성이 합류하였다. 한용운은 자신이 독립선언문을 쓰겠다고 하였지만 최남선이 쓰기로 결정되었던 바라, 대신 공약 3장을 추가하여 썼다. 그의 열정과 혈기는 못 말릴 정도지만 그것이 나라와 민족을 위한 충정이기에 믿음직스럽다. 유림과도 접촉하였으나 우리와 행동을 함께 하겠다는 사람이 나오지 않았다. 안타깝다. 을사조약 이래 의병 운동으로 많은 인사들이 사라지고 또 뜻있는 지사들이 만주로 망명하여 떠나 버린 까닭이 아닌가 싶다.

1919년 2월 27일.

한밤중에 소동이 있었다. 처음에 이종일이 사색이 되어 뛰어왔을 때, 나 역시 가슴이 철렁했다. 웬만한 일엔 눈도 깜짝하지 않는 이종일이 저런 얼굴이라면, 일이 터져도 크게 터진 것이 분명했다. 이종일이 전한 이야기는 이러했다.

이종일은 다른 직원들은 일찍 퇴근하게 하고 날이 어둑해진 후에 공장 감독 김홍규, 직공 신용구와 함께 인쇄를 시작했다. 불이 외부로 새어 나가지 않도록 창문을 모두 가리고 열심히 작업을 하던 중에 갑자기 바깥에서 문 두들기는 소리를 들려왔다. 이종일은 화들짝 놀라 즉시 작업을 중단시키고, 인쇄된 선언문을 치우기 시작했으나 문 두드리는 소리는 더욱 거세졌다. 할 수 없이 이종일은 숨을 크게 들이쉬고 나서 문을 열었다. 문 앞에는 종로경찰서 소속의 악질 고등계 형사 신승희가 서 있었다. "이 밤중에 무슨 일을 그렇게 하시오?" 신승희의 목소리는 쇳소리처럼 날카로웠다. 이종일은 가슴이 철렁하고 눈앞이 새하얘지는 걸 억지로 견디며 신승희를 맞이했다. 신승희는 눈알을 굴리며 인쇄소 안을 둘러보다가 인쇄기 밑에 떨어진 선언서 한 장을 발견했다. 이종일이 신승희 앞을 막아섰으나, 신승희는 이종일을 밀쳐 내며 그것을 주워 읽기 시작하였다. 이종일은 처음에는 험한 생각을 하였다가 우선 그를 달래 보기로 마음을 고쳐먹었다.

"이보시오. 당신도 조선 사람 아니오? 이번 건은 우리 조선이 천지개벽할 수 있는 중요한 일이니 한 번만 눈감아 주시오. 그럼 내 의암 선생께 말씀드려 당신 평생 걱정 안 하고 살게 해 드리리다. 아니, 그럴 게 아니라 지금 나와 같이 가회동으로 갑시다." 신승희는 잠깐 고민하더니, 의외로 순순히 응낙했다. "어서 빨리 선생 댁에 다녀오시오. 나는 여기서 기다리고 있겠소." 뜻밖의 선선한 대답에 이종일은 후들거리는 다리를 달래서 한달음에 가회동 집으로 달려왔다.

놀란 마음으로 이종일에게 5천 원을 들려 보냈다. 만약 일이 뜻대로 안 되면 다시 집으로 오겠다고 했는데 아무 소식이 없다. 아마 일이 잘 해결된 듯하다. 독립선언서는 일전에 최남선이 쓴 초고를 나와 최린 등이 확정하여 주었고, 최종 원고를 최남선의 신문관에서 조판한 것을 가져와 인쇄는 보성학교 구내 인쇄소인 보성사에서 맡아 하기로 하였다. 나는 이렇게 중요한 날이 올 것으로 보고 수년간 적자를 보아 오던 보성사를 팔지 않고 유지해 왔다. 매달 적자가 엄청나니까 이를 보다 못해 총무로 일하던 임명수가 그만 팔아 치우자고 계속 건의해 왔다. 나는 들은 척도 안 하고 그때마다 적자를 메우도록 조처했는데 적자 폭이 갈수록 심해지니까 다시 팔자고 건의가 들어왔다. 나는 큰소리로 야단을 쳤다. "그 일이 싫으면 네가 나가라." 그랬더니 다시는 그런 소리가 들리지 않게 되었다. 그때 야단칠 일은 아니었다. 그들이 어찌 오늘 같은 날이 있을 줄을 알았겠는가.

이종일은 내 마음을 알았을 테지. 그가 십 년 전, 그리고 오 년 전

나를 찾아와 조선 독립에 관해 청해 묻고 논의하던 일들이 엊그제 같다. 그가 독립선언서 인쇄와 배포의 중책을 맡게 된 것도 천운이다. 이종일의 담력과 결단이 있어 마지막 순간의 고비를 넘길 수 있었다. 내일은 선언서에 서명한 대표들이 가회동 집에 모여 함께 만찬을 하기로 하였다. 33인의 대표들 중 천도교 대표는 15명이다. 이 15명 중에서 동학혁명에 참여하여 생사고락을 함께했던 도인들이 7명이다. 같은 충청도 청원 출신으로 함께 기포를 하고 들로 산으로 내달렸던 권병덕은 초췌해도 눈빛만은 형형했던 젊었을 적 모습을 그대로 간직한 거인이다. 동학혁명이 실패하고 쫓겨 다니다 돈이 떨어져 나와 함께 동생 병흠과 이종훈 이렇게 셋이서 함께 함경도로 장사를 하러 떠났던 적도 있었다. 이종훈은 해월 선생 옥바라지며, 순교 후 시신 수습까지 온갖 궂은일을 마다하지 않았던 동덕이다. 늘 말이 없되 궂은일을 도맡아 나서는 그야말로 이번 일의 보이지 않는 공로자다. 권병덕, 이종훈을 비롯하여, 나용환, 나인협, 홍병기, 홍기조, 박준승은 동학혁명 때부터 산전수전을 다 함께 겪어 왔던 동지들이라서 나에게는 더 특별하다. 이신환성의 대의를 몸소 실천하는 고마운 사람들! 이번 거사에도 추호의 망설임 없이 흔쾌히 참여해 주었다. 아, 착수가 곧 성공이라 한 말은 참으로 명언이다. 이제, 내가 육신으로 할 일은 모두 끝이 났다.

7장/ 최후의 만찬

1919년 2월 28일 저녁, 다음 날의 거사를 앞두고 각 종단 대표들은 가회동 의암 손병희 집으로 모였다. 서명자 중 양전백, 길선주 등 10명이 여러 사정으로 불참하고 나머지 23명이 모였다. 손병희 곁에서 갖가지 궂은일을 도맡아 하고 있던 주옥경은 이날 저녁 모임의 의미를 곱씹으며 정성을 다해 만찬을 준비하였다. 겉으로는 종교계 인사들의 사교를 가장한 회합이었기에 집안사람들에게까지 그리 일러두었다. 음식을 준비하는 중간중간 주옥경은 집 주변에 배치해 둔 동생들을 불러 형사나 밀정의 기척이 없는지를 살폈다.

대표들이 다과까지 마치자 손병희는 미소를 지으며 입을 열었다. 거사를 앞둔 사람답지 않게 지극히 평화로운 안색이었다.

"우리 민족은 예로부터 '3'이란 숫자를 아주 의미심장하게 여겼습니다. 천지인 삼재(三才)는 우주를 일컫는 말입니다. 천지인 삼재가 어우러져 하나의 우주를 만드나니 그것은 본래 하나의 하늘이라고도 할 수 있습니다. 여기 이 자리에도 우리 조선 민중을 대표하여 천도교 기독교 불교 세 종단이 함께 모여 하나의 횃불을 밝히고자 합니다. 저는 이번 독립운동의 원칙으로 비폭력 대중화 일원화 삼 원칙을 세웠습니다. 그리하여 마침내 내일 거사가 이루어지게 되었는데 우연히도 3월 1일입니다. 하늘의 묘한 이치이지 않습니까?"

모여 앉은 사람들이 모두 종교인이다 보니 금방 공감을 하였다. 다들 고개를 끄덕거리며 미소를 지었다. 이승훈이 말했다.

"이번 거사는 천도교의 역할이 참으로 컸습니다. 자금에서 조직, 선언서 작성까지. 이 자리를 빌려 천도교 교주이시고 이번 거사를 이끌어 주신 의암 성사님의 노고에 감사드립니다."

이승훈의 치하에도 손병희는 표정 하나 변하지 않은 채 말했다.

"아닙니다. 그렇지 않습니다. 저는 하늘님이 시키신 대로 기도만 올렸을 뿐이고, 여러분들 또한 정성껏 기도한 끝에 이 자리에까지 오신 줄로 압니다. 어찌 저만의 노고이며, 어찌 인력으로 된 일이라 하겠습니까? 조선 독립은 우리 만백성의 염원이고 하늘의 뜻입니다."

손병희가 잠시 말을 멈추고 좌중을 둘러보았다.

"내일의 거사는 조선 민족의 염원을 담은 신성한 과업이자, 자손만대까지 길이 남을 영광의 과업이 될 것입니다. 여기 모인 여러분들의 충의가 결코 헛되지 않을 것임을 믿어 의심치 않습니다. 우리는 선언서에 서명을 하는 순간 이미 목숨을 다한 사람들입니다. 지금 남아 있는 이 육신과 마음은 오로지 조선의 독립을 위한 여분의 목숨이라고 생각합니다. 생각하건대 우리 민족의 시련은 금방 그치지 않을 것입니다. 아마도 험난한 고난의 골짜기가 기다리고 있을지 모르지만, 우리 민족이 맘껏 누릴 새로운 세상은 그 골짜기를 통과하지 않으면 안 되는 것이지요. 하지만 새로운 세상은 반드시 옵니다. 여러분도 그것을 믿고 있을 줄로 압니다. 신명을 바친 여러분 모두 감사합니다."

손병희는 말을 마치며 앉은 자리에서 두 손으로 방바닥을 짚으며 좌중을 향해 크게 절하였다. 둘러앉은 사람들이 모두 마주 절한 후 비장한 낯빛으로 서로를 돌아보았다.

결의에 찬 낯빛으로 거사에 대한 구체적인 말들이 오가다가 장소 문제가 나왔다. 박희도가 파악한 바로는, 내일 독립 선언이 있다는 이야기를 알고 학생들이 대거 탑동(파고다)공원으로 모여들 것이라 하였다. 그러면서 박희도가 우려하는 말을 내놓았다.

"그렇게 넓은 터에 혈기왕성한 젊은이들이 대거 모였다가 일본 경찰들이 우리를 잡으려 들면 가만 안 있을 텐데요. 아무래도 폭력 사태와 같은 불의의 사고가 나지 않을까요?"

그러자 한용운이 주먹을 불끈 쥐고 목소리를 높였다.

"무슨 말씀을! 여기 모인 분들은 모두 죽음을 각오하고 있질 않습니까? 기왕에 여기까지 왔으니, 두려워할 것이 없습니다. 웬만한 희생은 각오해야만 소기의 목적을 이룰 수 있을 것입니다. 청년들은 제가 나서서 자제시킬 터이며, 일본군 또한 제 맨몸으로 막아 나서겠소. 탑동공원에서 시작하여 최후의 일인까지 최후의 일각까지 조선 독립을 외칩시다!"

최린이 말을 받았다.

"그렇게 쉽게 볼 일은 아닙니다. 일본 헌병들이 필시 난폭하게 진압하려 들 것이고, 학생들이 가만있지는 않을 것입니다. 그러다 보면 만세운동이 전국적으로 퍼져 나가기도 전에 일본 당국의 대대적인 무력 진압을 불러올 가능성이 있습니다. 우리가 내세운 비폭력, 평화의 원칙도 순식간에 무너질 것이고요."

잠시 사람들 간의 의견이 분분하였다가 의견의 가닥이 잡히기 시작했다. '내일 탑동공원에는 많은 수의 사람들이 운집할 것으로 예상된다. 그러다 보면 자연 어떤 일이 벌어질지 모르며 일경 또한 간계를 꾸며 폭동, 소요의 구실로 몰고 갈 것이다. 내일 새벽에는 선언문이 살포될 것이고, 선언문의 내용은 다 알고 있을 터이니 우리가 굳이 탑동공원에서 선언식을 거행하지 않아도 좋을 것이다.'

"탑동공원 근처에 명월관 지점 태화관이 있지 않습니까? 거기 모여서 선언을 하고, 다음 일을 도모하면 어떻겠습니까?"

모두들 찬성하고 내일 정오에 태화관에서 모이기로 약속하였다. 그리고 모였던 사람들은 상기된 표정으로 가회동 집을 나섰다.

대표들이 돌아간 뒤에도 주옥경은 아무 말 없이 손병희가 잠자리를 준비하는 것을 도왔다. 그리고 나서 물러나기 전, 그녀는 손병희의 눈치를 살피며 말하였다.

"저에게 혹시 남길 말씀 없으십니까?"

손병희는 아무 말이 없었다.

"매일매일 살얼음판 같은 요즈음이었습니다. 저 역시 긴장으로 입이 바짝바짝 타들어 가고요. 그런데도 저에게 상세한 말씀 한마디 건네시는 법이 없으니 저는 문득 야속한 마음이 듭니다."

그래도 한참 말이 없던 손병희는 이윽고 천천히 입을 열었다.

"내가 자네에게 너무 미안해서 그러네. 꽃 같은 나이에 늙은 나와 혼인하여 다정했던 날들이 얼마나 되는가? 그런데 이제 이렇게 많은 짐을 자네에게 맡긴 채 곁을 떠나려 하니 나에게 의탁한 자네가 불쌍하고 면목이 없네그려."

주옥경의 두 볼에 눈물이 소리 없이 흘러내렸다. 그녀는 흘러내리는 눈물을 내버려 둔 채 조용히 말했다.

"제가 언제 호사를 바라고 성사님께 왔습니까? 성사님은 저의 지아비이기 이전에 저를 비롯해 수백만 천도교인의 큰 스승이신 분입니다. 아니 민족의 큰 희망이자 횃불이신 분입니다. 저는 그런 큰 스승의 손발이 될 수 있었던 것만으로 너무도 감격스럽습니다."

말을 하는 동안 그녀는 굵은 눈물을 하염없이 쏟다가 마침내는 어깨를 들썩거리며 바닥에 엎어졌다. 손병희는 그런 그녀의 어깨를 말없이 한참 토닥였다. 그러다가 어느 결엔가 그녀에게 뭔가를 손에 쥐여 주었다. 그것은 노랑나비 문양의 비단 노리개였다.

"언젠가 내 곁에 있던 동덕들이 모두 죽어 가던 날에, 나는 어떤 계집아이에게 이 나비 노리개를 주었지. 그 애만큼은 이 나비처럼 훨훨 날아가서 온갖 꽃들이 만발한 좋은 세상에서 자유롭게 잘 살라는 마음에서였어. 그런데 그 애는 난리 통에 죽고 말았네. 내 소원에도 불구하고. 어찌나 애통하던지 나는 한동안 하늘님을 원망하며 울었네. 그리고 한참 세월이 흐른 후 노랑나비 문양 노리개를 하고 멋들어지게 가야금을 뜯고 있는 자네를 보았지. 나는 마치 그 소녀가 살아서 성장한 모습으로 나에게 돌아왔다는 생각을 했네. 자네가 내 인생에 들어온 것은 하늘님의 뜻이었다네. 자네는 하늘님이 나에게 주신 귀한 보물이었어. 앞으로 무슨 일이 있더라도 희망을 잃지 말고 자유롭게 살기 바라네."

주옥경은 노랑나비가 수놓이고 금과 옥으로 장식된 그 비단 노리개를 받아 들고 울음을 그쳤다. '앞으로 무슨 일이 있더라도 희망을 잃지 말고 자유롭게 살기 바라네.'라는 마지막 말씀이 가슴을 미어지게 하였지만 울고만 있을 수는 없었다.

"성사님에게 무슨 일이라도 생기신다면 제가 어찌 희망을 품을 수 있겠는지요?"

주옥경은 무언가 남길 말은 없는지를 바라며 이렇게 말했다.

"우리는 모두 하늘님을 모시고, 성령을 모시는 사람들이 아닌가. 나 또한 성령으로 항상 자네와 같이 있을 것인데 무엇을 걱정하는가? 나에게 도통을 물려주실 적에 해월 선생께서 그런 말씀을 하셨지. 모든 살아 있는 것들은 모두 '이천식천(以天食天)'의 성스런 과업을 행하기 마련이라고. 나 또한 그렇다네. 내가 먹고 입고 쓴 것들이 모두 하늘님 아닌 것이 없다네. 그러니 언젠가는 나도 하늘님을 위해 기꺼이 목숨을 내놓아야 하는 거지. 그것이 내가 말하는 위위심(爲爲心)이기도 하네. 모든 성인은 모든 만물을 위하고 또 위해서 만물을 이롭게만 만든다네. 나는 비록 성인은 아니나, 스승님의 가르침에 따라 그 길을 가고자 하는 바니, 슬퍼하지도 두려워하지도 말아야 하네. 나는 이제, 어디에도 걸림이 없는 대 자유를 얻는 것이네. 그리고 인내천, 사람이 곧 하늘이며 내 안에 이미 하늘님이 모셔져 있다는 걸 잊지 마시게. 그대는 이미 하늘님이니…."

최후의 1인까지 최후의 일각까지 대한독립만세!

드디어 3월 1일. 어느덧 동이 트고 있었다. 새벽 5시를 앞두고 여느 때처럼 손병희는 눈을 떠 소세를 하고 의복을 단정히 하였다. 그리고 청수 한 그릇을 모시고 정좌하였다. 먼저 하늘님께 고하는 심고(心告)를 올렸다. 그리고 염주를 돌리며 마음속으로 주문을 외웠다.

'이 우주가 곧 하늘님이니…!' 문득 한 생각이 이에 이르렀다가, 스승 해월의 얼굴이 눈앞에 나타났다. '스승님은 영해 거사 이후 수십 년을 쫓겨 다니면서도 잠시도 쉬지 않고 일하시며 만물 안에 깃든 하늘님을 알아보고 지극한 정성으로 모심을 게을리하지 않으셨다. 해월 선생은 항상 자애로운 미소를 잃지 않으셨으며, 그 미소처럼 평화와 사랑의 정신으로 살다 순도하셨다. 이제 나 역시 스승 뜻대로 비폭력, 평화의 정신으로 내일 거사에 임할 것이다.'

손병희는 이제 조선의 독립과 민족을 위해 자신이 가진 모든 것을 내려놓기로 했다. 어쩌면 목숨까지도…. 생각이 이에 이르자 몸과 마음이 티끌 하나 없이 가볍고 고요했다. 어제 주옥경에게 말했던, 현실적인 욕망과 집착을 버리고, 오로지 모든 존재를 위하고 위하는 마음만이 가득 찬 단계를 확연히 느꼈다.

주옥경은 아직 쌀쌀한 날씨를 염려하여 목화솜을 두둑하게 넣은 새 한복을 내놓았다. 그녀의 세심한 마음에 손병희는 마음이 뭉클했다. 그는 주옥경의 손목을 꼭 잡고 말했다.

"내가 어디에 있든, 무슨 일을 하든, 하늘님은 항상 나와 함께할 것이오. 마찬가지로 하늘님은 여기 부인과 함께 계실 거외다. 어떤 일이 있어도 흔들리거나 두려워하지 말고 평소처럼 언제나 정성을 다해 수도에 힘쓰시오."

그때 권동진, 오세창, 최린이 선언서를 들고 손병희를 찾아왔다. 어제 밤에서 새벽 사이에 집집마다 선언서가 뿌려졌다고 했다. 이제 화살은 시위를 떠난 셈이었다. 손병희는 앞으로 일어날 일들에 대해 다시 한 번 그들과 꼼꼼히 점검하였다.

"아무래도 탑동공원은 위험하다고 생각됩니다. 어제 말했던 대로 태화관에서 독립선언서를 낭독하기로 합시다. 태화관 예약을 확인하고 음식 준비까지 시켜 놓으시오."

그리고 조금 일찍 서둘러 태화관으로 나섰다. 태화관은 오늘날의 광화문 네거리인 황토마루 근처에 있던, 서울에서 가장 큰 요릿집 명월관의 지점으로, 명월관이 원인 모를 화재로 소실되자 본점 구실을 하던 곳이다. 태화관은 본래 순화궁이었던 것을 이완용이 매입하여 살았다. 그곳을 다시 명월관에서 매입하여 별관으로 재탄생된 곳이다. 매국노 이완용의 집이었던 태화관에서 독립선언을 한다는 것도 운명의 장난 같은 일이었다. 오후 2시 무렵이 되자 독립선언서에 서명을 하였던 사람들이 하나둘 모여들기 시작했다. 길선주, 정춘수, 유여대, 김병조 등 4명이 사정이 있어 참석하지 못하고 그들을 제외한 29명이 예약해 두었던 방에 모였다.

이때 갑자기 현관 쪽에서 고함 소리와 함께 여러 사람들이 웅성거리는 소리가 들려왔다. 태화관 주인 안순환이 허둥지둥 들어와 학생들이 민족대표들을 만나자고 한다고 알려 왔다. 권동진과 최린이 밖에 나가서 학생들을 만났다. 앞장을 선 보성법률상업학교 강기덕이 흥분한 목소리로 말하였다.

"지금 탑동공원에는 수천 명의 학생들과 청중들이 민족대표들이 나타나기만 학수고대하고 있습니다. 그런데 여기 요릿집에서 대표님들이 한가하게 앉아 있는 게 말이 됩니까? 빨리 저희들과 함께 탑동공원으로 나갑시다. 그렇잖으면 사람들이 여기 모인 대표들이 변절한 것이라고 오해하고 격분할지도 모릅니다."

흥분한 학생들에게 최린이 말하였다.

"이번 독립 선언은 비폭력 평화 운동이오."

뒤따라 나온 박희도가 끼어들어 거들었다.

"만에 하나라도 일제가 간교를 부려 이번 비폭력 평화 운동을 폭력 소요 사태로 몰고 간다면 조선 민족 전체에 어떤 희생과 재앙이 닥칠지 모르네. 그러니 그대가 가서 학생들에게 대표들의 뜻을 전하고, 전 민족의 단결된 소망인 독립 선언을 큰 탈 없이 마칠 수 있게 힘써 주시게."

대표의 설득으로 학생 대표들은 탑동공원으로 물러갔다. 한바탕 소동이 끝난 후, 손병희는 이종일에게 말하였다.

"오늘 새벽까지 선언서를 인쇄하고 전국에 배달하느라 갖은 고생을 도맡아 했던 이종일 사장, 이 사장이 이제 선언서를 크게 낭독해 보면 어떻겠소?"

이종일은 감개무량한 듯 크고 떨리는 음성으로 선언서를 또박또박 낭독하였다. 낭독이 끝나자 한용운이 일어서서 우렁찬 목소리로 좌중에게 말하였다.

"이렇게 무사히 선언서를 발표하게 된 것을 모두에게 축하합니다. 우리 모두 최후의 일인까지 최후의 일각까지 조선 독립을 위해 매진합시다. 제가 만세를 선창할 테니 다 같이 외칩시다."

한용운은 우렁차게 만세를 선창하였다. 대표들은 모두 일어나 만세를 외쳤다.

"조선 독립 만세!"

"조선 독립 만만세!!"

"조선 독립 만세 만만세!!!"

우렁찬 만세 소리가 태화관에 울려 퍼지자 태화관 사장 안순환의 얼굴이 잿빛이 되어 나타났다. 그리고 거의 쓰러질 듯이 위태로운 표정으로 말했다.

"선생님, 저는 이제 죽었습니다. 태화관도 망했습니다."

손병희가 미소 지으며 태연히 대꾸했다.

"걱정 마시게. 만세는 우리가 불렀는데 왜 자네가 죽나?"

"아닙니다. 이런 큰일이 이곳에서 벌어졌는데 저희가 온전하겠습니까?"

이때 최린이 주인에게 말했다.

"지금 주인장이 총독부에 이런 사실을 빨리 알리시오. 우리는 이미 그 어떤 일도 각오한 사람들이오. 일경들이 와도 도망가지 않을 것이오."

안순환의 신고를 받은 헌병들이 득달같이 몰려왔다. 민족대표들은 일본 경찰이 동원한 차량에 실려 차례대로 남산 아래 경무 총감부로 연행되어 갔다.

3 · 1독립운동의 큰 물결, 한반도에서 세계로 굽이치다

한편 탑동공원에는 예정대로 많은 수의 학생들과 시민들이 모여들었다. 옥화의 동생 진호는 다른 천도교인의 연락을 받고 오후 2시가 안 되어 탑동공원에 갔다. 전문학교 학생들은 물론이고 중학생들과 어른 남녀를 포함한 군중이 구름 떼처럼 모여들었다. 탑동공원에 도착하기 전까지만 해도 그는 마음속에 두려움이 가득했었다. 그런데 자기와 같은 뜻을 가진 사람들이 운집해 있는 것을 보고 두려움은 눈 녹듯 사라지며 안도감과 감격스러움이 눈시울을 뜨겁게 했다.

오후 2시가 되자 한 학생이 육각정에 올라와 독립선언서를 힘차게 낭독하였다. 육각정 연단의 정면에는 어느새 커다란 태극기가 게양되어 있었다. 선언서 낭독을 마친 청년의 선창에 맞추어 '조선 독립 만세'의 힘찬 함성이 울려 퍼졌다. 손에서 손으로 태극 깃발이 건네졌다. 즉시 사방팔방 태극기의 물결로 바다를 이루었다. 학생들은 모자를 벗어 하늘로 높이 던지며 만세를 열창했다.

탑동공원에서 독립선언식을 마친 학생들과 시민들은 독립 만세를 계속 연호하며 공원 문을 나서서 가두시위에 들어갔다. 공원 문 앞에서 동서 두 갈래로 나뉘어 거리를 행진했다. 진호는 서쪽 방향의 시위대에 합류하였다. 진호의 시위대는 태극기를 흔들며 종로 1가 쪽으로 향했다. 전차가 교차하는 길에 이르러 시위대는 다시 둘로 갈라졌다. 진호는 서울역을 지나 정동 미국 공사관과 이화학당 앞을 지나 광화문 앞을 지났다. 그러고 보니 진호의 시위대에는 이화학당에 다니는 듯이 보이는 여학생들이 다수 참가하고 있었다. 다른 여학생들은 서울여자고등보통학교를 다닌다고 했고, 그 외에도 여러 여학생들이 목이 터져라 독립만세를 불렀다.

진호의 시위대는 광화문을 지나 조선보병대 앞을 지나 서대문정을 거쳐 프랑스 공사관, 장곡천정(지금의 소공동)을 지나 본정 2정목(지금의 충정로 2가)에 이르렀다. 프랑스 공사관 앞을 지날 때는 한 학생이 공사관 안으로 들어가 공사관 사람들에게 "조선은 오늘 독립을 선언하고 온 국민이 독립국이 되길 열망하고 있다. 이 소식을 프랑스 본국에 전해 달라."고 요청했다. 이제까지 숨죽여 살아오면서 무력감에 빠졌던 진호는 얼마나 속이 시원하고 감격스러운지 울컥울컥 눈시울이 붉어졌다. 학생들에 섞여 만세를 연호하다 보면 자기도 모르게 눈물이 흐르는 걸 참을 수 없었다.

그 시각 옥화는 다동 기생조합 기생들과 무리를 지어 다동에서 무교동을 지나 대한문 앞에 이르는 시위대에 참가하고 있었다. 당시 기생들의 숙소는 다동에서 무교동에 이르는 다방골에 많이 모여 있어서 다동 기생조합을 만들었는데, 만세 소리에 놀란 기생들이 모두 뛰쳐나와 시위대에 합류했던 것이다. 이 시위대가 대한문 앞에 이르러 마침 고종 황제의 인산을 앞두고 올라온 수많은 군중들과 합세하게 되었는데, 이들도 모두 함께 '조선 독립 만세'를 열창하였다. 이제 시위대는 수천 명에서 수만 명으로 불어난 것 같았다.

걷잡을 수 없이 시위대 규모가 커져 나가자 마침내 일제 헌병경찰대가 출동하였다. 헌병기마대도 출동해서 말 위에서 시위대를 향해 함부로 채찍을 휘둘렀다. 순식간에 시위대는 아수라장이 되었다. 채찍에 맞아 신음하는 사람, 말발굽에 채인 사람, 뛰다가 넘어져 시위

군중의 발길에 차이는 사람이 속출하였다. 그럼에도 불구하고 시위는 자정 무렵까지 계속되었고, 일본 경찰은 사람들을 무자비하게 폭행하며 잡아들이기 시작했다.

일경은 여자라고 해서 봐주지 않았다. 마침 헌병대 두 사람이 앞서 가던 기생의 머리채를 잡아 쥐고 한쪽 구석으로 내팽개쳤다. 그 기생은 비명을 지르며 나동그라졌다. 나머지 기생들도 겁에 질려 고함을 지르며 흩어졌다. 옥화가 그이에게 달려갔다. 옥화도 아는 기생 춘희였다. 그녀는 정신을 잃고 이마에 피를 흘리고 있었다. 옥화는 이마의 피를 닦으며 이름을 불러 댔다. 춘희는 겨우 정신이 돌아오는 듯 신음을 내뱉었다.

그때 다시 일본 경찰들이 그녀들에게 다가와 긴 채찍으로 옥화를 후려쳤다. 옥화는 "아악!" 하고 외마디 소리를 질렀다. 일경은 그녀를 오랏줄로 묶기 시작했다. 그런데 한 일본인이 일본 경찰에게 다가와 만류하는 소리가 났다.

"미즈노 경위! 나, 구로다요. 이들은 내가 맡아 처리할 테니 당신은 얼른 저쪽 군중들을 해산시키시오."

구로다가 가리키는 쪽에는 한 무리의 성난 학생들이 일본 경찰 수십 명과 일촉즉발의 험악한 대치를 하고 있었다. 경찰들은 총을 겨누고 있었으나 차마 발포를 하지 못했는데, 학생들이 달려들면 그대로 포위되어 피습될 위기에 처해 있었다.

"하이. 그럼 이년들을 좀 처리해 주십시오."

미즈노는 경찰들을 인솔하여 학생들 쪽으로 달려갔다. 구로다는 두 기생들을 일으켜 오랏줄로 묶었다. 그리고 그들을 남산골 쪽으로 데려갔다. 그러더니 그는 사람들 인적이 없는 골목 어귀에서 오랏줄을 풀었다. 풀려난 춘희는 인사로 고개를 까닥해 보이고 쏜살같이 어둠 속을 달려갔다. 어서 이 악다구니 소굴을 벗어나고 싶은 모양이었다. 옥화 역시 감사의 뜻으로 고개를 숙이고 돌아서는데 발을 절룩절룩 절면서 제대로 걷지를 못했다. 아마 채찍을 피하느라 펄쩍 뛰다가 발목을 접질린 것 같다. 또한 채찍을 맞은 어깨 부위도 여간 아픈 게 아니었다.

절뚝절뚝 힘겹게 걸어가는 옥화의 팔을 건장한 손이 다가와 낚아챘다. 구로다가 옥화의 팔을 잡은 것이다. 옥화가 깜짝 놀라 뿌리치려 했으나 구로다는 그녀의 팔을 놓지 않았다.

"옥화상. 오늘 밤은 우리 집으로 가는 것이 나을 것 같소. 지금 도처에 일경들이 깔려 시위꾼들을 잡아들이고 있소. 그리고 지금 옥화상은 잘 걷지도 못하지 않소? 당장 치료를 받아야 할 것 같소."

"안돼요. 제가 어찌 구로다상 집에서 머물 수가 있겠어요. 말씀은 감사하지만 저는 혼자서 어떻게든 저희 집으로 가겠어요."

옥화는 구로다의 팔을 뿌리치기 위해 애썼다. 하지만 구로다는 더 강하게 옥화의 손목을 잡았다.

"옥화상, 고집 좀 그만 부려요. 잘 걷지도 못하잖아요?"

구로다는 안타까움과 간절함을 담아 말했다. 구로다는 기어이 옥화를 자신의 집으로 데려가 다다미방에 눕게 했다.

"옥화상! 나를 믿어요. 당신을 해치지 않아요."

구로다는 간절한 눈빛으로 말했다. 옥화는 자포자기 심정이 되었다. 어깨에서 허리로 이어지는 상처가 시간이 갈수록 아파서 비명이 나올 지경이었으며, 발목도 점점 부어올라 한 걸음도 옮기기 힘든 실정이었다. 그 상황에서 선택의 여지가 없었다. 그녀는 구로다의 자비만을 바랄 뿐이었다.

한반도에서 그 누구보다 잔인했던 인간 구로다는 이상하게도 옥화 앞에서는 순한 양이 되었다. 뜨거운 물을 담은 대야와 흰 수건을 가져와 옥화 앞에 대령하였고, 상처 부위를 잘 닦은 다음 찬물에 수건을 적셔 찜질을 했다. 옥화는 처음엔 긴장 속에서 뻣뻣해 있다가 정성스런 찜질 덕분에 자기도 모르게 혼곤한 잠 속으로 빠져들었다. 그러다가 발목의 통증 때문에 한밤중에 눈을 뜨니 옥화의 발치에서 수건으로 찜질하다 말고 쪼그린 채 잠이 든 구로다가 보였다. 그녀는 자신의 발밑에서 커다란 덩치를 새우등처럼 오므리고 잠든 구로다의 모습을 바라보며 알 수 없는 연민을 느꼈다. 그리고 안도감을 느끼며 다시 잠이 들었다.

3월 2일부터는 노동자들이 적극적으로 나서기 시작했다.[23] 이들은 일부 학생들과 더불어 종로 네거리에서 만세 시위를 전개하였다. 경찰들은 노동자들 20여 명을 체포해 갔다.

3월 3일은 고종의 인산일이어서 시위를 자제하였다. 이날 밤 신정

(지금의 묵정동)에서만 독립 시위가 있었다. 하루를 쉬고 4일, 5일 다시 대규모 만세 시위가 일어났다. 남대문 밖 서울역 앞에서 학생 대표 김원벽, 강기덕이 선두에 서서 태극기를 흔들며 독립만세를 연호하였다. 마침 수많은 시민들이 고종 황제의 국장을 보고 귀향하려던 찰나에 시위대를 보고 합세하여 1만 명이 넘게 되었다. 일제 헌병대는 드디어 총칼을 빼 들고 시위대를 위협하고 수많은 부상자를 냈으나 군중들의 분노한 함성을 막기에는 중과부적이었다.

이후부터는 서울에서 시위를 목격하고 참여했던 지방민들이 고향에 내려가 소식을 알리고 전국에서 시위의 물결이 일어나게 되었다.

3월 1일 서울에서 독립선언서가 낭독되고 시위가 벌어졌던 같은 시각 평양, 의주, 선천, 안주, 원산, 진남포에서도 동시에 시위가 일어났다. 다음 날 2일에는 함흥, 수안, 황주, 중화, 강서, 대동, 해주, 개성 등 주로 이북 지역에서 시위가 연달아 터졌다. 7일에는 시흥 읍내 보통학교 학생들의 시위가 일어났고, 9일에는 인천 읍내에서 만세 시위가 일어났다. 3월 중순 이후에는 함안, 대구 등에서 독립 시위가 잇따라 일어났다.

이렇게 들불처럼 번져 가던 시위는 3월 18일 다시 한 번 크게 폭발했다. 경기도 강화 읍내에서 어쩌면 전국 규모로 보아도 가장 큰 숫자일 2만 명이 넘는 주민들이 궐기하여 군청 감옥에 수감된 사람들을 탈출시키는 시위가 일어났다. 이날 양주 마석리에서도 군중들은 붙잡힌 사람들을 탈환하기 위해 헌병 주재소를 습격하였다.

3월 하순에 들어서자 조용하던 고양, 부천, 용인, 이천, 김포, 파주, 포천, 연천, 광주, 여주, 장연 등지에서 일제히 시위가 전개되었다.

서울에서는 3월 22일부터 27일까지 6일간 시내 각처에서 맹렬한 시위운동이 재개되었다. 서울 봉래동에서 아침 식사를 하러 모여든 노동자 수백 명이 태극기를 세워 놓고 시위를 시작하였고, 근처의 노동자들과 시민들이 합세해서 독립문까지 행진하면서 대대적인 시위를 전개하였다.

이때부터 잠시 소강상태에 있던 시위운동에 다시 불이 붙어 도처에서 크고 작은 시위들이 연달아 일어났다. 독립운동은 점차 조직적인 운동으로 발전하여 23일부터 26일까지는 시민들이 약 100명씩 시위대를 편성, 서울 시내 도처에서 동시다발적으로 독립만세 시위운동을 전개하여 일제 군경의 혼을 빼놨다. 또한 일본인 운전자들이 운행하는 전차들을 습격하여 운행을 정지시켰다. 3월 26일에는 와룡동 파출소, 재동 파출소, 안국동 파출소가 시위 군중에게 습격당하였다. 27일에는 만철 서울관리국 용산 철도공장 노동자 약 800명이 동맹파업을 단행하고 독립만세 시위운동을 전개하였다. 이후에도 산발적인 시위는 계속되었으며 4월 8일에는 서울일보사의 조선인 노동자들이 파업에 들어갔다.

해외에서도 3 · 1운동 소식이 전해지자 이에 자극을 받아 3월 10일 이후 중국의 동북 성을 비롯하여 미주, 중국, 일본 등지에서 만세 시위운동이 연달아 일어났다. 특히 3월 12일 길림성 용정에서 시작되어 3월 13일에 본격적으로 전개된 시위 항쟁은 만주 지역 독립운동의 분기점이 되는 시위였다. 일제는 총칼로 사정없이 시위대를 공격하여 수십 명의 살상자가 나왔다. 이러한 상황에 접한 만주 지역의 애국지사들은 평화적인 시위운동에서 무장투쟁으로 독립운동의 방법을 전환하는 계기로 삼았다.

3 · 1운동은 한반도 전역은 물론 미주, 중국, 일본과 유럽에 이르기까지 세계 곳곳에 약 3개월 동안 계속적으로 확산되었고 그 이후로도 끊임없이 계속되어 연말까지 지속되었다. 3월 1일부터 만 3개월 동안의 집회 횟수는 1,542회이고 참가 인원수는 2백만 명을 넘어서며, 사망자는 7,509명, 부상자는 15,961명, 체포된 인원수는 46,948명이었다. 그런데 3 · 1독립 선언이 시작된 태화관을 비롯하여 선언서를 인쇄한 보성사와 그 밖에 수십 채의 건물들이 불탔을 뿐 아니라 교회당 47개소, 학교 2개교, 민가 715채가 공개적인 방화 또는 원인 미상의 화재로 잿더미로 변해 버렸다.

일제의 끔찍한 만행, 수원 제암리 사건[24]

1919년 3월 1일 이후 며칠 동안 진호는 가슴 후련하면서도 살벌한 경험을 하였다. 일제 치하 쪽발이들 앞에서 숨소리 한 번 크게 내지 못하다가 '조선 독립 만세'를 맘껏 외쳐 댔으니 가슴의 체증이 다 내려가는 듯, 막힌 가슴이 뻥 뚫린리는 듯이 후련했던 것이다. 하지만 후련함이 공포로 바뀌기까지는 얼마 걸리지 않았다. 일제 경찰들이 휘두른 방망이와 채찍에 사람들의 뼈와 살이 으스러져 곳곳에 핏자국과 신음 소리가 낭자하였다. 어떤 남학생은 태극기를 흔들다가 일경이 휘두른 장도에 피투성이가 되어 병원으로 실려 갔고, 어떤 여학생은 머리채를 잡힌 채로 이리저리 휘둘리다가 길바닥에 나뒹굴며 기절하고 말았다. 일본 헌병경찰의 발길질과 몽둥이질에 피멍이 허다한 사람들이 굴비 엮이듯이 포승줄에 묶여 경찰서로 끌려갔다.

진호는 대한문 앞을 지나 진고개 근처에 이르러 뜻밖에 우이동 봉황각에서 함께 연성수련을 했던 김성렬을 만났다. 반가워서 얼싸안은 것도 잠시, 함께 어울려 만세를 부르다가 일본 경찰이 나타나면 재빨리 골목으로 함께 피신해야 했다. 진호는 너무 급하게 일경을 피하다가 신발 한 짝을 잃어버렸는데, 김성렬이 재빨리 진호의 신발 한 짝을 찾아왔다. 이렇게 한나절 그와 뛰다, 걷다를 번갈아 하다 보니 그야말로 생사를 넘나든 동지가 되어 갔다.

날이 저물자 곧 어둠이 몰려왔다. 하루 동안 시내를 누비던 시위대가 각자의 집으로 돌아가기 시작하자 시내 전역이 급속히 고요 속에 잠겨 들었다. 진호가 김성렬에게 물었다.

"밤이 깊었는데, 오늘은 저희 집으로 가시지요. 저희 집이 여기서 멀지 않습니다."

"그렇잖아도 수원에서 같이 올라온 동덕들과도 헤어져 오늘 어디서 잘까 고민하던 차였습니다. 그래도 이렇게 급작스럽게 신세를 지게 되면 결례가 되진 않을지 걱정입니다."

"아닙니다. 결례라니요? 동덕님을 이렇게 다시 만나 제가 얼마나 기쁜데요. 저보다 형님 되시니 말씀 놓으시고요, 어서 저희 집으로 가시지요."

그리하여 수원 고주리 김성렬은 진호의 집으로 가서 하룻밤 신세를 지게 되었다. 우이동 봉황각에서 함께 수련을 하였던 천도교인이고 또 역사적인 3월 1일 독립 시위운동에 함께했다는 것만으로도 그들은 혈연 못지않은 끈끈한 정과 믿음을 나눌 수 있었다. 진호로서는 일찍 부모를 잃고 고향을 떠나 서울 누나에게 얹혀사는 처지이고 보니 항상 정이 그리웠던 차였다. 그런데 자신보다 연배가 있고 점잖은 김성렬을 보니 마치 어릴 적부터 의지해 온 형님 같은 생각이 들었다. 나이 차와 지역 차에도 불구하고 진지하고 의리가 강한 두 사람의 성격이 맞아, 새벽까지 진호와 김성렬은 깊은 이야기들을 나눴다.

김성렬은 수원 고주리에서도 유명한 천도교 전교사인 김흥렬의 아우다. 김흥렬은 사랑방을 전교실로 만들어 근처 제남리, 고주리 일대의 천도교 포덕에 힘쓰는 한편, 대대로 내려오던 가문의 논 3천 평과 밭 3천 평을 팔아 중앙대교당 건축 성금으로 보낼 만큼 헌신적인 천도교인이었다.

이런 형님을 둔 덕에 김성렬은 서울의 의암 선생을 자주 찾아뵙고 감화를 받아, 근처 마을의 기독교, 천도교 애국 청년들과 함께 구국

동지회를 만들어 활동해 왔다. 이번 거사에는 미리 연통을 받고 수촌리에 사는 천도교인 백낙렬, 제암리 교회 안종후 등과 함께 와서 만세 운동을 하였다. 그러다 일경에 쫓겨 백낙렬, 안종후 등과 떨어져 혼자 헤매다 진호를 만나게 된 것이다.

그는 진호에게 자신들은 수원으로 내려가 주민들과 만세 운동을 계속할 것이니 진호도 기죽지 말고 계속 만세운동에 참여하라고 당부하였다. 진호는 그의 씩씩하고 꾸밈없는 말투가 맘에 들었다. 과연 그 누가 나에게 이런 충고를 해 주겠나 하는 생각도 들었고, 이 분이야말로 정말 천도교인으로서, 애국 청년으로서 최선을 다하는구나 싶어 절로 존경의 마음이 들었다. 그리고 진호 역시 진정한 천도교인으로서 다시금 분발하자는 각오를 다질 수 있었다.

다음 날, 김성렬은 진호와 작별하며 4월 말쯤 중앙총부에 볼 일이 있어 상경할 예정인데, 그때 진호의 집을 방문하겠다고 약속하였다.

진호는 뜻하지 않은 인연으로 믿음직한 형님을 얻어서 뛸 듯이 기뻤다. 그리고 서울에서 진행되는 시위에 참석하며 정말 그를 기다렸다. 하지만 4월 말이 지나고 5월 초가 넘어서도 그는 나타나지 않았다. 진호는 무척 낙담하였다. 그러다 문득 그가 이유 없이 허언할 사람은 아니라는 생각이 들어 5월의 화창한 어느 날 수원 고주리로 직접 그를 찾아 나섰다.

막상 그가 수원에 도착해 보니, 군데군데 마을들이 불에 타고 엉망이 되어 있었다. 진호는 심상치 않은 기분으로 고주리로 가는 길목의 제암리에 당도하였다. 그곳은 보던 중에도 상황이 심각하였다. 수십 채의 집은 온통 불에 타서 폐허로 변하고 성한 집은 하나도 보이지 않았다. 마을 입구 신작로에서 서성이다가 겨우 두루마기 차림의 노인을 만났다.

“아이고, 말도 마시게. 여기 마을 사람들은 거진 다 죽었네. 모두 저 왜놈….”

그러다가 노인은 흠칫 말을 멈추고 주위를 둘러보더니, 더 이상 이야기하기를 꺼렸다. 하는 수 없이 노인을 보내며 고주리로 가는 길을 물었다.

마을에 당도해 보니 고주리는 제암리에 비해 겉으로는 피해가 거의 없는 듯했다. 그러나 마을은 적막하기 이를 데 없었다. 마을에서 가장 커 보이는 집을 다짜고짜 찾아들어 사람을 찾았다. 주인장을 여러 차례 부른 끝에 겨우 사랑방의 문이 열렸다. 아까 길에서 만난 노인보다 더 늙은 노인이 상반신을 드러냈다.

“김성렬이라는 분이 이 마을에 사는지요?”

“김성렬은 왜 찾으시오?”

“제가 이곳 고주리에 사는 김성렬 의형제를 맺은 아우인데, 한양에서 예까지 소식을 알고자 왔습니다.”

노인은 한참을 무언가 생각하더니, 방으로 들어오라 했다.

진호는 웬일인가 싶어 망설이다가 방으로 들어가 예를 갖춰 인사를 한 후 자리에 앉았다. 노인은 문밖의 기척을 한참을 살피더니 나직이 입을 열었다.

"김성렬과는 어찌 인연을 맺었소?"

"사실은… 제가 천도교인입니다. 김성렬 형님도 천도교인이라, 서울에서 뵙고 공부를 같이하였습니다."

"그렇다면, 믿어도 좋겠구만. 김성렬 그 사람 죽었소."

진호는 깜짝 놀랐다. 노인의 이야기를 들으며 진호는 놀람을 넘어 분노와 울분에 싸여 흐르는 눈물을 멈출 수가 없었다.

노인이 전한 이야기에 따르면 김성렬과 그 가형인 김홍렬을 비롯하여 김세열, 김주남, 김주업, 김홍복 등 김씨네 형제들이 모두 일경에 의해 잔혹하게 죽임을 당했다고 한다. 제암리 교회에 갇혀서 돌아간 이들도 있고, 특히 김홍렬은 집에 있다가 일가족이 함께 몰살되고 간신히 살아남은 사람들도 어디론가 뿔뿔이 흩어지고 말았다고 했다. 앞서서 진호가 거쳐 온 제암리에서는 일본 경찰이 마을 사람들을 모두 모아 놓고 문을 걸어 잠근 채 일제사격을 가하고 불을 질러 천도교인 25명, 기독교인 10명이 학살되었다는 소식도 얘기해 주었다. 진호가 서울로 돌아와 좀 더 자세히 알아본 사건의 전말은 이러했다.

김성렬과 함께 상경했던 백낙렬, 안종후 등은 3·1독립운동 참가 후 수원으로 돌아가 다시 수원에서의 만세 운동을 계획한다. 이리하여 4월 1일 저녁 7시 화성군 수촌리 개죽산 봉화를 신호로 일제히 만세 시위를 전개한다. 다음 날은 천도교인들을 중심으로 주민들에게 태극기를 나눠 주고 동참을 호소하니 시위대는 급격하게 늘어난다.

이때 백낙렬이 장안면 사무소를 습격하자고 하여 시위대들은 친일 행정의 본산지인 면사무소를 불살라 버리고, 우정면 면사무소까지 습격하기에 이른다.

백낙렬을 지도자로 한 시위대는 점점 불어나고 마침내 화수리 주재소 앞에서 만세 시위를 전개하기에 이른다. 이때 화수리 주재소장 가와바타의 지시로 일본 경찰들이 군중을 향해 무차별 사격을 가해, 앞장섰던 사람들이 총에 맞아 순국하거나 부상당한다. 분노한 시위 군중은 투석전을 전개하여 주재소를 점거하고 가와바타를 타살한다.

악질 경찰 가와바타의 죽음 이후 일본군은 대대적인 보복 행위를 저지른다. 4월 3일 새벽 일본군 수비대 1개 소대가 화수리로 들이닥쳐 총을 마구 쏘아 대기 시작했다. 집집마다 수색해서 반항하는 남자들은 즉시 총살하고, 나머지 장정들도 임시 주재소로 끌고 가 혹독한 고문을 한다. 일본 군경은 광분하여 수원 화수리, 한각리, 조암리, 석포리, 수촌리, 장안리, 기림골 등 특히 천도교인들이 많이 사는 곳은 불을 지르고 체포와 고문, 살해를 자행한 것이다.

이런 일경의 발악에도 불구하고 만세 시위가 그치지 않고 계속 전개되자 일제는 주민들을 무차별 학살하기로 결정한다. 그리하여 4월 15일 발안주재소장 사이토와 그 주구 조희창은 일본군 30여 명을 이끌고 제암리에 도착, 마을 주민들을 모두 교회당으로 모이게 한다. 그리고 일본군은 출입문과 창문에 못을 박아 나오지 못하게 한 후 불을 지르고, 일제사격을 가하여 주민들을 학살한다. 그 이후 마을에 불을 질러 제암리 전체가 폐허로 변하고 말았다.

그리고 이들은 고개 너머 고주리로 가서 백낙렬과 자주 교류하고 만세 운동을 주도하였던 김흥렬, 김성렬, 김세열 등 가족 6명을 칼로 목을 쳐 살해하는 만행을 저지른다. 근처에 사는 나머지 고주리 주민들도 모두 포박하여 발안 주재소로 끌고 가 가혹한 고문을 가함으로써 반송장을 만든 후에 내다 버리듯 석방하였다. 이들 중 다수는 석방 후 고문 후유증에 시달리며 앓다가 죽어 갔다.

진호는 수원에 가서 사실의 전말을 알고 돌아온 후 밥을 잘 먹을 수가 없었다. 그리고 갖가지 의문들이 꼬리를 물고 계속 떠올랐다. '일본인은 어떻게 사람의 탈을 쓰고 그렇게도 잔인할 수 있을까? 아니 인간은 어디까지 타락해서 악마의 본성을 갖게 되는 걸까? 조선인들은 언제까지 속수무책으로 당해야만 하는 걸까? 의암 성사님은 감옥에 수감되어 계시면서 임시정부의 대통령으로 추대되고 있는데, 과연 그 일은 성사될 수 있는 걸까? 조선에 희망은 있는 걸까? 온통 잿빛인 이 땅에서 나는 무엇을 해야 하나?'

8장/ 잠깐의 행복, 기나긴 고통

태화관에서 일경에 의해 체포된 민족대표들은 남산 왜성대의 경무총감부에 구속되었다. 태화관에 참석하지 못했던 길선주, 유여대, 정춘수 등, 세 명은 지방에서 늦게 올라온 탓으로 태화관으로 오지 못했고, 나중에 자진 출두하였다. 그리고 33인 중 김병조는 자수하지 않고 의주를 거쳐 중국으로 망명하였다. 일경은 일차 취조의 결과 중요한 관련자 16명을 수배하고 잡아들이기 시작했다. 며칠 내로 함태영, 송진우, 현상윤, 최남선, 박인호, 노헌용, 김호규, 김도태, 임규, 안세항, 이경섭, 김세환 등이 구속되어 잡혀 왔다.

그리하여 일경은 모두 48명을 내란죄 피의자로 신문하였다. 이들은 신문을 받고 검찰에 송치되어 며칠 후 서대문 감옥에 수감되었다. 일제는 민족대표들을 모두 중범죄인 국사범으로 다루어 한 명씩 독방에 가두었다. 이때부터 지루하고도 고통스런 신문이 이어졌다. 손병희는 검찰이나 법정에서 조선 독립의 당위성을 주장하고 일본의 잘못을 비판했다. 그리고 앞으로도 기회가 있다면 다시 독립운동을 하겠다고 소신을 굽히지 않았다.

일본 경찰은 손병희를 재우지 않고 계속 똑같은 질문을 하였다.

"당신은 폭력으로 체제 전복을 위해 조직적 선동과 시위를 일으킨 것 아니냐?"

전국으로 번진 독립 시위는 3월 중순 이후부터 비폭력 평화 시위를 넘어서 주재소 습격, 악질 일인들에 대한 공격으로 비화되었다. 일제는 이 모든 사태를 민족대표들, 특히 주동자인 손병희의 계획에 의한 것으로 몰아가는 데 사력을 다했다. 하지만 선언서에 명기된 대로 이번 운동은 비폭력 무저항주의를 원칙으로 하고 있었다. 따라서 손병희는 거듭 '내란죄, 폭력에 의한 체제 전복' 혐의를 부인했다.

서대문 감옥 본관에는 나무 팻말로 간판을 단, 8평 남짓한 취조실이 있었다. 이곳은 한낮에도 불을 켜지 않으면 옆 사람 얼굴을 분간할 수 없을 정도로 캄캄했으며, 바닥은 시멘트로 되어 있었다. 서대문 감옥을 한 번이라도 거쳐 간 사람들은 이 취조실의 악몽을 떨치기 어렵다. 이곳에서는 밤낮으로 사람이 낼 수 있는 가장 고통스런 울부짖음이 흘러나왔다. 그리고 이 소리는 전체 감옥에 울려 퍼져 끔찍한 공포를 자아냈다. 이 취조실에서 고문을 당하지 않더라도 옆방에 있는 사람들은 자신들이 고문을 받고 있는 착각에 몸을 떨어야 했다.

훗날 이곳에서의 경험이 다음과 같이 증언되었다.[25]

'어른이건 소년이건 팔이 몸통에 묶이어 천장에 매달린다. 그러므로 그들의 몸무게는 오롯이 어깨에 실리며 정신을 잃을 때까지 '올려졌다 내려졌다'를 반복한다. 그들의 손가락은 불에 빨갛게 달군 철사로 짓눌려졌다. 그들의 벌거벗은 피부는 날카로운 갈고리로 찢기거나 또는 달군 쇠붙이로 지져졌다. 발톱은 집게로 뽑혀졌다. 남자들은 아주 작은 상자에 넣어지고 나서 그 상자가 꽉 죄어진다. 그들은 단단히 묶이고 머리가 뒤로 젖혀진다. 뜨거운 물이나 약품이 용해된 물, 또는 고춧가루 물이 그들의 콧구멍에 퍼부어진다. 나무 조각 꼬챙이들이 그들의 손톱 깊숙이까지 들어박힌다.'

민족대표들은 모두 한 평 반 남짓한 독방에 수감되었다. 차가운 시멘트 바닥에 얇은 모포 한 장, 변기를 대신할 나무통 하나가 전부인 방이었다. 식사라고 주는 것은 보리와 콩이 반반 섞인 혼합곡 한 덩어리와 소금물과 비슷한 멀건 국이 전부였다. 수감자들은 아침 6시에 기상해서 저녁 9시에 취침하는데, 매일 10분 동안 옥외 운동을 할 수 있어서 겨우 그동안만 햇빛을 볼 수 있었다. 운동 시간에도 민족대표들은 서로 얼굴을 대면할 수 없도록 개별적으로 불러냈다.

서대문 감옥에 갇힌 지 3개월도 안 돼 이 혹독한 수형 생활을 견디지 못해 순국한 민족대표가 생겼다. 그이는 바로 양한묵. 일본에서 손병희를 만나 감화를 받고 천도교에 입교한 이래 줄곧 애국계몽운동과 천도교 교리 연구에 매달렸던 인재였는데, 안타깝게도 1919년 5월 26일 57세의 나이로 차가운 감옥 바닥에서 순국한 것이다.

손병희는 간수한테 이 소식을 듣고 큰 비탄에 빠졌다. 그 역시 온몸이 성치 못했다. 원래부터 위장병을 앓아 온데다가 환갑이 가까운 나이이고 보니 참혹한 감옥 생활을 견디기 어려웠다. 오로지 기도와 정신력으로 하루하루를 견딜 뿐이었다.

서대문 감옥 빨간 벽돌담 밖에서 애가 타기는 주옥경도 마찬가지였다. 그동안 손병희를 모셔 왔던 그녀였기에 그의 몸 상태를 잘 알고 있었다. 집요한 신문에 시달리면서, 차가운 돌바닥과 거친 식사에 젊은 청년들도 사지로 내몰리는 고난의 영토에서, 노구의 그가 견딜 수 있는 데 한계가 있을 수밖에 없으리라. 이런 사실을 잘 알고 있는 주옥경의 가슴은 꺼멓게 타들어 갔고, 참다못해 직접 정무총감에게 사식 차입을 허가해 달라고 호소하였다.

하지만 정무총감은 '수감자 누구에게도 사식을 차입할 수는 없다.' 고 정색하였다. 그러나 주옥경은 포기하지 않고 병약자와 노령자만이라도 사식을 허락해 줄 것을 요구하여 겨우 허가를 얻어 냈다. 손병희는 처음 자기 혼자 사식을 먹을 수 없다고 거부하였는데, 며칠 후엔 다행히도 민족대표 전원에게 사식 차입이 허락되었다는 이야기를 듣고 사식을 받아들였다.

처음 주옥경은 가회동 집에서 음식을 만들어 아침저녁 서대문 감옥으로 날라야 했다. 가회동에서 집을 나서 광화문 거리를 거쳐 서대문을 돌아 영천의 독립문까지 먼 길을 걸어갔다. 또한 감옥소 앞에 흐르는 작은 개천을 건너야 비로소 형무소에 도착할 수 있었다. 이렇게 가회동 집에서 서대문 감옥까지 가는 길이 멀고 험해서 보통 일이 아니었다. 고민 끝에 감옥 근처에 방을 얻기로 하였다. 마침 감옥 맞은편에 있는 방이 비어 있는 작은 초가집을 구할 수 있었다.

그러나 방을 열어 보고는 기절초풍할 지경이었다. 작고 누추한 것도 문제이거니와 벌레가 기어 다니며 퀴퀴한 썩은 내가 코를 찔렀다. 알고 보니 그 방은 서대문 감옥에서 죽은 사람들의 시신을 임시로 보관하는 곳이었다. 주인은 시신 안치료를 받아 생활하고 있었던 것이다. 그동안 여러 가지 일을 겪기는 했지만 생활만큼은 안락했던 주옥경이었다. 한 번도 겪어 보지 못한 환경에 망설였던 그녀는 이내 마음을 다잡고 그 방을 쓰기로 했다. 주인에게 시신 안치료 수입 대신 방세를 따로 내겠다고 하였다.

주인은 처음에 "무슨 사정이 있길래 젊은 여인이 시체 있던 방을 쓰려 하오?" 하고 의아해했다. 그러나 곧 '의암 성사 옥바라지'를 위해서라는 걸 알고 크게 감격해했다. 주인 역시 손병희는 민족의 대단한 영웅이라 생각하고 흠모하던 차였다. 게다가 앳된 여인 주옥경의 대담한 용기와 정성에 혀를 내둘렀다.

그녀는 장판을 갈고 도배를 새로 했다. 방 옆을 부엌으로 개조하였다. 그리고 하루 세끼 음식을 손병희의 식성에 맞춰 정성껏 만들어 들여보냈다. 그렇게 손병희의 옥바라지를 하게 되었고, 시일이 지나자 자연스레 차입이 어려운 다른 민족대표들에게까지 신경을 쓰게 되었다. 하다못해 3 · 1운동 때 만세 부르다 붙잡혀 들어와 곤장 맞고 나가는 사람들까지 두루 관심을 갖고 보살폈다. 천도교 측에서는 처음 3 · 1운동 계획부터 다른 종교계의 운영비를 거의 다 부담했는데 나중에는 감옥 뒷바라지 비용까지 모두 감당하게 되었다.

여성 독립운동가들의 수난

그렇게 서대문 감옥으로 사식 차입을 위해 하루에도 몇 번씩 오가던 무렵 주옥경은 옥화를 만나게 됐다. 주옥경은 손병희와 혼인 후, 기생 세계와는 일체 인연을 끊었던 차라, 옥화를 만나니 너무 반가워 눈물이 핑 돌았다.

"아니, 옥화 언니 아니세요? 맞지요? 이게 몇 년 만인가요?"

"아니, 사모님 아니세요?"

옥화는 여염집으로 시집간 옥경에게 공대를 했다. 당시 풍습은 그렇게 결혼한 상대의 신분에 따라 예의를 갖추는 것이 상례였다.

"아이 언니! 우리 둘만 있는 데서는 그러지 마세요."

"그래…. 그게 좋을까? 산월아. 참, 이름을 옥경이라고 바꿨지. 의암 성사님 옥바라지한다는 소문 들었는데…. 그래, 네 얼굴이 말이 아니구나. 너의 고생이 이만저만하지 않은 게로구나."

"저야 성사님이 고생하시는 거에 비하면 아무것도 아니죠."

주옥경은 흐르는 눈물을 손수건으로 닦았다.

"조선에 태어난 죄로 모두 이렇게 고생이구나. 아니 착한 백성들을 총칼로 때려잡는 일본놈들이 나쁜 놈들이지. 우리 기생들이 만세 한 번 외쳤다고 모두 잡아들이는 놈들이니, 참!"

"여기 서대문에 잡혀 들어간 기생들이 누가 있어요?"

"너는 잘 모를 거야. 너보다 두 살 아래, 수원 명기로 이름난 김향화라고 있는데, 수원에서 기생조합 소속 기생들 32명을 이끌고 만세 운동을 해서 여기 잡혀 와 있단다. 험한 꼴을 많이 당한 것 같은데 아무도 돌보는 사람이 없어서 내가 여기 면회 온 거야."

그날 옥화는 주옥경과 나란히 서대문 감옥을 갔다가 감옥 근처 주옥경의 임시 거처에 들러 한참을 이야기하다 돌아갔다. 옥화의 이야기는 이러했다.

옥화에게 양금을 가르쳤던 선생이 수원 기생 향화[26]도 가르쳤는데, 그 실력이 조선 팔도에서 제일이라고 침이 마르게 칭찬을 하더란다. 그러던 어느 날 수원 출신 갑부 조 아무개가 서울에서 회갑연을 열고 수원과 서울에서 내로라하는 기생들을 여러 명 초대해서 노래와 춤, 악기 연주를 하게 하였는데 거기서 김향화를 만나 친해지게 됐다. 며칠 후엔 조 아무개가 수원 고향에서 똑같은 잔치를 벌이니 다시 김향화와 재회하게 된 것은 물론이었다.

김향화는 지조 있고 기개 있는 전통 예인이었다. 자신은 행수 어른으로부터 항상 조선 기생은 임금을 모시는 궁녀이고 예술인이라고 교육받았다고 한다. 그런데 일본이 나라를 빼앗고부터는 몸을 파는 창기로 취급되는 것을 몹시 애석해했다. 뿐만 아니라 일제는 정조대왕께서 행차하던 화성행궁을 허물고, 왕이 거처하시던 봉수당 자리에 자혜병원을 만들고, 군사들이 머물던 군영에는 경찰서를 만들었다. 그리고 수원 기생조합 기생들에게 강제로 한 달에 두 번 자혜병원에서 성병 검사를 받게 했다. 병원을 하필이면 왜 봉수당 자리에 지어 놓고 거기 가서 성병 검사까지 받게 하는가. 그것은 조선 왕실과 기생들을 욕보이는 처사였다. 창기가 아닌 예술인으로서 수치심에 떨던 그녀들은 3월 29일 자혜병원으로 정기검진 가는 길에 미리 준비한 태극기를 높이 들고 목청껏 '대한 독립 만세'를 외쳤다. 그것도 경찰서 바로 코앞에서. 민족대표와 마찬가지로 33인이었던 그들은 기생 대표 33인이나 된 듯 독립 만세를 외치다 경찰에 끌려갔다.

이들보다 앞서 3월 19일 진주 기생 6명이 "우리가 죽어도 나라가 독립되면 여한이 없다."고 외치다 일경에 끌려갔다는 기사가 신문에 실렸다. 그렇게 조선 기생들의 기개는 더 없이 높았다. 주옥경은 이러한 기생 동무들이 자랑스러웠다. 옥화 역시 만세 시위에 참여했다니 이 얼마나 대단한 사람들인가!

"그런데 향화가 갇힌 감방 안에는 다른 애국지사 부인들, 학생들도 많이 붙잡혀 와 있나 보더라. 순경이 감시하고 있으니 말은 못하는데, 여자들도 심한 고문을 받는 것 같아. 손톱 밑이 피멍으로 시커멓던데, 대꼬챙이 같은 거로 후벼 파서 그렇대. 그러고는 매달아놓고 마구 때린다더라. 음식도 짠지 하나에 콩밥 조금이고, 엄동설한에도 담요 한 장이 전부라고 하대. 향화한테서 그 소리 듣고 너무 분하고 무서워 온몸이 떨리고 눈물밖에 안 나오더라. 마음 같아선 여기 매일 같이 오고 싶은데, 나도 먹고살아야 하니 자주 오지는 못할 거 같아. 네가 매일 서대문 감옥을 왔다 갔다 하니 여자들 옥사랑 향화도 가끔씩 신경 써 주면 좋겠다."

옥화는 주옥경에게 간곡하게 부탁했다.

"알겠어요, 언니. 걱정 마세요. 아무래도 제가 계속 이곳에 머물다 보니 의암 성사님뿐만 아니라 다른 민족대표들, 학생들 모두 힘 닿는 대로 돌보고 있어요. 김향화랑 다른 여성분들도 신경 쓸게요."

나중에 알게 된 일이었지만 서대문 감옥에 갇힌 여성 독립운동가들의 수난은 말도 못했다. 잡히자마자 발가벗기고 매달아 남자 형사들의 노리개로 만들었다. 구타와 갖은 고문으로 신체가 훼손되고 수치심과 공포로 미치광이가 될 정도였다. 개성 호수돈여고 출신 이신애는 고문 끝에 유방이 파열되었다 하고, 황해도가 고향이고 정신여고 선생이었던 김마리아는 시뻘건 인두로 유방과 국부를 지져 한쪽 유방이 없어지고, 애를 낳을 수 없는 몸이 되었다. 그런가 하면 이화여전 출신이며 천안 아우개 장터 시위를 주도했던 유관순은 구타와 고문 끝에 허리와 방광 등이 파열되어 서대문 감옥에서 순국하였다.

서대문에서 귀신같은 몰골이 되어 넋이 나간 여죄수들을 간간이 목격하고, 주옥경은 분노로 새파랗게 질리며 치를 떨었다. 연약한 여인의 몸으로 말로 다 할 수 없는 고초를 겪으면서도 독립의 신념을 잃지 않는 그녀들에 비하면 자신은 천국에 있는 거였다. 그녀는 손병희와 떨어져 힘겨운 생활을 하면서 오히려 단단해졌다. 온갖 수치와 폭력, 모욕과 역경에 처해서도 조선 독립의 의로운 뜻을 굽히지 않는 사람들을 보며 저절로 강한 인간으로 변모하게 된 것이다.

감옥에서 뇌일혈로 쓰러진 손병희

일경은 어떻게 해서든 33인 민족대표들을 내란죄나 선동죄로 올가미를 씌우기 위해 혈안이 되었다. 그렇지만 일제의 뜻대로 되지는 않았다. 손병희는 처음부터 대표들에게 3·1운동은 비폭력 운동이란 것을 명시하였고, 각 종교계를 대표하는 종교인으로서 모두 평화를 주장했지 폭력을 주장하지는 않았기 때문이다. 서울지방법원은 8월 1일에 예심을 종결하고 민족대표들을 내란죄로 규정하여 고등법원으로 회부하였다.

바야흐로 계절은 봄에서 한여름으로 바뀌었다. 5백 명 정도를 수용할 수 있는 서대문 감옥은 3·1만세운동이 지속되면서, 미결과 기결수를 합쳐 3천 명을 육박할 정도까지 만원이 되었다. 가만히 있어도 땀이 삐질삐질 나는 판인데, 비좁은 감방은 또 어떨까? 애가 타던 주옥경은 일본 간수를 매수하여 밥은 잘 드시고 있는지, 건강은 어떠한지 알아보았다. 또 얇은 종이에 소화제를 넣고 싼 다음 밀가루를 입혀 전으로 만들어서 보내는 비밀 약을 보냈는데, 이 약도 과연 잘 드시고 있는지도 알아보았다. 원래도 과묵하던 손병희는 그 험한 곳에서 힘들게 지내면서도 '괜찮다'는 말만 짧게 들려주었다. 거금을 들여 일본 간수를 매수했건만 별다른 반응이 없어 애를 태우던 중, 드디어 손병희로부터 소식이 왔다. 치약 봉지 안에 넣어 보낸 휴지에 '땀띠가 심하니 약을 보내시오.'라고 쓴 것이었다. 주옥경은 바로 일본 간수를 찾아가 땀띠약을 손병희에게 전해 달라고 당부하였다.

그렇게 애타는 주옥경의 속을 아는지 모르는지 세월은 무심하게 흘러갔다. 계절은 다시 가을로 바뀌고 이제 초겨울로 가고 있었다. 재판도 고등법원 예심으로 넘어갔다.

그러던 어느 날 오후 사식을 차입하러 간 주옥경에게 감옥 측에서 손병희가 위독하니 보석을 신청해 데려가라고 하였다. 이 무슨 날벼락인가? 주옥경의 눈앞이 캄캄해서 주저앉고 말았다. 겨우 정신을 차려 무슨 일이 생긴 건지 알아보니 손병희가 뇌일혈로 쓰러졌다는 것이었다. '얼마나 위급하면 보석을 신청해 데려가라고 할까?'

주옥경은 후들거리는 다리를 이끌고 시내로 달려가 교회와 가족에게 전화를 걸어 이 소식을 전했다. 서둘러 보석 수속을 해야 한다고 다급하게 말했다. 그런데 그날이 마침 일요일이라 할 수 없이 다음 날인 12월 1일에나 재판소에 가서 병보석 신청이 가능하였다. 당장 가족들의 면회라도 허가해 달라고 호소하였더니 그것마저도 며칠 후에나 가능하다고 했다.

주옥경은 애가 타서 물 한 모금 넘어가지 않았다. 서대문 감옥과 재판소를 번갈아 쫓아다니며 애원한 끝에 밤에서야 의사와 함께 면회 가능하다는 허락이 떨어졌다. 그날 밤 손병희의 사위 정광조와 주치의 박종환과 원덕상 3명이 병감(病監)으로 찾아갔다. 박종환은 천도교의 장학금으로 일본에서 의학 공부를 마치고 귀국해서 손병희의 원조로 병원을 개업한 사람이다. 그런데 손병희는 그의 면회 당시 의

식불명으로 누워 있었다. 박종환은 그 모습을 보고 눈물을 흘리며 떨리는 손으로 진찰하였다. 손병희는 뇌일혈로 반신불수 상태였다. 서대문 감옥에 들어간 지 10개월 만의 일이다.

다음 날 당장 재판소에 뛰어가 병보석 신청을 하였다. 그런데 막상 보석 신청을 하였더니 병에 차도가 보이므로 보석은 불가하다고 딴소리를 하였다. 주옥경과 가족들은 사색이 되어 애원하다 시피 매달렸지만 속절없이 며칠이 흘렀다. 그러고 나서 다시 겨우 면회가 허가되었다. 주옥경과 손병희의 조카 손재용이 함께 면회실에 들어갔다.

손병희는 의식을 차린 것 같았다. 그런데 자세히 보니 입이 비뚤어져 있었고, 손발도 제대로 움직이지 못했다.

"성사님!"

주옥경은 그렇게 그리던 손병희를 안타깝게 불렀다.

"걱정… 말아… ."

손병희는 힘들게 입을 떼었다. 한 마디 한 마디 뱉는 것이 몹시 힘들어 보였다.

"제가 미음을 쑤어 들여보낼 테니 그거 드시고, 병감에서 약은 챙겨 드리겠다고 했으니, 꼬박꼬박 약을 잡수세요."

주옥경은 울음이 터지려는 것을 겨우 참고 간신히 말했다.

"그래. 나 죽…지…않아…. 걱정…마. 수…도…열…심히…해."

손병희는 겨우겨우 말을 이어 갔고, 면회 시간 5분은 너무나 빨리 지나갔다.

면회실 문이 닫히자 주옥경은 그제서야 그 자리에 쓰러지고 말았다. 그때까지 아무것도 먹지 못하고 간신히 서 있었던 그녀는 손병희와의 면회가 끝나자 졸도하고 만 것이다.

손병희의 보석 불허 방침은 연일 신문에 보도되어 일제를 비판하는 기사가 넘쳐 났다. 3·1운동 이후 일제는 통치 방식을 바꾸어 부분적으로 언론통제를 풀어서, 그때는 조선, 동아일보 등의 신문이 발행되던 때였다. 12월 10일 감옥 관리를 찾아간 신문기자에게 전옥(교도소의 우두머리)은 총독부 의관의 진단 결과 손병희의 병은 뇌연화증이며 병세가 매우 호전되었다고 거짓말을 늘어놓았다. 그러나 그때도 손병희는 반신불수로 병감에 누워 있는 상태였다.

세월은 덧없이 흘러갔다. 손병희는 병석에 있는데도 풀려나지 못한 채 새해를 맞이했다. 고등법원 예심에서도 일제는 민족대표들을 내란죄로 몰고 갔다. 그런데 그해 2월 고등법원 특별형사부에서 이 사건이 내란죄가 아니라 보안법과 출판법 위반이라고 판결하여 서울지방법원 관할 재판소로 사건이 반송되었다. 그해 3월에는 세브란스병원의 에비슨 병원장과 의사 스코필드가 서대문 감옥을 방문하여 손병희의 병세를 비롯하여 수감자들의 건강 상태를 체크하였다. 다행히도 손병희는 병세가 조금 나아진 듯했다.

1920년 5월이 되자 손병희는 많이 회복되었다. 간수와 여자 간병인의 부축을 받고 면회실까지 걸어 나올 수가 있었던 것이다. 물론 그렇게 되기까지 주옥경의 헌신적인 노력이 따랐다. 새벽마다 청수를 떠 놓고 기도하는 것을 시작으로 끼니마다 정성껏 요리하고 준비하여 사식을 들여보냈다. 집에서 즐겨 들던 반찬이며, 몸에 좋은 요리며 과일을 골고루 들여보냈다. 때맞춰 일인 간수를 통해 좋은 약을 들여보내기도 하였다. 그리하여 병석에 누워 있던 그가 부축을 받아 일어설 수 있게 되고, 조금씩 더 상태가 좋아져 자기 손으로 식사도 할 수 있게 되었다.

그러나 6월의 어느 날, 감옥에서 또 긴급한 연락이 왔다. 손병희가 다시 의식을 잃은 채 쓰러졌다는 것이다. 서울지방법원에서의 재심을 한 달 앞둔 시기였다. 전옥은 예심이 끝났으니까 보석 신청을 하지 않아도 병이 위급하면 보석이 가능할 거라고 하였다. 그래서 다음 날 가족들과 총부 직원들은 감옥 문 앞에서 손병희가 보석으로 나오기를 기다렸다.

그러나 일제는 또다시 가족과 교단을 기만하였다. 보석이 되지 않은 것은 물론이고, 정식으로 보석 신청을 해도 허가하지 않았다. 아예 가족들의 면회마저 금하였다. 애타는 며칠이 훌쩍 지나갔다. 신문에서도 손병희의 병세와 보석 여부에 대해 연일 보도하며, 여론의 큰 관심을 반영하였다. 하지만 손병희의 보석 허가는 나지 않았다.

'간악한 일본놈들, 우리 조선의 영웅 의암 성사님을 아예 죽일 작정이구나!'

주옥경은 비탄에 젖어 중얼거렸다. 그녀에게 목숨보다 소중한 의암 성사가 그렇게 의식을 잃고 생사를 넘나들고 있는데, 밖에 있는 자신은 아무것도 할 수 없다는 것에 깊은 자괴감과 분노를 느꼈다.

이런 상황에서 7월 12일 재판이 열렸다. 손병희의 모습은 보이지 않았다. 그는 출두할 수 없는 중병의 상태였다. 그런데 그날 재판에서 약간의 소동이 일어났다. 변호사 허헌은 서울지방법원의 제5회 공판에서 고등법원서 이 사건을 지방법원으로 보낼 때 '송치'라는 표현 없이 '지정'이라고 해 법리적으로 고등법원에 계속 계류 중이기 때문에 공소를 수리하지 않는 판결을 내려야 한다고 주장했다. 고등법원 특별재판부 예심결정서 주문에 '서울지방법을 본건의 관할 재판소로 지정함'이라고 한 것을 걸고 넘어진 것이다. 말하자면 이 사건은 지정만 했을 뿐, 아직 송치되지 않았다고 볼 수밖에 없으므로 지방재판소에서는 본건을 심리할 권한이 없다는 이의였다. 법대로 하자는 그의 공격에 검사도, 재판장도 허를 찔렸고 이 상황이 장안의 화제가 됐다.

그리하여 8월 9일 재판에서 변호인이 주장한 대로 공소를 수리하지 않는다는 판결이 내려졌다. 이에 당황한 검사는 즉각 서울 복심법원에 공소를 제기하였다. 이렇게 재판이 진행되는 도중 조선인 출신 허헌, 최진 두 변호사가 손병희를 면회했다. 면회 결과 손병희는 겨우 미음을 받아먹을 정도인 것을 알게 되었다. 9일에는 변호인단이 복심법원에 보석 신청을 제출하였다. 그러나 담당 일본인 검사는 재판부에 보석을 허가하지 말라는 의견서를 제출하였고 역시 일본인 판사는 허가하지 않았다.

9월 20일 법원의 공판이 열렸으나 이때도 손병희는 출석하지 못했다. 10월 12일 공판에는 사람에게 업혀 법정에 출석해서 희미하게 간단한 대답을 하였다. 그리고 언도 공판을 일주일 앞둔 10월 22일에야 병보석이 허가되었다. 수감된 지 19개월 20일 만이었다.

상춘원의 꽃은 피고 의암 성사는 저물다

드디어 손병희가 의식이 혼미한 채로 업혀서 서대문 감옥 문을 나오자, 기다렸던 가족과 수많은 도인들은 너나없이 흐느껴 울었다. 가족과 교인들을 손병희를 교외에 있는 상춘원으로 모셔 갔다. 손병희는 혼수상태인데도 불구하고 일경들은 상춘원 담 둘레를 빈틈없이 둘러싸고 감시하였다. 감옥 안에서나 밖에서나 일제는 손병희가 빨리 숨을 거두기만 바라고 있는 듯했다.

'뼈를 갈아서 먹어도 시원찮을 놈들! 의암 성사를 이 지경으로 만들어 놓고도 안심이 안 되나 보지?'

주옥경은 피가 거꾸로 치솟는 기분이었다. 일경들은 상춘원을 아예 사설 감옥처럼 만들었다. 상춘원 둘레를 겹겹이 둘러싸는 것도 모자라 안사랑에까지 보초를 세우고, 지정한 의사와 간호할 가족 외에는 출입을 금하고 가족의 출입도 일일이 감시하였다.

손병희는 안타깝게도 겨우 숨만 쉬고 있을 뿐, 온몸이 산처럼 부풀어 오르고, 손가락 하나 움직이지 못하며, 말도 못하고 눈을 간혹 떠도 사람을 알아보지 못했다. 주옥경은 그를 이렇게 만든 일제의 잔혹함에 치를 떨었다.

'꿈에도 그리던 이여! 어느 날 훌쩍 제 곁을 떠나시더니 이렇게 반송장이 되어 제 앞에 놓여 있구려. 제발 눈을 뜨시고 저의 이름을 불러 보세요. 제 평생소원입니다.'

주옥경은 부드러운 수건으로 손병희 얼굴에 맺힌 땀을 닦으며 애타는 소원을 빌었다.

한편 민족대표들에 대한 공판에서 재판장은 공소불수리 문제를 건너뛰고 직권으로 사실 심리에 들어갔다. 언제는 철저한 법 운영을 외치더니, 자신들이 불리해지자 슬쩍 그 문제를 유보하고 넘어가는 간교한 술책이었다. 그럼에도 불구하고 검사와 변호사 간의 치열한 공방이 오가고 드디어 10월 30일 언도 공판이 열렸다. 이날 공판에서 반송장이 되어 보석을 받은 손병희를 비롯하여, 최린, 권동진, 오세창, 이종일 등 천도교 인사들과 기독교계의 이승훈, 불교계의 한용운에게 가장 무거운 3년 형이 언도되었다.

보석으로 감옥을 나온 위중한 상태의 손병희의 병세 호전을 위해 주옥경을 비롯하여 가족들과 교인들은 정성을 다하였다. 만주로 떠났던 최동희도 소식을 듣고 돌아와 교회와 집안을 돌보며 손병희를 간호하였다. 그렇게 혼인을 반대했던 그였지만, 주옥경의 헌신적인 옥바라지와 간호하는 모습을 보면서 생각을 돌리게 되었다. 어느 날은 주옥경에게 이런 말을 하였다.

"작은외숙모. 그동안 제가 혹시라도 무례하거나 결례를 저질렀던 일이 있으면 너그러이 용서해 주십시오. 제가 생각이 짧았습니다."

"아닙니다. 지난날 혹시 그런 일이 있었다 해도 저는 다 잊었습니다. 지금은 의암성사님의 병환이 조금이라도 나아질 수 있도록 최선을 다하는 것, 그거 외는 아무것도 생각하지 않고 있습니다."

주옥경의 말에 최동희는 깊이 감동하였다. 그리고 손병희의 선택이 역시 틀리지 않았음을 새삼 깨달았다.

여러 사람들의 정성 어린 간병에도 불구하고 손병희의 병에는 차도가 없었다. 해가 바뀌고 1921년 2월로 접어들면서는 합병 증세가 나타났다. 동맥경화와, 당뇨, 그리고 늑막염 증세까지 복합적으로 나타나 병세가 악화되었다.

이렇게 손병희의 병세가 악화되는 것을 속수무책으로 바라보고 있던 어느 날, 함흥의 한의사 김홍제가 한약을 가져와 달여서 양약과 번갈아 복용토록 했다. 이렇게 두어 달 지나고 나니 조금씩 병의 차도가 보이기 시작했다. 몸의 부기도 서서히 빠지고, 의식도 돌아와 간단한 의사 표시 정도는 가능하게 되었다. 물론 주옥경이 잘 듣고 통역을 해야 간신히 알아들을 수 있는 수준에 그쳤지만, 병세는 크게 호전된 것이 틀림없었다.

그러는 사이 4월 8일 손병희는 환갑을 맞이하였다. 마침 2월 28일 완공된 경운동의 신축 중앙대교당에는 도인들 4천 명이 몰려와 환갑

축하식을 거행하였다. 손병희가 있는 상춘원에도 많은 도인들이 찾아와 경하하였다.

주옥경은 잠시도 의암 곁을 떠나지 않고 용태를 보살폈다. 그의 의식이 돌아오자, 그녀는 병석에 누워 있는 그 앞에서 서화를 그리기도 하였다. 3 · 1운동 전에 손병희는 그녀가 그림 그리는 모습 보길 즐겨 했기 때문이었다. 어느 날은 주옥경이 난을 치고, 먹물이 채 마르지도 않은 그림을 그 앞에 자랑스레 내보이니 손병희는 희미하게 입을 움직였다. 그때 주옥경은 그에게서 환한 만족의 미소를 보았다. 손병희가 웃으며 벌떡 일어서는 환영까지도 보았다. 순간 그녀는 꿈이라도 너무 좋아 기쁨의 눈물을 흘렸다. 하지만 이내 정신을 차리고 그가 볼 세라 얼른 눈물을 훔쳤다.

어느덧 여름이 가고 가을이 왔다. 그녀는 마당 긴 의자에 담요를 깔고 손병희를 데려와 눕혔다. 따사로운 햇볕을 받게 하고 팔다리를 들어 올려 간단한 운동을 시켰다. 이렇게 매일 반복되는 그녀의 정성에 반송장 같았던 그의 육신에도 따사로운 온기가 돌게 되었다.

그러던 어느 날 기적처럼 의식이 돌아왔고, 말도 전보다 훨씬 많이 할 수 있게 되었다. 어느 정도의 의사 표현이 가능하게 되자 손병희는 교단 간부들을 불러 교회 일을 묻기까지 하였다.

'기적이다!' 주옥경과 많은 사람들이 이렇게 생각하게 되었다. 하늘님의 기운은 여전히 손병희를 감싸고 있었던 것이다.

해는 또 바뀌어 1921년 봄. 어느새 그윽한 매화 향이 정원을 맴돌다가, 집 안까지 흘러들었다. 사방에 진달래, 개나리, 벚꽃이 다투어 피어나기 시작했다. 4월 8일 또다시 돌아온 손병희의 생일을 맞이하여 경운동 중앙대교당에서 축하식이 열렸다. 3대 교주 손병희의 생신을 축하하는 마음은 똑같았지만, 이미 교인들은 교회의 운영 방식과 대도주의 임명을 두고 둘로 갈려 있었다. 손병희는 4대 대도주로 박인호를 임명하고 도통을 넘겼지만, 교인들은 박인호를 중심으로 하는 세력과 그렇지 않은 세력 둘로 갈렸다. 병석에 있던 손병희가 박인호를 중심으로 한 구체제로의 복귀를 지시했지만 소용이 없었다.

아카시아 향이 퍼지기 시작하고 흰 수국이 한 아름씩 피어날 무렵 손병희의 병세가 갑자기 악화되었다. 주치의가 잠시 외출한 사이 한의사 박찬수가 수은제로 된 증기약을 잘못 사용하여 수은중독을 일으킨 것이었다. 그나마 호전되던 병세는 이제 손쓸 수 없이 악화되었다. 5월 15일 잠시 회복한 손병희는 박인호를 불러 교회 일을 당부하였다. 그러고 나서 불과 몇 시간 뒤인 오후에 바로 심장마비를 일으켰고, 다음 날부터는 혼수상태에 빠졌다. 17일에는 폐렴 증상을 보여 간신히 위기를 넘겼으나 여전히 혼수상태였다.

18일 이제 운명의 시간이 다가오고 있었다. 주치의 박종환도 마지막을 예감하였는지 의복을 갈아입히도록 지시하였다. 온 식구들이 손병희의 옆에 모여들었다. 주옥경이 마지막으로 손병희에게 미음을 몇 숟가락 떠 넣어 드렸다. 그는 그것이 주옥경의 마지막 선물이란 걸 아는지 간신히 삼키는 것 같았다. 그리고 자정을 넘기고 새벽이 다가오면서 손병희의 연약한 호흡도 점점 가빠졌다. 주옥경은 흐르는 눈물을 닦을 생각도 않고 손병희의 이마에 자신의 손을 얹었다. 그녀는 할 수만 있다면 자신의 생명을 그에게 주고 싶었다. 그녀의 간절한 손길이 스치던 찰나, 손병희는 마지막 숨을 거두었다.

1921년 5월 19일 새벽 3시, 민족의 거목이자 천도교의 태양이었던 손병희가 스러졌다. 하늘에 먹구름이 잔뜩 끼더니 바람이 불고 빗방울이 떨어졌다.

손병희의 서거 사실이 신문마다 대서특필되었다. 사회 각계각층에서, 그리고 전국에서 문상객들이 상춘원으로 몰려들었다. 손병희가 그토록 애지중지 보살폈던 보성학교와 동덕여학교는 그날 하루 휴교하고 의암의 정신을 기렸다. 하지만 일제는 마지막까지 악랄하였다. 청량리 쪽에 장지를 물색하던 중에 마침 장희빈 친정 소유의 땅이 있어 교섭하였는데, 일제가 압력을 넣어 팔지 못하게 했다. 거듭 일제의 방해 공작으로 장지를 못 정하다가 결국 우이동 봉황각 내에 있는 교회 부지로 정할 수밖에 없었다. 총독부는 손병희가 3·1운동의 주모자이며 형집행정지(병보석)로 석방된 처지이므로 영결식을 결코 성대하게 거행할 수 없다고 하였다. 장례 허가를 여러 번 신청했으나 번번이 기각하였다. 혹시나 영결식 때 많은 인파가 몰려들어 다시 시위가 벌어질까 두려웠던 것이다. 최린이 여러 곳에 알아보다가 조선인 출신 도 경찰부장을 찾아가 사정하여 간신히 장례 허가를 얻었다.

그리하여 6월 5일 손병희의 영구는 상춘원을 나와 종로를 지나 영결식장인 경운동 중앙대교당으로 향해 갔다. 연도에 사람들이 나와 운구 행렬을 전송하였다. 아침 8시부터 천도교 의식에 따라 영결식이 거행되고 운구는 다시 우이동 장지로 출발하였다. 장례 위원을 선두로 '천도교 3세 교주 의암 성사 손병희 영구'라는 명정에 이어 70여 대의 꽃차와 화환, 그리고 270여 개의 만장이 숲을 이루었다. 그 뒤에 장례 위원장과 중앙총부 간부들이 상여를 모시고 그 뒤를 주상인 박인호와 주옥경을 비롯한 유족 및 친족들이 따랐다. 다시 그 뒤를 수많은 도인들과 조문객들이 행렬을 이루었다. 종학원, 보성초등학교, 보성고등전문학교, 동덕여학교 학생과 교직원 1천 5백여 명이 긴 행렬을 이루어 우이동으로 향했다. 국상을 제외하고는 보기 힘든 꼬리를 문 행렬의 장관이었다.

장례 행렬은 삼선평(지금의 삼선교)에 이르러 한 시간 동안 머물렀다. 일반 조문객들과 학생들을 위한 고별식이 거행되었다. 오후 4시 우이동 봉황각 옆 장지에 도착, 5시에 하관식을 거행하였다. 하관식을 마치고 막 숨을 돌릴 찰나 하늘에서 다시 비가 내렸다. 주옥경의 얼굴에도 비가 흘러내렸다. 그녀는 그것이 하늘의 눈물인 것 같았다.

9장/ 당신은 하늘나라로 갔지만

손병희의 빈자리는 너무 컸다. 장례를 마친 다음 날 천도교 4대 교주 춘암상사 박인호는 교주직 사임을 발표하였다. 임시도인대회에서 무교주제가 채택되었고, 교구대표위원회에서 새로 교헌과 교규 및 종법회규정이 제정되었다. 새 교헌에 따라 종리사가 새로 선출되고 종법사들이 전국에서 선출되었다. 하지만 오지영을 중심으로 혁신파가 이에 반발하여 그해 말, 중앙집권제 폐지를 주장하여 천도교 연합회를 조직하고 교단을 이탈하였다.

혼란한 가운데 1921년이 저물고, 새해가 되어서도 천도교단의 내분은 계속되었다. 그러는 사이 5월 19일 손병희 서거 1주기가 돌아왔다. 주옥경은 그녀 생의 버팀목이었던 손병희가 떠나고 나서 그냥 낮과 밤이 무심하게 흘러가는 것을 보았다. 아무것도 손에 잡히지 않았고, 그렇다고 꼭 손에 잡아야 할 것도 없었다. 우이동 봉황각 옆 손병희 묘소로 올라가며 무심히 길옆에 핀 제비꽃을 보았다. 보라색 제비꽃 위에 나비가 날아와 노란 날개를 살포시 접고 앉았다.

문득 손병희가 그녀에게 주었던 나비 노리개가 생각났다.

'성사님은 나보고 희망을 잃지 말고 자유롭게 살라 하셨지.'

그녀는 손병희가 떠난 이후 자신에게 남은 희망이 무엇일까 생각해 보았다. 그녀에게 자유란 무엇일까? 그녀는 어린 시절 부모에 의해 기생서재에 들어간 뒤로부터, 남의 눈치만 살피며 살았다. 특히 남정네의 눈치를 살펴서 그들이 가장 원하고 기뻐하는 일을 해 주는 것이 그녀가 할 일이었다. 손병희과 혼인을 한 이후에도 마찬가지였다. 가회동 넓은 집과 그 옆집에는 그녀가 모셔야 할 시집 식구들로 그득했다. 처음 시집와서 그들은 그녀가 마치 딴 세상에서 온 진기한 물건이라도 된 양 그녀의 일거수일투족을 관찰하였다. 교회 사람들 역시 낯설고 어렵기는 마찬가지였다. 그녀의 버팀목이자 유일한 그녀의 편이었던 손병희는 이제 더 이상 존재하지 않는다.

아침에 눈을 뜬 그녀는 이내 인상을 찡그리고 문창호지 사이로 들어오는 희미한 빛을 보며 중얼거렸다. '아! 또 하루를 어떻게 견뎌야 하나….' 그녀는 매일 아침 눈을 뜨는 것이 고역이었다. 음식도 목에 넘어가지 않았다. 마치 자신이 아닌 허깨비가 하루를 살고 있는 것 같이 느껴졌다. 겨우 하루 일과를 마치고 자신의 방으로 돌아왔을 때, 어두운 방 차가운 이불 안으로 몸을 눕힐 때 무심결에 뜨거운 눈물이 솟구쳤다.

어느 날은 이불에 얼굴을 파묻고 통곡을 하며 설움에 겨운 말들을 토해 냈다.

"아, 나는 왜 그와 결혼을 하였을까? 그랑 결혼하지 않았다면 이런 슬픔도 없었을 텐데…. 아, 박복한 내 팔자. 어려서 기생으로 팔려가더니 혼인한 지 얼마 안 돼 지금은 과부 신세구나!"

그녀는 허전하고 외로워서 견디기 어려웠다. 그렇다고 어느 누구에게 내색할 수도 없었다. 그녀는 엄연히 의암 성사를 마지막까지 모셨던 부인이었고, 자연스레 많은 사람들의 눈길이 쏠리고 있었다.

답답한 마음에 그녀는 우이동 묘소를 방문하고 봉황각에서 하룻밤을 묵기로 했다. 마침 그때 첫째 부인 역시 봉황각에 머물고 있었다. 그녀는 무심코 방문을 열고 나가 모란꽃이 흐드러지게 핀 정원으로 향했다. 달이 환하게 떠서 길을 밝혀 주었다. 그러다가 그녀는 귀신이라도 만난 듯 화들짝 놀랐다. 누군가 먼저 그곳에 서서 달을 보고 있었다. 그녀가 인기척을 내자 희끄무레한 누군가도 놀라서 그녀 쪽으로 얼굴을 돌렸다.

"아니, 옥경이 아니야?"

"형님이 여긴 웬일이세요?"

달을 바라보던 희끄무레한 사람의 정체는 손병희의 첫째 부인 곽씨였다. 손병희보다 세 살 연상인 곽씨 부인은 주옥경의 어머니보다도 더 연상이었다. 주옥경은 차가운 밤공기에 혹여 곽씨 부인의 건강이 상할까 걱정스러웠다.

"춥지 않으세요? 이 밤중에 웬일로 나와 계세요?"

"늙은이라 초저녁에 잠들었다가 깼는데, 영 잠이 오지 않아 앉아 있다가 모란꽃이라도 볼까 나왔더니, 다 봉오리를 오므렸군."

곽씨 부인이 섭섭해하며 말했다.

"난 괜찮아. 든든하게 껴입어서…. 동생도 잠이 안 오는구만…."

"네. 성사님 가신 지 1년 세월이 훌쩍 넘었는데도 아직도 허전하고, 무슨 일을 해야 할지 모르겠어요. 영 일이 손에 잡히지 않아요."

"나는 자네보다 많은 풍상을 겪었네. 별일이 다 있었지. 자칫하면 성사님과 혼사를 치르지 못할 수도 있었어."

"아니, 왜요?"

"성사님이 서자라서 말이야, 친정아버님이 처음에 성사님을 탐탁하게 여기시지 않았지."

"그래요? 그런데 어떻게 혼인하시게 되었나요?"

"성사님이 친정아버님을 찾아와 그렇게 사람 차별하는 법이 어딨냐고, 억울함을 풀고 혼사가 이루어질 때까지 자리를 안 뜨겠다고 하며, 바닥에 드러누워 버린 거야. 그리고 친정아버님이 허락을 하지 않으면 사생결단을 낼 것처럼 해서 성혼이 되었지."

"어머나? 성사님이 젊으셨을 때부터 그렇게 강단이 있으셨던 분이었군요."

"말도 말게. 젊었을 땐 불 같았지. 급한 성질에, 한번 하겠다고 마음먹으면 반드시 해내고야 마는 분이셨지."

환갑이 넘은 곽씨 부인과 아직 20대인 주옥경은 사이좋은 모녀 사이처럼 오손도손 이야기꽃을 피웠다. 곽씨 부인이 담담하게 말했다.

"동생, 너무 쓸쓸해하지 말어. 자네는 젊고 영리하잖아? 자네한테는 젊음이 있네. 그것이 희망이야. 찾아보면 앞으로 자네가 해야 할 일이 무궁무진할 거야. 슬퍼만 하지 말고 넓은 세상으로 나가. 자네는 그럴 배짱도 재주도 있는 사람이 아닌가."

곽씨 부인은 주옥경에게 마치 딸에게 하듯 진지한 충고를 들려주었다. 주옥경은 곽씨 부인의 이야기를 듣고 비로소 구름 속에서 한 줄기 빛을 본 듯하였다. 주옥경이 감동에 젖어 눈물을 흘릴 때 곽씨 부인은 따듯한 손으로 그녀의 손을 꼭 잡아 주었다.

그해 9월 천도교청년회는 '천도교 청년당'으로 명칭을 바꾸고 정신개벽, 사회개벽, 민족개벽의 3대 원칙을 실현해 나갈 교회의 강력한 전위단체로 재탄생하였다. 그 산하에 농민부, 노동부, 청년부, 학생부, 여성부, 유소년부, 상민부를 두고 7대 부문운동을 적극 추진하여 우리나라 신문화운동의 선도적 역할을 담당해 나갔다. 이렇게 천도교 청년당이 활발한 활동을 전개해 나가자 천도교 내 여성운동을 선도할 여성단체 조직의 필요성이 대두되었다. 주옥경이 나서서 전국적인 조직망을 갖춘 천도교 여성단체 설립을 추진하였다.

손병희는 생전에 천도교 여성들에게 스스로 이름을 갖게 하고, 최초로 여성 전도사 제도를 실시하면서 여성들의 사회 활동을 격려하였다. 또 동덕여학교를 비롯하여 용산의 양덕여학교, 대구의 명신여학교를 지원하여 여성 교육과 여성 계몽운동에 힘썼다. 그의 유지를 받들어 여성의 인권 향상과 교육, 계몽을 위해 이제는 주옥경이 나설 차례가 된 것이다.

그리하여 1924년 3월 손광화, 김우경 등과 함께 천도교 내수단[27]을 조직하기로 하고 4월 5일 천일기념일 때 창단식을 하였다. 초대 대표에 주옥경이 선출되었고, 서무부장에 이정희, 노무부장에 최덕화, 음악부장에 박순욱이 선출되었다. 각 부원과 위원들도 선임되었다. 이리하여 전국적인 여성 조직이 처음으로 탄생하게 되었다.

해월 최시형 선생이 지은 내수도문(內修道文)은 부녀자들의 수도를 위한 법문인데, 여기서 내수단이라는 이름을 따왔다. 그리하여 내수단에서는 제일 먼저 여성들을 위한 교리강습을 실시하였다. 또한 1925년 1월 경운동 대교당 경내에 대신사출세백년기념관이 신축되었는데 이 백년기념관 낙성기념행사로 부인대강연회를 개최하였다.

이처럼 내수단은 전국의 지방 종리원을 중심으로 지부를 조직 확대하면서 기반 조성에 박차를 가하였다. 내수단이 전국 조직망을 갖추고 명실상부한 전국적 여성단체로 자리 잡기까지 대표인 주옥경의 헌신적인 노력이 있었음에는 두말할 나위도 없다.

하지만 손병희의 서거 이후 천도교단은 교주제 존폐와 조직 운영 방식을 놓고 계속 분열을 거듭하고 있었다. 청년단이 신구파로 나뉘더니, 내수단 역시 어쩔 수 없이 신 · 구파로 갈리었다. 주옥경은 깊은 자괴심에 빠졌다. '하나로 힘을 합쳐도 의암 성사의 빈자리를 메우기에는 턱없이 부족한데, 천도교단은 여전히 서로 갈라져 서로 싸우고 있으니 어쩌면 좋을까?'

하지만 주옥경의 힘으로 이 사태를 막을 수는 없었다. 속수무책으로 바라볼 수밖에 없음에 그녀는 자신의 한계와 무력감을 느꼈다. 주옥경이 심란하여 며칠 밖을 나가지 않고 두문불출하며 집 안에 머물 때, 걱정이 되었는지 손병희의 셋째 사위 방정환이 처인 손용화와 함께 찾아왔다. 방정환은 이 땅에 '어린이'란 말을 처음 사용하고 '어린이를 존중하고 때리거나 반말하지 말자.'라고 하는, 당시로서는 혁신적인 '어린이 운동'을 펼치고 있는 장한 젊은이였다. 그는 주옥경보다 5살 아래인데, 어린이 운동을 하는 사람답게 순수하고 정열적이며 격의가 없어서 주옥경이 유일하게 허물없이 지내는 사람이었다.

"작은어머니, 많이 편찮으신가요? 통 교회에도 나오시지 않고…."

"아냐. 몸보다도 마음이 많이 편치 않네. 요사이 교회 돌아가는 꼴을 보면 심란하기 이를 데 없어. 성사님이 계셨다면 이 꼴을 그냥 두고 보시진 않을 터인데 말야. 청년단도, 내수단도 둘로 갈라져서 원수 보듯 하니 어쩜 좋은가? 다 내가 모자란 탓이겠지…."

주옥경은 한숨을 내쉬었다.

방정환이 예의 명랑한 말투로 말하였다.

"너무 걱정 마세요. 그렇게 자책만 하는 것은 오히려 해만 될 뿐입니다. 이럴 때일수록 내일을 위해 지금 내실을 기하는 편이 좋다고 생각합니다. 작은어머니, 제가 오래전부터 생각해 온 일인데요. 한 번 일본 유학을 다녀오시는 게 어떨까요?"

"내가 유학을? 내가 그럴 능력이 어디 있어?"

"제가 보건대 그 정도시면 충분합니다. 먼저 일본어 공부를 위해 어학원에 다니시다가 하고 싶은 공부를 하시면 됩니다. 저 역시 일본 유학을 통해 세상 보는 눈을 틔우고 어떻게 살아 나가야 할 지 인생의 전망을 세우게 됐습니다. 의암 성사님도 일본에 가셔서 많은 걸 보고 깨닫고 의식의 변화를 갖게 되었다고 말씀하시지 않았습니까!"

"그런데 유학비는 또 어쩌고? 지금 우리 천도교단의 재정이 많이 어려워진 걸로 알고 있네."

"걱정 마세요. 제가 유학비며, 또 일본의 어느 어학원이 좋을지 다 알아보겠습니다."

주옥경은 자상한 방정환 덕분에 1927년 동경으로 떠날 수 있게 되었다. 그녀는 동경에서 신문물과 신문화를 접하며 의암 성사가 동학을 천도교로 선포하고 새로운 제도를 도입하였던 뜻을 더욱 절실히 느낄 수 있었다. 그렇다고 그녀는 다른 유학생들처럼 감탄과 동경으로만 세월을 보내지 않았다. 동경에서 어학원에 다니며 학업 준비를 하는 동시에 일본 지역 천도교 여성들의 조직화에도 심혈을 기울여 이학득, 이종숙과 더불어 바로 내수단 동경 지부를 결성하였다.

주옥경은 동경 일본어학원에서 일본말 공부를 어느 정도 익힌 다음 사쿠라마치(櫻町)에 있는 세이소쿠(正則)학교 영문과에 입학하였다. 영문과를 택한 이유는 영어를 익혀서 언젠가는 미국에 가고 싶은 꿈이 있어서였다.

그녀는 비용도 아낄 겸해서 이종숙과 함께 자취를 하기로 했다. 아침과 점심은 이종숙이, 저녁은 주옥경이 맡아 했다. 주옥경은 아침 일찍 일어나 아침 기도를 한 후 학교를 가고, 저녁에 집에 돌아와 식사 후 밀린 공부를 한 다음, 저녁 기도를 마친 뒤에 잠자리에 들었다. 이것은 그녀의 유학 생활 내내 어김없이 계속되었다.

그녀는 또한 매주 일요일 동경종리원에 나가 시일식에 참례했다. 시일이 되면 주옥경은 손수 음식을 장만해 나가 교인들과 즐거운 시간을 가졌다. 그러다가 함께 자취하던 이종숙이 같은 도인과 혼인을 하게 되었다. 주옥경은 유학 생활 내내 함께하던 동무가 곁을 떠나게 되어 못내 섭섭하고 허전하였다. 또 간간이 듣는 소식에 의하면 국내의 교단 사정은 더 나빠지고 있었다. 그녀는 세이소쿠학교 영문과 2년 과정을 마치고 1929년 12월 귀국행 배를 탔다.

살아남은 자의 비애

3 · 1운동 이후 주옥경의 삶에는 많은 변화가 생겼다. 물론 가장 큰 시련은 그녀의 삶 전부라고 할 수 있는 손병희의 죽음이었다. 그 이후 손병희의 뜻을 조금이라도 받들고자 천도교내수단을 창립, 여성들을 조직화하여 내적인 수양과 사회적인 활동을 병행하며 새로운 사회와 새로운 세상을 맞이하고자 애썼다. 그러나 손병희의 환원* 이

* 還元: 천도교에서 죽음을 이르는 말.

후 천도교단의 내분과 흔들림은 의외로 오래 지속되고 갈수록 심화되는 악순환의 길을 걷고 있었다. 그것은 그만큼 의암의 인물됨이 컸기 때문에 천도교가 번성할 수 있었음을 반증하는 것이었다. 어쨌든 의암 생전에 온 세상을 금세 뒤덮을 것 같았던 교세는 말할 수 없이 꺾였고, 지도부는 두 동강 난 채 계속 지리한 분쟁을 이어 가고 있었다.

거의 모든 재산이 교회 소유로 되어 있는 까닭에, 3 · 1운동 이후 교세가 기울면서 손병희의 가족들은 이제까지 살던 집에서 나올 수밖에 없는 처지가 되었다. 가회동 집은 3 · 1운동 이후 교단의 재정 악화로 곧 남의 손에 넘어갔다. 그리고 손병희 생전에 헌신적으로 지원했던 보성학교에 천도교가 지원하기로 약정한 10만 원의 채무를 변제할 수 없어 상춘원과 송현동 총부 부지가 한꺼번에 빚으로 넘어갔다. 가회동과 상춘원에 살던 집안의 대식구들은 모두 뿔뿔이 흩어져야 했다. 특히 상춘원은 기념일마다 수천 명의 교인들에게 대원유회를 베풀고 모두 한마음으로 즐거운 한때를 보내던 곳이고, 나무 한 그루, 풀포기 하나하나에 의암 성사의 체취가 남아 있는 곳인데 그렇게 허무하게 부채로 넘어간 것에 주옥경은 너무나 마음 아팠다.

하지만 그보다 더 가슴 에이는 일들이 벌어졌으니 그것은 집안 젊은이들의 죽음이었다. 해월의 큰아들 최동희가 3 · 1운동 직후 중국에서 이광수를 통해 상해임시정부와의 연대를 시도하고 있을 때, 그 동생이자 해월의 둘째 아들 동호는 독립운동 자금 모금에 나섰다가 발각되어 1919년 5월 말일경에 잡히고 말았다. 기골이 장대하고 운동을 잘하여 아무도 못 들던 큰 바위도 번쩍 들어 옮겼다는 이야기가 전해지는 그였지만 거듭된 고문으로 인해 2년 6개월의 형기를 마친 후 그 후유증으로 안타깝게 목숨을 잃었다. 26살 꽃 다운 나이였다.

그럼에도 불구하고 최동희는 올곧게 상해와 만주에서 독립운동을 계속하였다. 그러나 그는 무장투쟁 노선의 고려혁명당을 조직하기 위해 동분서주하다가 1926년 가을, 오랜 망명 생활과 손병희와 동호의 죽음 등으로 고심하던 중에 폐병에 걸리고 말았다. 그리고 1927년 1월 상해 적십자병원에서 쓸쓸하게 죽음을 맞이하였다.

또한 주옥경이 귀국하던 1929년에는 자신이 흔들릴 때 어머니처럼 자상한 조언을 아끼지 않았던 큰형님 곽씨 부인이 환원하였다. 72세이니 천수를 누린 셈이지만, 주옥경으로서는 의지할 기둥이 무너지는 일이었다. 그리고 이어 또 다른 안타까운 죽음이 주옥경의 가슴을 미어지게 만들었다. 주옥경이 귀국하고 나서 교회 활동을 열심히 해 나가고 있던 어느 날, 그녀의 유학을 권유하고 말이 잘 통했던 셋째 사위 방정환이 쓰러진 것이다. 이 땅의 천대받던 아이들을 처음으로 어린이란 이름으로 불러 공대해 주고, 어린이들을 공경하고 아껴서 미래 우리들의 희망으로 삼자는 어린이 운동을 벌여 왔던 그였다. 1931년 뜨거웠던 어느 여름날 그는 과로로 인하여 악화된 지병으로 쓰러져 끝내 일어나지 못하고 환원하였다. 그의 나이 33세 때였다.

교단 밖의 상황도 나날이 악화 일로를 걸어갔다. 일제는 1931년 9월 만주사변을 일으켰다. 만주를 장악한 일본 관동군은 허수아비 국가에 불과한 만주국이라는 나라의 건국을 선포하였다. 그리고 조선 통치 전략도 대폭 수정하였다. 3·1운동 이후 어느 정도 언론과 출판, 결사의 자유를 허용하는 소위 문화통치 정책을 시행하였던 일제는 만주사변 이후 사회 전반을 전시 체제로 몰아가는 데 혈안이 되었다. 그동안 수집해 온 국내 단체와 요시찰 인물들에 대한 정보를 총망라하여 항일 세력을 대대적으로 압박하면서 대대적인 사상 전향을 유도하는 한편, 그물 안으로 포섭되지 않는 단체나 인물들에 대해서는 해산과 체포 구금을 목표로 하는 저인망식 정책을 펼쳐 나갔다.

공개적인 정책 외에도 단체 내부의 분열을 격하시키거나 친일 인사로 하여금 유사한 단체를 설립케 하고 지원하여 기존의 조직을 무력화시키거나 명망가들에 대한 포섭 활동을 극렬하게 전개하는 물밑 작업도 병행하였다. 또한 통치의 기본 방침을 내선일치라고 하는 친일 동화정책으로 정하고 사회 전반을 옥죄어 나갔다. 이런 상황에서 국내 최대의 종교 단체이자 민족운동 단체로서 항일운동의 본산지이던 천도교를 일제가 가만둘 리 없었다.

일제는 이미 통감부 시절부터 천도교를 유사종교로만 취급하고 정식 종교로는 기독교, 불교, 천주교와 일본에서 유입된 신도만을 인정하였다. 천도교 신파의 거두인 최린을 포섭하여 일본의 정책에 적극 협조하도록 몰아갔다. 이 시기에 이르러서는 천도교가 주도하는 어떤 사상적인 모임이나 강연도 더 이상 허용되지 않았다.

주옥경은 유학에서 돌아온 이후 한동안 지독한 몸살에 시달렸다.

적지 않은 나이에 일본으로 유학을 떠나 일본말도 낯선 판에 생전 처음 영어 공부를 하느라 밤낮으로 무리했던 결과가 귀국 후 몸으로 드러난 듯했다. 겨우 몸을 추스를 즈음에 잇따른 친지들의 죽음, 그 외에도 이종일을 비롯한 항일 민족진영에 섰던 많은 천도교인들의 죽음과 몰락을 바라보며 그녀의 심신도 무너지는 듯 아프고 힘겨웠다. 어두운 골방에서 그녀는 홀로 병치레를 하는 날들이 잦았다.

간신히 몸을 회복해 나가던 1931년 초겨울에 들어서 첫얼음이 얼었던 어느 날이었다. 옥화가 사람을 보내 꼭 좀 만나고 싶다는 청을 넣었다. 주옥경은 심부름한 사내를 따라 청계천으로 나갔다. 그동안 무슨 일이 있었던 것인지 그녀는 청계천 변을 따라 덕지덕지 엉겨 붙은 토막집에서 어린 딸과 함께 살고 있었다. 옥화의 얼굴은 종잇장처럼 창백했고 야위었다. 그 옛날 아리따운 평양 명기의 모습은 사라지고, 늙고 병든 모습만 남았다. 그녀는 잔기침을 계속하였다. 소매에서 수건을 꺼내 입을 닦으니 피가 묻어났다. 주옥경은 가슴이 에이는 심정으로 두 모녀를 가까운 단팥죽 집으로 데려갔다.

뜨거운 단팥죽을 호호 불어 가며 두 모녀는 맛있게 그릇을 비웠다. 주옥경은 그런 두 모녀를 안타까운 심정으로 바라보았다. 허기지고 추위에 지쳤던 옥화는 드디어 온기가 도는지 얼어붙었던 입을 열었다. 3·1운동 이후 옥화는 구로다와 정분이 나 동거를 시작했다. 동생 진호는 그것을 인정하지 못하고 집을 뛰쳐나가 만주로 가 독립군에 가담했는데, 몇 년 후 진호가 복면을 한 채 집으로 돌아와 땅문서며, 가진 돈을 다 들고 사라졌다. 진호의 일을 대충 짐작한 구로다는 몰락한 옥화를 외면하였고, 만주사변이 터지기 직전 중국 쪽으로 가면서 옥화와 인연을 끊고 말았다. 그녀는 이 갑작스런 몰락을 아무렇지도 않은 듯이 건조하게 말을 이어 갔다.

"우리 집에 침입했던 복면강도가 진호인 줄 어떻게 알았냐구? 내 동생 진호는 오른쪽 손등에 작지만 선명한 검붉은 점이 있거든. 그걸 보고 알았지. 그래서 나는 신고도 하지 않았어. 아니 못했지. 어떻게 동생이 한 짓을 신고할 수 있겠어. 그리고 내가 빈털터리가 된 줄 어떻게 알았는지 빚쟁이들이 몰려왔어."

"구로다는 그때 어디 있었는데요?"

"구로다는 마침 일본엔가 어딘가 출장 가 있을 때야. 그는 곧 돌아와 바로 상황 파악을 해 버렸지. 일본 순사들이며 밀정들이 죄다 그 놈의 친구들이니까. 길길이 날뛰며 화를 내는 그에게 신고만은 안 된다고 두 손을 싹싹 빌었지. 그랬더니 그가 나보고 '빠가야로, 조센징!' 하고 욕을 하는 거야. 나 역시 그 욕을 듣고 정신이 번쩍 들어, 구로다에게 거품을 물고 달려들었지. '그래. 나 빠가야로 조센징이다. 그렇게 말하는 너는 조선인 잡아가는 악마 백정놈이야. 이 쪽바리놈아.' 하고 말이야. 순간 정신 줄을 놓았는지 그를 걷어차고 물어뜯고 그랬어. 내가! 성난 구로다도 처음으로 나를 사정없이 후려갈기고 발로 걷어찼지."

마침내 울음을 터뜨린 옥화의 들먹이는 어깨를 주옥경은 조심스레 다독였다. 옥화 옆에 앉은 어린 계집아이는 주옥경이 사 준 알사탕의 달콤한 맛에 빠진 듯, 엄마가 우는 것에도 아랑곳하지 않고 열심히 사탕만 빨고 있었다.

"한바탕 난리를 치르고 나서 만주로 가 버린 구로다는 아예 소식이 없어. 이 애는 구로다의 자식이건만, 자기 자식도 내팽개치고 떠난 거야. 그는 그런 놈이지. 원래부터 가족도 없이 혈혈단신 여기저기를 떠돌아다니던 무책임한 작자였던 거지…. 그런 놈이랑 정분이 난 내가 바보인 게지. 그러다 이렇게 병이 든 거야. 아마 나는 얼마 살지 못할 거 같다."

말 끝머리에 옥화는 웃음인지 울음인지 모를 소리를 내며 흐느꼈다. 그녀는 이제 더 이상 살아야 할 이유나 의욕이 없다고 하였다.

"언니, 그래도 아이가 있는데 용기를 내셔야지요. 이 애는 어떻게 하시려고요?"

"옥경아, 제발 이 아이를 좀 맡아 다오. 너라면 이 아이 굶기진 않을 거 아냐? 네 몸종을 시키든 네 말동무를 삼든 뭔가 보탬이 될 수 있을 거야. 나는 이제 얼마 못 살아. 살고 싶지도 않고. 그러니 이 애를 맡아 준다면 내 죽어서도 그 은혜를 잊지 않으마."

그리하여 결국 주옥경은 옥화와 그녀의 딸을 집으로 데리고 왔다. 옥화는 극구 마다하였으나, 죽어 가는 그녀를 그렇게 내버려 둘 수는 없는 일이었다. 오는 길에 옥경은 사탕 한 봉지를 사서 옥화의 딸에게 안겨 주었다. 불안한 표정으로 엄마를 쳐다보는 아이에게 옥화가 엷은 미소를 지으며 고개를 끄덕였다. 그제서야 아이는 사탕 하나를 꺼내 입 속에 넣었다. 말이 없고 무표정했던 아이는 연신 맛있다며 비로소 웃음을 보이기 시작했다.

그러나 주옥경의 보살핌에도 불구하고 옥화의 병세는 악화되어만 갔다. 병원에서도 이미 돌이킬 수 없다며 입원을 받아 주지 않아, 약으로만 버티던 옥화는 그해 겨울을 넘기지 못하고 숨을 거두고 말았다. 주옥경은 알음알음 옥화의 도움을 받았던 기생들에게 연락을 하여 마지막 가는 길이나마 외롭지 않도록 후히 장례를 치러 주었다.

어서 가고 싶구나, 임이 계신 하늘나라로

옥화의 딸 이름은 순이였다. 태어날 때부터 울지 않고 아무 때나 잘 자고 잘 먹고 까탈스럽지 않아 지은 이름이었다. 구로다는 물론 쥰코(順子)라는 일본식 이름으로 불렀지만.

청계천 변의 더럽고 어두컴컴하던 토막집을 고향처럼 알고 살던 순이는 난생처음으로 흰밥을 배불리 먹으며 깨끗한 옷을 입고 따스한 방에서 자고 일어나는 일이 꿈만 같았다. 제 어미의 죽음에 한동안은 식음을 전폐하다시피 하며 의기소침하였으나, 그때도 남 보는 데서는 울음조차 울지 않을 만큼 속 깊은 아이였다. 속으로야 어미 생각에 미어지는 가슴일지라도, 겉으로 보아서는 엄마 옥화 생각은 전혀 하지 않는 듯이 주옥경의 심부름도 맡아 하며 어깨 너머로 한글 공부도 하고 주문도 외웠다.

1935년, 9살 순이는 소학교에 입학하였다. 입학하기에 늦은 나이이긴 하지만 당시에는 순이보다 뒤늦게 입학하는 학생들도 많았다. 뒤늦게라도 학교 문턱에 와 보는 게 어딘가? 순이는 공부하는 것이 그다지 좋지는 않았지만 동무들을 만나는 것이 좋았다. 다른 아이들처럼 같이 뛰어놀고 재잘거리기보다는 아이들 노는 걸 보는 게 더 좋았다. 주옥경 집은 적막하고 엄숙하였다. 학교에 오면 코 흘리고, 재잘거리고 뛰다 넘어지는 아이들 천지였다. 순이는 아이들이 시끄럽게 재잘거리는 소리가 좋았다. 시간이 지나면서 가끔은 아이들 이야기에 끼어들기도 하였다.

순이가 소학교에 입학한 이듬해 1936년 8월에 미나미(南次郞)가 조선 총독으로 부임했다. 그는 부임 직후부터 조선과 일본이 하나라고 하는 내선일체와, 조선인들을 일본 황제의 충실한 백성으로 복속시키려는 황국신민화 정책을 강력하게 밀고 나갔다. 이것은 곧 민족혼 말살정책이었다. 학교는 물론이고 모든 공공 기관에서 일본어만 사용하도록 강요하고 일본 천황에 대한 충성을 맹세하게 했다.

1937년 7월 일본은 노구교 사건을 빌미로 중일전쟁을 일으켰다. 중국군은 수적으로는 압도적이라고 하나 실제로는 광대한 중국 대륙 곳곳에 난립한 군벌들의 휘하에 놓인 군대였고, 그나마 무기 수준이 형편없었다. 가장 문제가 되는 것은 격변하는 세계사에 대응한 국가

경영과 외세와의 대결을 염두에 둔 강병 정책이 실종되어, 군벌 산하의 군대란 비적들과 크게 다르지 않을 만큼 부패에 찌들어 있었다. 30만 명의 일본군은 개전 직후부터 승승장구하여 북경에 이어 천진까지 점령하면서 중국의 북부 지역을 거의 장악하였다. 그러나 뒤늦게 전열을 정비한 중국군은 상해를 교두보로 일본의 남하 행진을 저지하면서 일본군에게 막대한 타격을 입혔다. 결국 상해는 약 3개월 동안이나 일본군의 남하를 저지하는 교두보 역할을 끝내고 마침내 일본군에게 점령되었으나, 그 사이 일본군은 이성을 잃고 광분하는 본성을 여지없이 드러내고 있었다.

중국군은 강력한 일본군에 저항하면서도 적절한 후퇴 전략을 구사하며 전쟁을 장기전으로 끌고 가는 전략을 취하였다. 중국 대륙의 광대함과 중국 국민의 수적 우위를 십분 감안한 전략이었다. 일본은 2, 3개월 내에 중국 점령을 완수할 수 있다고 호언장담하였으나, 점점 중일전쟁의 수렁 속으로 빠져들어 가고 있었다. 광분한 일본군은 중화민국의 수도 남경을 점령한 이후 잔인무도한 학살극을 자행하였다. 끝없는 살해, 약탈, 강간 등이 도시 전체를 초토화시키며 자행되었다. 동학혁명 당시 한반도 전역에서 30만 명 정도가 살해되었는데, 남경 대학살극에서도 비슷한 희생이 있었다.

장기화되는 대규모 전쟁에 끊임없이 소용되는 전쟁 물자를 조달하기 위하여 1938년 4월에 국가총동원법이 공포되었다. 바야흐로 한반도에도 전시 동원 체제가 시작된 것이다. 이것은 조선 내 모든 물자와 인력을 전쟁 수행에 쉽게 동원하기 위한 법률로서, 당국의 동원과 징발에 저항하는 자들은 강력하게 처벌하는 규정을 담고 있었다.

1939년 7월에는 징용령이 공포되어 조선의 젊은이들이 군사 보조원이나 생산 공장에 강제로 끌려가 복무하게 되었다. 이해 9월 유럽에서 세계대전이 발발했고, 일본은 동아시아 전역을 자기들의 세력권에 두겠다는 원대한 구상을 구체화하기 시작했다. 중국과의 전쟁을 수행하는 한편으로 유럽 여러 국가들의 식민지하에 있던 동남아시아 일대를 침공하기 시작한 것이다. 그곳은 각종 자원의 보고였다. 일본이 이곳을 장악하기만 한다면, 태평양에서부터 아시아 대륙에 걸친 지역을 일본이 장악하는 것은 시간문제였다.

이러한 대외 침략 전쟁을 수행하는 한편으로, 후방을 튼튼히 하기 위한 명목으로 1940년엔 조선인에게 일본식 이름을 갖게 하는 창씨개명을 강요하여 선조 대대로 내려온 성과 이름을 일본식으로 바꾸게 하였다. 조선이라는 나라와 민족을 역사와 지도상에서 완전히 지워 버리겠다는 구상을 실행에 옮기기 시작한 것이다.

총독부는 민족혼 말살 정책을 벌이면서 민족혼과 구국 운동의 상징인 천도교를 가만두고 볼 수는 없었다. 천도교에는 여성단체 하나만 남기고 기어이 모든 단체를 해체시키고 말았다. 주옥경은 여성단체 천도교내수회에서 최고 예우직인 교도사로 추대되었지만 마음은 쑥대밭처럼 어지러웠다. 일제의 감시 속에서 대외 활동을 할 수조차 없고, 여성을 대상으로 한 교화 활동만 겨우 허용되었다. 교회 밖에

선 조선말로 된 신문들이 폐간되고, 모든 정보가 통제되었다. 농민들에게서 쌀은 물론 웬만한 곡식들은 다 긁어 갔으며, 전시 물자 충당을 위해 놋그릇과 농기구 등의 쇠붙이들을 징발해 갔다. 심지어 청수그릇과 조상 대대로 내려오는 보물들, 제기까지 강제로 뺏어 갔다.

밤마다 그녀는 잠을 쉬이 이루지 못했고, 악몽에 시달리다가 일찍 눈을 떴다. 새벽 5시, 그녀는 손병희가 그랬던 것처럼 맑은 물 한 그릇을 떠 놓고, 정성스럽게 주문을 외우고 난 뒤, 잠시 묵상을 하였다. 그러다가 자신도 모르게 잠인지 꿈인지 모를 경계에 들어갔다.

딱딱하게 굳은 그녀의 어깨에 무언가 부드럽고 따듯한 것이 닿았다. 깃털처럼 가볍고 봄볕처럼 따스했다. 그녀의 가슴에도 마치 엄마의 손길 같은 기운이 퍼져 나감을 느꼈다. 그녀는 자신도 모르게 가슴이 뭉클하여 뜨거운 눈물을 흘렸다. 문득 환원한 손병희의 성령이 그녀 자신에게로 강림하였다는 생각이 들었다.

"성사님, 당신이 가고 나서 저는 너무 춥고 외로워요. 나날이 견딜 수가 없어요. 모든 것들이 무거운 쇳덩어리 짐으로 저를 짓누르는 것 같아요. 당신 곁으로 가고 싶어요. 이곳에선 견딜 수가 없어요. 제발 저 좀 데려가 주세요."

그녀는 격한 설움에 겨워 한참 동안 눈물을 쏟았다. 그녀가 바란 답 대신 그녀의 머리와 가슴, 온몸으로 더할 나위 없이 포근한 기운이 흘러들어 왔다. 겨울 마른 장작처럼 차갑고 메말랐던 그녀는 비로소 살아갈 기운을 조금 얻은 듯했다.

10장/ 나비의 꿈은 총칼로도 막을 수 없다

순이[28]는 어느덧 15살이 되었다. 허리도 잘록해지고 엉덩이도 실팍하니 제법 처녀티가 났다. 그녀는 집 뒷산을 하루 종일 헤매며 나물을 뜯느라 봄볕에 얼굴이 까무잡잡해졌다. 부쩍 키가 자란 순이는 근래 들어 학교 가기를 싫어했다. 남들은 학교 다니는 순이를 부러워했지만, 정작 그녀는 학교 가는 것을 봄날 호젓한 숲길에서 뱀 만나는 것처럼 징그러워했다.

그렇다. 담임선생이 꼭 뱀 같았다. 기다란 일본도를 차고 교실에 들어와 일본말을 가르치고, 걸핏하면 일본말로 욕설을 퍼부으며 순이를 노려보는 눈매가 꼭 뱀 같았다.

그럴수록 순이는 산으로 들로 헤매는 시간이 많아졌다. 북악산 기슭 나무들은 울긋불긋 옷을 갈아입더니, 어느새 그 옷들도 다 떨구고 앙상한 빈 가지로 남았다. 나물을 캐던 순이는 밤과 도토리를 줍는 일로 분주했다. 스산한 가을바람이 나뭇가지 사이를 질주하며 윙윙 울음을 울어 대는 을씨년스러운 늦가을 어느 날 오후였다. 그날도 순이는 언제나처럼 숲 속을 쏘다니다가 목이 말라 산 아래쪽 어귀의 약수

터를 찾아갔다. 손바닥을 오므려 작은 바가지를 만들어 약수를 입으로 옮기는 순간 둔탁한 몽둥이가 그녀의 뒤통수를 가격했다. 비명 소리도 내지 못한 채 그녀는 앞으로 고꾸라졌다. 그녀가 정신을 차렸을 때는 그녀의 눈과 입은 천으로 가려져 있었고, 손과 발이 묶여 있었다. 덜컹거리는 것으로 보아, 어디론가 가고 있는 게 분명했다. 그녀가 죽을힘을 다해 발버둥을 쳤지만 소용이 없었다. 우악스런 손길이 그녀의 사지를 붙들고, 일본말을 거칠게 내뱉으며 매가 쏟아졌다. 그녀는 공포에 질려 오들오들 떨며 울음소리조차 내뱉지 못하였다.

얼마쯤 지났을까. 억센 손이 다가와 눈과 입을 가린 천을 풀어 줬다. 손과 발도 묶은 것을 풀었다. 오랫동안 짓눌려 있던 눈이 겨우 사물을 분간하게 되자 바로 옆에서 총을 겨눈 일본군의 모습이 눈에 들어왔다. 실려 오는 동안 온갖 공포스런 상상에 거의 정신 줄을 놓았던 순이의 가슴속에서 다시 둥둥 북소리가 울리기 시작했다. 가슴이 터질 것 같았다. 트럭은 천막을 쳐 놔서 어디로 가는지 도무지 알 길이 없었다. 또 다시 한참을 가다가 트럭이 멈추자 곧 여자아이들 여러 명이 트럭 위로 올라왔다. 얼핏 열린 천막 바깥을 보니, 총을 든 군인들이 여자아이들을 감시하고 있었다. 모두들 겁에 질린 눈으로 서로를 쳐다보기만 할 뿐, 이게 대체 어떻게 된 일인지 물어볼 엄두조차 내지 못하고 웅크린 채 떨고 있었다. 그녀 또래이거나 조금 더 나이 먹은 앳된 소녀들이었다.

그렇게 한참을 내달려 한적한 기차역에 당도했다. 그들처럼 끌려

온 사람은 한두 명이 아니었다. 여러 대의 차량에서 내려지는 소녀들이 백여 명은 족히 되어 보였다. 그녀들은 다시 기차에 태워졌다. 그제서야 순이는 자신이 위안부로 끌려가고 있다는 걸 알았다. 순이처럼 엉겁결에 납치되어 온 아이도 있었고, 오빠의 징용을 대신하여 공장에 가는 줄 알고 제발로 들어온 아이도 있었다. 그러나 그때까지만 해도, 아무도 위안부 일이 얼마나 고통스러운 일인지 알지 못했다.

기차를 타고 몇 날 며칠을 달리기만 하더니 이윽고 기차에서 내리자 다시 여러 대의 트럭에 나뉘어 태워졌다. 그녀들이 타고 온 기차의 다른 칸에는 모두 군인들이 타고 있었다. 기차에서 내린 순이는 다른 10여 명의 처녀들과 한 트럭에 태워져 다시 어디론가 내달렸다. 그렇게 트럭 위에서 자고 먹기를 또 다시 몇 날 며칠, 트럭은 꿈에서도 본 적이 없는 낯선 산천 한가운데에 그녀와 일행을 내려놓았다.

군인들의 지시에 따라 두 줄로 열을 지어 제법 너른 운동장을 지나 조그마한 천막 쪽으로 이동했다. 천막 옆으로는 군인들의 감시하에 중국인들로 보이는 노역자들이 땅을 파고 천막을 세우는 중이었다. 군인들은 순이 일행을 보면서 미친 듯이 환호성을 지르며 좋아하였다. 순이는 마치 맨살에 벌레가 닿은 듯이 소름이 돋으며 온몸이 움츠러들었다.

천막에 당도하자, 운동장 쪽에서는 보이지 않던 막사 건물이 천막 뒤쪽으로 지어져 있었다.

일본군 서너 명이 그녀들을 둘러싸더니 다짜고짜로 한 명씩 붙들고 막사 안으로 데려갔다. 막사 안은 또다시 조그마한 여러 개의 방으로 나뉘어 있었다. 순이도 그중 하나로 들어갔는데 안에 나무로 얼기설기 만든 야트막한 평상 말고는 아무것도 없는 덩그런 방이었다. 앉지도 서지도 못한 채 머뭇거리고 있는 사이 새까맣게 그을린 얼굴의 일본군 장교가 한 명 들어왔다.

그는 순이에게 옷을 벗으라고 했다. 순이는 새파랗게 질려 고개를 흔들었다. 그녀는 구석으로 밀려나며 주저앉아 두 손으로 다리를 단단히 끌어안고 최대한 몸을 웅크렸다. 다른 천막 쪽에서 여자들의 비명이 들려오는가 싶더니, 곧 순이의 몸에도 채찍 같은 것이 휘감겨 왔다. 순이는 비명을 지르며 땅바닥에 엎드렸다. 몇 차례 더 채찍질이 가해지더니, 곧 남정네의 손길이 순이의 옷자락을 헤집기 시작했다. 순이는 살이 찢어지는 듯한 통증과 두려움 그리고 숨이 턱 막히는 절망감에 사로잡히며 정신이 가물가물해졌다. 곧 온몸이 바스러지는 듯한 통증을 느끼는가 싶다가 순이는 마침내 맥을 놓아 버렸다.

순이가 깨어나 보니 움막 안이었다. 그녀는 온몸이 아파서 신음 소리를 냈다. 그런데 몸만 아픈 게 아니라 아랫도리가 너무 아파서 걸을 수가 없을 지경이었다. 그녀는 그렇게 몸과 마음이 짓이겨졌다. 눈물이 계속 흘러나오다가 더 이상 나오지 않는 지경에 이르렀다. 온몸의 수분이 다 빠져나간 것 같은 기분이었다. 꺼이꺼이 울다가 목이 메어 더 이상 소리가 나오지 않았다.

그날 이후 순이는 자기 몸이 자신의 것이 아니라 허깨비 같다는 생각이 들었다. 아침밥 다 먹기가 무섭게 군인들이 들이닥쳤다. 토요일과 일요일에는 더 많은 군인들이 순이 몸 위에 올라탔다. 천막 칸 바깥에 줄을 서 있어서 그들은 옷 벗을 새도 없었다. 그저 허리춤을 내리고 배설하기에 급급했다.

어느 날, 시달림을 견디지 못한 막례가 자살을 했다. 일본군들이 들이닥쳐 피투성이가 된 막례의 시체를 막사 밖으로 끌어내더니 순이 일행을 모이게 했다. 일본군 몇몇이 막례의 시신을 난도질을 했다. 순이는 그 처참한 광경을 다 보지 못하고 기절하고 말았다. 죽는 것이 고통의 끝이 아니라는 걸을 보여주겠다는 심산이었다. 실제로 그 광경을 목격한 누구도 쉽사리 자살할 엄두를 내지 못했다. 죽는 것보다 더 큰 고통 속의 나날이었지만, 죽음조차도 그들의 도피처가 되지 못하였다.

순이네 일행은 한 달쯤 지나 또 다른 곳으로 이동했다. 그렇게 어디가 어딘지도 모르는 곳을 옮겨 다니는 사이 해가 바뀌어 열여섯 살이 되던 해 봄, 순이는 첫 월경을 했다. 그렇지만 그들은 그런 일쯤은 전혀 상관하지 않았다. 그저 그짓에 환장을 한 야차들일 뿐이었다.

어느 날 까마득히 먼 곳에서 비행기 소리가 들리고, 대포 소리까지 문득문득 들렸다. 다행히 그런 날은 군인들이 오지 않는 경우가 많았다. 그날도 군인들이 들이닥치지 않아, 순이는 아침부터 죽은 듯이 누워 있었다. 허깨비처럼 누워 눈물만 흘리고 있자니 순이와 함께 끌려왔던 옥란이 다가와 담배를 건넸다.

"이거 한 번 피워 봐. 맘이 편해질 거야."

속에 아편 가루를 섞어 넣은 담배였다. 담배를 한 모금 빨아들이자 눈앞이 아득해지며 빙빙 돌기 시작했다. 순이는 화들짝 놀라 자리에서 일어서려다가 그대로 나뒹굴고 말았다. 한참을 널브러져 있다가 겨우 정신을 차리자, 옥란은 그때까지도 몽롱한 표정으로 담배를 피우며 연기를 내뿜었다.

"처음엔 그래도 몇 번 하다 보면 좋아질 거야."

옥란은 건조한 목소리로 이렇게 말했다. 그러나 순이는 아편이 자기 몸에는 맞지 않는 것 같았다. 당장의 고통을 잊게 하기는커녕 몸살에 구역질만 났다. 순이는 더 이상 담배를 입에 대지 못하였다.

그러던 어느 날 옥란이가 임신했다는 소문이 돌았다. 그다음 날로 군의관들이 그녀를 끌고 갔다. 강제로 수술을 시킬 거라 했다. 순이는 몸서리가 쳐졌지만, 더 깊은 감상에 잠길 겨를이 없었다. 순이 역시 아랫도리가 문드러져 걸음을 걷지 못할 지경이 되었다. 성병에 걸린 것이다. 그녀는 병원이라고 이름 붙인 천막에 끌려가 다리를 벌려야 했다. 남자 의사가 빨간 약을 바르고 이상한 노란 가루약을 뿌렸다. 그녀들은 정기적으로 이 병원에 가서 남자 의사로부터 검진을 받아야 했다. 순이는 매번 수치심으로 죽고만 싶은 심정이었다. 강제로 수술을 받은 옥란이는 수술 자국이 아물기도 전에 다시 돌아와 군인들에게 시달렸다. 결국은 수술 부위가 덧나 사경을 헤매게 되어서야 옥란은 병실로 옮겨졌지만, 며칠이 지나지 않아 숨을 거두고 말았다.

순이는 매일 눈을 뜨면, '이건 꿈이야. 꿈에 지옥에 온 거야.' 하고 생각했다. 그러나 지옥 같은 악몽은 매일매일 계속되었다.

순이가 일본군에게 끌려와 이곳저곳으로 옮겨 다니기를 열 번도 넘게 하고, 이제 그 횟수 헤아리기도 잊어버린 채 죽지 못해 살아가던 어느 날이었다. 아침에 일어났는데 바깥 공기가 예사롭지 않았다. 순이가 밖으로 나가 보니, 항상 수십 명의 일본 군인들로 떠들썩하던 막사 주변이 거짓말처럼 조용하였다. 그녀들을 감시하던 일본군들도 밤새 어디론가 사라지고 없었다. 순이를 비롯한 위안부들은 어쩔 줄을 몰라 하며 막연히 막사 주위를 오갈 뿐이었다. 차량에 실려 이동할 때를 제외하고는 막사 바깥으로 나가 본 적이 없는 그들이었다. 그들이 본 막사 바깥의 풍경은 허허벌판이거나 시체들이 널브러진 전장이거나 둘 중 하나였다.

안도와 공포가 교차하는 가운데 하루가 지나고, 다음 날 아침녘에 한 무리의 중국인들이 몰려왔다. 그들은 모두 손에 몽둥이를 들고 있었다. 순식간에 순이 일행은 중국인들에게 둘러싸였다. 순이 일행은 모두 기모노 차림이어서 누가 봐도 일본 여자였다.

"우리는 조선 여자들입니다."

옥란이가 기어들어가는 목소리로 말했다.

그때 중국인 무리 쪽에서 크게 외치는 소리가 들렸다.

"저들은 조선 여자들이다! 해쳐서는 안 돼!"

그제야 그녀들을 후려칠 기세였던 중국인들이 핏발선 눈초리를 거두고 몽둥이를 내렸다.

해방은 되었어도

맞아 죽기 직전 조선 사람이라고 말해 일행을 구출했던 중국여자는 가끔 막사에 와서 요리도 하고 장교들 옷 빨래도 하던 중국인 여자였다. 그녀가 떠듬떠듬 일본말로 전한 이야기는 엄청난 소식이었다.

"일본은 망했어. 전쟁에서 졌다고! 천황이 미국한테 항복했어. 조선도 해방이 된 거야. 그러니까 어서 너희 나라로 돌아가."

중국인들은 그들을 마을로 데리고 갔다. 특히 그녀들을 구출해 낸 중국 여자는 철저히 유린당하던 조선인 위안부를 안타까워하며 도움을 주려 애썼다. 옷가지들도 얻어주고, 주먹밥도 갖다 주었다. 이곳에서 가장 가까운 도시가 북경이라고 하였다. 순이는 자기보다 한 살 많은 미자와 일행이 되어 북경 쪽을 향해 걷기 시작했다. 가다가 중국인 마을에 들어서서 밥을 구걸하기도 하고, 중국인 집 청소를 해주고 마른 곡식을 얻어 내기도 하였다. 그러나 먹는 날보다는 굶는 날이 많았고, 갈수록 걸음걸이도 느려졌다.

그러나 거의 북경에 도착할 때쯤 와서 온몸에 열이 나며 도저히 걸을 수 없는 형편이 되었다. 미자가 업다시피 부축하여 근처 농가에 겨우 방을 얻었지만, 순이는 미음 한 숟가락 못 넘기며 며칠을 계속

앓으며 사경을 헤맸다. 지독한 몸살이었다. 지난 몇 년 동안 시달려 오던 노독이 몸속에서 한꺼번에 폭발하여 아우성치는 것 같았다. 미자는 지극 정성으로 순이를 돌보았다. 사흘째 되는 새벽녘, 순이는 열이 내리며 정신이 돌아왔다. 순이가 눈을 뜨니 몸을 일으키니 미자는 순이 옆에 쪼그리고 앉아 잠들어 있다가 순이의 기척을 느끼고 벌떡 일어났다.

"순이야, 정신이 드니?"

순이가 간신히 눈짓으로 괜찮다는 뜻을 내비쳤다.

"아이구, 이제 곧 집으로 갈 텐데, 나는 니가 여기서 죽어 버리는 줄 알고 가슴이 철렁했다야."

순이는 미자가 떠다 주는 냉수를 마시고 다시 혼곤한 잠속으로 빠져들었다.

꿈속에서 주옥경이 그녀를 내려다보며 보드라운 무명천으로 그녀의 얼굴을 닦아주었다. 그녀는 새색시처럼 연두저고리에 빨강치마를 입고 노란 나비노리개를 차고 있었다. 순이는 주옥경이 막 시집가려는 처녀처럼 참 예쁘다고 생각했다. 주옥경은 땀과 먼지로 범벅이 된 순이의 이마와 두 뺨들을 정성스레 닦아 주었다. 순이는 '아, 이제 모든 게 끝났어. 이제 집으로 돌아왔으니 안심이야.'라고 생각하면서 몹시 행복하였다.

며칠이 흘렀는지 모르게 열에 떠서 계속 헛소리를 하며 잠만 자던 그녀가 눈을 떠보니 한 남자가 자기를 내려다보고 있었다. 잠시 이게 무슨 일인가 생각하다가 화들짝 놀라서 일어나려 했다. 그는 당황한 표정으로 일어나려는 순이의 상체를 도로 눕히며 뭐라고 외쳤다. 손짓 발짓을 죄다 동원한 그의 표정이 너무 우스꽝스러워 순이는 왠지 안심이 됐다. 그때 미자가 들어왔다.

"순이야, 정신이 들어?"

순이는 제법 고개를 끄덕이며 쉰 목소리나마 소리를 냈다.

"응."

"아유, 다행이다. 그래, 살아야지. 어떻게 버텨온 목숨인데 여기서 죽을 순 없지. 살아야 한다, 순이야."

미자가 그 말을 하며 눈물이 고였다. 순이의 눈에서도 주루룩 눈물이 흘렀다.

"안심해라. 집 주인의 아들이야. 내 대신 너를 돌봐 준 때가 많은 고마운 분이야."

순이는 학질에 걸렸던 거라 했다. 주변에서 여러 명이 목숨을 잃은 것에 비하면 그녀는 운이 좋은 편이었다. 사흘 전에 잠시 정신을 차린 이후로도 다시 이틀 동안 꼬박 잠을 잤다고 했다. 그러는 사이에 미자와 주인집 아들 랴오싱이 번갈아가며 순이를 돌보았다.

미자는 오늘 아침, 주인 집 아들에게 순이를 부탁하고는 조선으로 돌아갈 길을 알아보고 왔다고 했다. 육로보다는 북경을 거쳐 천진으로 나가서 배편을 이용하는 것이 가장 빠른 길이라고 했다. 어쨌든 북경까지는 나가야 하고, 북경에서는 운수가 좋으면 천진까지 가는 차편을 얻어 탈 수 있을 거라 했다.

"이제 집으로 가자. 순이야."

그러나 랴오싱은 순이의 몸 상태로는 다시 먼길을 떠나는 것이 무리라고 만류했다. 순이는 미자에게 먼저 조선으로 떠나라고 당부했다. 살아서 꼭 다시 만나자고 손가락을 걸고 약속했다. 미자는 두 번 세 번 머뭇거리다가 결국 혼자서 길을 떠났다. 랴오싱이 천진으로 가는 차편을 알아봐 주겠노라며 북경까지 미자를 따라 나갔다.

랴오싱과 미자가 북경으로 간 다음 순이는 랴오싱 어머니의 보살핌을 받으며 기력을 회복하여 갔다. 랴오싱이 돌아왔을 때, 순이는 자리에서 일어나 마당을 쓸고 있었다. 랴오싱이 달려들어 빗자루를 빼어들었지만, 순이는 손길을 뿌리치며 미소를 지었다.

그렇게 열흘쯤 지나면서 그녀의 몸은 완연히 회복세를 보였다. 그러나 순이는 기운을 차리면서 마음 한구석에서 쌓여 있던 또 다른 걱정 때문에 밤에 쉬이 잠을 이루지 못하였다. 자신이 돌아갔을 때 과연 누가 있어 자기를 반길 것인가? 주옥경 이모님은 자기를 어떻게 받아들일 것인가? 아니 주옥경 이모님은 나를 반긴다 하더라도 또 다른 분들은? 이웃 사람들은?

그런 마음이 들수록 조선 땅에 대한 그리움이 커졌다. 서울의 대로와 골목, 뒷동산과 계곡들, 시냇물과 바위 하나까지 눈에 선했다. 특히 진달래, 개나리, 목련이 곱게 피어나던 삼청동 골짜기의 봄날이 그리웠다. 아침부터 저녁 늦게까지 산과 계곡을 쏘다니다가 집에 들어가면 혼이 나곤 했었지. 그 생각을 하면 절로 웃음이 지어졌다. 그때는 야단맞아 슬펐는데, 지금은 그날의 일들이 가장 행복하고 그리운 추억으로 떠오르곤 했다.

'이모가 나 없어져서 많이 찾았을 텐데…. 나 살아 있다고 어떻게든 알려야 되는데…. 하지만 내가 겪었던 일들을 알게 되면 사람들이 어떻게 생각할까? 아, 안 돼! 난 이미 몸을 버렸어. 이 더러워진 몸으로 돌아갈 순 없어.'

순이는 어서 조선으로 돌아가야겠다고 생각하면서도, 신세진 것을 갚는 셈으로 주인집의 일에 매달렸다. 이제 떠나야겠다는 말을 꺼내려 오늘내일 하던 사이에 주인집 부인이 순이를 불러 앉혔다.

"네가 곧 떠나고 싶어 하면서도 마음속으로 고민이 많은 걸 알아. 그런데 우리 아들 랴오싱이 너 많이 좋아하는 것 알고 있니? 너랑 결혼하고 싶다고 하는데 네 생각은 어떠니? 우리 아들이랑 결혼해서 여기 중국에서 다 같이 살면 좋을 것 같구나. 너는 아직 젊다. 이곳에서 얼마든지 새로운 인생을 시작할 수 있다."

순이는 갑자기 혼란스러워졌다. 당연히 조선으로 돌아가야 한다고 생각해 왔는데, 뜻밖의 제안을 받은 것이다. 그녀는 한 번도 조선 땅으로 돌아가지 않는다는 생각을 해 본 적이 없었다. 그곳과 그 사람들에 대한 그리움도 그리움이지만, 순이는 도대체 조선으로 돌아가지 않는다는 생각을 해 본 적이 없었다. 순이가 조선을 떠나온 것 자체가 자신의 결정이 아닌 잘못된 일이었고, 이제 모든 것은 순이가 조선을 떠나오기 전으로 되돌려야 한다고 생각했다.

순이는 조선으로 돌아가는 대신 중국에 머물며 생각을 가다듬기로 했다. 주인댁 부인과 랴오싱에게 시간을 달라고 했다. 랴오싱과 부모님은 참을성 있게 순이를 기다려 주었다. 한 달여쯤 뒤에 순이는 주인 부인에게 "아들과 결혼하겠다."고 말했다. 순이의 허락을 기다렸던 랴오싱도 함박웃음으로 그녀를 반겼다.

아아, 인생이 왜 이리 모질더냐?

그러나 순이와 랴오싱의 행복은 불과 1년을 넘기지 못하였다. 그는 중국의 내전 때문에 징집되어 나가야 했다. 그를 보내고 나서 순이는 서럽게 울었다.

'이놈의 전쟁은 끝날 줄을 모르는구나. 일본군이 일으킨 전쟁으로 내 인생이 갈갈이 찢겨 버렸는데, 이제 겨우 숨 쉴 만하니까 또 다른 전쟁이 나의 마지막 등불마저 곁에서 빼앗아 가는구나.'

남편을 떠나보내고 얼마 후 순이는 임신한 사실을 알았다. 시부모님도 많이 기뻐했다. 그러나 몇 달 되지 않아 유산이 되고 말았다. 아마도 위안부 시절의 잦은 유산과 성병에 걸렸던 전력 때문이었을 것이다. 시어머니는 아기의 유산 후 순이를 대하는 태도가 달라졌다. 집안일이란 일은 다 시키고, 돌멩이투성이 산자락의 밭을 혼자서 다 돌보게 했다. 그러나 그런 고역보다 더 힘겨운 것은 별일도 아닌 것으로 트집을 잡으며 화를 내고 구박하는 일이었다.

그러나 그것이 끝이 아니었다. 순이가 시어머니 눈칫밥을 먹으며 하루하루를 지내고 있는데 청천벽력 같은 일이 생겼다. 랴오싱이 전사했다는 통지가 날아든 것이다. 순이는 넋이 나가서 또 한 번 열병으로 일주일을 꼬박 앓아누웠다. 정신없이 오한에 떨며 헛소리를 하다가 이마를 만지는 손길이 느껴지는 것 같아 눈을 떴다. 랴오싱이 왔나 하는 반가운 마음에 얼른 눈을 떴건만, 1년 전 자신의 이마를 닦아 주던 랴오싱은 없고 차갑고 어두운 흙벽만 눈에 들어왔다.

시어머니의 구박은 날이 갈수록 더 심해졌다. 아들을 잃고 손주도 잃고 삶의 의욕이 사라진 시어머니는 이 모든 불행의 씨앗이 순이라도 되는 양 괴롭혔다. 근래에는 술을 먹고 밤새 술주정을 하다가 폭력까지 휘둘렀다. 순이가 빨리 술을 갖고 오지 않는다고 주먹으로 얼굴을 때려 순이의 앞니가 부러지기까지 했다. 그날 공포에 떨며 울면서 새우잠을 청했던 순이는 동이 트자 무작정 집을 나섰다.

그녀는 외로움과 불안과 굶주림 속에서 걷고 또 걷다가 나타난 민가에 찾아 들어가 음식을 구걸했다. 다행히 좋은 안주인을 만나 그 집에서 허드렛일을 해 주고 차비를 모아 조선족이 많이 산다는 길림성으로 갔다. 길림성 집안시 시장에서 찐빵 한 개를 사서 허겁지겁 먹고 있을 때, 어떤 검정 옷 입은 사람이 조선말로 순이에게 말을 걸었다.

"어이, 갈 데 없는 조선 처녀가 보네. 갈 데 없으면 우리 집으로 갑세. 그러니끼니 우리 집에 방이 많아 남아돌고 있단 말이오."

순이는 조선말 쓰는 동포를 만난 게 반가워 무작정 그를 따라갔다. 그는 용정시 어느 농촌 마을로 그녀를 데려갔다. 그는 순이보다 10살이나 많은데다가, 애가 둘 달린 홀아비였다. 그는 순이를 보고 자기 집으로 가자고 졸랐고, 순이는 선택의 여지가 없었다. 그녀는 그의 집에 들어선 순간부터 밤낮으로 죽자 살자 하고 일만 해야 했다. 올망졸망한 아이들 뒤치다꺼리는 물론이고, 옥수수밭, 감자밭 농사로 하루 종일 허리를 펼 수가 없었다.

순이를 데려간 홀아비는 부지런하고 싹싹한 그녀를 퍽 맘에 들어했다. 그러나 힘들지만 그래도 단란한 가정을 이룬 지 1년이 채 안 돼 마음을 놓은 남편은 술과 노름에 빠져들었다. 공산당 당원이었던 그는 술과 노름에 빠져들면서, 급기야 자아비판 끝에 청산을 하게 되었다. 공산주의 사회에서 청산의 벌은 사형선고나 마찬가지였다. 가지고 있는 모든 것을 내놓아야 했고 남은 것이라곤 몸에 걸친 옷과 깨진 밥그릇, 숟가락 몇 개, 빚뿐인 신세가 되었다.

꿈에 그리던 조국 강산이여

그러나 그 지경이 되어서도 남편은 술버릇을 고치지 못하였다. 순이는 이번에는 도망치고 싶지 않았다. 어디를 가든 고난은 마찬가지

일 거라는 자포자기의 심정도 없지 않았다. 나이를 먹어 가면서 남편의 술버릇은 더욱더 심해졌지만, 순이도 가만히 있지만은 않았다. 한편으로는 달래고 한편으로는 저항하며 어떻게든 집안을 지탱해 나가려 모진 애를 썼다.

그러나 날이 갈수록 쇠약해지던 남편은 순이를 만난 지 10여 년 만에 세상을 버렸다. 순이에게 남은 것은 엄청난 빚과 두 명의 아이들이었다. 따지고 보면 순이에게는 피 한 방울 섞이지 않은 남의 아이였지만, 술독에 빠져 지내는 아버지 대신 순이를 의지하며 엄마라 부르고 살갑게 따르는 것이 유일한 생의 기쁨이었다.

모진 세월이 순이를 폭싹 늙게 만들었다. 그나마 다행인 것은, 술과 노름으로 돈을 탕진하던 남편이 죽자 차츰 그 많던 빚이 조금씩 청산되어 간 것이다. 그녀에겐 옷이 한 벌이라서 기워 입는 것은 물론이요, 밤에 빨아서 아직 마르지 않은 척척한 옷을 걸쳐 입고 공장으로 뛰어가는 날들, 바가지 하나에 밥이며 반찬을 담아 숟가락도 없어서 손으로 허겁지겁 퍼먹었던 날들이 비일비재했다.

세월은 강산을 변하게 하지만 나라와 역사도 변하게 만드나 보다. 그동안 원수처럼 바라보는 적대국이었던 중국과 남한이 서로 교류를 하고 왕래를 하게 되었다. 순이도 잊었던 고향이 생각나서 가끔 눈물이 났다. 그러던 어느 날, 이웃 손씨가 놀러왔다. 그녀의 사위가 방송국에 근무하는데, 서울에 있는 어떤 방송국에서 '중국에 남아 있는 일본군 위안부 할머니 고향 찾기'를 한다고 하였다. 순이의 가슴이 두방망이질 쳤다. '위안부'란 단어와 '서울'이란 단어가 그녀의 가슴을 송곳처럼 찔러 왔다.

며칠을 고민하던 순이는 드디어 결심을 하고 손 씨의 사위를 찾아가 자초지종을 이야기했다. 그는 친절하게 담당자에게 그녀를 데려가 주었고, 마침 연길 방송국으로 파견되어 중국 내의 위안부 실태를 취재하던 한국 기자와의 만남을 주선하였다. 순이는 남녘에서 온 사람과 처음 마주하게 되었다. 남녘에서 온 기자는 순이의 처녀 때처럼 싱싱하고 아리따운 처녀였다. 아니 그저 꿈속에서나 본 듯 복숭앗빛 피부에 고생은 전혀 해 보지 않은 천상의 미소를 갖고 있었다. 그녀는 박상희라고 자기소개를 하고, 여기에 자신이 왜 파견되었으며 어떤 일을 취재하고 있는지 이야기하였다. 이제 기나긴 악몽에서 깨어날 때가 된 걸까? 순이는 박 기자의 도움으로 한국에 돌아올 수 있었다.

1996년 10월. 난생처음 비행기를 타고 순이는 55년 만에 서울 땅을 밟았다. 꿈속에서도 그리던 서울의 모습은 도무지 알아볼 수 없을 만큼 변해 있었다. 그녀는 예전에 살았던 낙원동 집을 찾아갔다. 그 근처까지는 찾아간 거 같은데 집을 찾을 수가 없었다. 그녀는 할 수 없이 안내를 받아 천도교중앙대교당을 찾아갔다. 붉은 벽돌로 지어진 당시 장안 명물이었던 중앙대교당이 아직도 그대로 서 있었다.

그녀는 서울을 떠나기 전의 소녀로 돌아간 것 같은 기분이었다. 그곳에서 주옥경에 대해 물었다. 주옥경은 1950년대부터 우이동 봉황각에 들어가 의암 성사의 유택을 보살피며 살다가 1983년에 돌아가셨다고 했다. '아!' 가슴이 무너졌다. 순이는 서울에서 일본군에 납치될 때처럼 다시 갈 길을 잃은 막막한 심정이었고, 눈물이 쏟아졌다. 순이를 마지막으로 거두었던 엄마 같은 분이었는데 이제 순이를 알아볼 사람조차 없다는 설움이 복받쳐 계속 울었다.

중앙총부의 직원들이 계속해서 무슨 사연인지를 물었으나, 순이는 그 절절한 사연을 말할 수는 없었다. 그저 예전에 큰 은혜를 입었노라고 얘기하고 길을 물어 우이동으로 향했다. 우이동 묘소 앞에 엎드려 순이는 하염없이 통곡했다. 이제는 돌이킬 수 없는 일이지만, 가슴속 한 맺힌 통곳의 소리가 하늘나라 주옥경에게 전해지고, 다시 엄마 옥화에게까지 전해지기를 바라는 마음에서였다.

4박 5일의 일정이 화살처럼 흘러갔다. 이번 한국 방문에서 중요한 일정 중의 하나는 정대협(정신대 문제 대책협의회) 사람들과 만나, 그녀가 경험했던 일본군위안부의 역사적 사실을 구술하는 일이었다. 순이는 박 기자에게 그랬던 것처럼 정대협에서 나온 여성에게도 자기가 겪었던 일들을 상세하게 되풀이하여 이야기하였다.

정대협에서 나온 여성의 이름은 김정순이라고 했다. 순이는 자기 이름처럼 '순' 자가 들어간 것이 맘에 들었다. 그녀는 박 기자와 달리 수수한 차림에 더 곰살 맞았다. 중국에 두고 온 손녀딸 덕이처럼 연신 할머니라고 부르며 그녀를 따라다니며 안내도 하고 불편한 게 없는지 두루 살펴서 몹시 고마웠다. 그녀 역시 순이의 참혹한 이야기를 들으며 하염없이 울었다. 자신을 위하여 울어 주는 사람을 만나고 보니 순이의 눈에서도 다시 눈물이 솟았다. 그런데 동포인 그녀가 같이 울어 주니까 이상하게도 더 이상 전처럼 뼛속 깊이 아프지 않았다. 오히려 순이는 눈물을 주체하지 못하는 정순을 얼르고 달래 자꾸만 울면 이제 이야기하지 않겠다고 하여 겨우 구술을 마칠 수 있었다.

순이는 구술을 마치고 정순을 쳐다보며 엷은 미소를 지어 보였다. 정순 역시 울음을 그치고 싱긋 웃었다. 순이가 말했다.

"우리 이제 그만 울어요. 앞으로도 해야 할 일이 많은 사람들인데."

순이의 얼굴에 오랜만에 천진난만한 웃음이 퍼졌다.

"네. 할머니."

정순이가 대답하며 다시 눈물을 쏟고는 억지로 울음을 그치느라 애를 썼다. 겨우 울음의 꼬리를 잘라낸 정순이 다시 말을 이어 갔다.

"할머니, 지금 사람들은 위안부에 대해서 아무것도 몰라요. 그렇게 끔찍한 일이 예전에 벌어졌던 걸 몰라요. 아니 알고 싶어 하지 않아요. 한 술 더 떠 일본놈들은 그런 일 없었다고 시침 딱 떼고 있구요. 아무것도 알지 못하는 소녀들을 강제로 끌고 가 그 끔찍한 일을 시킨 게 아니라, 위안부들은 자발적으로 돈 벌려고 갔던 창부였다고 우기고 있어요. 그래서 우리 정대협에서는 위안부의 참혹했던 실상을 증언할 수 있는 분이 필요해요. 우리나라 국민들은 물론이고, 일본 국민들, 세계 여러 나라 사람들에게 우리나라의 꽃다운 처녀들이 강제로 끌려가 잔인한 성노예 생활을 했던 것을 알려야만 해요. 다음 국제회의 때 위안부 실상에 대해 증언해 주실 수 있을까요?"

"내가? 여러 사람 앞에서 그 일을 이야기해야 한다고?"

"네. 산증인이시니까 다른 증언하실 분들과 함께 생생한 증언을 해 주시면 좋겠어요."

순이는 사람들 앞에서 말한다는 것을 생각하는 것만으로도 현기증을 느꼈다. 더군다나 꼭꼭 감추고 싶었던 사실을 만천하에 대고 고백하라니…. 지금 자신에게 그런대로 잘하고 있는 양아들과 딸의 얼굴이 번갈아 떠올랐다. 순이는 고개를 저었다. '말도 안 돼!' 순이는 그 옛날 일본 짐승 같은 놈들에게 자신의 치부를 내보여야 했던 것처럼 많은 사람들에게 자신의 치부를 다시 내보여야 하는 일처럼 느껴졌다. 살이 떨리는 일이었다. 도저히 할 수 없는 일을 권유하는 김정순이 돌연 악마처럼 미웠다.

"난 못해. 어떻게 그렇게 부끄러운 일을 남들 얼굴 앞에서 대놓고 말할 수 있어?"

"부끄러운 일을 한 건 일본이지, 할머니가 아녜요. 이번에 증언을 하지 않으시면 일본은 그런 일 없었다고 시치미를 떼고, 또 언젠가 다시 전쟁을 일으키고 여성들을 유린하고 강간하는 일을 반복할 수 있어요. 한반도의 평화와 세계의 평화를 위해 우리 여성들이 용감하게 나서야 돼요."

순이의 귀에는 정순의 말이 겉돌 뿐이었다. 이미 한번 닫힌 마음의 문은 단단했다. 어떻게 봉인했던 수치의 기억들이었던가. 겹겹이 막아서 기어 나오지 못하게 한 야만의 기억들을 다시 끄집어내 사람들 앞에 펼치라니 그녀로서는 도저히 감당할 수 없는 일이었다.

정순은 어쩔 수 없다고 생각했다. 자기가 순이 할머니 입장이라도 어쩌면 마찬가지 반응을 보일 수밖에 없을 터였다.

"네, 할머니, 하고 싶지 않으면 하지 마세요. 그치만 할머니, 나 할머니 많이 사랑하니까 다음에 꼭 만나요. 인연 있으면 중국에서든 한국에서든 꼭 다시 만날 수 있을 거예요. 할머니 드린다고 알사탕이랑 박하사탕 사왔어요. 옛날에 좋아하셨다면서요?"

정순은 사탕 꾸러미를 쑥 내밀었다. 그리고 순이를 한 번 안아 주고는 총총히 사라졌다.

정순이가 놓고 간 사탕 꾸러미에 커다란 알사탕에다 박하사탕까지 들어 있었다. 그 옛날 주옥경이 머쓱해 하던 순이에게 내놨던 사탕 봉지! 그것 때문에 어미보다도 먼저 주옥경을 따라나섰지!

다음 날 오후 비행기로 출국하기 위해 일찌감치 짐을 싸고 있을 때 누군가가 순이를 찾아왔다. 천도교여성회 간사 오경화라고 하였다. 그분이 주옥경 이모의 임종을 지켰다고 했다.

"주옥경 사모님이 순이 씨를 잃어버리시고 사흘간 곡기를 끊으셨다고 해요. 사방팔방으로 순이 씨를 찾았지만 행방을 알 수가 없었대요. 삼청동 계곡이며 옛날 살았다는 청계천 토막집까지 안 찾아본 데가 없대요. 그렇게 세월이 오래 흘러갔는데도 사모님은 순이 씨가 살아 돌아오실 거라고 항상 말씀하시곤 했죠."

그 이야기를 들으면서 순이는 친엄마보다도 선명하게 주옥경의 얼굴이 떠올랐다. 얼굴이 하얗고 단정했던 이모. 처음 만나 고운 손으로 내 얼굴을 쓰다듬어 주었을 때의 그 감촉을 잊을 수가 없다. 마치 선녀의 손길 같았지. 그리고 얼마나 다정하게 나를 보살펴 주었는지, 옥경이 이모랑 살았을 때가 나의 가장 행복했던 시절로 떠올랐다. 너무나 모질고 혹독한 경험의 연속이었기에 순이는 주옥경의 얼굴과, 그녀와 살았던 행복했던 시절도 다 잊고 있었다. 순이는 계속해서 흐르는 눈물을 주체하지 못하다가 이내 울음을 쏟아 냈다.

순이는 한참을 울다가 자신의 어깨를 쓰다듬는 손길을 느끼며 서서히 눈물을 거두고, 여성회 간사라는 분을 쳐다보았다. 오경화 역시 눈물범벅이었다.

"사모님이 순이 씨가 살아서 이렇게 돌아오신 걸 알면 얼마나 기뻐하셨을까요? 말년에 사모님이 얼마나 고독하게 지내셨는데요. 우이동 산속 넓은 방에 홀로 앉아 눈물을 지으며 '순이야, 너는 죽었니? 살았니?' 하셨던 게 한두 번이 아니에요."

그리고 그녀는 주옥경 사모님이 순이가 찾아오면 꼭 전하라고 했다면서 오래된 보자기 꾸러미를 내밀었다. 보자기를 끌러 보니, 나비 문양이 새겨진 비단 노리개와 간단한 글이 새겨진 두 장이 있었다. 한 장에는 '네가 하늘이다.'란 글이 쓰여 있었고, 한 장에는 한문으로 '以天食天(이천식천)'이란 글이 쓰여 있었다.

"이게 다 무슨 뜻이죠?"

"이 노리개는 의암 손병희 선생님이 주옥경 사모님께 전하신 귀한 유품인데, 순이 씨가 살아 오면 꼭 전해 주라고 하셨습니다. '네가 하늘이다.'란 말은 '네가 이 우주의 소중한 생명이며 주인이니 스스로를 귀하게 여기라는 뜻이며, 동시에 모두가 하늘이니까 자신을 비롯해서 모든 생명을 소중하게 받들어 모시고 감사하라'는 뜻입니다. 또한 '이천식천'은 하늘로써 하늘을 먹는다, 즉 더 큰 사랑과 희생으로 우리에게 바쳐진 하늘을 먹음으로 해서 우리는 생명을 이어간다는 뜻입니다. 또 우리가 다시 사랑과 희생으로 스스로 먹힘을 당해 다른 생명이 생명을 이어 갈 수 있다는 말, 그렇게 하늘이 하늘을 먹음으로 해서 생명은 끝없이 이어지고 발전한다는 뜻입니다."[29]

이천식천(以天食天)의 정신으로 나비 기금을 만들다

순이는 주옥경이 남긴 유품을 들고 중국으로 돌아갔다. 그리고 하루에도 수없이 '네가 하늘이다.'라고 종이에 쓰인 말의 의미를 되뇌었다. '이천식천? 하늘로써 하늘을 먹는다? 하늘이 하늘을 먹는다?'

미친 사람처럼 중얼거리며 그 뜻을 헤아리기 위해 골몰했다. '옥경 이모는 나 어렸을 적에도 공부하라고 잔소리만 하시더니만 죽어서까지 나에게 숙제를 남기셨구나!' 순이는 예전의 그 시절로 돌아간 것처럼 숙제를 앞에 놓고 끙끙대며 고민을 거듭했다.

그로부터 다시 두 해가 흘렀다. 1998년 더운 여름, 정대협의 김정순과 몇몇 일행이 길림성 순이네 집을 방문하였다. 순이는 한국에서 자신을 찾아온 김정순을 보고 깜짝 놀랐다. 이 먼 타국의 시골 구석 누추한 자기 집까지 찾아온 그녀의 정성이 갸륵하였다.

"할머니, 순이 할머니!"

특유의 맑고 발랄한 정순이의 음성이 순이의 집에 울려 퍼졌다.

"이게 누구야? 버릇없이 할머니 이름을 부르는 사람이 누구야?"

말은 그렇게 해도 순이의 얼굴은 반가움이 묻어난 표정으로 활짝 웃고 있었다.

"할머니, 이 머나먼 타향에서 혼자 외롭게 살지 말고 나랑 같이 한국 가요. 정대협에서 '나눔의 집'이란 곳을 만들었어요. 외로운 위안부 할머니들이 함께 모여 사는 곳이에요."

김정순은 허름한 순이네 집에서 며칠을 묵으며 순이와 많은 이야기를 나누었다. 깨끗하고 없는 게 없이 갖추어져 있던 서울의 집들을 잘 알기에 순이는 이 불편한 곳에서 자신과 함께 생활하는 정순이가 안쓰럽기도 하고 대견하기도 했다.

며칠 숙식을 같이 하면서 더욱 친밀감과 신뢰감을 갖게 된 순이는 정순에게 주옥경에게서 받은 유품을 자랑스럽게 보여주었다.

"너 이게 무슨 뜻인지 아나?"

순이가 종이들을 펼쳐 보였다.

"'네가 하늘이다.' 음, 저도 잘은 모르겠어요. 근데, 하나만은 확실한 거 같아요. 우리는 이 세상의 주인이라는 것. 우리는 하늘만큼 소중하다는 것! 왜냐하면 우리는 하늘이니까요. 그러니까 우리 여성들도 괜히 주눅 들지 말고, 더 이상 남성의 부품이나 노리개로 살지 말라는 뜻 아닐까요? 특히 전쟁 중에 여성들이 무수히 살해당하고, 강간당하고, 성 노리개가 되는 일이 많잖아요? 아하! 우리 정대협에서 하는 일과도 상관있어요. 전쟁 중에 남성이 여성에게 저지르는 잘못을 고발하고, 여성들이 주인이 되어 이 세계에 평화를 선포하는 것을 우리의 사명으로 삼고 있으니까요. 여성들이 주체적으로 자신들의 진정한 자유, 평화가 보장되는 세상을 만들려고 하고 있거든요. 그런 정신을 말하는 것 아닐까요?"

그녀와 친해져서일까? 아니면 두 해 동안 끊임없이 그 종이에 쓰인 말들을 곱씹었던 탓일까? 순이는 정순의 말이 맞다는 생각이 들었다.

"오는 2000년에 세계 여성들과 함께 여성들을 성노예화했던 일본군들을 법정에 세워 재판하는 국제 법정을 열려고 해요. 할머니가 그 역사적인 자리에 꼭 참석해서 증언을 해 주셨으면 좋겠어요."

순이는 갑자기 가슴이 떨려 왔다. 그 나쁜 놈들을 재판할 수 있다니…. 능지처참해서 씹어 먹어도 시원찮을 놈들을 법정에 세울 수만 있다면! 그래서 세계만방에 악마가 어린 조선 처녀에게 어떤 짓을 저질렀는지 알릴 수 있다면…! 순이는 마침내 세상 밖으로 당당히 나아가기로 결심을 굳혔다.

순이는 2000년 12월 일본 도쿄에서 열린 '2000년 일본군 성노예 전범 여성 국제 법정'에 증인으로 나갔다. 이 국제 법정은 세계 여성과 시민들의 연대 속에서 일본군 성노예 제도에 대한 전쟁범죄의 책임을 묻고, 가해자들에 대한 형사책임을 묻기 위한 상징적인 국제인권 법정이었다. 재판부는 마지막 날 최종 판결을 통해 히로히토 천황과 일본 제국주의 당국 그리고 일본군 위안부 범죄에 대한 모든 책임자들에게 유죄를 선고했다. 순이는 세계 여성들과 함께 환호하며 판결을 반겼다. 특히 의식 있는 일본 여성들의 많은 도움을 받으며, 일본인들 모두가 악마는 아니란 걸 알았다. 오히려 약자로서 여성들이 함께 힘을 합쳐 전쟁과 폭력에 맞서 싸워야만 평화를 이룰 수 있을 것이란 믿음에 이르렀다. 세계 여성들과 함께 웃고 울며 처음으로 순이는 자신과 다른 여성들이 모두 '하늘님'임을 깨달았다.

일본 도쿄 국제 법정을 다녀온 뒤 순이에겐 많은 변화가 있었다. 우선 과감하게 중국을 떠나 고국인 한국에 돌아왔다. 순이는 영구 귀국하여 위안부들의 쉼터로 만들어진 나눔의 집에서 생활하게 되었다. 그녀는 자신의 남은 생 동안 '지난날 일본이 저지른 잔악한 행위들을 고발하고 그 죗값을 치르게 하리라.'고 굳게 마음먹었다. 나눔의 집에는 그녀와 비슷한 처지의 여성들이 많이 있었고, 따뜻한 미소의 봉사자들이 말벗이 되어 주었다. 그녀는 비로소 자신이 하나의 인간으로 존중받는 느낌이 들어 좋았다.

그런데 이렇게 편안한 쉼터에서 살면서 그녀는 밤마다 악몽에 시달렸다. 특히 일본군 만행을 밝히고 일본의 사죄를 요구하는 수요집회에 갔다 온 날은 더 심각했다. 자신도 모르게 헛소리나 고함을 지르고 발버둥 치며 괴로워했다. 누군가 자신을 흔들어 깨우면 겨우 악몽에서 깨어났고, 온몸은 식은땀과 함께 두들겨 맞은 듯 아팠다. 의사와 오랫동안 면담을 하였고, 의사는 아무 말 없이 진통제와 수면제를 처방하여 주었다. 순이는 의사가 처방하여 준 약을 먹고 혼곤한 잠에 빠져들곤 했다.

며칠 후 정순이 그녀를 찾아왔다. 아마도 나눔의 집 관계자가 그녀를 부른 것 같았다. 순이는 정순이를 반갑게 맞았다. 그녀를 앉혀 놓고 순이가 말했다.

"내가 근 60년 만에 고국 땅에 들어와 이렇게 좋은 세상에 살고 있는데, 왜 밤만 되면 다시 지옥 같은 곳으로 돌아가 시달리는지 모르겠어. 약을 먹지 않으면 잠을 잘 수가 없네."

"의사 말씀이 너무 큰 고통을 겪었기 때문에 그 고통의 기억을 지울 수가 없다고 하세요. 힘드시겠지만 아픈 과거 다 내려놓으시고, 나쁜 놈들 다 용서하시고 그냥 할머니 편하게 사세요."

순이는 그녀의 말을 듣고 문득 노여움이 복받쳤다.

"뭐라고? 아픈 기억 다 내려놓으라고? 나쁜 놈들 다 용서하라고? 내가 어떻게 그 일을 잊어. 그 간악한 일본놈들이 별의별 숭한 짓을 했던 것을 내가 어떻게 잊느냐고? 그놈들은 나에게 그런 나쁜 짓을 저질러 놓고도 반성하거나 사죄하지도 않는데…."

순이는 꺽꺽 흐느껴 울었다. 울다가 너무 분해서 방바닥을 치며 울었다. 정순은 아무 말 없이 그녀 옆에 쭈그리고 앉아 순이의 말을 묵묵히 들어 주었다. 팔순이 내일모레임에도 불구하고 아기처럼 정순의 품에 안겨 울었다.

정순이 다녀간 후에도 악몽은 사라지지 않았다. 순이는 수면제를 먹지 않으면 잠들지 못했고, 어느새 진통제가 없으면 온몸의 고통을 감당할 수 없었다. 그렇게 5년의 세월이 지났다. 순이는 날이 가면 갈수록 쇠잔해졌다. 겨울이 다가오자 순이는 문득 그 옛날 엄마 옥화와 함께 옥경 이모를 만나던 날이 떠올랐다. 사실 엄마 옥화와 옥경 이모의 모습은 희미했다. 너무도 세월이 흘러 흐릿한 형상만 기억해 낼 수 있었다. 그러나 그때 먹었던 단팥죽과 사탕 맛은 지금도 잊을 수가 없다. '진짜 꿀맛이었지. 내 평생 그렇게 맛있는 음식은 처음 먹어 봤다니까.' 순이는 속으로 생각했다. 그리고 그때를 생각하니 저절로 입에 군침이 돌았다. 정순이가 주고 갔던 사탕꾸러미도 기억이 났다.

'아마, 정순이가 놓고 간 그 사탕 때문에 내가 한국에 돌아온 것 아닐까? 그 옛날에도 나는 사탕 맛에 이끌려 두말없이 옥경 이모를 따라갔지 않았나? 엄마는 지금 옥경 이모랑 천국에서 잘 있는 거지? 엄마랑 옥경 이모랑 보고 싶다. 엄마, 기다려. 나도 곧 엄마랑 옥경 이모랑 만나러 갈 테니까.'

순이는 알사탕에 얽힌 추억을 떠올리다가 정순이를 불렀다. 그녀에게 천도교 간사 오경화에게 받은 보자기 꾸러미를 꺼내 건넸다.

"이거는 내가 천도교 여성회장님이었던 주옥경 이모한테 받았던 유품이야. 주옥경은 손병희 선생님 부인이기도 하고 천도교 여성들을 위해 애쓰셨던 분인데, 내 친엄마랑도 잘 알던 분이라서 내가 일본놈들에 끌려가기 전까지 나를 거두어 주셨던 분이야. 웬일인지 요새는 자꾸 엄마랑 옥경이 이모 있는 하늘나라로 빨리 가고 싶어. 내 정신 멀쩡할 때 내가 가진 이 소중한 유품을 정순이에게 주고 싶구나."

"그런 말씀 마세요. 100살까지 오래오래 사셔서 일본놈들 사죄하고 좋은 세상 오는 거 다 보고 가셔야죠. 그런 약한 모습 보이시다니요?"

"아냐, 빨리 하늘나라 가고 싶어. 요즘은 그 생각뿐이야."

"중국에 양아들, 따님 계시는데 왜 저에게 이걸 주시려고 해요?"

"그 애들은 한국 말 잘 몰라. 지네끼리 중국에서 잘 살고 있으니 그걸로 됐어. 이 유품은 참 수수께끼 같은 말이 쓰여 있어서 이걸 이해할 수 있는 사람에게 주고 싶어."

이어서 순이는 정순에게 간곡하게 말했다.

"이 나비 노리개 말이야. 이걸 보고 있으니 이게 꼭 내 마음 같아. 중국으로 끌려가서 나는 밤마다 나비처럼 자유롭게 훨훨 날아가는 꿈을 꿨어. 그 어디든지 자유롭게 구속되지 않고 훨훨 날아가는 그런 꿈…. 따뜻한 봄날 이 꽃에서 저 꽃으로 날아가는 나비가 얼마나 부러웠던지!"

순이는 숨이 차서 잠시 말을 멈추었다가 말을 이었다.

"지금까지 우리 위안부들을 위해 많은 성금이 모이고 있잖아? 그래서 말이야. 내가 죽더라도 정순인 계속 싸워서 일본놈들한테 사죄도 받고 사죄금도 받아 내 줘. 그 돈들을 모아서 나만큼 불쌍한 처지의 다른 여성들을 위해 쓰면 어떨까? 내가 아파 봤기 때문에 나와 같은 아픔을 당한 여자들이 얼마나 아픈지 잘 알아. 그 여자에게 나비처럼 훨훨 날 수 있는 자유를 주었으면 좋겠어. 조금이라도 힘이 되었으면 좋겠어. 내 마지막 소원이야."

순이와 정순이는 눈물을 흘리며 유품인 나비 노리개와 '네가 하늘이다.'와 '이천식천'이 쓰인 종이를 꺼내 보았다. 그리고 다시 서로 부둥켜안고 한참을 더 울었다. 순이가 예감한 대로 그해 겨울 추위가 극성을 부리던 때, 그녀는 급성폐렴으로 갑작스럽게 세상을 떴다. 정순은 그 후 순이의 유지를 받들어 2012년 '나비 기금'[30]을 만들었다.

'나비'는 이제 일본 위안부 문제 해결을 위한 활동의 하나의 상징이 되었다. 일본군 위안부 할머니들과 모든 여성들이 차별과 억압, 폭력으로부터 벗어나 자유롭게 날갯짓하길 염원하는 상징이다. 순이의 뜻에 동조하는 많은 사람들이 앞다퉈 성금을 냈고, 첫 번째 나비 기금은 콩고민주공화국의 남 키부 지역에 살고 있는 레베카 마시카 카츄바[31]에게 전달되었다.

그리고 나비는 콩고에서, 베트남으로, 세계 속으로 자유와 평화의 날갯짓을 계속해 나가고 있다.

주석

1. 표영삼, 『동학2』, 통나무, 2005, 261-264쪽.
2. 박맹수, 『개벽의 꿈』, 모시는사람들, 2011. 213쪽.
3. 나카츠가 아키라 지음, 박맹수 옮김, 『1894년, 경복궁을 점령하라!』, 푸른역사, 2014. 위의 책에서는 1894년 일본군의 조선 왕궁 점령에 관한 상세한 일본 쪽 기록을 발굴, 그동안 묻혀 있던 귀중한 사실들을 밝혀냈다.
4. 도진순 직해, 『백범일지』, 돌베개, 1997, 46쪽.
5. 박맹수, 『개벽의 꿈』, 모시는사람들, 399-415쪽 참조.
6. 해월신사법설, 吾道之運 편, 『천도교경전』, 391쪽 참조.
7. 해월신사법설, 篤工 편, 『천도교경전』, 312-313쪽 참조.
8. 의암손병희선생기념사업회, 『의암손병희선생전기』, 1967, 124-151쪽 참조.
9. 해월신사법설, 吾道之運 편, 『천도교경전』, 393쪽 참조.
10. 의암손병희선생기념사업회, 『의암손병희선생전기』, 1967, 159-195쪽 참조.
11. 한국역사연구회, 『우리는 지난 100년 동안 어떻게 살았을까』, 역사비평사, 1999, 126-139쪽 참조.
12. 이동초, 『천도교 민족운동의 새로운 이해』, 모시는사람들, 2010, 87-98쪽 참조.
13. 일제는 러일전쟁을 일으킨 지 2주 후인 1904년 2월 23일 조선을 협박해 '한일의정서'를 체결한다. 주된 내용은 1. 조선은 제도 개선에 관한 일본의 충고를 받아들인다, 2. 일본은 조선의 독립과 영토보전을 보증한다, 3. 영토보전에 위험이 있는 경우 일본은 필요한 조치를 취하며, 이 목적을 달성하기 위해 일본은 전략상 필요한 지점을 수시로 사용할 수 있다, 4. 조선은 이 조약과 상반되는 협정을 제3국과 체결하지 않는다, 등이었다. 강준만, 『한국근대사산책4』, 인물과사상사, 2007, 49쪽에서 재인용.
14. 임혜봉, 『망국대신 송병준평전』, 선인, 2013, 201-204쪽 참조.
15. 위의 책, 40-41쪽 참조.
16. 명월관과 기생 주산월의 이야기는 중앙일보 · 동양방송 간, 『남기고 싶은 이야기들』 중에서 이난향, 「명월관」 편을 참조.
17. 임혜봉, 『망국대신 송병준평전』, 선인, 2013, 448-454쪽 참조.
18. 라명재 주해, 『천도교경전 공부하기』, 모시는사람들, 2013, 607-613쪽 참조.
19. 김응조, 『수의당 주옥경』, 천도교여성회본부, 2005, 40-44쪽 참조.

20. 의암손병희선생기념사업회, 『의암손병희선생전기』, 1967, 261-268쪽 참조.
21. 제 5회 49일 특별기도에서 한 의암성사 법설에서 발췌.
22. 모두 616자로 되어 있는 격고문은 '고 국민대회 손병희(告 國民大會 孫秉熙)'란 글로 시작된다. 즉 국민대회 소집을 손병희의 이름으로 촉구한 것이다. 이현희, 『3 · 1 혁명, 그 진실을 밝힌다』, 신인간사, 1999, 145-149쪽 참조.
23. 서울특별시편찬위원회, 『서울항일독립운동사』, 2009, 326-353쪽 참조.
24. 이현희, 『3 · 1혁명, 그 진실을 밝힌다』, 신인간사, 1999, 268-273쪽 참조.
25. 독립운동사편찬위원회, 『독립운동사 자료집』4권, 독립운동사편찬위원회, 1972, 553쪽.
26. 김영희, 『개화기 대중예술의 꽃, 기생』, 민속원, 2006, 228-233쪽.
27. 김응조, 『수의당 주옥경』, 천도교여성회본부, 2005, 96-100쪽.
28. 순이의 사례는 한국정신대문제대책협의회 부설 전쟁과 여성인권센터 연구팀, 『역사를 만드는 이야기』, 여성과 인권, 2004를 참조해서 만들어졌다.
29. 라명재 주해, 『천도교경전 공부하기』, 모시는사람들, 2013, 292쪽.
30. 2012년 3월 8일 세계여성의 날, 일본군 위안부 실제 피해자 길원옥 할머니와 김복동 할머니 두 분은 기자회견을 통해 일본정부로부터 법적 배상을 받으면 그 돈을 전시 성폭력 피해여성들을 돕기 위해 전액 기부하겠다는 뜻을 알렸다. 그래서 할머니들의 숭고한 뜻을 따라 전시 피해 여성들을 돕기 위한 기부금을 모으고 전하기 위해 만들어진 것이 바로 나비 기금이다.
31. 그녀는 콩고의 긴 내전 중에 당시 9살, 13살이던 그녀의 딸들과 함께 군인들에게 강간당했고 남편마저 살해당했지만, 고통 속에 주저앉지 않고 다음해 자신과 같은 강간 피해 여성들, 강제 임신으로 고아들을 입양해 보살피는 〈리스닝하우스〉를 열었다.

참고문헌 및 자료

강석하, 『손병희』, 파랑새, 2007.

강준만, 『한국근대사산책4, 5, 10』, 인물과사상사, 2008.

김영희, 『개화기 대중예술의 꽃, 기생』, 민속원, 2006.

김용옥, 『도올심득 동경대전1』, 통나무, 2004.

김용휘, 『우리 학문으로서의 동학』, 책세상, 2007.

김용휘, 『최제우의 철학』, 이화여자대학교출판부, 2012.

김응조, 『천도교여성회 70년사』, 천도교중앙총부, 1994.

나카츠가 아키라 지음, 박맹수 옮김, 『1894년, 경복궁을 점령하라!』, 푸른역사, 2014.

나카츠가 아키라 지음, 박맹수 옮김, 『일본의 양심이 보는 현대일본의 역사인식』, 모시는사람들, 2014.

도진순 직해, 『백범일지』, 돌베개, 1997.

독립운동사편찬위원회, 『독립운동사 자료집』 4권, 독립운동사편찬위원회, 1972.

라명재 주해, 『천도교경전 공부하기』, 모시는사람들, 2013.

마츠이 야요리 지음, 김선미 옮김, 『사랑하라 분노하라 용기있게 싸워라』, 모시는사람들, 2014.

묵암강화집편찬위원회편, 『묵암신용구 강화집, 글로어찌 기록하며』, 신인간사, 2000.

박맹수, 『개벽의 꿈』, 모시는사람들, 2011.

박맹수, 『사료로 보는 동학과 동학농민혁명』, 모시는사람들, 2014.

박맹수, 『생명의 눈으로 본 동학』, 모시는사람들, 2014.

서울특별시편찬위원회, 『서울항일독립운동사』, 2009.

성주현, 『천도교에서 민족지도자의 길을 간 손병희』, 역사공간, 2012.

손윤, 『긴급명령, 국부 손병희를 살려내라』, 에디터, 2012.

아손 그렙스트 지음, 김상열 옮김, 『스웨덴기자 아손, 100년전 한국을 걷다』, 책과함께, 2005.

역사문제연구소 편, 『인물로 보는 친일파역사』, 역사비평사, 1993.

오문환 외, 『의암 손병희와 3・1운동:통섭의 철학과 운동』, 모시는사람들, 2008.

윌리엄 길모어 지음, 이복기 옮김, 『서양인 교사 윌리엄 길모어, 서울을 걷다, 14개의 주제로 보는 1894년의 조선』, 살림, 2009.

의암손병희선생기념사업회, 『의암손병희선생전기』, 1967.

이광순, 『위대한 한국인5, 의암 손병희』, 태극출판사, 1976.
이규성, 『최시형의 철학』, 이화여자대학교출판부, 2011.
이돈화, 『천도교창건사』, 천도교중앙종리원, 1970.
이동초 주해, 『춘암상사댁일지』, 모시는사람들, 2007.
이동초, 『천도교 민족운동의 새로운 이해』, 모시는사람들, 2010.
이사벨라 버드 비숍 지음, 이인화 옮김, 『한국과 그 이웃나라들』, 살림, 1994.
이현희, 『3 · 1혁명, 그 진실을 밝힌다』, 신인간사, 1999.
임혜봉, 『망국대신 송병준 평전』, 선인, 2013.
조경달 지음, 박맹수 옮김, 『이단의 민중반란』,역사비평사, 2008.
중앙일보 · 동양방송 간, 『남기고 싶은 이야기들』 중 이난향, 「명월관」 편.
채길순, 『새로쓰는 동학기행1』, 모시는사람들, 2012.
천도교중앙총부출판부, 『천도교경전』, 1995.
최정간, 『해월 최시형가의 사람들』, 웅진출판, 1994.
친일반민족행위자재산조사위원회편, 『친일재산에서 역사를 배우다』, 리북, 2010.
표영삼, 『동학 1, 2』, 통나무, 2005.
한국역사연구회, 『우리는 지난 100년동안 어떻게 살았을까』, 역사비평사, 1999.
한국정신대문제대책협의회 부설 전쟁과여성인권센터 연구팀, 『역사를 만드는 이야기』 여성과 인권, 2004.
홍일식, 『고려대학의 사람들2, 손병희』, 고대민족문화연구소, 1986.
황현 저 김종익 역, 『번역 오하기문』, 역사비평사, 2009.

〈자료집〉

동학농민혁명참여자명예회복심의위원회, 「동학농민혁명사 일지」, 2006.
보은 장내리 동학집회 120주년 기념국제학술대회, 「보은 장내리 동학집회의 종합연구와 전망」, 2013.
박맹수, 「백범과 민족운동연구 제3집」, '동학농민혁명에 있어 남 · 북접 대립설에 대한 재검토-〈백범일지〉를 중심으로, 백범학술원, 2005.
천도교중앙총부, 「동학 · 천도교 문화유산 조사 연구 용역사업 보고서-서울지역 의암 손병희 선생 사적지」, 2014.
충북대학교 호서문화연구소 보은군, 「보은 종곡 동학유적-북실전투 및 관련유적과 집단 매장지 조사」, 1993.
호남생명과 평화의길, 「생명과 평화의 눈으로 보는 동학의 역사, 동학의 현장」, 2005.

연표

■ 한국사·동아시아사

● 의암 손병희, 주옥경*

연도(간지)	날짜·내용
1860 경신	4월 5일 수운, 동학 창도하다
1861 신유	●4월 8일 의암 손병희 출생하다
	12월 수운, 은적암에서 지내며 전라도 일대 포덕하다
1863 계해	8월 14일 수운, 해월에게 도통 전수(37세)하다
1864 갑자	3월 10일 수운, 대구장대에서 순도(41세), 해월, 高飛遠走하다
1871 신미	3월 10일 이필제, 영해 교조신원운동 일으키다
1872 임신	해월, 태백산 적조암에서 49일 기도하고 동학 재건에 나서다
1875 을해	●의암(15세), 현풍 곽씨와 결혼하다
1880년대	초반 해월, 충청도 평야지대와 전라도에 동학 전파하다
	중반 동경대전, 용담유사 목판본을 여러 지역에서 간행하다
1884 갑신	●의암(24세), 해월과 처음 만나다
1892 임진	10월 20일 공주집회, 11월 삼례집회 개최하다
1885 을유	●의암(25세), 해월 명으로 공주 가섭사 49일 기도하다
1890 경인	●의암(30세), 진천 방동에서 3·7일 기도 3차 거행하다
1893 계사	●2월 11일 광화문 복합상소, 소두 박광호, 의암 등 참여하다
1894 갑오	3월 20일 무장기포, 25일 백산 결진하다
	3월 25일 호남창의대장소(백산), 4대강령, 12개조 군율 선포하다
	4월 7일 황토현 전승, 23일 황룡천 승전(경군 격파), 27일 전주성 함락하다
	5월 7일 동학군과 관군, 전주화약 체결하고 동학군 집강소 활동하다
	6월 21일 일본군, 경복궁 강제 점령, 23일 청일전쟁을 도발하다
	7월 충청도, 경상도, 강원도, 황해도 동학군 본격 기포하다
	9월 10일경 전봉준 재봉기를 위해 전라도 삼례에 대도소를 설치하다
	●9월 18일 해월, 청산에서 총기포령, 손병희를 북접통령에 임명하다
	9월 29일 카와카미 소로쿠 병참총감, 동학당 전원 학살 명령하다
	●11월 8일 손병희 전봉준과 합세하여 우금티 공략했으나 패퇴하다
	●의암, 보은에서 크게 패하고 몇 차례 전투 후 강원도로 피신하다
	●주옥경, 12월 28일 평남 숙천에서 탄생하다
1895 을미	3월 29일 전봉준 최경선 손화중 김덕명 성두환 등 처형되다
	■8월 20일 일본군인과 낭인 경복궁을 점령. 명성황후 살해하다(을미사변)

* 『의암손병희선생전기』(의암손병희선생기념사업회, 1967)와 『수의당 주옥경』(김응조, 천도교여성회본부, 2005)에서 발췌 재구성함.

연도(간지)	날짜·내용
1897 정유	●해월이 의암, 송암, 구암 3인중 의암을 주장으로 삼다
	■10월 12일 대한제국 선포하다
	12월 24일 의암(37세), 해월로부터 도통을 이어받다
1898 무술	6월 2일 해월, 한양 육군형장에서 교수형으로 순도하다
1899 기해	●의암, 각세진경 짓다
1901 신축	●의암, 미국 가려다 일본 체류, 망명하다
1901 신축	●주옥경(8세), 기생서재 들어가다
1902 임인	●의암, 일본에 조선청년 유학시키고, 조선 개화 인사와 교류하다
1904 갑진	●의암, 한국인 40명 일본 유학시키고, 법부대신에게 혁신 건의하다
	●의암, 러일전쟁 예감하고 국정 개혁코자 진보회 조직 지시하다
	●의암, 전국 교도에게 단발령을 내리고 신생활 운동 전개하다
	■2월 8일 러일전쟁(일본군 뤼순군항 기습공격) 일어나다
1905 을사	■7월 29일 카쓰라-태프트 밀약 체결되다
	■11월 17일 일본과 강제로 을사조약(늑약) 체결하다
	●12월 1일 의암, 동학을 천도교라는 근대종교로 개신하다
1906 병오	■2월 1일 일제, 통감부 설치하다(초대 통감 이토 히로부미)
	●2월 16일 천도교 대헌과 오관 제정하고 중앙총부와 지방교구 설치하다
	●3월 12일 보성학교 등 전국 각지 학교에 기부금 찬조하다
	●만세보 통한 언론 활동, 교육 계몽 시행하다
	●5월 25일 천도교부인전도회 조직하다. 보문관 설립하다
	●9월 17일 이용구 등 62인 출교 처분을 공표하다
1907 정미	수운과 해월, 정부로부터 신원되다
	●8월 26일 김연국에 대도주직 이양하다
	●12월 10일 박인호를 차(次)도주로 임명하다
1908 무신	●1월 18일 박인호를 김연국 후임의 대도주로 승임하다(4대 교주)
	●2월 의암, 권동진 대동하고 관서지방 순회설교하다
	●6월 11일 천도교 교리강습소 설치하다
1909 기유	●12월 의암, 경주 용담 성지 순방. 통도사에서 49일 기도회 열다
1910 경술	●4월 의암, 음력이던 각 기념일을 양력으로 지내기로 결정하다
	●8월 15일 천도교회월보 제1호 발간하다
	●9월 3일 천도교회월보사 이교홍 한일병합 반대서한 각국 영사관 송부하다
	●9월 20일 천도교에서 보성학원 부채 탕감하기로 결정하다
	●12월 3일 중앙총부 신교당 짓고 북부 대안동(송현동)으로 이전하다
1911 신해	●4월 1일 의암, 경성 제2헌병대에서 문초받다
	●4월 23일 일제 탄압으로 성미법 폐지키로 하다
1912 임자	●4월 8일 의암, 생일연 성대히 개최하다(교도 1천여 명 참석)
	●12월 26일 인일기념식 성대히 개최하다
	●봉황각 짓고 제1차 49일 기도회 개최하다(총 7차, 483명)
	●주옥경, 서울로 오다

연도(간지)	날짜·내용
1913 계축	●4월 의암, 중국에 배접주 파견하여 포덕 시행하다
	●주옥경, 무부기조합을 결성하고 향수가 되다
1914 갑인	●3월 의암, 무기명 성미제 실시하다
	■7월 28일 제1차 세계대전 발발하다(오스트리아, 세르비아에 선전포고)
1915 을묘	●봄 의암, 105일 기도회 종료하다
	●7월 낙산 남쪽 박영효 별장 구입, 상춘원으로 꾸미다
	●의암, 주옥경과 가연 맺다
1916 병진	●7월 31일 의암, 일제 경찰당국에서 문초받다
	●4월 5일 상춘원에서 천일기념 원유회, 5천여 명 집결하다
1917 정사	●2월 의암, 교도들에게 수심정기(守心正氣) 힘쓸 것 당부하다
1918 무오	●10월 보성학교 이종호에게 경영권 돌려주다
	■11월 11일 제1차 세계대전 종결되다
	●12월 중앙교당 신축 결정하여 독립운동자금 조성하다(기금 15만원)
	●12월 24일 인일기념일 천여 명 회집, 49일 기도회 결정하다
1919 기미	■1월 18일 파리강화회의 개최하다
	●1월 의암, 박영효 방문, 독립선언문·청원서 최남선이 작성키로 하다
	●2월 8일 동경 조선 유학생들 독립선언서 발표하다
	●2월 9일 최린, 현상윤, 최남선, 이승훈 접촉해 만세운동 기획하다
	●2월 22일 천도교 49일기도회 종료하다
	●천도교 기독교측에 자금 5천원 교부하다
	●2월 23일 학생측, 박희도 통해 종교단측과 합류 결정하다
	●2월 24일 천도교, 기독교, 불교, 독립운동 합류를 최종 결정하다
	●2월 27일 독립선언서 보성사에서 인쇄, 이종일이 배포(경운동 88)하다
	●2월 27일 안세환과 임규, 독립선언문 통고문 가지고 동경으로 가다
	●2월 27일 의암, 대도주 박인호에게 유시문, 독립신문 1호 인쇄하다
	●2월 28일 민족대표자 23인 가회동 의암 집에서 최종 회합하다
	●3월 1일 민족대표 태화관에 모여 조선독립을 선언하다
	●3월 1일 탑골공원에서 학생들 선언문 낭독하고 시위 행진하다
	●3월 5일 의암, 서대문 감옥에 수감되다
	●4월 의암 이하 32명, 예심 회부되다
	●5월 4일 천도교 간부 대부분 검거되다
	●5월 23일 명월관 소실되다
	●6월 30일 보성사 소실되다
	●8월 1일 민족대표들, 예심종결 내란죄로 고법 회부되다
	●11월 28일 의암, 옥중 발병하다
1920 경신	●3월 23일 고법 독립운동사건을 보안법, 출판법 위반으로 지법에 환송하다
	●6월 11일 의암, 뇌일혈 재발하다
	●7월 12일 지방법원에서 공판 개정되다(의암은 와병으로 불출두)
	●10월 30일 독립운동 사건 공소심 판결 언도하다

연도(간지)	날짜·내용
	●의암, 형집행정지 결정으로 병보석되다
1921 신유	●4월 중앙대교당 낙성하다
	●8월 30일 일제당국, 박인호 등 호출하여 태평양회의 관련 경고하다
	●11월 10일 천도교청년회 동경지회장 방정환 피검되다
1922 임술	●1월 17일 천도교 중의제 개편 추진하다
	●5월 19일 새벽3시 의암, 환원하다
	●6월 2일 해월수난 기념 기도식 개최, 박인호 사직하다
	●6월 5일 의암, 영결식 및 하관식(우이동 봉황각 앞) 거행하다
1923 계해	■9월 1일 동경 대지진 일어나다
1924 갑자	●4월 5일 주옥경, 천도교내수단 창단 대표에 선임되다
1927 정묘	●주옥경, 일본 동경 유학. 세이도쿠학교 영문과 입학하다
	●일본 천도교내수단 동경지부 조직하다
1929 기사	●12월 주옥경, 동경 유학 마치고 귀국하다
1930 경오	●5월 주옥경, 천도교내수단 재표 재임하다
1931 신미	■9월 18일 만주사변(류타오후 사건 빌미) 일어나다
1932 임신	●12월 주옥경, 천도교 중앙종리원 경도관정 선임되다
1937 장축	■9월 18일 중일전쟁(노구교 사건) 일어나다
	■12월 13일 난징대학살 일어나다
1939 기묘	■9월 1일 제2차 세계대전 발발하다(독일 폴란드 침공)
1941 신사	■12월 7일 아시아태평양전쟁 발발하다(일본군, 진주만 기습)
1945 을유	■8월 15일 광복 맞이하다. 천도교청우당 재건 부활(이북 47년)하다
1956 을미	●4월 주옥경, 천도교부인회 회장 선출되다
1957 병신	●주옥경, 삼청동에서 우이동 봉황각으로 이주하다
1962 임인	10월 3일 정읍 황토현에 갑오동학혁명기념탑 건립하다
1964 갑진	수운, 순도 100주년 맞아 대구 달성공원에 동상 건립하다
1971 신해	●4월 주옥경, 천도교 종법사 추대되다
	●6월 주옥경, 천도교여성회장 은퇴하다
1982 임술	●1월 7일 주옥경, 우이동 봉황각에서 만 87세로 환원하다
	●1월 21일 주옥경, 천도교회장으로 영결식 치르다
1992 임신	■1월 8일 일본군 위안부 문제 해결을 위한 정기 수요시위 시작하다
1994 갑술	동학농민혁명 100주년 맞아, 동학에 대한 관심 고조되다
2004 갑신	3월 5일 동학농민혁명 참여자 등의 명예회복에 관한 특별법 의결되다
2012 임진	■3월 8일 한국정신대문제대책위원회가 중심이 되어 나비기금 설립하다
2014 갑오	10월 11일 동학농민혁명120주년 기념대회 서울에서 개최되다

여성동학다큐소설 서울 경기편

겨울이 깊을수록 봄빛은 찬란하다

등 록 1994.7.1 제1-1071
1쇄 발행 2015년 11월 25일

지은이 임최소현
펴낸이 박길수
편집인 소경희
편 집 조영준
디자인 이주향
관 리 위현정

펴낸곳 도서출판 모시는사람들 03147
서울시 종로구 삼일대로 457(경운동 수운회관) 1207호
전 화 02-735-7173, 02-737-7173
팩 스 02-730-7173
인 쇄 (주)상지사P&B(031-955-3636)
배 본 문화유통북스(031-937-6100)
홈페이지 http://www.mosinsaram.com

값은 뒤표지에 있습니다.
ISBN 979-11-86502-29-7 03810

이 도서의 국립중앙도서관 출판시도서목록(CIP)은 e-CIP 홈페이지(http://www.nl.go.kr/ecip)에서 이용하실 수 있습니다.(CIP제어번호: 2015029034)

여성동학다큐소설을 후원해 주신 분들

Arthur Ko
Gunihl Ju
Hyun Sook Eo
Minjung Claire Kang
강대열
강민정
고려승
고영순
고윤지
고은광순
고인숙
고정은
고현아
고희탁
공태석
곽학래
광양참학
구경자
권덕희
권은숙
극단 꼭두광대
길두만
김경옥
김공록
김광수
김근숙
김길수
김동우
김동채
김동환
김두수
김미서
김미영
김미옥
김미희
김민성
김병순
김봉현
김부용
김산희
김상기
김상엽
김선
김선미
김성남
김성순
김성훈
김소라
김숙이
김순정
김승민
김연수
김연자
김영란
김영숙
김영효
김옥단
김용실
김용휘
김윤희
김은숙
김은아
김은정
김은진
김은희
김인혜
김재숙
김정인
김정재
김정현
김종식
김주영
김지현
김진아
김진호
김춘식
김태이
김태인
김행진
김현숙
김현옥
김현정
김현주
김환
김희양
나두열
나용기
네오애드앤씨
노소희
노영실
노은경
노평희
도상록
라기숙
류나영
류미현
명연호
명종필
명천식
명춘심
명혜정
문정순
민경
박경수
박경숙
박덕희
박막내
박미징
박민경
박민서
박민수
박보아
박선희
박숙자
박애신
박양숙
박영진
박영하
박용운
박웅
박원출
박은정
박은혜
박인화
박정자
박종삼
박종찬
박찬수
박창수
박향미
박홍선
방종배
배선미
배은주
배정란
백서연
백승준
백야진
변경혜
(사)모시는사람들
서관순
서동석
서동숙
서정아
선휘성
송명숙
송영길
송영옥
송의숙
송태희
송현순
신수자
신연경미
신영희
신유옥
심경자
심은호
심은희
심재용
심재일
안교식
안보람
안인순

양규나
양승관
양원영
연정삼
오동택
오세범
오인경
왕대황
원남연
위란희
위미정
위서현
유동운
유수미
유형천
유혜경
유혜런
유혜정
유혜진
윤명희
윤문희
윤연숙
이강숙
이강신
이경숙
이경희
이광종
이금미
이루리
이명선
이명숙
이명호
이미경
이미숙
이미자
이민정
이민주
이병채
이상미
이상우
이상원
이서연
이선업
이수진
이수현
이숙희
이영경
이영신
이예진
이용규
이우준
이유림
이윤승
이재호
이정확
이정희
이종영
이종진
이종현
이주섭
이지민
이창섭
이향금
이현희
이혜란
이혜숙
이혜정
이희란
임동묵
임명희
임선옥
임소현
임정묵
임종완
임창섭
장경자
장밝은
장순민
장영숙
장영옥
장은석
장인수
장정갑
장혜주
전근숙
전근순
정경철
정경호
정금채
정문호
정선원
정성현
정수영
정영자
정용균
정은솔
정은주
정의선
정인자
정준
정지완
정지창
정철
정춘자
정한제
정해주
정현아
정효순
정희영
조경선
조남미
조미숙
조선미
조영애
조인선
조자영
조정미
조주현
조창익
조청미
조현자
주경희
주영채
주진농씨
진현정
차복순
차은량
천은주
최경희
최귀자
최균식
최성래
최순애
최영수
최은숙
최재권
최재희
최종숙
최철용
하선미
한태섭
한환수
허철호
홍영기
황규태
황문정하
황상호
황영숙
황정란

여러분의 후원에 감사드립니다.

이름이 누락된 분들은 연락주시면 이후 출간되는 여성동학 다큐소설에 반영하겠습니다. / 전화 02-735-7173